www.bbulmedia.com

www.bbulmedia.com

사랑옵다

사랑옵다

DAHYANG

ROMANCE

STORY

...

김가엘

장편 소설

contents

※사랑옵다 : 사람이나 그 언행, 모습이 사랑하고 싶도록 귀여운 데가 있다.

프롤로그

음악대의 연주가 계속해서 들려오고 있었다. 그리고 회전목마가 그 음악을 따라 멈추지 않을 것처럼 상하 운동을 하며 계속해서 맴돌고 있었다.

머리가 어지러워 토기가 치밀었다. 피부가 새하얗고 붉은 입술을 가진 단발머리의 여리여리한 여자아이는 새카맣고 커다란 눈에 불쾌감을 숨기지 않고 앞에 선 커다란 덩치의 남학생을 노려보았다. 그리고 이내 속에 있는 말을 여과 없이 뱉어 냈다.

"……더러워."

분명 작게 중얼거린 소리였지만 앞에 선 남학생의 귀에는 똑똑히 들렸기에, 여드름이 덕지덕지 붙은 얼굴이 순식간에 새빨갛게 달아올랐다.

"저리 가!"

여학생은 제 옷에 묻은 아이스크림 얼룩 따위는 신경도 쓰지 않은 채 앞에 선 남학생의 몰골을 마치 징그러운 벌레 보듯 역겹다는 표정으로 경계했다.

여학생의 외침에, 남학생은 여학생에게 손수건을 건네려고 내밀었던 살집이 두툼하게 오른 손을 잘게 떨었다. 불룩한 뺨 위로 쉴 새 없이 비지땀이 흘러내렸다. 두께감이 꽤나 있어 보이는 무거운 안경이 볼살에 덮인 그의 코를 더욱 납작하게 누르는 듯했다. 남학생은 당황한 듯 내민 손을 거두지도 못하고 나머지 손을 들어 안경다리만 만지작거렸다.

이내 여학생이 손수건을 내밀고 있는 그의 손을 탁 쳐서 손수건을 바닥에 떨어뜨리고는 등을 홱 돌려 그의 시야에서 사라졌다. 잠시 충격과 좌절감에 휩싸여 서 있던 남학생은 이내 주위에서 자신을 향해 수군거리는 인파를 깨닫고 무리 속으로 사라졌다.

중학교 졸업을 1년도 채 남겨 놓지 않은 봄 소풍 때 벌어졌던 그 사건 이후 그는 전학을 갔고, 1학년 중에 최고로 예쁜 여학생에게 차인 '고뚱' 이라고 유명세를 떨치던 그는 곧 그들의 기억 속에서 잊혀 갔다.

1

못생겼어요

"너희 그 소식 들었어?"

"무슨 소식?"

"왜, 우리 중학교 땐가? '고뚱' 이라고 선배 있었잖아?"

"고뚱? 왠지 입에 착착 붙는 게 낯설지 않다?"

'고뚱' 이라는 별명이 나오자마자 난하는 뭔지 모를 불안감이 스멀스멀 피어오르는 것을 느꼈다.

이 불안감은 뭐지? 왜 그 별명이 낯설지 않은 걸까?

난하는 왜인지 오늘의 동창회가 별로 즐겁지 않을 것 같은 알 수 없는 예감에 조용히 물 잔을 들어 목을 축였다. 그러나 그 불길한 예감은 난하를 빗겨 가지 않았다.

"기억 안 나? 난하에게 무자비하게 차여서 전학 간……."

"아, 기억난다, 기억나! 그 엄청 못생기고 뚱뚱했던 선배?"

고구마가 맞장구치며 슬쩍 난하의 눈치를 살폈다. 난하는 친구들의 말에 어렴풋하게 떠오른 기억을 곱씹어 보았다.

맞다. 그런 선배가 하나 있긴 했다. 중학교 초기, 자신은 그를 무척 곤란하게 만들었고, 그 일 때문에 고백한 그를 아주 냉정하게 차 버렸다는 소문이 전교에 돌았었지. 그리고 전학을 갔었던가? 워낙 예전 일이고 중학교에 입학한 지 얼마 되지 않아 일어났던 일이라 까마득하다.

그런데 얘들은 어떻게 당사자도 아닌데 그런 일들을 다 기억하고 있는 걸까?

"그런데 그 선배가 뭐?"

"너희 뉴스 안 봤어? 이번에 획기적인 혈관 촬영기계 발명했다고 크게 기사 났잖아. 그거 그 선배 회사에서 만든 거래. 그 회사가 그 선배 거라지 아마?"

"이야, 굼벵이도 구르는 재주는 있다고. 그 선배 능력 있네. 하긴, 그때도 공부는 잘했던 걸로 기억하는데."

"그랬었나? 야, 그 외모에 머리까지 나빴어 봐라. 완전 루저지, 루저."

냉랭한 기운을 내뿜는 난하를 의식해서인지 옆에 앉은 고구마가 화제를 돌렸다.

"아, 맞다! 양파, 너 결혼한다며? 너마저 가면 우린 어떡하냐?!"

"어떡하긴, 뭘 어떡해! 너희도 빨랑빨랑 잡아서 가. 마흔 금방이다!"

"야, 해 넘어가면 겨우 서른셋이야. 마흔 되려면 한참 멀었거든!"

나이에 대해 떠들자 문득 양파가 두 살 연하남과 3년 전에 결혼한 문숙에게 관심을 보였다.

"문숙이 네 남편, 너보다 어리다며? 너 능력 좋다?"

"와, 정말? 몇 살이나?"

"너 아직 모르니? 문숙이 남편 두 살 연하에 초절정 꽃미남이잖아. 문숙이 저게 예전부터 뒤로 호박씨 까는 재주는 훌륭해서 생긴 것답지 않게 남자들이 꼬였어."

양파의 말에 문숙이 슬쩍 눈을 흘겼다.

"부러우면 지는 거다?"

"부럽긴? 우리 동우 씨만큼 멋진 남자가 또 있을까? 조만간 자리 한 번 만들게. 다 같이 한번 보자."

양파가 의기양양하게 말하자 여기저기서 환영의 목소리가 터져 나왔다.

"난하 너는 아직 애인 없니?"

왜 또 불똥이 여기로 튀는데? 난하는 오늘 동창회에 나온 것을 후회하며 슬그머니 한숨을 삼켰다. 그러고는 별 관심 없는 척 어깨를 으쓱이며 시니컬하게 답했다.

"난 회사 물려받아야 해서."

"아, 그 콧구멍만 한 회사?"

별안간 들리는 비웃적거리는 목소리에 난하의 눈이 홱 돌아갔다. 어렸을 적부터 난하를 고깝게 여기던 혜정이 안됐다는 듯 고개를 삐뚜름하게 기울였다.

"어쩜, 그 어려운 회사 일으켜 보려고 너도 젊은 청춘 다 버려

가며 참 애쓴다."

"혜정아, 그만해."

분위기가 싸하게 굳어지자 난하의 곁에 앉아 있던 문숙이 다급하게 둘을 중재했다. 난하와 혜정의 시선이 매섭게 엉켰다.

이내 비릿하게 웃은 혜정은 한정판이 분명해 보이는 고가의 최신상 핸드백을 챙겨 자리에서 미련 없이 일어섰다. 입가엔 뭐가 그리 만족스러운지 즐거운 미소가 어렸다.

"아, 우리 남편 퇴근할 시간 다 됐다. 요새 프랑스 쪽 회사와 계약 맺어서 프로젝트 진행하느라 우리 자기가 무척 바쁘거든. 얼른 가서 목욕물이라도 받아 줘야지. 미안, 나 먼저 일어선다. 참, 이건 내가 계산하고 갈게."

"어…… 그, 그래. 잘 들어가."

다들 어색하게 인사를 나누었지만 무섭게 굳어진 난하를 신경 쓰느라 가라앉은 분위기는 좀처럼 회복되지 않았다.

난하는 오늘 아무래도 마가 꼈나 보다 여기며 이내 자리에서 일어섰다.

"나도 그만 가 봐야 할 것 같아. 내일 아침 일찍 처리해야 할 중요한 일이 있어서."

"그래도 오랜만에 봤는데 네가 없으면 무슨 재미냐?"

"그래, 조금만 더 있다가 가. 혜정이 저 계집애 그러는 거 한두 번이냐?"

"미안, 오늘 올 상황 아니었는데 문숙이가 하도 성화기에 온 거라서. 다음에 또 보자."

✻

회사 사무실에 홀로 앉은 난하가 두 손으로 관자놀이를 문질렀다.

얼마 전, 동창모임에서 만난 혜정의 말은 틀리지 않았다. 몇 해 전부터 회사는 확실한 경영난에 허덕이고 있었다. 이러한 불경기에 수많은 하청업체들 가운데서 살아남기란 하늘의 별 따기만큼이나 어려웠다.

뭔가 확실한 돌파구가 필요했다. 난하는 수주를 청탁할 회사에 제출할 서류를 다시 한 번 꼼꼼하게 살폈다.

'프론메디.'

난하가 수주를 따내기 위해 방문할 회사로, 그곳은 바로 동창회에서 거론되었던 '고뚱' 이란 선배가 운영한다던 회사였다.

하아. 일이 왜 이렇게 꼬이는 걸까? 그녀가 방문할 회사의 사장이 정말 그 고뚱이라면 문제는 더 어려워질 게 분명했다.

하지만 이곳과 계약만 성사된다면…….

어쩌면 다시 회사가 살아날 기회를 얻게 될지도 모른다. 난하는 서류를 뒤적여 '프론메디' 의 대표자 이름을 확인했다.

'고수창.'

예전에 그렇게 창피를 줘서 쫓아 버린 그의 이름을 기억하고 있지는 않지만 성씨가 '고' 라서 '고뚱' 이라고 불린다는 것 정도는 알고 있었다.

제발, 그 선배가 자신을 기억하지 않기만을 바랄 뿐이다. 그 고수창이 '고뚱' 이 아니면 더더욱 좋고.

"사장님, 태강테크에서 오셨습니다."

-들어오시라고 하세요.

인터폰 너머로 굵직한 목소리가 울렸다. 난하는 심호흡을 한 뒤 허리와 어깨를 곧게 폈다.

서른두 살의 나이답지 않게 하얗고 말간 피부와 서글서글한 눈, 그리고 동그랗고 앙증맞은 입술이 그녀를 앳돼 보이게 했다. 하지만 상대에게 얕잡혀 보이지 않으려고 한 화장과 당당한 표정, 그리고 그녀의 장점인 굴곡 있는 몸매를 숨기지 않은 복장과 자신감 있는 걸음걸이로 그녀가 만만한 상대가 아님을 드러내려 노력했다.

그녀는 짧은 보브컷의 머리칼을 손가락으로 가볍게 뒤로 넘겨 다듬고는 사장실 문 앞에 섰다.

사장과의 접견은 예상치 못한 일이었다. 태강테크가 이 바닥에서 잔뼈가 굵은 회사이기는 했어도 규모가 작다 보니 1차 서류심사부터 할 것이라고 여겼기 때문이다. 처음부터 회사의 사장을 직접 마주하게 될 것이라고는 생각지 못했기에 지금의 난하는 무척 긴장한 상태였다.

"시간 내주셔서 감사합니다. 태강테크 강난하 부장입니다."

"아, 반갑습니다. 고수창입니다. 앉으시죠."

기다랗고 강인해 보이는 손을 뻗으며 그가 소파에 앉기를 권했다.

너무 오래전 일이라 그 선배의 모습이 가물가물했기에 남자의 모습과 비교하기란 불가능했지만, 한 가지 확실한 것이 있다면 과거의 고뚱 선배와 고수창은 전혀 닮지 않았다는 것이다.

이 남자가 그때의 그 고뚱일 가능성을 배제할 수 없었기에 잔뜩 긴장하던 차였다. 하지만 난하는 눈앞에 있는 수려한 외모의 남자로 인해 오히려 안심하고 있었다. 그녀의 기억 속 어렴풋한 고뚱 선배의 모습과는 거리가 멀어도 한참은 멀었기 때문이었다.

이곳에 오기 전에는 고뚱 선배와 직접 마주하게 된다는 사실을 상상하는 것만으로도 심장이 떨렸다. 그것도 다름 아닌 지금과 같은 아쉬운 상황에서. 난하는 그제야 옅은 미소를 지으며 소파에 앉아 그를 마주 볼 수 있었다.

"이렇게 시간 내주셔서 감사합니다. 사장님."

"저희 회사 입장에서도 가장 신뢰할 만한 회사에 납품을 의뢰하는 것이 이익이니까요. 관계자를 직접 만나 보고 직접 찾아가서 확인하는 것이 저희 회사 방침입니다."

몇 마디 나누지 않았으나 난하는 남자의 여유롭지만 당당하고 기품 있는 태도에 저절로 주눅이 드는 것만 같아, 비서가 내준 찻잔을 들어 입술을 적셨다. 잠시 말이 없는 틈을 타 그의 진득한 시선이 얼굴로 들러붙는 것 같은 기분에 얼른 찻잔을 내려놓고 챙겨 온 서류봉투를 내밀었다.

"저희 회사에 대한 신뢰도를 확인하실 수 있을 것입니다. 저희는 오랜 세월 쌓아 온 노하우로 어떤 회사보다 만족할 만한 결과를 보여 드리겠다 확신할 수 있습니다."

봉투에서 꺼낸 서류를 찬찬히 들여다보는 사장의 눈길이 사뭇 진지해졌다. 기다란 속눈썹이 그늘진 눈매는 조금 전과는 다르게 서늘한 기운을 뿜으며 치켜 올라갔다. 짙은 눈썹이 남자다웠으며 곧게 솟은 오뚝한 코가 그의 인상을 더욱 강인해 보이게 만들었다.

코가 크면 그것도 크다던데.

절로 눈이 가는 남자의 얼굴에 잠시간 시선을 주었다가 느닷없는 자신의 생각에 화들짝 놀라 화끈거리는 얼굴을 가만 쓰다듬었다.

답지 않게 왜 이런담!

이내 그가 들고 있는 서류로 눈을 돌렸다가, 힘줄이 도드라진 긴 손에 시선이 꽂혔다.

저 손은 어떤 감촉일까? 팽팽하게 당겨진 셔츠 아래의 팔뚝은 얼마나 두꺼울까? 어깨는 또 얼마나 넓고? 흉근이나 복근은?

저도 모르게 제멋대로 달려가는 상상력에 제동을 가하듯 남자의 목소리가 들려왔다. 난하는 퍼뜩 상념에서 깨어났다.

"강난하 부장님?"

"네? 아, 네."

사장은 여전히 진지한 얼굴로 서류를 들이밀었다. 그의 기다란 손가락이 그녀가 작성한 서류 위 그래프의 한 부분을 가리키고 있었다.

"이 부분은 이해가 잘 안 되는데. 설명 좀 부탁드립니다."

수주를 의뢰하러 가면 서류나 놓고 가라며 거드름을 피우거나 그녀의 몸매를 노골적으로 훑어보는 등의 저급한 남자들을 주로 겪다 보니, 이같이 진지하게 응해 주는 남자가 신선했고 오히려 당황스럽기까지 했다.

그녀는 경거망동 난동을 피우는 마음을 누르며 그에게 조곤조곤 설명을 했고 그는 그녀의 설명을 경청하며 간간이 고개를 끄덕였다.

“설명 잘 들었습니다. 결정해서 연락드리죠.”

그의 굵고 매끄러운 목소리가 가슴을 간질였다. 난하는 짧은 머리를 귀 뒤로 자연스럽게 넘기며 시원스러운 미소로 응답하였다.

“네. 좋은 소식 기다리겠습니다.”

연줄이나 로비가 아닌 저렇게 정석으로 대하는 사람은 처음이었다. 어쩐지 이번만큼은 계약을 따내지 못한다 해도 억울하지 않을 것 같았다.

“아, 차는 마저 드시고 가시죠.”

난하가 막 일어서려고 하자 그가 조금 전 서류를 살펴볼 때와는 다르게 가식 없는 자상한 표정으로 차를 권했다. 난하는 거절하는 것도 예의가 아닐 듯하여 앞에 놓인 잔을 들어 반쯤 식은 커피를 한 모금 마셨다. 그때였다.

“회사가 많이 어려운가 보죠?”

예상치 못한 질문이었다. 놀란 난하는 사레가 들리는 바람에 컥컥 기침을 토하다 들고 있던 커피를 옷에 쏟고 말았다.

“어머나!”

스커트에 묻은 얼룩에 당황하고 있을 때 눈앞의 남자가 손수건을 내밀었다. 놀란 눈을 들어 남자를 바라보자 그는 얼른 받으라는 듯 고개를 끄덕였다.

“고, 고맙습니다.”

“이런, 옷에 얼룩이 남았네요.”

“괜찮습니다. 닦아 내면…….”

받아 든 손수건으로 옷을 닦아 내던 그 순간, 남자에게서 혼잣말처럼 흘러나온 소리에 난하는 그 자리에 굳어 버리고 말았다.

"그때나 지금이나 옷에 뭐 잘 흘리는 건 똑같네."

"……!"

"강난하 씨."

그의 깊은 눈이 그녀를 바라보며 웃고 있었다.

⁂

'그때나 지금이나 옷에 뭐 잘 흘리는 건 똑같네.'

정말 헉 소리가 절로 튀어나왔다. 그 남자, 그 남자는…….

'무슨…… 말씀이신지……?'

가슴이 철렁. 어리둥절한 난하를 보며 빙긋이 웃는 얼굴은 무척이나, 무척이나 공포스러웠다.

'글쎄요. 그건 강난하 씨가 더 잘 알 거라고 봅니다만.'

손수건을 쥔 난하의 손이 바들바들 떨려 왔다. 창문 하나 열려 있지 않은 공간에서 선득한 바람이 등줄기를 훑고 지나가는 것 같은 착각이 일었다.

맙소사! 왜 하필 이렇게 중요한 시기에……. 할 수만 있다면 다시 18년 전으로 되돌아가고 싶은 생각이 참으로 간절했다. 하지만 문제는 그것만이 아니었다.

"하아……."

거기서 왜 도망을 치느냐고!

난하는 두 눈을 질끈 감으며 손에 들고 있던 붓을 저도 모르게 꾹 찍어 눌렀다. 그러자 새하얀 화선지에 커다란 검은 점이 설설 번져 갔다. 지끈지끈. 또다시 두통이 시작되고 있었다.

아아…… 그때 내가 왜 그랬을까? 강난하, 너 벌받는 거야, 벌!

보나마나 그녀의 회사는 계약에서 열외 될 게 분명했다. 그런 수모를 겪고도 아무렇지 않을 사람은 아마 세상에 존재하지 않을 것이다. 마음이 태평양 저리가라 넓디넓은 성자가 아니고서야.

진지한 척 서류를 검토하던 사장의 가식적인 모습이, 검은 선들이 낭창낭창 늘어진 화선지 위로 오버랩되었다. 과거의 고뚱과는 전혀 닮지 않은 그 남자. 대체 어떻게 그런 일이!

'회사가 많이 어려운가 보죠?'

아우, 내가 올 걸 이미 다 알고 있었네! 그러면서도 그렇게 태연한 척 연기했던 거야? 어쩐지, 사장이 직접 보자고 하더라니. 내가 어떻게 나오나 궁금했던 걸 테지. 그 남자 앞에 긴장한 채로 앉아 있던 날 보며 얼마나 속으로 재미있었을까?

그녀는 천불이 나는 듯, 쥐고 있던 붓을 부러뜨릴 기세로 손에 힘을 주었다.

한창 주가를 올리고 있으며 향후 별다른 이변이 없지 않는 이상 프론메디는 꾸준한 성장세를 지속하게 될 것이 분명한 회사였다.

이번에 출시될 양방향 디지털 혈관 조명 촬영장치인 'Renova Go IGS 513'은 확실히 의학계를 한 단계 발전시킬 만한 혁신적인 기계였다. 개발에 성공했다는 기사가 뜨자마자 국내는 물론 해외에서까지 뜨거운 관심을 받고 있다는 정보를 입수했다.

그래서 누구보다도 발 빠르게 움직였지만 이미 그녀처럼 빠른 정보력을 가지고 있는 회사들이 허다했기에 경쟁률은 아마도 어마어마할 게 분명했다. 하지만 난하는 그녀의 할아버지와 아버지, 그리고 자신이 이어서 오랜 세월 쌓아 온 태강테크의 노하우와 기술력은 무시할 수 없을 것이라 여겼다. 난하는 그 점을 가장 자신 있는 무기로 삼았다.

여태껏 비리와 꼼수로 회사를 꾸려 왔다면 지금의 태강은 없을 것이었다. 무섭게 치고 올라오는 신생 기업들로 인해 입지가 좁아지고 있는 것은 사실이었으나, 그럼에도 그녀는 그녀의 부친 강재삼 사장과 조부 강현노의 의지를 따라 꿋꿋이 자신의 길을 걸어가고 있었다.

처음 고수창 사장을 만날 때까지만 해도 그 점이 통한 것이라 믿었다. 하지만…….

백날 애써 봐야 무슨 소용이냐고! 만날 엉뚱한 데서 제동이 걸리는데!

"어험!"

갑작스러운 현노의 헛기침 소리에 놀란 난하가 상념에서 깨어나 어깨를 흠칫 떨었다. 정신을 차리고 보니 제 앞에 놓인 난초화에 커다란 점이 번져 있는 게 아니던가!

"어머. 죄송해요, 할아버지!"

"어째 그리 수심이 깊누? 잡념을 떨치려고 난을 치던 게 아니더냐?"

난하는 대답 대신 망쳐 버린 제 난초화에 눈을 내리깔았다. 현노는 난하에게서 시선을 거두고 애지중지 기르는 난초의 잎을 마저 정성스레 닦아 냈다.

“흐음, 잎이 푸르고 싱그럽지 않니? 나는 이 난을 볼 때면 마음이 차분해지고 머리가 맑아진단다. 어느새 근심도 사라지고 개운해져.”

조부 현노는 사군자 중에 유독 난을 좋아해 즐겨 치곤 했다. 난은 여름을 대표한다 하여 여름에 온 큰 손녀의 이름을 ‘난하(蘭夏)’ 라고 지었다고 한다.

난하는 조부가 하는 말은 귓등으로 흘려들으며 그가 애지중지하는 저 난 화분을 하나 팔면 회사에 얼마나 보탤 수 있을까, 하는 생각뿐이었다. 하지만 씨알도 먹히지 않을 소리. 난하는 체념하듯 난초에서 눈을 떼고 시선을 피하며 물었다.

“할아버지. 만약에 말이에요. 아주 오래전에, 내가 의도하지 않았지만 누군가에게 잘못한 일이 있어요. 그 사람은 그 일로 상처를 받았고요. 그런데 나중에 다시 그 사람을 만났어요. 그럼 그 사람의 감정은 어떨까요?”

“상처가 깊어?”

“……아마도요.”

“ ‘각골통한(刻骨痛恨)’ 이겠구나.”

뼈에 사무치게 마음속 깊이 맺힌 원한. 그렇다고 뼈에 사무칠 것까지야.

“어쩌면……요?”

난하의 고개가 힘없이 기울어졌다.

“ ‘개과불린(改過不吝)’ . 과실이 있다면 즉시 고치는 데 조금도 주저하지 말아야지.”

뜨끔하여 현노를 바라보았으나 현노는 여상한 표정으로 여전히 난 줄기를 조심스레 닦고 있었다.

"그……렇겠죠?"

한숨을 폭 내쉰 난하가 붓을 벼루 위에 내려놓았다.

하지만 어떻게요? 속으로 한 질문을 알아듣기라도 한 것인지 현노가 풀이 죽은 손녀를 흘끔 쳐다보았다.

"왜? 뉘한테 몹쓸 짓 했냐?"

"아, 아니요. 누가 몹쓸 짓을 해요?"

난하가 화들짝 놀라 손까지 휘저었으나 현노는 관심 없다는 듯, 제 할 일에만 시선을 줄 뿐이다.

"설마하니 남의 앞길 망쳐 놓은 것은 아니겠지."

"아……닐 걸요?"

아니겠지? 아닐 거야!

난하는 점점 울상이 되어 갔다.

"본시 사람의 진심은 통하는 법이다. '결자해지(結者解之)' 라 했으니, 그이에게 사과하는 데 있어 모든 정성을 다하면 필시 마음을 열 것이다."

그러니까 어떻게 정성을 다하느냐고요!

난하는 답답한 마음에 주먹으로 제 가슴이라도 턱턱 내려치고 싶은 심정이었으나, 차마 행동으로 옮기지는 못하고 땅이 꺼져라 한숨만 내쉬었다. 현노는 난초를 닦던 손을 멈추고 그녀를 향해 돌아앉았다.

"대체 뭐가 우리 손녀를 이리 고심하게 만들었을꼬?"

"……."

"남자 문제냐?"

현노의 물음에 난하가 화들짝 놀라 손을 내저었다.

"아, 아니에요! 할아버지도 참, 제가 언제 그런 걸로 고민하는 거 보셨어요?"

"그 나이에 고민 한 번 안 하는 건 정상이고?"

"그런 거 아니라니까요."

"그럼 회사 문제?"

난하는 대답을 하지 못하고 머뭇거렸다. 할아버지가 세우고 아버지가 이어 가던 회사를 잘 운영하지 못해 휘청거린다는 사실을 아시면 분명 속상해하실 게 뻔하기 때문이다.

게다가 이번 수주가 과거 그녀의 어리석은 행동으로 인해 기회조차 얻지 못하게 됐다는 사실이 문중에 알려진다면 얼마나 비웃으실까 생각하니 머리가 다 지끈거렸다. 잘할 수 있을 거라며 큰소리 떵떵 쳐 오던 그녀였지 않나.

대답이 없자 현노는 얕게 한숨을 내쉬었다.

"거 네가 회사 때문에 그리 고민한다고 누가 알아나 준다던? 너 혼자 일 다 하는 것도 아니고, 매일 야근에 주말에까지 나가서……. 쯧쯧. 원, 그러다 좋은 시절 다 지난다."

"어떻게 고민을 안 해요, 우리 회산데."

"네놈이 사장이냐? 그런 걱정은 사장인 네 당숙이나 하라고 놔두거라."

현노의 타박에 난하가 입술만 불퉁하게 내밀고 있자 현노가 보기 싫은 듯 퉁명스레 물었다.

"그래, 그렇게 죽도록 고생하는데 대체 뭐가 문제야?"

"정말 할아버지는 아무것도 모르시면서!"

"인석아, 내가 모르긴 뭘 모른다고!"

난하는 투정하듯 말했다.

"소생이 '각고면려(刻苦勉勵)' 하고 있으나 '비전지죄(非戰之罪)' 라 '간두지세(竿頭之勢)' 이옵니다. 부디 '간난신고(艱難辛苦)' 를 겪는 소생을 선처하여 주옵소서!"

제가 뼈 빠지게 일하면 뭐합니까? 주변 환경이 안 받쳐 주니 이 꼴이죠. 제발 사람 하나 살리는 셈 치고 좀 도와주십시오!

난하의 생떼 아닌 생떼에 현노의 흰 눈썹이 치켜 올라갔다.

"그게 무슨 말이냐?"

"직원들 월급도 못 주게 생겼습니다."

"그걸 왜 나한테 말하느냔 말이다!"

"할아버지가 도와주세요."

"내가? 무슨 수로?"

"문중선산부동산(門中先山不動産)!"

"예끼, 이놈아! 그것은 함부로 손대면 안 되는 것이라고 했지 않느냐!"

"누가 팔랍니까? 그거 저당 잡고 좀 당겨쓰면……."

"큰일 낼 녀석일세. 네놈은 사장도 아니면서 회사가 망하든 말든 뭘 그리 신경 쓰누?"

"할아버지, 정말 그러시기예요?"

"거, 이제 넌 손 떼고 시집이나 가는 게 어떻겠느냐? 내가 중신 좀 설까? 실한 총각이 하나 있는데. 계집이란 자고로……."

"또, 또 그 소리 하신다. 전 죽을 때까지 회사에서 일할 거예요. 평생 할아버지랑 살 거란 말이에요."

난하는 어려서부터 여자라서 받는 차별을 끔찍이도 싫어하였고 그런 편견을 극복해 내고자 무던히도 애쓰며 살아왔다. 그걸 아는 현노는 곱디고운 손녀가 꽃 같은 나이에 채 피어 보지도 못하고 회사 일에 파묻혀 시들어 가는 것이 무척이나 안타까웠다.

"누가 그때까지 일은 시켜 주고? 네 하는 말이 딱 네 부모한테 불효하는 일이다. 진짜 효도하려면 회사에 신경 쓰지 말고 시집이나 가! 네 어미 걱정이 이만저만 아니더구먼."

"안 갈 거라고요!"

"아, 가라면 갈 것이지 뭔 말이 그리 많아?"

"할아버지랑 산다는데도 그러신다!"

"말이면 단 줄 알어! 처녀 귀신은 네 고모 한 명으로도 족해. 쓸데없는 소릴랑 접고 실한 놈 잡아다가 시집이나 가. 데리고 오기만 허면 당장 보내 줄 테니."

장지문 너머로 투덕거리는 손녀와 걸걸한 조부의 목소리가 고즈넉한 매휘당(梅徽堂)의 정적을 오글오글 파고들었다.

찻물과 난하가 좋아하는 색색의 유밀과를 들이려던 난하의 어머니 정임은 댓돌 위에 서서 오랜만에 들려오는 정겨운 소리에 슬그머니 입꼬리를 휘었다. 그러고는 당사자에게 들리지 않을 타박을 조용히 늘어놓는다.

"으이그, 나이를 저렇게 먹고도 애 같아서야. 시집이나 갈 수 있으려나? 쯧쯧."

딸의 나이는 이미 혼기를 넘어섰지만, 정임의 눈에는 여전히 아이 같아 보이기만 했다.

"컹컹."

"복순아, 너도 그렇게 생각하니?"

어느새 정임의 다리 끝에 붙어 혀를 내밀고 헥헥거리는 청삽사리 복순이가 그녀의 물음에 동의한다는 듯 끙끙거리며 털이 북슬북슬한 꼬리를 흔들어 댔다.

그때였다. 별안간 쿵쿵 울리는 대문 소리에 복순이가 이를 드러내며 컹컹 소리 내어 짖기 시작했다. 정임은 단번에 누군지 알 것 같다는 표정을 하며 입매를 굳혔다. 이내 들고 있던 쟁반을 마루에 내려놓은 후, 개량한복 치맛자락을 감아쥐고 대문을 향해 잰걸음을 놀렸다.

"누구세요?"

알 것 같지만 확인차 물었다.

"질부, 날세."

"아, 숙부님 오세요?"

황급히 문을 열며 맞이하자 백발이 성성한 노인이 불퉁하게 굳은 얼굴로 문턱을 성큼 넘어섰다.

"연락도 없이 어쩐 일이세요?"

"내가 오면 안 되는 곳에 왔는가? 어째 질부는 내가 올 때마다 영 못마땅한 듯 뵈네, 그려."

근거 없는 트집에도 정임은 얼굴 하나 찌푸리지 않고 너스레를 떨었다.

"아유, 제가 왜요? 점심은 드셨어요?"

"왜? 내가 피죽도 못 먹고 갈 날이 오늘내일 하는 노인네 같아 보이나? 질부는 내가 어서 이승 떴으면 좋겠지?"

"아유, 괜히 심술이셔."

"자네, 나 늙었다고 괄시하지 말게. 나 아직 팔팔해!"

"그럼요, 그럼요! 팔팔한 젊은이 같으세요. 어디 가면 재하 아범이냔 소리 들으시겠어요."

그 대답이 현조의 심기를 조금이나마 누그러뜨렸는지 '흠흠' 헛기침을 내뱉고는 매휘당을 휘둘러보았다.

"그래, 이 집 장손은 안녕하신가? 얼굴 좀 보세나."

장손을 언급하는 현조의 기색이 조금 전과는 판이하게 달라 푸근하기까지 했다.

"아직 학교에서 안 왔어요. 재하 고 녀석이 집에 붙어 있는 거 보셨어요? 일단 안으로 드세요. 아버님 방에 계셔요."

"자네는 연락도 없이 불쑥 남의 집에 쳐들어왔으면 미안한 기색이라도 보일 일이지 뭐가 이리 시끄러운 게야?"

난데없이 걸걸한 호통 소리가 마당을 가로질렀다.

"아, 형님. 계셨구려. 딸네 다녀오는 길에 잠시 들렀소."

"딸 보러 왔으면 조용히 볼일이나 보고 갈 것이지, 여긴 왜 와서 소란이야? 여기다 자네 꿀단지 묻어 놨나?"

현노의 호통에 현조가 서운함이 역력한 얼굴로 한탄했다.

"형님, 그렇게 말씀하시면 섭섭합니다. 여기가 왜 남의 집입니까?"

"그럼 자네 집이야?"

현노의 목소리가 커지자 재빨리 곁에 서 있던 난하가 현노의 팔을 붙잡고 생글 웃어 보였다.

"아유, 우리 할아버지 목소리로 천하도 호령하시겠네. 여기서 이러지들 마시고, 작은할아버지 어서 들어오세요."

"그래요. 들어가세요."

정임까지 거들자 못 이기는 척 현조가 마루로 들어섰다.

조금 전까지 난을 치는 데 사용되던 문방사우가 치워지고, 찻잔을 사이에 두고 마주 앉은 두 노인 사이에 서먹한 기운이 흘렀다.

괜스레 남의 며느리를 트집 잡은 현조가 못마땅한 현노와, 그런 현노에게 느닷없이 남이라 핀잔을 들은 아우 현조가 틀어진 마음을 맞추려면 어느 한쪽이라도 먼저 수그리고 들어와야 할 텐데, 이 고집쟁이 노인네들은 그럴 마음이 전혀 없어 보였다.

한두 번 있었던 일도 아니고 곧 언제 싸웠냐는 듯 말을 트고 대화를 늘어놓기도 하기에 두 사람 사이에 끼인 난하는 일단 시간이 지나기를 잠시간 기다리고 있었다.

그러나 현조는 그 분이 다 풀리지 않는 모양인지 그 가시를 곁에 앉은 난하를 향해 쏘기 시작했다.

"머리 모양새 좀 보게. 사내맹키로 싹뚝 잘라서 조신하지 못하게, 쯧쯧. 대체 시집은 언제 갈 모양이야? 우리 집안에 처녀 귀신은 용납할 수 없다. 어디 본 데 없는 물건이……. 흠흠."

현노의 살벌한 눈빛이 당장에 날아들자 현조는 멈칫하였지만 이내 할 말은 해야겠다는 듯이 말을 이어 갔다.

"형님, 집안의 수치입니다. 저거 저대로 놔둘 작정입니까? 아무라도 잡아서 보내시오. 원, 옛날 같으면 할머니 소리 들을 나이에. 쯧쯧, 아이고 남부끄러워서. 난하 네가 말해 보거라. 너 혹시 어디가 부족한 거 아니냐? 어려서는 제법 영특하더니만, 이렇게 나이가 차도록 사내 하나 못 꿰차는 거 보니 아무래도 어디가 부족해도 한참은 부족한가 보다.”

오늘 작은할아버지의 심기가 여간 불편한 게 아닌 모양이다고 느낀 난하는 이럴 땐 가만있는 게 상책인 것을 알기에 무조건 맞는 말씀이라며 마치 야단을 맞는 아이처럼 조용히 고개만 끄덕였다.

이러다 두 노인네 싸움이 더 커지지. 연로하신 분들, 역정 내시다 혈압으로 쓰러지기라도 하면 큰일이지.

난하가 무슨 소릴 들었느냐는 듯, 안면근육을 잔뜩 이완시켜 입꼬리를 당기고 눈꼬리를 살살 접으며 평소처럼 현조에게 필살 애교 작전을 피우려는데, 별안간 현노가 단호한 음성으로 단칼에 무 자르듯 간단명료하게 말했다.

“난하, 내가 데리고 살란다.”

그의 말에 현조와 난하의 눈이 경악한 듯 크게 벌어져 동시에 현노를 향했다.

“예에? 아니, 그게 무슨 해괴망측한 소리요?”

“귀해서 남 못 주겄다. 금은보화를 가마니로 싸 짊어지고 와 보거라, 내가 꿈쩍이나 하나.”

“허, 형님 혹시 치매요? 엊그제까지만 해도 멀쩡하던 양반이…….”

“우리 난하 어려서부터 지나가는 똥개 새끼, 도둑괭이 한 마리도 그냥 못 지나치고 집에까지 데려와 밥 먹여 보낼 만큼 착하고 고운 아이였다. 너도 다 알다시피 커서는 장학금 받으며 학교 다녔어! 우리 난하가 얼마나 착하고 똑똑한 녀석인데 그딴 소리를 지껄이는 게야?"

언제는 귀찮다고 같이 살기 싫으시다더니…….

난하는 개구쟁이 같은 웃음을 씩 지으며 현노에게만 보이도록 양 엄지를 치켜들었다.

'할아버지 최고!'

"안 되겠소. 형님 아직 정신 온전할 때 얼른 재하 혼인시킵시다. 내가 다른 거 다 필요 없고 아들 쑥쑥 자알~ 낳을 만한 실한 처자로다 알아봐 두었으니까. 장손이 손주 보는 것까지는 보고 가셔야지. 계집들 줄줄이 낳아 봤자 하나 쓸데없지. 암!"

슬하에 줄줄이 딸만 낳은 현조의 절규 섞인 외침이었으나 현노는 두 눈을 부릅떴다.

"나 아직 말짱혀!"

그러나 그 와중에도 대가 끊어질까 염려하는 현조의 갸륵한 마음이 하늘에 닿았을 거라곤 옥신각신하는 이들 중 그 누구도 예측하지 못했다.

⁂

피곤한 몸을 이끌고 회사와 가까운 곳에 위치한 자신의 아파트에 들어서자 익숙한 음식 냄새가 풍겨 왔다. 주방으로 가 레인지 위에 있는 냄비의 뚜껑을 열자 어머니의 솜씨가 분명한 찌개가 약간의 온기를 머금고 있었다.

미간에 살짝 주름을 지은 그는 방으로 들어가 슈트 재킷과 와이셔츠, 바지를 차례로 벗어 침대에 던져 놓고 브리프 차림으로 욕실로 향했다. 마치 한 마리의 종마처럼 잘빠진 근육으로 뒤덮인 매끈하고 탄탄한 육체는 우아하고도 기품이 있어 보였다.

그가 느긋하게 욕실로 발을 들이자 상큼한 시트러스 향의 락스 냄새가 풍겨 왔다.

“힘든 일 하지 마시라니까.”

반짝반짝 윤이 나는 새하얀 타일들이 어머니의 얼굴 같아서 그는 인상을 찌푸렸다. 항상 몸이 약한 어머니셨다. 어려서부터 기억나는 어머니의 얼굴은 핏기 없는 얼굴에 힘없는 미소를 짓고 있는 것이었다.

몸이 약한 어머니는 결혼하고 4년 만에 들어선 아이가 쌍둥이라는 사실에 기쁨을 금치 못했다고 했다. 그러나 아버지는 달랐다. 아내의 건강이 염려스러워 거의 움직이지도 못하게 할 정도였다.

아버지의 지극 정성에도 어머니 영화는 결국 조산을 하게 되었고, 두 명의 쌍둥이 중 한 명은 너무 약해 병원에서 포기하라고 할 정도였다. 그러나 그의 부모님은 강한 의지와 믿음으로 한 명의 아기도 포기하지 않았고 그렇게 우여곡절 끝에 아이들은 살아남았다.

그는 자꾸 비집고 나오는 어두운 생각을 지우려는 듯 샤워기를 틀어 운동으로 단련된 매끈한 근육질의 몸에 물을 뿌렸다. 이미 지나간 일이다. 시간은 과거를 잊게 만들고 아픔을 지우고, 또 아름답게 포장하기도 한다. 시간이란 참 좋은 것이다.

근육의 굴곡 사이사이를 타고 물이 계곡물처럼 흘러내렸다. 어느새 더운 수증기로 뽀얗게 흐려진 거울을 한 손으로 쓰윽 훑었다. 손이 지나가 만들어진 길 사이로 자신의 모습이 비추어졌다.

그곳에는 언제 봐도 만족스러운 멋지고 당당한 남자가 서 있었다. 그는 문득 머릿속을 스치는 어떤 여자의 모습을 떠올리고는 오만하게 내민 턱을 손으로 쓸었다.

강난하.

키는 중학교 1학년 때 다 큰 건지 난쟁이 똥자루처럼 똥짤막한데다 머리카락은 선머슴처럼 댕강 잘랐고, 허연 얼굴에 눈만 똥그래서는…… 마지막으로 봤을 때와 달라진 것이 별반 없어 보였다.

그의 말을 듣고 놀란 듯 커진 눈이 금붕어 눈알처럼 툭 튀어나올 것만 같아 웃음이 터질 뻔했다. 바람에 흔들리는 마른 나뭇잎처럼, 세차게 요동치는 까만 눈동자 안에 과거의 그가 담겼다.

고뚱. 더럽고 뚱뚱하고 못생겼던…….

훗. 분명 자신을 기억하고 있는 표정이었다.

무언가 반응을 바란 것은 아니었지만, 황급히 가방을 챙겨 들고 안녕히 계시란 인사만 남긴 채 바람처럼 사라진 그녀의 태도는 조금 어처구니없었다.

헛웃음을 흘리며 그녀가 놓고 간 서류와 분홍빛 입술 문양을 새로이 덧입은 커피 잔을 번갈아 쳐다본 다음에야 그녀가 허상이 아니었음을 실감했다.

"앞으로 어쩌려고 그러나?"

그의 입술이 더욱 길게 늘어졌다.

샤워를 마치고 영화가 장만해 둔 밑반찬에 찌개를 덜어서 늦은 저녁을 먹으며 어머니에게 전화를 걸었다. 보나마나 여태 주무시지도 않고 아들 전화를 기다리고 있을 게 뻔했다.

"어머니."

–아들, 이제 들어왔니? 피곤하겠다.

"왔다 가셨네요. 뭐하러 힘들게 청소까지 하셨어요?"

–별로 한 것도 없어. 힘 하나도 안 들었어. 밥은 먹었니?

"지금 먹고 있어요. 오래간만에 어머니가 해 준 밥 먹으니까 정말 눈물이 날 것 같네요."

그의 너스레에 영화의 소녀 같은 웃음소리가 까르르 들려왔다.

"그래도 앞으로는 그러지 마세요. 저 가사도우미 구했어요."

–정말? 낯선 사람 집에 들이는 거 싫어하면서 어쩐 일이라니?

"믿을 만한 사람이라 괜찮아요."

–그나마 그 핑계로 네 집에 들렀는데 이제 그런 낙도 빼앗는구나.

"아버지 싫어하시는 거 뻔히 아시면서."

–얘, 네 아버지는 좀 지나쳐. 내가 한두 살 먹은 어린애도 아니고…….

"괜히 그러다 병나셔서 끙끙 앓으시면 야단맞는 건 저니까 조심하세요. 오시고 싶으면 언제든 가벼운 마음으로 다녀가시면 되고요."

–그래, 알았다. 우리 아들, 엄마가 사랑하는 거 알지?

"……예."

–애개, 고작 대답이 고거야?

"건강 잘 챙기시고요. 조만간 찾아가겠습니다."

–알았다. 너도 건강 잘 챙기렴.

웃음기 어린 목소리가 전화기 너머로 사라졌다.

영화의 사근사근한 애정표현은 아직도 그에겐 어색하고 서툰 것이었다. 가족들과 너무 오래 떨어져 지내기도 했고, 수창은 남들이 말하는 그 중2병을 너무나도 호되게 지나는 바람에 어머니와의 관계가 소원했기 때문이다.

하지만 실상은 어머니의 애정에 늘 목말랐고, 어머니를 생각하는 마음도 무척이나 깊었다. 그래서 최대한 살갑게 굴고자 하지만 건너뛴 세월은 쉽게 메워지지 않는 모양이다.

어머니 영화는 늘 미안해하셨다. 자식 눈치를 보는 부모를 대하는 껄끄러움은 되레 관계를 서먹하게 하였다. 어머니가 수창에게 '사랑한다' 고 표현하고 또 그 표현을 자연스럽게 받아들이기까지는 꽤 오랜 시간이 걸렸지만, 그는 현재의 상황에 꽤 만족하고 있었다.

수창은 어머니가 힘든 일을 하지 못하게 하기 위해 생각지도 못한 거짓말을 해 버리고서는 이제라도 가사도우미를 구해야겠다며 한숨을 지었다.

*

"오늘은 거래처에 좀 다녀올게요. 바로 퇴근할지도 몰라요."

출근하여 급한 일을 끝내고서 난하는 가방을 챙겨 들었다. 콜록콜록 기침이 뒤따르자 머리카락이 희끗희끗한 정 과장이 걱정스러운 얼굴로 말했다.

"부장님 요새 얼굴이 너무 까칠해지셨네. 좀 쉬어 가며 해요.

맨날 그렇게 동분서주 발바닥에 불 내 봤자 사장님이 알아주시는 것도 아니잖습니까."

"걱정해 주셔서 감사하지만 저 아직 쌩쌩해요!"

두 주먹을 들어 보이며 생긋 웃는 난하를 따라 정 과장이 미소를 지었다.

할아버지가 일하시던 때부터 근무하시던 정 과장은 가족이나 다름없었다. 그 어려운 순간을 함께 겪어 내고 기술을 개발하며 회사를 이만큼 키워 왔다. 그런 직원이 비단 정 과장뿐만은 아니었다.

난하는 어쩔 수 없이 터져 나오는 한숨을 내쉬며 눈을 질끈 감았다.

가족 같은 직원들. 그 모든 사람들의 생계에 대한 무게가 난하의 어깨로 고스란히 내려앉았다. 고수창 사장을 만나며 답지 않게 감상에 젖었던 자신이 무척이나 부끄럽고 한심했다. 현재 그녀의 회사는 찬밥 더운밥 가릴 처지가 아니었다. 난하는 이내 두 주먹을 불끈 쥐었다.

난하는 지금 할아버지 현노가 조언한 대로 진심을 다해 프론메디 사장인 수창에게 사과를 하러 가는 중이었다. 뭐가 어찌 되었든지 그게 먼저였다. 과거의 잘못이 가져온 결과는 현재 난하의 입장을 매우 곤란하게 하고 있었고, 치러야 할 대가가 있다면 그 어떤 것이라도 감내할 준비가 되어 있었다.

그가 당시에 받았을 상처의 깊이를 가늠할 수가 없었다. 어쩌면 그것은 난하가 상상할 수 있는 범위를 넘어서는 것인지도 모른다.

"침착하자, 강난하. 잘할 수 있어."

그녀는 가방을 열어 수창을 만났던 그날, 정신이 없어 손에 쥐고 나와 버린 그의 손수건이 잘 있는지 확인했다.

"죄송합니다. 지금 사장님께서는 중요한 약속이 있으셔서 자리를 비우신 상태입니다."

"저기, 사장님이 바쁘신 건 알겠는데요. 어떻게 매번 올 때마다 자리를 비우십니까?"

"그러니까 미리 약속을 잡고 오셨어야죠."

"약속을 청해도 답이 없으니까 직접 온 거 아닙니까?"

"죄송합니다. 그 부분은 사장님께서 따로 지시하신 사항이 없었습니다. 다시 메모 남겨 놓으시면 전해 드리겠습니다."

"그 메모도 여러 번 남겨 드렸습니다. 보신 건 확실하신가요?"

"네, 정확하게 전달해 드렸습니다만 별말씀 없으셨습니다."

"혹시, 사장님 연락처라도 어떻게 좀……. 제가 사장님 학교 후배라고 말씀드렸던가요?"

"후배, 선배, 친구, 인척, 친척, 이런 분들이 워낙에 많으셔서요."

비서의 빈틈없는 어조에 길게 한숨을 내쉰 난하가 몸을 돌렸다. 이게 대체 몇 번째인지. 처음에 놀랍도록 쉽게 만날 수 있었던 수창은 사실 굉장히 바쁜 인물이었다.

일부러 무시하는 건가?

그렇게 생각할 수밖에 없었다. 그때 그렇게 가 버리는 게 아니었는데. 땅을 치고 후회해 보았자 이미 떠난 버스였다.

그때 과거에 미안했다고 용서해 달라 빌고, 선후배 간의 정을 봐서 이번 수주 건에 힘 좀 보태 달라 매달렸더라면. 그랬다면 잠깐 창피하고 말았을 일일지도 모른다.

지금 난하는 다른 어떤 것에도 신경 쓸 여력이 없었다. 어떻게 해서라도 이번 건을 성공시켜 회사의 위기를 넘긴다면, 어쩌면 할아버지를 비롯한 집안 어르신들이 난하를 인정하게 될지도 모른다. 난하는 다시 몸을 돌려 비서에게로 다가갔다.

"그럼, 저…… 혹시 사장님 약속 장소가 어딘지만 알려 주시면 안 될까요?"

"안 됩니다!"

조심스러운 물음에 단호한 답변이 되돌아왔다.

"그럼 언제 오시는지라도……."

"그것도 잘 모릅니다."

"알겠습니다."

김빠지듯 한숨을 내쉰 난하가 비 맞은 강아지처럼 어깨를 축 늘어뜨리며 뒤돌아섰다. 며칠 잠을 설쳤더니 피로가 한꺼번에 밀려오는 것 같았다. 침을 삼킬 때마다 목이 따끔거리고 으슬으슬해지고 있었다.

피곤하면 자주 있는 일이었다. 난하는 가방에 상비하고 있는 해열진통제를 한 알 먹고 버텨야겠다고 여기며 비서실의 문손잡이를 잡았다. 막 열고 나가려는데 갑자기 '똑똑' 두 번의 노크와 함께 대답도 기다리지 않고 문이 벌컥 열렸다. 난하는 화들짝 놀라 옆으로 몇 걸음 물러섰다.

"안녕, 수정 씨?"

"아, 안녕하십니까, 원장님."

훤칠하고 이목구비가 시원시원하게 잘생긴 미남형의 남자가 방긋 미소를 지으며 비서를 향해 손을 흔들었다. 난하는 이 남자를 통해 수창에 대한 정보를 알아낼 수 있을지도 모른다는 생각이 들어 그 자리에 멈추어 섰다.

"사장님은?"

원장님이라고 불린 남자가 물었다.

"약속 있으셔서 출타 중이십니다."

"데이트?"

"모릅니다."

장난기 어린 남자의 질문에도 비서가 딱딱하게 대답했다.

"수정 씨는 점심 먹었고?"

"이제 먹으러 가려는 중입니다."

그러면서 흘끔 이쪽을 쳐다보는 것이 아마도 난하가 그녀의 점심시간을 방해한 모양이었다. 동시에 아직도 안 가고 있느냐는 눈빛이 분명해 난하는 슬그머니 밖으로 나가 문을 닫았다. 그러나 그대로 회사를 나서는 대신 문에 바짝 기대어 서서 안에서 들리는 대화에 귀를 기울였다. 안에서는 계속 말소리가 들려왔다.

"누구?"

"아, 사장님 찾아오셨는데 못 만나고 가시는 길이세요."

"그래요? 아, 이 비서 어서 점심 하러 가야지. 내가 점심시간 방해하고 있네. 사장님은 언제나 들어오신다고 합니까?"

"바로 퇴근하신다고 하셨습니다."

"오래간만에 같이 밥이나 먹자고 올라왔더니. 알겠어요."

"네. 들어가십시오."

덜컥. 별안간 문이 열리자 귀를 바짝 대고 있던 난하가 깜짝 놀라 뒤로 물러섰다. 깜짝 놀란 사람이 난하만은 아니었는지, 문을 열던 남자도 그 자리에서 눈을 커다랗게 뜨고 난하를 바라보았다.

"괜찮으세요?"

"아, 네, 네! 괘, 괜찮습니다."

"이상하네. 방금 도둑고양이 한 마리가 왔다 간 듯한데."

"네?"

난하는 휘둥그레진 눈을 껌벅이며 남자를 올려다보았다. 바닥 어딘가를 이리저리 찾는 시늉을 하는 남자가 지금 자신을 두고 장난을 치고 있다는 사실을 깨달은 난하는 볼이 달아오르는 것을 느꼈다.

"실례했습니다."

난하가 꾸벅 고개를 숙이고 돌아가려고 하자 남자가 대뜸 그녀를 불러 세웠다.

"저기요!"

"네?"

"혹시, 고수창 사장 만나러 왔습니까?"

"네?"

난하는 그가 그렇게 물을 것이라 예상하지 못하였기에 잠시 놀랐으나 재빨리 고개를 끄덕였다. 그러자 남자는 눈을 가느다랗게 뜨고 그녀의 얼굴을 유심히 바라보는 것이었다.

그러고는 품평이라도 할 기세로 이제 아예 대놓고 한바탕 몸을 훑어보는 것이 아니겠는가. 당황스럽기도 하고 불쾌하기도 하였으나 고수창 사장과 연관된 남자에게 화를 낼 수도 없는 입장이었다.

"무슨 하실 말씀이라도……?"

난하가 제법 침착하게 질문하자 그가 여전히 관찰하는 듯한 시선으로 대답했다.

"아니, 어디서 많이 뵌 분 같아서."

"그럴 리가요?"

일 때문에 수도권을 자주 들락거리기는 했어도 주거지는 태어나서부터 줄곧 청주였다. 이렇게 눈에 띄는 외모의 남자와 마주쳤다면 쉽게 잊히지도 않을 것 같았다.

"제가 착각했나 봅니다. 많이 닮으신 분이네요."

참 고전적인 수법을 쓰고 있다. 아까 그 비서에게도 작업 거는 것 같더니 자신에게도 그러는 건가? 생긴 걸 보아하니 바람기가 다분해 보였다.

난하는 이 남자와 별로 엮이고 싶지 않았지만, 그런 난하의 마음을 아는지 모르는지 남자는 대화를 이어 갔다.

"저기. 수창이랑은 어떻게 아는 사이십니까?"

남자의 물음에 난하가 어떻게 대답해야 할지 잠시 머뭇거리는 사이, 남자가 다시 말했다.

"오해는 마십시오."

남자가 어깨를 으쓱해 보이며 빨간색 카디건 주머니에 손을 넣었다. 참으로 피부가 희고 고왔고, 입술은 카디건의 색깔처럼 빨갰다.

쌍꺼풀 진 눈 하며, 저렇게 빨간색과 잘 어울리는 남자가 있을까? 어쩜 여자보다도 더 예쁘장할 수 있을까? 남자에게 그런 말 하면 기분 나쁘려나?

난하가 잠시 넋을 놓고 남자를 감상하고 있다는 사실을 깨달은 것은 남자의 헛기침 소리를 듣고 난 뒤였다. 난하는 얼굴이 붉어지려고 해서 시선을 피했다. 그러나 남자가 먼저 사과를 해 왔다.

"불쾌하게 해 드렸다면 사과드리겠습니다."

"아, 아닙니다."

두 손에 얼굴을 묻고 싶었다. 얼른 남자가 가 버렸으면 좋으련만.

"저기……. 혹시 어디 편찮으세요?"

"네?"

"안색이 안 좋아 보여요. 바쁘지 않으시면 이 건물 4층에 있는 병원에 들러서 진료 받고 가세요. 몸은 돌봐 가면서 일해야죠."

남자가 빙긋 웃음을 남기고 멀어졌다. 기분이 묘했다. 전혀 상관없는 남에게 걱정을 받다니. 그것도 저렇게나 잘생긴 남자에게.

가슴이 두근거렸다. 나이는 먹어도 자상하고 잘생긴 남자를 보면 뛰는 심장은 어떻게 조절 불가인 모양이다. 애 네댓 난 아줌마처럼 대놓고 쳐다보기나 하고.

"아무나 보면 뛰니 너는? 주책이네, 진짜."

얼마 전 고수창 사장 보고도 그랬지 아마. 할아버지 말씀처럼 혼기가 꽉 차다 못해 넘치다 보니 이제 시간, 장소, 상황, 대상 불문하고 몸이 먼저 반응을 보이는 모양이다.

난하는 어처구니없는 웃음을 터뜨리며 발걸음을 돌렸다. 방금 그 남자 말대로 병원에 들러서 진료나 받고 가야겠다고 속으로 중얼거리면서.

"어? 정말 왔네요?"

"어머?"

"이비인후과?"

"아…… 네, 목이 좀 아파서요."

난하는 흰 가운을 입은 남자를 휘둥그레진 눈으로 쳐다보았다. 가운에 박힌 이름은 '고세창.' 설마, 고수창 사장과 형제 사이? 아니면 사촌? 그런데 어쩜 저렇게 하나도 닮지 않은 거지? 이미지 자체가 달라서 가족일 거라고는 상상조차 하지 못했다.

수창이 커다랗고 위압적이며 남자답다면 이 남자는 꽃미남이란 한 마디로 모든 게 설명 가능했다. 아까는 빨간 카디건이 기막히게 잘 어울린다고 여겼는데, 지금은 흰 가운이 마치 몸에 맞춘 듯 멋졌다.

"잠시만 기다려요. 점심시간 끝나려면 아직 조금 남았거든요."

남자가 다급하게 걸음을 옮겨 어디론가 사라지더니 잠시 후 다시 모습을 드러냈다.

"들어와요."

아직 점심시간이 다 끝나지 않았으나 세창은 자신의 진료실로 난하를 불러들였다. 난하가 환자용 의자에 앉자 세창이 미소를 지으며 물었다.

"점심은 드셨어요?"

"아직요. 입맛이 없어서요."

"저런, 그래도 잘 챙겨 먹어야죠. 어디가 불편해요?"

"목 아프고, 머리도 좀 지끈거리고요."

세창이 마스크를 낀 채로 가까이 다가왔다.

"아, 해 봐요."

잘생긴 남자 앞에서 입을 벌려 속을 보여 주려니 창피해진다. 그냥 의사라고 생각하면 될 텐데 또 가슴이 개방정을 떤다.

"아이고, 많이 부었네요."

단지 의사로서 하는 직업적 멘트일 뿐인데도 괜히 울컥하게 만들고. 이 남자, 수완이 나쁘지 않다. 세창이 별안간 두 손으로 그녀의 귀 뒤쪽 목 부분을 감싸듯 촉진하자 난하의 어깨가 움츠러들었다.

"열도 좀 있네요. 요새 일이 많으신가 봐요?"

"제가 목이 자주 붓는 편이에요."

"편도가 붓는 건 몸이 무리하고 있다는 증거예요. 그럴 땐 잘 먹고 푹 쉬어 주는 게 낫는 데 최고입니다. 물 자주 마시구요, 목에 좋은 차 같은 것도 복용해 주시면 좋구요. 염증은 없으시니까 주사 처방은 하지 않겠습니다."

"네, 감사합니다."

진료가 끝난 것 같아 난하가 인사를 한 후 일어서려 하자 세창이 마스크를 벗고 물었다.

"안 바쁘시면 차 한 잔 드시고 가세요. 목에 좋은 차가 있습니다."

이것도 의사로서 하는 직업적 멘트에 속하는 것일까? 난하는 이 순간 저도 모르게 이 남자가 기혼인지 미혼인지를 가늠하고 있었다. 난하가 대답 없이 눈만 껌벅거리고 있자 싱긋 미소를 지은 세창이 자리에서 일어서며 말했다.

"아직 점심시간 안 끝나서요. 나가 봤자 직원들 자리에 없을 거예요."

어차피 나가서도 기다려야 한다면 이 남자가 주는 차 한 잔 얻어 마셔도 나쁘지 않을 것 같다는 생각이 들었다. 수창에 대한 정보도 좀 얻고.

잠시 후 세창이 향긋한 향이 나는 차가 담긴 종이컵을 건넸다.

"컵이 이것뿐이네요. 미안합니다."

"아니에요. 감사합니다."

난하가 고개를 숙여 보이고는 후후 불어 후룩 맛을 보았다.

"모과차네요? 정말 향이 좋아요. 시중에서 파는 건 아닌 것 같은데요?"

"저희 어머니가 담가 주신 건데 아쉽게도 이제 마지막이네요."

"어머, 그렇게 귀한 것을 제게 주신 거예요?"

이것도 환자를 하나라도 더 단골로 영입하려는 의사의 직업정신 영역에 포함되는 건가?

"또 담가 달라 하면 되는 거죠. 저희 어머니도 특별한 분과 함께 차를 나누었다고 하면 굉장히 좋아하실 겁니다."

난하는 점점 알쏭달쏭해지고 있었다. 대체 어디까지가 진심이고 어디까지가 접대용 멘트인 걸까? 정말 이 남자 작업 걸고 있는 건가? 나한테? 왜?

"저도 미남 선생님과 이렇게 맛있는 차를 나눌 수 있게 되어 무척 영광인걸요."

난하의 너스레에 차를 들이켜던 세창이 픕 하고 웃음을 터뜨렸다.

"그렇게 직설적으로 표현하시는 분은 처음 봅니다."

"사람들이 잘생기셨다는 말을 잘 안 해 주시나 봐요?"

진심이라는 듯 정색을 하는 그녀의 말에 세창이 더 크게 웃음을 터뜨렸다.

"그렇다기보다는……. 하하, 재미있는 분이시네요."

"설마요? 평소 유머 감각이 너무 궁핍하다고 핀잔을 듣는 터라."

"전혀요. 무척 유쾌한데요?"

난하도 웃음이 지어졌다. 이 남자, 은근히 사람을 편안하게 하는 재주를 가지고 있다. 세창이 차를 한 모금 넘긴 후 차분하게 말을 이었다.

"아깐 죄송했습니다. 정말 어디서 많이 뵌 분 같은데 도통 떠오르지를 않네요."

그의 말에 난하는 표정을 굳혔다. 그가 만약 고수창 사장과 형제라면 과거의 일을 알고 있는 것은 아닐까? 난하는 모르는 척 시침을 뗐다.

"제가 좀 평범하게 생겼나 보죠."

"아니요, 절대 그렇지 않아요. 제가 이래 봬도 눈썰미가 좋아서 한 번 본 얼굴은 안 잊거든요. 게다가 강난하 씨같이 쉽게 볼 수 없는 동양형 미인은 잊으려야 잊기도 힘들어요."

"그거 칭찬인 거죠?"

"당연하죠. 요즘 같은 성형 천국에 서구형 미인이 대세인 세상에서 난하 씨 같이 오목조목하고 단아한 신비감을 가진 미인형은 찾아보기 힘들어요."

"그런 구체적인 칭찬은 처음이네요. 감사합니다. 그런데 하나 궁금한 게 있는데요."

"네, 말씀하세요."

"선생님은 고수창 사장님과 관계가 어떻게 되세요?"

"아, 제가 말 안 했군요. 전 고수창 사장 쌍둥이 형입니다."

"쌍둥이 형이오?"

그럼 학교를 같이 다녔다는 얘기잖아! 그렇다면 과거의 그 사건을 세창이 모를 리 없다. 그래서 어디서 본 적이 있다고 하는 건가? 하지만 그녀를 기억하기에는 시간이 너무 많이 흘렀다. 외모도 많이 바뀌었을 테고. 수창만 해도 그렇지 않던가!

난하가 잔뜩 굳어진 채로 놀라서 묻자 세창이 그럴 줄 알았다는 듯 빙긋이 웃었다.

"하나도 안 닮았죠? 다들 쌍둥인데 어쩜 그리 다르냐고 놀라요. 형제라도 그렇게 안 닮긴 힘들겠다고."

난하가 놀란 것이 그 때문이라고 생각한 세창이 설명을 이었다.

"이란성이에요. 동생은 아버지 붕어빵이고 전 어머니 유전자 빼다 박고."

"어, 어머님이 엄청난 미인이신가 봐요?"

"그럴 것 같아요?"

난하가 얼쯤한 표정으로 묻자 세창이 웃음으로 대답을 대신했다.

"그러는 강난하 씨는 왜 수창이를 만나려고 애를 쓰는 겁니까?"

"네?"

그가 물어 올지 몰랐기에 난하는 얼른 대답을 하지 못하였다. 대체 뭐라고 설명을 해야 하는 걸까?

"그냥 회사일이죠, 뭐. 작은 회사 부장이 잘나가는 회사 사장을 보러 올 일이 뭐가 있겠어요?"

"아, 그렇군요. 역시 먹고사는 일은 쉽지 않죠."

그가 안타까운 듯한 표정으로 말했다.

"그나저나 제가 아픈 사람을 붙잡고 너무 귀찮게 했나 봅니다."

"아니에요. 저도 즐거웠어요. 덕분에 귀한 차도 마셔서 그런지 벌써 다 나은 것 같은데요?"

난하가 억지로 미소 지으며 말했으나 정말로 이 남자와 함께 있다 보니 목 아픈 게 하나도 느껴지지 않았다.

세창 또한 아무것도 모르는 것 같은 선한 눈빛으로 자상하게 마주 웃어 주었다. 그가 미소를 지어 보이자 계절은 가을인데 어디선가 살랑살랑 봄바람이 부는 것만 같았다. 난하는 다 마신 빈 종이컵을 들고 자리에서 일어섰다.

"이만 가 보겠습니다."

"네, 계속 목이 아프면 꼭 다시 오세요."

"그럴게요."

"참, 그리고……."

등을 돌리려던 난하는 다시 몸을 돌려 그를 바라보았다.

"바로 요 앞에 '그린빌' 이라고, 그 아파트에 살아요."

"네?"

"수창이 말이에요. 출장 간 거 아니면 집에는 꼭 들어가거든요. 내가 말해 줬다고 하면 안 돼요!"

그가 동, 호수까지 알려 주며 한쪽 눈을 찡긋해 보였다. 수창에 대한 정보를 얻는 것이 목적이긴 했지만 너무나도 자세히 알려 주어 외려 이상했다. 아니, 오늘 처음 본 여자를 뭘 믿고 저런 과도한 친절을 베푸는 걸까? 정말 무슨 꿍꿍이가 있는 것은 아닐까?

난하는 저녁 무렵 세창이 가르쳐 준 그의 아파트 단지 1층 출입구 앞에서 죽치고 기다리고 있었다. 밑져야 본전이다. 어차피 오늘은 곧바로 퇴근한다고 했으니 수창은 곧장 이곳으로 올 것이다. 물론 세창의 정보가 정확하다는 전제하에 말이다.

그러나 1층 출입구부터 비밀번호로 들어가는 곳이라 거기서부터 막히고 말았다. 난하는 긍정적으로 생각하기로 했다. 어쨌든 들어온다고는 했으니까.

문을 지나다니는 몇몇 아파트 입주민들이 그녀를 이상한 눈빛으로 쳐다보기도 하였지만 다행히 경비가 쫓아온다든가 하는 일은 일어나지 않았다.

세창이 처방해 준 약 덕분에 어느 정도는 견딜 만했다. 난하는 일교차가 큰 가을 저녁의 쌀쌀한 공기에 오들오들 떨면서 이를 앙다물었다. 오늘은 기필코 만나고 말리라!

직장인들의 퇴근 시간은 진즉에 지났고, 사위가 캄캄해지고 쥐 죽은 듯 고요해진 것으로 미루어 보아 시간이 꽤 흘렀다는 것을 알 수 있었다. 올 시간이 지난 것도 같은데. 그런 생각을 하다가 문득 이 아파트에 지하 주차장이 있을지도 모른다는 생각이 들었다.

그녀가 주택에서 살다 보니 미처 그런 생각까지 하지 못했던 것이다.

아유, 이 미련퉁이 바보!

지하 주차장을 통해 곧바로 집으로 들어갔으면 어떡하지?

조금 전까지 여유로웠던 마음이 금세 바뀌어 발을 동동 구르고 있던 그때였다. 저쪽에서 저벅저벅하는 발자국 소리가 들렸고, 곧이어 훤칠한 키와 건장한 체격의 실루엣이 그녀 쪽으로 가까워져 오는 것이 보였다.

인적이 드문 늦은 시간이라 난하는 흠칫 몸을 굳혔지만 곧 가로등 빛에 드러난 남자의 얼굴에 화색을 띠었다. 그녀는 단박에 뛰어가며 외쳤다.

"고수창 사장님!"

남자가 멈칫하며 다가오는 여자를 뚫어져라 응시했다.

"여기서…… 뭐 하는 겁니까?"

처음에는 놀란 표정을 짓던 그가 화라도 난 듯 인상을 와작 구겼다. 저런 식으로 나올 거라는 건 예상하고 있었다. 계속 연락 오는 것도 귀찮아 죽겠는데 이제 기다리기까지 하느냐 생각할 테지. 나도 이게 뭐하는 짓인가 싶으니까요.

난하는 수창의 기세에 어색함을 뒤로한 채 활짝 웃으며 허리를 깊게 굽혀 인사했다.

"안녕하세요, 고수창 사장님. 태강테크 강난하 부장입니다. 사장님을 기다리던 중이었습니다. 엣취!"

차가운 곳에서 내내 웅크리고 있던 그녀는 기어이 재채기를 하고는 한기가 드는지 양팔을 문지르며 몸을 부르르 떨었다.

"누가 가르쳐 준 겁니까, 여기?"

"아…… 그게 저……. 오가다가 우연히……."

우와, 저 냉기! 한겨울 북풍한설도 저만큼 차갑진 않겠다. 이게 당신의 본마음이겠지요. 내가 싫을 겁니다. 그래요. 인정합니다, 그 기분.

"잠깐만 시간 내주세요. 딱 5분, 아니 3분요!"

그가 말없이 그녀를 바라보았다. 사람을 빨아들일 것 같은 압도적이고 강렬한 눈빛이 그녀를 절로 얼어붙게 만들었다.

"시간 없습니다."

낮고 단호한 어투. 한 5, 6년 전쯤의 그녀라면 단박에 졸아서 '깨갱' 꼬리를 내리고 말았을 테지만, 강난하 어디 이런 일 한두 번 겪나? 난하는 마음을 굳게 다지고 그의 앞을 막아섰다.

"그럼 딱, 1분이면 됩니……. 에이취! 콜록콜록."

의도한 바는 아니었으나 정말 감기 기운이 도는 것인지 코가 간질간질하고 목이 칼칼하여 기침이 저절로 터져 나왔다. 추운 곳에서 너무 오래 떨었나 보다.

"지금 내 동정심 이용하려는 거라면 관두죠."

그가 등을 돌리고는 출입구에 달린 버튼을 눌렀다. 저런 몰인정한 인간이 다 있나! 나 같으면 기다린 사람 성의를 봐서 말이라도 들어 주겠구먼. 잠시 원망 섞인 감정이 물큰 솟았으나 이내 마음을 고쳐먹었다. 그리고 그의 감정을 느껴 보려 애썼다.

강난하, 너 같으면 너 상처 준 사람이랑 상종하고 싶겠니? 그래, 나는 저 남자 마음 충분히 이해한다. 이해해야지!

난하는 재빨리 그의 옷깃을 붙잡았다. 그러자 수창이 지금 뭐 하는 짓이냐는 듯 매우 불쾌한 표정으로 그녀를 휙 째려보았다. 처음의 예의 바르고 다정하던 그 모습은 처음부터 존재하지 않았던 것처럼 그의 표정은 무섭고 그녀를 졸아들게 만들었다.

"업무 이야기라면 담당자와 하세요."

예의 직업적이고 형식적인 멘트를 날리며 그가 고개를 돌렸다. 삐릭. 잠금이 해제되고 그가 출입문을 밀었다. 수창은 그녀의 손을 탁 털듯 떼어 내고는 주저 없이 출입문을 닫아 버렸다.

일말의 빈틈도 허락하지 않는 그의 태도에 민망함이 난하를 뒤덮었다. 그렇게 멍하니 서 있다가 뭔가 생각난 듯 급하게 가방을 뒤져 그의 손수건을 꺼내 들었다.

"저, 사장님! 이거, 이거요!"

유리문 너머의 그를 향해 소리치며 손수건을 흔들었다. 그는 들은 척도 하지 않고 걸음을 옮겼다.

"사장님, 손수건……!"

말을 다 마치기도 전에 그는 이미 코너를 돌아 모습이 보이지 않았다. 난하는 허탈한 심정을 감추지 못하고 어깨를 축 늘어뜨렸다.

"생각보다 쉽지 않네."

콜록콜록, 다시 기침을 터뜨리며 지끈거리는 이마를 짚자 뜨끈한 열기가 손바닥에 감겨 왔다. 열이 다시 나나? 인과응보라는 세상의 이치는 반드시 들어맞는 것이었나 보다. 이렇게 멀고 먼

시간 후에 이토록 절실히 그 상식적인 진리를 깨닫게 될 줄은 미처 몰랐다.

"하아, 변명할 기회조차 안 주네."

아니. 그 기회는 지난번에 이미 발로 걷어찼지. 글쎄 거기서 왜 도망을 나오느냐고? 그날 도망쳐 나오고 나서도 한참이나 가슴이 진정되지 않아 심호흡을 몇 번이나 했었던가.

잠시 그 자리에 못 박힌 듯 서 있던 난하는 더 이상 이곳에 있어야 할 이유가 없었기에 힘없이 뒤를 돌았다. 땅이 꺼져라 깊은 한숨을 내쉬고는 한 걸음, 두 걸음 터덜터덜 발을 움직이던 순간이었다. 등 뒤로 문이 열리는 소리가 들렸다.

"빨리 안 가고 뭐 해요?"

우뚝. 걸음을 멈춘 난하가 놀란 눈으로 뒤를 돌았다. 그러자 고수창 그 남자가 바지 호주머니에 손을 넣은 채 시큰둥한 시선으로 그녀를 바라보고 있었다.

"예? 아, 지, 지금 가려고……. 그런데 사장님은 왜 다시……?"

나 때문에 다시 온 건가?

난하는 희미하게 생겨나는 희망에 가슴이 설레었다. 수창은 뚱한 표정으로 손바닥을 내밀었다. 난하가 뭐 하시냐는 듯 그와 손바닥을 번갈아 쳐다보자 수창이 쭉 편 기다란 손가락 끝을 까닥거렸다.

"내 손수건."

"아, 네, 여기, 여기 있습니다!"

난하가 재빨리 그의 손수건을 가방에서 꺼내 그의 손에 올려주었다. 그는 홱 하고 그것을 낚아채더니 다시 휙 뒤돌아 출입구

비밀번호를 눌렀다. 그리고 주저 없이 안으로 몸을 들이밀었다.

이 냉혈인간에 밴댕이 소갈딱지야! 18년 전 일을 가지고 아직도 꽁해서 저리 유치하게 구는 거야? 난하가 황당해서 그를 노려보는데 그가 문을 닫기 전 문득 고개를 돌려 말했다.

"모레 점심 같이합시다. 장소와 시간은 따로 연락 주죠."

그는 그 말을 끝으로 사라졌다. 허깨비를 만난 듯, 멍했던 난하의 얼굴에 돌연 화색이 돌았다.

❀

예약자 이름을 말하자 종업원이 난하를 어디론가 안내하였다. 구불구불 미로처럼 이어진 복도를 오로지 종업원에 의지하여 걷고 있는 난하는 무척이나 긴장하여 입술이 바싹 말랐지만 겉으론 담담한 척 표정 관리를 했다.

고풍스러워 보이는 기와 장식과 단아한 툇마루가 이어진 복도, 그리고 그 복도에 걸린 수묵화 몇 점이 인상적이었다.

수창에게서 뜻밖에도 이 고급 한식 요리 집에서 만나자는 연락이 왔다. 그래서 지금 난하는 고위급 인사들이 주로 애용한다는 이 고아한 한옥 요리 집에 발을 들였다.

오히려 잘 되었다 싶었다. 태어나서 지금까지 자란 곳이 구암고택이었고, 10살 때 개량한 매휘당 한옥 집이었다. 그와 비슷한 분위기인 이곳에서라면 더 차분하게 말할 수 있을 것 같았다.

"잠시만 기다리시면 곧 도착하실 겁니다."

종업원의 말이 끝나자 비어 있는 룸 안으로 성큼 발을 들이고는 등받이가 있는 좌식 의자에 자리를 잡았다. 수창과의 약속이 잡히고 난하는 조금 더 확실히 해 두기 위해 중학교 때부터 친했던 문숙에게 고뚱 선배에 대해 아는 것이 없느냐고 물었다. 하지만 문숙도 그다지 아는 바는 없었다.

"후, 흡."

숨쉬기 운동을 하며 뛰는 가슴을 달래기를 십여 분. 종업원의 목소리가 들렸다.

"도착하셨습니다."

난하는 자세를 다잡으며 얼른 자리에서 일어섰다.

드르륵.

장지문이 열리며 기다란 다리가 들어서는 것이 고개를 숙인 그녀의 눈으로 들어왔다.

"시간 내주셔서 감사합니다."

종업원에게 안내받아 온 수창에게 허리를 굽혀 정중한 인사를 건넨 난하가 고개를 들어 수창을 바라보았다. 수창은 감정이 읽히지 않는 표정으로 마주 묵례하였다.

난하가 손을 뻗어 맞은편에 앉도록 안내하자 그가 여유로운 태도로 그곳으로 걸어가 앉았다. 머뭇거림 없는 당당한 움직임만으로도 난하의 숨통을 조이는 것만 같았다.

강난하, 기죽지 말자!

그간 거친 남자들과 부딪힐 때도 쉽게 물러서지 않던 난하였다. 그렇게 배포를 키워 왔다고 자부하였으나 왜인지 눈앞의 고수창이라는 남자 앞에서는 그간의 노력이 힘없이 허물어졌다.

"청주서 오시느라 꽤나 서두르셨겠습니다."

자리에 앉은 후 예상 외로 먼저 입을 연 사람은 수창이었다. 그의 굵직한 목소리가 조용한 실내에 울렸다. 둘만 남게 된 자리. 어쩐지 그의 목소리가 자꾸만 살갗을 스쳐 지나가는 것 같아 난하의 어깨가 움칫거렸다.

"별로 막히지 않아 금방 왔습니다."

난하는 무안함에 얼굴이 달아오르려고 하여 한쪽으로 크게 난 머름창으로 시선을 돌렸다. 머름창에는 창호지를 바른 지게문 대신 유리문이 달려 있어 바깥의 풍경을 그대로 감상할 수 있게끔 꾸며 놓았다.

난하는 어색함을 이기지 못하고 창밖의 풍경을 가만 둘러보았다. 인공연못에는 커다란 물레방아가 쉼 없이 물을 흘려보내고 있었다. 창으로 막혀진 탓에 물소리가 잔잔하게 들려와 제법 운치가 있었다. 여름에 와서 시원하게 창을 열어 놓고 즐겨도 참 좋을 것 같다는 생각이 들었다.

활활 타오르는 화톳불처럼 붉게 물든 단풍나무 한 그루가 연못 위에 새빨간 나뭇잎 몇 장을 점점이 띄워 가을의 정취를 한껏 뽐내고 있었다. 물과 나뭇잎의 색채 대비가 무척이나 뚜렷하여 난하가 보고 있는 풍경이 마치 현실이 아닌 그림인 듯 느껴졌다.

가만 그렇게 창밖을 바라보노라니 어디에선가 청아한 음색의 가야금이 산조 한 자락을 타고 있었다. 여태 수창을 만날 생각에 긴장하여 듣고 보지 못했던 것들이었다. 날뛰던 가슴을 잔잔히 재우는 여백과 느릿한 곡조가 일품인 지금은 진양조쯤 되려나?

"귀한 손님 오시면 간혹 모시고 오는 곳입니다. 모두 만족하시더군요."

이상하게도 아까와는 달리 약간 긴장이 풀어진 것만 같았다. 아니 미미하게 두근거린다는 것이 맞을 것 같았다. 그래서 현재 자신의 처지를 잊을 만큼. 그것은 조금 전 수창의 친절한 어조 때문일까? 아니면 저 가야금 곡조 때문일까?

"여기, 참 좋네요."

"다행이네요."

그의 목소리가 웃음기를 머금은 것 같은 착각까지. 난하는 손님을 모시고 너무 제 생각에만 빠져 있었나 싶어 퍼뜩 정신을 차리고는 그를 마주 보았다. 검은 테 안경 속의 깊은 눈이 그녀를 응시하고 있었다. 마치 이 방에 발을 들인 후, 내내 그녀만을 바라보고 있었다는 듯.

난하는 불편해지는 마음에 다시 안절부절못해져 시선을 얼른 그의 가슴께로 내렸다. 그리고 자신이 그를 만나고자 했던 이유를 스스로에게 환기시켰다. 하지만 그마저도 자신의 마음을 뒤흔드는 묘한 능력을 지닌 남자 덕분에 쉽지가 않았다.

이상하게 달아오르는 체온을 식혀 줄 무언가가 난하에게 필요했다.

어제는 그렇게 매몰차게 굴더니 어떻게 태도가 이렇게 바뀌는 걸까? 그를 만나고자 청했던 것에 후회가 밀려오고 있었으나 마음을 다잡았다.

"제가 이렇게 뵙자고 청한 이유는……."

"일단."

불쑥 치고 드는 수창의 낮고도 단정한 목소리 때문에 난하는 하던 말을 멈추어야 했다.

“식사부터 하고 듣죠. 제가 아침을 가볍게 했더니 시장기가 돌아서. 여기 경관뿐만 아니라 음식도 정갈하고 괜찮습니다.”

말끝에 그가 슬쩍 미소를 지었다. 찰나에 스친 그의 미소에 난하는 갑작스러운 현기증을 느꼈다. 난하는 얼른 앞에 놓인 물컵을 집어 들어 입술을 축였다.

“아, 제가 너무 성급했나 보네요. 식사 먼저 하시죠.”

음식이 상에 가득 진열되었을 때는 어느덧 가야금이 중모리 장단을 연주하고 있었다. 적당히 식욕을 불러일으키는 중후한 가락이 점잖은 식사 시간을 부드럽게 이끌어 주는 것처럼 보였으나 난하는 가시방석에 앉은 것 같은 기분을 느꼈다. 수창이 먼저 수저를 들었다.

“드시죠.”

“네.”

난하는 수창이 앞에 놓인 흰색의 자그마한 도자기 그릇 안에 든 흑임자죽을 한 술 뜨는 것을 확인한 후 수저를 들고 천천히 식사를 시작했다.

수창이 신경 쓰여 음식을 제대로 음미하지 못하고 있는 난하와는 달리 수창은 이 자리를 굉장히 즐기고 있는 것처럼 보였다. 그의 앞에 잔뜩 긴장하여 졸아 있는 그녀를 비웃기라도 하듯 여유로운 태도로 갖가지 산해진미를 골고루 먹어 치우며 간혹 ‘음.’ 하는 감탄사를 터트리고는 고개를 끄덕이기도 했다.

음식을 넣고 우물거릴 때마다 한가득 튀어나온 볼이 올록볼록 춤을 추다 꺼져 갔다. 그 모습이 무척이나 남자다워 보였다면 미친 걸까? 난하는 지금 이 상황에서 그런 생각을 하는 자신을 철

없다 나무랐다.

지금은 누가 뭐래도 그녀가 약자였다. 이 남자에게 과거의 잘못을 속죄하고 부탁을 해야 하는 입장임에는 틀림이 없지 않은가!

정신 차려, 강난하! 어떤 대가라도 치를 각오하고 온 거잖아.

저 남자가 우위에 있는 입장을 이용해 자신에게 어떤 모욕을 준다 해도 그녀는 다 감수하여야 할 처지였다.

이 남자는 그때 그 일을 지난 18년 동안 마음에 품고 살았을 것이다. 그러니까 지난번에 그렇게 따로 불러 보자고 했을 테지. 그리고 앙갚음이라도 하듯 그동안 수차례 요청한 면담도 다 깠을 테고.

그런 생각을 하자니 은근히 열이 뻗쳤다. 아니, 내가 잘못했으면 또 얼마나 잘못했다고!

"아직도 붓글씨 씁니까?"

"네?"

조용한 식사 도중, 갑작스러운 그의 질문에 난하는 퍼뜩 놀랐다.

"서예 말입니다."

서예를 했던 것을 어떻게 알았을까?

그녀가 학교에 입학해서 수창이 전학을 가기까지 고작 3개월가량이었다. 소풍날 그가 그녀 앞에 모습을 드러내기 전까지 학교에 그런 선배가 있는지 조차 몰랐었다. 그와 그녀는 친해지기는커녕 얼굴 한 번 제대로 마주한 적 없었다.

"나도 서예부였습니다."

"……아."

전혀 몰랐었다. 그녀는 의외의 사실에 눈을 크게 뜨고 그를 바라보았다. 그녀의 반응을 보며 그가 이어 말했다.

"마주칠 일은 없었겠죠. 내가 3학년 땐 부서 활동을 하지 않았으니까."

"네에……."

기억하지 못하느냐고 추궁을 당할까 봐 긴장했었던 난하는 속으로 안도의 한숨을 내쉬었다. 그에 대한 기억은 거의 남아 있지 않았다.

학교에서 3층을 쓰는 3학년과 1층을 쓰는 1학년이 부딪힐 일이 거의 없었기도 했지만, 그도 활달한 성격은 아니었는지 그의 모습이 눈에 띄는 일은 드물었다. 그러나 그의 외모만큼은 어렴풋이 기억에 남아 있었다.

그래서 정말 미스터리했다. 아무리 시간이 많이 흐르고 세월에 따라 성장했다 하더라도 이 남자의 외모는 어떻게 180도 달라질 수 있었을까?

두꺼운 안경알에 가린 자그마한 눈, 볼살에 덮인 낮고 뭉툭한 코, 경계가 불명확한 턱, 보통의 키. 살을 빼고 키가 자랐다고 하더라도 나머지 이목구비는 얼른 납득하기 어려웠다.

혼자 의아해하던 순간, 머리를 스치는 생각에 난하는 소리 나지 않게 '아아!' 하며 탄성을 내질렀다. 하긴. 요새는 남자들도 많이 한다고들 하더라. 난하는 혼자 질문하고 스스로 결론을 내리며 수긍된다는 듯 고개를 끄덕거렸다.

그때 상처가 얼마나 컸으면…….

그의 아픔이 피부에 와 닿기도 하였으나 그렇기 때문에 계약이 더 어려워지지나 않을까 속으로 염려가 되었다.

과연 저 남자는 무슨 생각으로 이 자리를 선뜻 받아들였으며 저렇게 자상한 미소를 띠고 있는 것일까? 그녀는 이 자리를 마냥 즐기고만 있을 수는 없다는 생각을 하며 마음을 다잡았다. 이내 자세를 정돈하고 다소곳이 무릎을 꿇어앉은 난하는 정중하게 입을 열었다.

"사장님. 식사 다 마치셨으면 오늘 뵙자고 했던 용건을 말씀드리고 싶습니다."

그녀의 가라앉은 목소리에 수창이 짧게 숨을 뱉으며 고개를 끄덕였다. 들었던 젓가락을 상에 내려놓고 곁에 있는 벨을 누르자 얼마 되지 않아 종업원이 들어왔다.

"뭐 필요하신 게 있으십니까?"

"식사 마쳤습니다. 차 부탁드립니다."

"네, 준비하겠습니다."

순식간에 상이 치워졌고, 어느 새 두 사람의 앞에는 붉은 빛깔을 띤 오미자차가 옅은 연두색의 도자기 잔에 채워져 있었다. 붉은 연못을 유영하듯 둥둥 떠다니는 잣 두 알이 난하의 눈에 어지러이 박혔다.

오미자차를 한 모금 입에 문 난하의 입술이 유독 말갛고 발개졌다. 머뭇거리며 머금은 오미자차를 입속에서 굴리던 난하는 이내 결심이 선 듯 차를 꿀꺽 넘겼다. 희고 보드라워 보이는 그녀의 목덜미가 미약하게 꿈틀거렸다. 동시에 그의 목울대도 함께 울렁였다. 가야금은 어느 사이 자진모리를 연주하고 있었다.

쿵당지당 쿵당지당 쿵당지당 쿵당지당 쿵당지당…….

쉴 틈 없이 빨라진 장단을 따라 난하의 심장박동도 빨라져 가고 있었다.

"말씀해 보시죠."

그가 먼저 운을 떼자 난하는 심호흡을 크게 한 번 한 뒤 입을 열었다.

"우선. 며칠 전, 그렇게 도망친 것은 경우가 없는 행동이었다는 사실을 인정합니다. 너무 갑작스러웠기 때문에 경황이 없었습니다. 불쾌하셨다면 사과드리겠습니다."

난하는 누군가가 심장을 움켜쥐고 자꾸 조여 오는 것만 같아 답답해졌기에 슬그머니 고개를 들어 수창을 바라보았다. 수창은 팔짱을 낀 채 흥미롭다는 얼굴로 의자에 등을 기대고 있었다. 어디 더 해 보라는 듯 관망하는 그의 태도에 난하의 입안은 바싹 말라갔다.

오미자 찻잔을 들어 다시 한 모금 들이켰다. 톡 쏘는 알싸한 맛이 입안에서 온몸으로 퍼져 가는 듯했다. 머리가 몽롱해지고 있었다.

정신 바짝 차리자. 여기서 무너지면 안 돼!

존재감만으로도 버거운 상대였다. 그런 남자 앞에 고양이 앞의 생쥐처럼 저절로 주눅이 드는 이 열패감은 아무리 강난하라도 버티기 힘겨웠다. 난하는 말이 없는 그를 차마 바라보지 못하여 그가 어떤 표정을 짓고 있는지 알 수 없었으나 계속 말을 이었다.

"그리고 오늘 드리고 싶은 말씀은……. 18년 전, 중학생 시절의 일에 관한 것입니다. 그때 선배님께 드렸던 모욕, 뼈아프게 후회하고 있습니다. 그땐 정말 죄송했습니다."

여전히 말이 없는 그의 태도에 난하는 당황스러웠다. 화를 내든 비웃든 어떤 반응이라도 보이길 바랐지만 그는 목석같기만 하였다. 그 눈길에 담긴 감정은 조소 따위로 비추어졌기에 그녀는 부끄러워졌다.

마치 자신의 의도가 불순했음을 들킨 것만 같았기 때문이다. 아니, 애초에 그녀의 사과를 순수하게 받아들일 만큼 고 사장이 순진한 나이도 아니지 않은가.

"사장님께서 과거의 일로 받으신 상처에 대한 사죄로 어떤 벌이라도 달게 받겠습니다. 그러나 저와 사장님의 개인적인 일은 개인적인 선에서 해결해 주십시오. 많은 것은 바라지 않겠습니다. 그저 저희 회사에 기회만 열어 주시면 됩니다."

묵묵히 난하의 말을 듣고 있던 수창이 한참 만에 무겁게 입을 열었다.

"어떻게 회복시킬 생각입니까?"

"네?"

"과거의 내 상처, 어떻게 회복시킬 생각이냔 말입니다."

드디어 입을 연 수창에게서 나온 말에 난하는 멍해졌다. 도대체 어떻게 해야 하는 것인지 사실 감도 오지 않았다.

"사장님이 원하시는 것은, 무엇이든지……."

그녀의 어정쩡한 대답에 수창이 입꼬리를 늘렸다. 그의 반응은 희망적이기도 했으나 한편으로는 무척이나 그녀를 불안하게 만들었다.

"무엇이든지라……."

고민하는 태도가 진지했다. 두근, 두근, 두근……. 그의 입에서 무슨 말이 나올까 입술만 뚫어져라 바라보자 이내 그가 그녀를 바라보며 고개를 갸웃 기울였다. 난하는 마른침을 꿀꺽 삼켰다.

"예상하시겠지만 그때 그 일로 내 자존감은 형편없어졌습니다. 땅바닥으로 곤두박질쳤죠."

그가 검지를 위로 들더니 상에 내리 꽂았다. 동시에 난하의 어깨도 흠칫 떨렸다.

"책임지셔야겠습니다."

난데없이 책임지라는 말에 난하는 동그래진 두 눈만 끔벅거렸다. 그의 태도에서는 한 치의 장난스러움도 엿보이지 않았다.

"바닥을 기는 내 자존감, 다시 되돌려 놔요. 나 '더럽고' 뚱뚱하고 못생긴 놈이라서 여자한테 차였다고 소문 자자했던 거 기억나요? 그거, 트라우마 심각해서 아직 결혼도 못 했고 만나는 여자도 없어요."

유독 '더럽다'에 힘을 주어서 발음하는 것은 의도적이지 싶었다.

그래서 어쩌라고요? 당신 정도면 여자들이 줄을 설 것 같은데. 도움 없이도 알아서……. 호, 혹시 안 서나? 난하는 머릿속을 스치는 생각에 창백해져서 상 아래에 숨겨져 있을 그의 하체를 떠올렸다가 얼른 지워 버렸다. 한창 나이에 그게 안 되면……. 난하는 주먹을 옥여쥐었다.

그건 나도 어떻게 해 줄 방법이 없잖아. 예쁘고 관능미 넘치는 여자를 소개해 주면 될까? 아니면 유능한 심리치료사를 소개해 줘야 하나? 난하의 생각이 중구난방으로 튀어 다녔다.

"저기…… 사장님. 그러니까 제가 어떻게 해 드리면 되는 것인지, 단도직입적으로 말씀해 주시면 감사하겠습니다."

그녀의 말에 여태 심각하게 굳어 있던 수창의 얼굴이 약간 부드러워졌다.

"어떤 벌이라도 달게 받겠다는 그 말, 진심입니까?"

"네."

난하는 당연하다는 듯 결연한 표정으로 고개를 끄덕였다. 그러나 도대체 어떤 말을 하려고 저렇게 뜸을 들이는 것일까? 불안해져 뛰는 가슴을 누르며 조용히 그의 말을 기다렸다.

"거래를 하죠. 서로가 윈윈 하는."

"거래……라시면……?"

"당신은 계약을 따내고 싶고, 나는 과거의 모멸감으로 낮아진 자존감을 회복하고 싶고."

그의 의기양양한 태도에 난하는 심장이 오그라드는 것만 같았다. 그는 마치 자신이 원하는 것을 알아맞혀 보라는 듯이 팔짱을 끼고 삐딱하게 몸을 기댔다.

"강난하 씨, 나랑 '개인적'으로 좀 만나야겠습니다."

수창이 시원스레 내놓은 해결책에 난하는 잠시 어안이 벙벙했다. 그리고 그가 하는 말의 의미를 얼른 깨닫지 못하고 해석을 요구했다.

"잘…… 이해가 되지 않습니다."

"강난하 씨가 원하는 대로 '개인적'으로 만나서 강난하 씨가 끌어내린 내 자존감 되돌려 놓으라고요. 그게 내가 원하는 조건

입니다. 강난하 씨가 어떻게 하느냐에 따라 제 자존감은 빨리 회복될 것이고, 아니면 영영 돌아오지 않을 수도 있습니다. 어떻게 하겠습니까?"

그는 그녀가 바라던 개인적인 차원에서의 문제 해결을 제시하고 있었다. 하지만 난하는 어처구니가 없어지고 말았다. 차라리 광화문 네거리에서 무릎 꿇고 석고대죄를 하라고 하는 편이 더 나았다.

이 남자도 다른 '갑'들처럼 그렇고 그런 속셈을 가지고 이러는 것이 분명했다. 이 바닥에서 계약 하나 따내기 위해 아무리 자존심을 버리고 산다지만 그런 요구는 단 한 번도 용납한 적이 없었다. 난하의 얼굴이 딱딱하게 굳어 갔다.

"개인적으로 해결하자는 말씀은…… 그러니까……."

혼자 눈을 이리저리 굴리는 모습을 지켜보던 수창이 팔짱을 낀 채 어깨를 갸울였다. 의미심장한 눈빛을 보내는 그를 보고 퍼뜩 깨달았다.

그러니까 너도 한번 당해 봐라. 네가 쩔쩔매는 모습이 보고 싶다 이건가? 난하는 수창의 뒤로 자신의 회사에서 오늘도 열심히 일하고 있을 사원들의 열의에 찬 모습이 펼쳐지는 것을 경험했다.

역시 세상에 공짜는 없는 법이었다. 난하는 이성적인 판단을 하려 애쓰며 가까스로 제멋대로 뛰는 심장을 진정시켰다. 18년 전, 좀 더 주의를 기울여 말하지 못했던 자신을 질책하며, 할 수만 있다면 다시 돌아가고 싶다고 울부짖으면서.

"정리를 해 보죠. 사장님 말씀은 제가 사장님의 제안을 받아들인다면, 저희 태강에도 기회를 주시겠다는 말씀인가요?"

그가 무심한 듯 깊은 눈으로 고개를 까닥였다. 팔짱 낀 남자의 근육으로 팽팽해진 셔츠 자락이 신경에 거슬렸다. 승리의 패를 거머쥔 자의 여유와 거만함이 그대로 묻어나는 그의 태도에 절망을 느꼈다.

한 번 쏟은 물은 주워 담을 수 없는 법! 과거로 되돌아갈 수 없다면 현재의 결과를 받아들일 수밖에!

난하는 각오를 다지듯 입술을 일자로 굳게 다물고 숨을 한 번 힘껏 들이마신 후 눈을 들어 그를 마주했다.

"좋습니다. 그렇게 해서 마음이 풀리신다면요."

난하의 대답이 만족스러운 듯, 그는 싱긋 웃으며 찻잔을 들어 목을 축이곤 도톰한 아랫입술을 혀로 핥았다. 저거 의도한 건가? 저 남자는 분명 사람을 홀리는 자신의 매력 포인트를 확실히 알고 있다.

"대신 조건이 있습니다."

맹랑하게도 조건을 외치는 그녀를 가소롭다는 듯 그가 바라보았다.

"뭡니까?"

"절 여자로 보지 마십시오."

"여자로 보지 말아 달라?"

"저는 그저 태강테크 강 부장입니다. 사장님."

"그거 재미있네요."

수창이 정말 우스운 모양인지 앞니가 8개가 다 드러나도록 입술을 늘려 웃었다. 남자의 웃는 얼굴에 머름창을 투과한 황금빛 가을 햇살이 고스란히 쏟아졌다.

그의 얼굴은 이목구비를 따라 음영이 져서 한층 분위기 있어 보였고 그의 주위로 부유하는 먼지 입자들은 오히려 그가 발산하는 금빛 가루 같았다.

불현듯 현기증이 일어 눈을 질끈 감았다. 이마에 흐르는 식은 땀을 닦으려 팔을 드는데 경황이 없던 탓인지 팔꿈치가 상에 올려 있는 오미자 찻잔을 툭 건드렸다.

어? 어어! 휘청이던 잔이 넘어지고 붉은 액체가 그대로 난하의 베이지색 슈트로 쏟아졌다.

"앗!"

세상에, 왜 이렇게 되는 일이 없니!

난하는 어쩔 줄을 모르고 우왕좌왕하다 그제야 눈에 들어온 냅킨을 집어 들었으나 그보다 더 빠른 손이 어느 사이 그녀의 옷깃을 손수건으로 털어 내고 있었다.

난하는 놀란 눈을 들어 곁에 다가온 수창을 바라보았다. 그녀에게로 쏟아지던 햇살을 그가 등으로 가로막고 있었다. 덕분에 그의 뒤로 성화의 예수님에게서나 보이던 빛무리가 졌다. 황홀경에 빠진 듯 얼이 빠졌다가 얼굴이 금세 확 달아올랐다.

"쯧쯧."

남자의 혀 차는 소리가 조심성이라곤 눈곱만치도 없는 여자라고 꾸짖는 것처럼 들려와 창피해서 얼굴을 들 수가 없었다. 왜 만날 때마다 이런 실수를 하는 건지.

"제, 제가 하겠습니다."

냅킨을 쥔 손이 떨렸다. 거리가 가까운 탓에 그의 남성적인 향기가 훅, 후각을 자극했다. 상황에 어울리지 않게 자신의 감각이 제멋대로 뇌에 신호를 보내오는 바람에 심장이 쿵쿵대며 울렸다.

난하가 바지를 슥슥 닦아 내자 가만 곁에서 지켜보던 수창이 자신의 손수건을 들어 그녀의 볼을 슬쩍 닦아 냈다.

"여기도 묻었어요."

머리맡에서 들려오는 그의 낮은 목소리가 그녀의 가슴에 고주파 자극을 주는 모양인지 심장이 더욱 거세게 뛰기 시작했다. 아니, 대체 여기까진 언제 튄 걸까? 난하가 어깨를 움츠리며 재빨리 볼을 감싸자 수창이 아까와 다른 부드러운 목소리로 물어 왔다.

"괜찮아요? 저런, 옷이 엉망이네요."

그 말투, 지금 비웃는 거지 말입니다. 댁이 하는 그 걱정에 진심이 1%라도 들어 있는 것인지 심히 의심스럽수다!

귀를 살살 녹이는 쇼콜라 라테와 같은 그의 목소리가 외려 빈정대는 것만 같아 난하는 속으로 투덜거렸다.

"괜찮습니다. 신경 쓰지 마십시오."

"강난하 씨."

어쩐지 그녀를 부르는 목소리에 웃음기가 묻어났다.

"나 좀 봐요."

그의 부탁인지, 명령인지, 의도를 알 수 없는 말에 난하가 슬그머니 화끈거리는 얼굴을 들었다. 입꼬리가 올라간 도톰한 입술, 오뚝한 코, 반듯한 콧날, 그리고…… 부드럽게 꼬리가 처진 눈 안에 담긴 그윽한 눈동자.

가야금이 절정에 치달아 휘모리를 연주하고 있었다. 동시에 난하의 심장도 터질듯 달렸다.

"그거 알아요?"

"……?"

"가까이서 보니 강난하 씨…… 되게 못생겼어요."

2

지구상의 남자들을 구원한 겁니다

"다녀왔습니다."

"어서 오너라. 일찍 오네?"

"네, 거래처 들렀다가 곧장 퇴근하는 길이거든요."

피곤한 기색이 역력한 난하가 안쓰럽고 못마땅한 난하의 모친 정임 여사는 입술을 일자로 꾹 다물었다. 그런 정임의 마음을 간파한 난하는 부러 톤을 높여 곰살갑게 말했다.

"얼른 옷 갈아입고 나와서 저녁 식사 준비 도울게요. 아유, 오늘 저녁 메뉴는 뭔데 이리 맛난 냄새가 날까?"

과장되게 웃으며 총총 사라지는 난하의 뒤를 따르는 정임의 얼굴은 그럼에도 웃지 않았다.

저건 저리 일만 하다가 늙어 죽을 모양인가? 하루 새에 얼굴이 팍 늙었네, 팍 늙었어! 아이구, 내 팔자야. 내가 이 나이 먹도록 애 키우고 이 살림 다 해 대느라 뼈가 빠지는데 다 늙은 딸년 뒷수발까지 하게 생겼으니. 쯧쯧, 얼른얼른 해치우고 손자나 한번 안아 보았으면 소원이 없으련만…….

속으로 신세 한탄을 읊어 대던 그때였다. 쿵쿵 울리는 소리와 함께 매휘당 대문이 벌컥 열렸다.

"엄마, 엄마, 언니 들어왔수?"

"넌 좀 빨리빨리 와서 저녁 하는 것 좀 돕지 어딜 만날 싸돌아 다녀?"

"아이 참, 정임 여사, 오늘 왜 또 골이 나셨나? 내 얼른 챙겨 나와 도우리다."

정임의 꾸중에도 인하는 아랑곳 않으며 넉살을 부렸다.

"요게 은근 슬쩍 날 놀려?"

"아유. 정임 여사, 좀 봐줘요. 그룹 스터디도 해야 하고 리포트도 해야 하고 시험 준비에 아르……. 아, 암튼 요새 대학생이 대학생인 줄 아우? 스펙 쌓으려고 다들 혈안인데, 그에 비하면 소녀는 한참 못 미친다우."

"시끄럽고, 옷 갈아입고 저녁이나 도와."

"옙! 그전에 잠깐 볼일 좀 보고요."

재깍 힘차게 대답한 이 집안의 둘째 인하가 재빨리 난하의 방으로 쏙 사라졌다.

"저게 저게, 또 언니 꼬여 돈 뜯어내려는 속셈이지? 아유, 내 정신 좀 봐. 생선 다 타겠네!"

쯧쯧, 혀를 차던 정임은 찜기에 올려 둔 생선이 졸아 붙는 냄새에 몸을 재게 놀려 후다닥 부엌으로 달려갔다.

"아이, 깜짝이야. 너 뭐야?"

옷을 갈아입던 난하가 깜짝 놀라 인하를 쳐다보았다. 그러자 인하가 매우 살갑게 웃으며 다가왔다.

"언니야아."

"난 네가 그렇게 부르면 무섭더라."

난하가 정색을 하자 인하가 얼른 난하의 팔에 달라붙었다.

"언니, 오늘도 힘들었지?"

"용돈 떨어졌니?"

난하가 인하를 무시하고 바지를 꿰어 입으며 말했다. 그러자 인하가 입술을 부풀리며 한탄하듯 대답했다.

"나 필요한 책도 사야 하고, 과비도 내야 하고, 점심도 사 먹어야 하고……. 요새 물가가 좀 비싸야 말이지. 난 그 흔한 체인점 커피도 안 사 마시고 점심도 학교 식당에서만 사 먹는데도 한 달 용돈으로는 턱도 없어. 아르바이트도 못 하게 하시지, 정말 나더러 사회생활을 하라는 것인지 말라는 것인지. 언니야, 있잖아. 내가 언니 잔심부름 몽땅 다 할게. 저녁 준비도 내가 다 도울 테니까 우리 언니야는 요기서 가만 쉬고 계세요."

티셔츠까지 입은 난하가 결국 피식 웃자 인하는 이때다 싶어 난하의 어깨를 주무르며 알랑방귀를 뀌기 시작했다.

"언니, 그러고 보니까 가슴이 더 커진 것 같다? 와우, 실루엣이 예술인데! 이거 뽕 아니지? 자연산 맞지?"

"이게 정말."

난하가 인하의 머리를 콩 쥐어박으며 가방에서 지갑을 꺼내 들자 인하가 두 눈을 초롱초롱 빛내며 두 손을 공손히 내밀었다.

"얼마 필요해?"

"언니가 나 사랑하는 만큼만. 많이 안 바라."

말이나 못 하면.

난하는 그녀를 밉지 않게 흘겨보며 지갑에서 누런 지폐를 몇 장 꺼내 내밀었다.

앗싸! 두 주먹을 불끈 쥐어 보이며 난하의 볼에 뽀뽀를 쪽쪽 해 대는 인하는 이미 그런 뽀뽀를 하기에는 지나치게 징그러울 나이였다. 하지만 난하는 한참이나 어린 동생의 애교에 그날의 스트레스가 풀리는 것 같은 기분을 느꼈다. 낮에 만났던 고수창은 확실히 그녀의 진을 쪽쪽 빨아먹고도 남았으니까. 애교값이라고 생각하니 돈이 별로 아깝지도 않았다.

난하는 좋아서 동동거리는 인하를 보며 문득 남동생의 생존 여부가 궁금해졌다. 요즘 회사일이 바쁘기도 했지만 집에서 거의 마주치지 못했었다는 생각이 들어서였다.

"참, 재하는 요새 통 얼굴 보기 힘들다?"

"그 녀석? 대학 들어가고 나서 지 세상이지 뭐. 아오, 나도 남자로 태어났으면 하고 싶은 것 다 하고 다닐 텐데. 아우, 억울해!"

인하는 털털한 성격만큼이나 여성스러움보다는 여장부 스타일에 어울렸다. 난하는 인하의 그런 성격이 무척이나 부러웠다.

모르긴 몰라도 엄하신 부모님 몰래 그 짧은 시간을 쪼개어 아르바이트도 하는 것 같았다. 재하처럼 놀지 못한다고 부러워하는 듯 말하지만 사실은 집에 와서도 방에 틀어박혀 전공, 자격증, 외국어 등을 공부하거나 재택 아르바이트 등을 하는 속이 꽉 찬 아이였다.

올해 스물두 살 강인하, 스무 살 강재하. 둘 다 그녀의 터울 많은 동생이었으나 하나같이 한 배에서 태어났다고는 믿을 수 없을 정도로 성격이 달랐다.

"할아버지께 한번 말씀드려야겠어. 아무리 사내 녀석이라도 저러다 사고치지 싶어."

"재하가 어디 사고치는 애니? 걔처럼 고지식한 범생을 내가 본 적이 없다."

"언니는! 원래 늦바람이 무서운 거랍디다!"

툴툴거리며 인하가 방을 나가는 모습을 바라보다가 털썩 침대에 드러누웠다.

핑크색 침대, 핑크색 벽지, 핑크색 옷장, 핑크색 책상에 핑크색 화장대, 심지어 핑크색 슬리퍼까지. 유일하게 핑크색이 아닌 것이 있다면 창문에 걸린 흰색 레이스 커튼 정도.

그녀의 방 침대에 누워 있으면 누구라도 마치 10살 소녀로 되돌아가 동화 속 세상의 공주님이 된 것만 같은 기분이 들 것이다. 어린 시절 부모님의 사랑을 담뿍 받으며 자란 난하는 항상 상상 속의 공주님이 되는 것이 꿈이었다.

그녀의 나이 10살 때 이 집 구암 고택의 매휘당을 리모델링하였고, 그녀의 꿈을 이루어 주기 위해 그녀의 아버지 강재삼은 개량된 매휘당에 위치한 그녀의 방을 마치 동화 속 공주님 방처럼 온통 핑크로 도배해 주었다. 난하는 자신의 꿈을 이룬 것만 같아 무척 행복해하였다.

그리고 침대 절반을 차지하고 있는 이 털북숭이 갈색 곰 인형.

아버지가 방을 마련해 주시면서 이 갈색 곰 인형도 선물했었다.

그 당시 만화 영화에 등장하던 곰과 매우 닮아 그 곰 이름을 따서 지은 '밥' 이란 멀쩡한 이름까지 가지고 있는 이 갈색 곰 인형은 자세히 살펴보면 얼마나 오래되었는지 드문드문 털이 빠지거나 터지기도 해 여기저기 꿰맨 자국이 역력했다.

20년이 넘게 그녀와 함께했으니 그럴 만도 했다. 숨도 죽어 납작해진 몸뚱이에서 예전의 포근함이란 찾아볼 수는 없었으나 아버지가 돌아가신 후에는 꼭 아버지의 포근한 품만 같아서 여태껏 버리지 못하였다.

'아빠 사랑해요! 아빠 최고야!'

10살짜리 딸아이의 작지 않은 몸을 번쩍 들어 안아 주시던 아버지의 따스한 품과 까칠한 턱이 오늘 따라 유달리 그리워진다.

그땐 아무것도 몰랐다. 회사를 운영한다는 것이 얼마나 어려우며 책임이 막중한 일인지. 그리고 그에 맞는 자격을 갖춘다는 것이 얼마나 힘든 일인지.

나는 그것을 가질 자격이나 있는가? 언감생심. 난하는 고개를 저었다. 처음부터 욕심 같은 것은 없었다. 그저 할아버지와 아버지가 일군 회사가 앞으로도 창창하도록 돕는 것이 은혜를 갚는 일이라 여겼다. 그리고 나중에 훌륭한 어른이 된 재하가 물려받을 때까지 잘 지켜야만 한다는 사명감.

하나 쓸모없는 계집애에게 무에 그리 정성을 쏟느냐는 주변의 질책에도 허허 웃으며 아버지는 그러셨다.

'내리사랑이라잖습니까. 우리 난하는 받은 사랑 동생들에게 몇 배로 돌려주고도 남을 아이입니다.'

난하는 소록소록 떠오르는 옛 기억에 마음이 착잡해져서 더 이상의 상념을 지우고 오늘 있었던 수창과의 점심 약속을 떠올렸다.

고작 그 한 끼의 점심 식사로 인해 기운이 다 빠졌다. 벌써부터 이렇게 지치고 기운 빠지는데 앞으로 어떻게 그 사람을 감당해야 할지 앞이 캄캄했다. 하지만 어떻게 해서든 그의 마음을 움직여야 했다.

'매주 두 번 내 집에 오십시오. 마침 가사도우미가 필요했는데 잘 되었군요. 시키는 일은 무엇이든지 한다는 약속, 반드시 지키시길 바랍니다.'

뿌드득 이가 갈렸다. 대체 얼마나 하녀처럼 부려 먹을 심산인지. 혹시 음흉한 생각을 가지고 그러는 건 아니겠지? 난하는 벌떡 일어나 서랍 속에서 작은 스프레이 하나를 꺼냈다. 이것은 호신용, 여차하면 뿌리고 도망칠 테다!

난하는 스프레이를 가방에 잘 넣어 두고 제 몸집만큼 커다란 갈색 곰 인형 '밥' 에게 팔다리를 척 휘감았다. 푹신한 몸에 피로한 몸을 의지하고 있으면 그렇게 편하지 않을 수가 없다.

"밥, 그래도 '못생겼어요.' 는 너무하지 않니? 내가 어딜 봐서 못생겼다고 그래? 그 남자가 눈이 삔 거지. 팔짱 척 끼고 앉아서 '개인적으로 해결합시다.' 그러면 여자들이 다 넘어올 줄 아나? 잘못 짚어도 한참을 잘못 짚었소이다. 고수창 사장! 나는 절대 그런 여자 아니거든!"

난하는 곰 인형에게 두른 팔에 힘을 실었다.

"밥, 내가 전에 말했지? 계룡산업 차 대리. 그 남자도 나한테 집적거리다가 한 방에 차였잖아! 암튼 좀 잘났다 싶은 놈들은 얼굴 믿고 너무 까분다니까! 그 얼굴에 혹해서 실실거리는 여자들이 더 문제야! 너도 같은 생각이라고? 역시 내 맘 알아주는 건 너밖에 없다."

밥에게 신나게 수창의 욕을 해 대고 있을 때, 마침 난하의 전화벨이 울렸다. 절친 문숙의 이름이 뜨자 그 자세를 유지한 채 목소리가 크게 들리도록 스피커 모드로 전환시켰다.

"어, 문숙아."

–잤니?

"이제 자려고. 웬일?"

–으이그, 꼭 뭔 일 있어야 전화하니? 궁금해서 하지. 그나저나 너 왜 목소리에 그렇게 힘이 없니? 무슨 일 있어?

난하는 한숨을 폭 내쉬며 그간의 일을 간략하게 설명하였다.

–어머머, 기막혀! 어쩌면 그렇게 만나니? 너 되게 당황했겠다.

"당황하기만 했겠니? 나 그 자리에서 그 사람 손수건 들고 인사도 제대로 못 하고 뛰쳐나왔잖아."

–그 선배는 여전해? 아직도 뚱뚱하고 얼굴에 여드름 덕지덕지?

"글쎄, 좀 변했지. 외모든 성격이든."

–결혼은 했어?

"안 했다나 봐."

–그동안 돈을 많이 못 벌었나?

"무슨 뜻이야?"

–왜 그렇잖아. 외모가 별로라도 남자가 돈이 좀 있으면 여자들

이 들러붙기 마련이거든.

중학교 때 이후로 수창을 본 적이 없는 문숙은 외모가 변했다는 난하의 말에도 관심이 없어서인지 그때의 모습에서 별로 벗어나지 못했다고 여기는 모양이었다. 난하는 딱히 정정해 줄 필요성을 느끼지 못했다.

"돈을 벌었는지 못 벌었는지는 모르겠지만 앞으로 벌어들일 것은 확실해. 그것도 왕창!"

-진짜야? 그럼 잡아라, 얘. 그 선배가 혹시 너한테 정말로 관심 있어서 그런 걸 수도 있잖니. 남자 얼굴 뜯어먹고 절대 못 산다. 남잔 능력이야, 능력!

얼굴 안 보는 너님은 거래처 꽃돌이 연하남을 꼬드겨서 들어앉혔냐?

결혼 3년 차이지만 아직도 신혼처럼 깨가 쏟아지는 문숙은, 근 3년간 이렇게 행복해도 되느냐며 만날 때마다 '우리 연규 씨' 타령이었다. 연하 남편 둔 덕분에 피부와 몸매에 얼마나 신경을 쓰는지 말도 못 할 지경이었다.

-그리구 혜정이 말 너무 마음에 담아 두지 마.

"혜정이?"

-왜 동창회 때…….

맞다. 혜정이 고년이 내 속을 뒤집어 놨었지. 중학교 때 친했던 무리 중 한 명이었던 혜정은 어떤 계기로 그녀와 틀어지고부터는 드러내 놓고 그녀에 대해 험담을 하고 다녔다.

"다 잊었어. 싸워 봤자 내 힘만 빠지는데 뭐."

-걔가 자격지심이 있어서 그러잖니. 학교 다닐 때 걔 매번 너

한테 등수도 밀리고, 얼굴도 별로여서 인기도 없었잖아. 육혜정 고 계집애 사실 그거 엄청 부러워했다? 걔 신랑은 걔 얼굴 다 뜯어고친 거 알까 몰라.

"문숙아, 나는 진심으로 사람 생김새에 대해 왈가왈부하고 싶지 않다. 혜정이가 과거에 어땠고 현재는 어떤지 내 상관할 바 아니야. 지금 난 내 일만으로도 머리가 터지도록 아프거든."

–난하야, 너무 기죽을 필요 없어. 과거는 과거일 뿐이고, 그 선배도 개인적인 감정은 개인적으로 풀자고 했다면서? 그러니까 다 잘 될 거야. 힘내! 아, 연규 씨 퇴근했나 보다. 전화 끊어야겠다.

"그래 고맙다."

*

수창의 제의를 받아들인 결과는 곧바로 증명되었다. 프론메디에서 기술 문의가 왔고 난하는 그 문제로 수창의 회사에 와 있는 중이었다.

분명 좋은 일이기는 했으나 그의 회사에 있으면 수창을 다시 마주해야 하는 것이 걱정되었다. 그가 기회를 주기는 했으나 계약이 성사되고 말고는 오로지 그녀 하기에 달렸다는 수창의 말이 무척 부담이 되었기 때문이다.

그러나 예상 외로 그녀가 담당자와 일을 진행하는 동안 수창은 얼굴조차 보이지 않았다. 사실 결정권은 그에게 있겠지만 이런 자질구레한 일에 굳이 사장이 일일이 개입할 필요는 없었다.

한편으로는 다행이라고 여겼지만 뭔가가 석연치 않았다. 대체 어떻게 해야 그의 마음을 움직여 계약을 따낼 수가 있을까?

프론메디에서 기술 문의를 한 업체가 태강 한 군데만은 아니라는 것도 확실했다. 기술력, 단가, 생산력 등 여러 가지를 조합하여 가장 우수한 곳이 선택되겠지. 그런 면에서는 자신이 있었지만 그녀의 회사를 위협하는 몇몇 회사를 무시할 수도 없었다.

남들처럼 고급 룸살롱 같은 데 데려가서 접대를 해 볼까? 아니면 담당자를 매수해? 그것도 아니라면, 미인계?

혼자 별의별 생각을 다 해 보며 난하는 머리를 쥐어짰다. 그러나 그럴싸한 대안은 나오지 않았다.

그녀는 수창이 이런 제의를 하는 근본적인 이유를 생각해 보았다. 그것은 바로 강난하 그녀에 대한 복수, 내지는 진심 어린 사과를 받기 위함이 아닐까? 그때 그 일 때문에 여태 싱글이라는 남자의 대답이 사실 믿기지는 않았지만 그만큼 상처가 되었을 거라는 것은 확실했다.

그렇다면 수창의 분이 풀릴 때까지 열심히 구르고, 아무리 치욕적이라 하더라도 아부도 떨며 그를 즐겁게 하는 데 온 정성을 쏟아야 하지 않을까?

용무를 마치고 담당자에게 은근슬쩍 수창에 대해 물었다.

"저, 사장님은 요즘 많이 바쁘시죠? 오늘도 외근이신가요?"

"글쎄요. 사장님이 요새 무척 바쁘시긴 하죠. 계실지 안 계실지는 저도 모르겠습니다."

"아, 네……."

불쑥 찾아가면 싫어할까? 참, 자리에 없는 날도 많지. 그냥 가

버려? 아니야, 어떻게든 만나야 하는데. 만나서 술이라도 대접할까?

다른 건 몰라도 술만 들어가면 가라오케건 노래방이건 왁자지껄 분위기 살리는 데는 일가견이 있었다. 그렇게 잠시 동안 망설이고 있는데 별안간 조금 전 일을 처리했던 담당자가 부리나케 난하를 뒤쫓아 나왔다.

"강 부장님! 잠깐만요."

"네?"

"사장님께서 좀 뵙고 가시랍니다."

"아…… 저를……요?"

"네."

그러면 그렇지. 그냥 잘 넘어가나 했다. 후, 긴장 풀자, 강난하!

곧장 발걸음을 옮겨 비서실로 들어서니 이수정 비서가 난하에게 깍듯한 인사를 건넸다.

"들어가십시오. 잠깐 기다리고 계시랍니다."

꾸벅, 묵례로 답을 하고 지난번에 들어와 본 적이 있는 사장실에 조심히 발을 들여 놓았다.

주인도 없는 방에 들어가 있어도 되나?

일을 하다가 나간 모양인지 수창의 책상 위는 갖가지 서적과 종이들로 어지럽혀져 있었다. 왠지 중요한 서류들이지 않을까 하는 생각에 더럭 겁이 났다.

혹시 서류가 없어졌다거나 정보가 새어 나갔다고 하면서 날 몰아붙이는 거 아냐?

그녀는 혹여나 그런 불상사가 벌어질까 두려워 소파 끝에 정자세로 살짝 걸터앉아 꼼짝도 하지 않고 있었다. 그러자 조금 후에 비서가 들어와 어떤 차를 마실지 물었고, 곧 그녀의 앞에는 원두향이 솔솔 풍기는 커피가 예쁜 잔에 담겨 놓였다. 전에 왔던 때와 같은 디자인의 찻잔이었다.

이거 마시다가 쏟았지, 아마?

커피 잔을 들고 그날을 회상했다. 자신의 처지도 잊은 채 그날 그렇게 그의 몸을 훔쳐보았었다. 그의 다정한 눈빛과 웃음을 떠올리니 그것이 진심이 아닌 것을 알고 있음에도 가슴이 두근거렸다.

그렇게 약 30분간을 앉아 있던 난하는 깨달았다. 아, 이런 식으로 골탕 먹이는구나. 사람 불러 놓고 꿔다 놓은 보릿자루처럼 앉혀 놓기.

난하는 이 짧지 않은 시간 동안 같은 자세로 앉아 그를 기다리면서 이 얄미운 남자에게 어떻게 되갚아 줄까 하고 고민하는 스스로를 발견하고는 화들짝 놀라 마음을 고쳐먹었다. 그럼 안 되는 거다. 꾹꾹 참고 참아 그 남자의 마음을 움직여야 한다.

자, 그럼 이 시점에서 먹힐 가장 좋은 방법은 뭘까? 동정심을 유발? 에잇, 씨알도 안 먹힐 것 같다. 유들유들 친절한 척하면서 사악한 술수로 그녀를 골탕 먹이려고 하는 남자니까.

그럼 무조건 굽히고 들어가서 굽실거릴까? 그런 모습을 보면 좀 기분이 풀리려나? 아니다, 그 남자에게 패를 빼앗겼지만 순순히 당하기만 하면 그녀와 회사를 물로 보고 마구잡이로 착취하려 들 게 뻔했다. 그것은 안 되는 말이었다.

난하는 정신을 차리자며 두 손으로 볼을 툭툭 두드렸다. 때마침 사장실의 문이 벌컥 열렸고 난하는 반자동으로 벌떡 일어섰다.

"안녕하십니까?"

드레스 셔츠의 소매를 둘둘 말아 걷고 넥타이까지 느슨하게 매단 수창이 딱딱한 표정으로 그녀를 한 번 바라본 후 자신의 자리에 털썩 앉았다. 안경 너머의 두 눈에 피로가 그득했다.

그는 안경 아래로 손가락을 넣어 미간을 꾹꾹 누르더니 컴퓨터 모니터에 시선을 고정한 채 그녀를 향해 손을 들어 검지를 까딱였다.

세상에! 지금 저거 나한테 하는 행동이야?

난하는 그의 손가락을 붙잡아 확 부러뜨리고 싶었으나 말 잘 듣는 강아지처럼 황급히 그의 책상 앞으로 조르르 다가갔다.

"2403샵2376샵. 집 번호입니다. 가 보면 알 거예요."

"예?"

난하가 어리둥절하여 묻자 미간을 좁힌 수창이 날 선 표정으로 그녀를 응시했다.

"일일이 설명해 줘야 알아요?"

"네?"

"설마 이제 와서 발뺌하는 건 아니겠죠?"

"아, 아닙니다! 알겠습니다."

난하는 스스로가 대체 뭘 알고 있는 것인지 미처 생각할 틈도 없이 쫓겨 나오고야 말았다. 그리고 그의 암호와 같은 말의 의미를 파악한 것은 비서실에서 멍한 얼굴로 걸어 나온 후였다.

가사도우미가 필요하다고 말했었다. 그럼 진짜로 집에 가서 집안일을 해 놓으라는 건가? 기가 차서 말도 나오지 않았지만 일단 한 약속이니 회사를 생각해서 꾹 참고 걸음을 옮겼다. 이렇게 해서라도 그가 기회를 주기만 한다면야 백 번이라도 그의 집을 쓸고 닦고 박박 문질러 놓을 수 있을 거라고 여겼다.

하지만 그의 집에 발을 들여놓는 순간, 짜증이 확 솟구쳐 오르는 것을 막을 수가 없었다.

"진짜, 이 남자가!"

여기가 과연 사람이 사는 곳이란 말이냐! 이건 분명 일부러 그런 거다, 일부러! 어떻게 혼자 살면서 이렇게까지 어질러 놓을 수가 있느냐고! 잠깐, 혼자 산다는 말은 한 번도 한 적이 없다. 그런데 왜 제멋대로 혼자 살 것이라고 단정 지었을까?

서른 평은 너끈히 넘을 것 같은 그의 아파트는 현관 입구부터 가관이었다. 휴지통은 엎어져서 내용물이 다 쏟아져 나와 있었고 거실에는 갖가지 빨랫감과 음식 접시, 음료수, 술병과 쓰레기들로 발 디딜 틈이 없었다.

부엌도 상황은 마찬가지였다. 어제 집들이라도 했나? 그래서 다들 개가 되도록 퍼마셨을까? 그게 아니고서는 이렇게까지 어질러질 수는 없다는 생각이 들었다. 그런 추리를 하고 나니 어디선가 지린내가 나는 것만 같았다.

개가 돼서 어딘가에 영역표시를 한 건가? 세상에! 일부러 날을 잡은 거였나 봐. 왠지 어마어마한 올무에 걸린 것만 같은 불길한 예감이 들었다. 그냥 도망가 버릴까 고민하며 한동안 꽁꽁 얼어붙어 현관 앞에 서 있자니 이보다 더한 일도 회사를 위해서면 못

할 게 무어냐 하는 생각이 들었다.

팔을 휙휙 걷어붙이며 안으로 들어가자마자 곧장 창문과 베란다 창을 열어 환기를 시켰다. 그리고 쓰레기봉투를 찾아와 쓰레기부터 처리한 후 설거지 거리와 빨랫감들을 분류하기 시작하였다. 그리고 청소기를 찾아와 구석구석 먼지를 제거하고 밀대를 찾아내 박박 닦아 냈다.

"이중인격자. 재수탱이!"

엊그제는 거짓이라도 친절하게 굴더니 이제 본심을 드러내는 것인가? 난하는 아까 수창의 명령하는 것 같은 거만하고 딱딱한 태도가 아니꼬웠다.

"자기가 사장이면 사장이지, 왜 회사 사람도 아닌 사람을 지맘대로 부리려고 하는 거야?"

난하는 구시렁구시렁 그에 대한 욕을 해 대면서도 광이 날 때까지 바닥을 닦고 또 닦았다. 확 미끄러져 버려라!

그의 집을 청소하면서 특이한 점을 발견하였는데, 그것은 운동기구들이 많다는 사실이다.

거실에는 티브이 쪽을 향해 실내 운동용 바이크가 놓여 있었고, 그 옆으로 난하 혼자 들기에는 버거운 덤벨이 놓여 있었다. 그리고 방 한 칸은 아예 갖가지 값비싼 운동기구로 가득 채워져 마치 피트니스센터를 연상케 했다.

손잡이마다 반질반질 닳아 있어 장식으로 가져다 놓은 것만은 아닌 게 확실했다. 그의 옷 위로도 여실히 느껴지던 팽팽한 근육들이 그냥 만들어진 건 아니었나 보다.

한편, 수창은 지금쯤 경악을 금치 못하고 있을 난하를 떠올리며 픽 웃음을 지었다.

"어쩌고 있으려나?"

얼마나 시간이 지났을까? 퇴근 시간이 가까워질 무렵 난하에게서 전화가 걸려 왔다.

"네, 고수창입니다."

-사장님, 저 강난하입니다.

"누구?"

그는 부러 모르는 척 물었다.

-저 태강테크 강난하 부장이라고요. 그…… 반호 중학교 후배.

"아아, 강난하 씨. 어쩐 일입니까?"

전화기 너머에서 씩씩거리는 숨소리가 들렸다. 난장판이 된 집을 맡겨 놓고 깡그리 잊어버리다니, 뭐 이런 놈이 다 있느냐 욕하는 소리가 여기까지 들려오는 것만 같았다.

-청소, 빨래, 설거지까지 말-끔하게 끝냈습니다.

그럼에도 하이톤을 유지한 채 각 어절마다 악센트를 주며 상냥하게 말을 하는 강난하의 목소리에는 집에 어서 가고 싶다는 뉘앙스가 가득했다. 그러나 호락호락 보내 줄 수창이 아니었다.

"그렇습니까? 기다렸다가 검사받고 가세요."

-거, 검사요? 언제쯤 오시는데요?

"내가 지금 좀 바빠서……."

-저기, 사장니……!

띠릭. 종료 버튼을 눌렀다. 골 좀 났을 거다. 그는 콧노래를 부르며 하던 일로 눈을 돌렸다.

검사? 검사라고 했냐, 지금? 이게 무슨 초등학교 청소 당번도 아니고. 이 정도로 어질러 놓았으면 돈 주고 쓰는 사람한테도 미안해해야 할 것 같았다. 난하는 수창의 뻔뻔함에 분통을 터뜨렸지만 모두 다 과거 자신의 잘못에서 비롯된 것이니 어쩌겠나 하며 체념했다.

난하의 잘못도 잘못이지만 고수창이란 남자도 별거 없나 보다. 이제 회사가 좀 알려지고 잘 되니 아주 교만이 하늘을 찌르는 모양인데 그러다가 반드시 큰코다치지 싶다.

쯧쯧 그의 앞날을 진심으로 걱정하며 난하는 태강과의 거래를 위해서라면 최대한 그의 심기가 불편하지 않게 해야 한다고 각오를 다졌다. 그러나 그가 돌아와서 하는 말에 난하는 또다시 혈압이 오르고 말았다.

"밥이오?"

"당연한 것 아닙니까? 가사도우미가 왜 가사도우미겠습니까?"

"하아……. 죄송합니다. 미처 생각하지 못했습니다."

예상 외로 뒷마무리까지 깔끔하게 처리되어 있어 놀라던 차였다. 저 나이 되도록 청소기 한 번 제대로 돌려 보지 않은 여자들도 부지기수라 어영부영 흉내만 내었을 거라 짐작했었다.

그런데 집 안은 어머니 영화가 다녀간 것과 별반 다름없이 반짝반짝했다. 아니, 어떤 면에선 몸이 약하신 어머니보다 더 완벽했다. 그래서 잡은 트집.

"씻고 올 동안 차려 놔요."

여자가 노려보는지 뒤통수가 따가웠다. 수창은 들으라는 듯 부러 휘파람을 불며 욕실로 향했다.

그의 말투에 '싫음 말고.'라는 의도가 다분했기에 난하는 어금니를 악물었다. 대체 언제 밥을 해다 바치냐고! 과연 오늘 안에 집에 갈 수나 있을까? 난하는 그런 고민을 하느니 한시라도 바삐 저녁을 준비하는 것이 좋겠다는 생각으로 재빨리 팔을 걷어붙이고 냉장고를 열었다.

삼십 분쯤 후, 수창은 동동거리고 있을 게 빤한 난하를 떠올리며 의기양양하게 방문을 열었다. 그러나 맞닥뜨린 것은 전혀 예상치 못한, 그의 주린 배를 요동치게 만드는 맛깔스러운 냄새였다.

호기심을 가득 안고 주방 쪽으로 다가갈수록 냄새가 진동을 했다. 식탁 위에 차려진 소박하지만 군침 돌게 만드는 음식들.

"앉으세요. 찌개만 끓으면 돼요."

얼떨떨한 표정으로 난하가 세팅해 둔 자리에 앉자 곧 따끈한 밥이 나왔고 곧이어 찌개 그릇에 김치찌개가 담겨져서 나왔다.

"김치가 맛있기에 끓여 봤어요. 급하게 끓인 거니까 맛없다고 불평하시면 안 돼요. 오이가 시들어 가기에 무쳤구요. 야채가 안 보여서 계란찜도 계란으로만 했어요. 두부는 그냥 데쳤으니까 양념장이랑 드세요. 밥은 전기밥솥에 쾌속으로 한 거라 찰기가 없고 맛이 덜해요. 이해해 주세요. 다 드시는 거 보고 설거지까지 하고 가면 좋겠지만 아시다시피 제 집이 청주라서요. 저는 이만 가 보겠습니다."

난하가 장황하지만 속도감 있게 설명을 끝낸 후 앞치마를 벗어서 식탁 의자에 걸쳐 놓았다.

"그냥 갑니까?"

"예?"

수창은 저도 모르게 저녁 같이 먹자는 말이 나올 뻔하였으나 전혀 그러고 싶지 않은 것 같은 난하의 얼굴을 보고는 말을 삼켰다.

"다음 일정을 듣고 가야죠."

"아, 네. 말씀하세요."

난하가 그를 향해 몸을 돌리고는 바른 자세로 섰다. 피로가 쌓여 풀린 눈이 그를 올곧게 향하고 있었다.

"이번 주 토요일은 7시까지 와요."

"저녁요?"

"당연히 아침이지. 강난하 씨가 밤에 와서 할 수 있는 일이……."

그가 말꼬리를 늘이며 그녀의 몸을 노골적으로 쭉 훑어보았다. 마치 품평이라도 당하는 기분에 난하의 귓불이 화끈거렸다. 그가 고개를 옆으로 까닥하며 덤덤히 말을 이었다.

"없겠네요."

그러고선 팔꿈치를 식탁에 기댄 채 주먹에 턱을 괴고 진지하게 말했다.

"그 머리 말이에요."

그가 턱에 대었던 손의 검지로 그녀의 머리카락을 가리켰다.

"좀 길면 덜 못생겨 보일 것 같은데."

얼굴이 빨갛게 달아오른 난하가 입술을 사리물었다. 두 눈을 동그랗게 뜬 모습에 당황함이 역력해 수창은 웃음이 터질 것만 같았다.

"대체 뭘 믿고 그렇게 댕강……."

뭔가를 더 말하려던 수창은 귀찮다는 듯 손을 저었다.

"아, 올 때 수영복 챙겨 와요."

두 주먹을 꽉 쥐고 억지로 미소 지은 입가에 경련을 일으키고 있는 그녀를 무시하고 수창이 숟가락을 들어 밥을 한 술 크게 떴다. 그리고 찌개를 한 숟갈 입에 넣고는 '음.' 하며 괜찮다는 듯 고개를 끄덕였다.

얄밉다. 정말 얄밉다!

난하는 옥여쥔 주먹을 부르르 떨며 몸을 돌렸다.

"안 나갑니까?"

시큰둥하게 말하고 밥 먹는 데 집중하자니 현관이 열리고 닫히는 소리가 꽤나 크게 들렸다. 그리고 동시에 수창은 숟가락을 쥔 손을 이마에 받치고는 큭큭 웃음을 터뜨렸다. 그 웃음소리는 점점 커져 실내를 가득 메웠다.

슬슬 약을 올리면 화를 낼 듯하면서도 넘어오지 않는다. 그 정도론 부족한가? 세월이 그 거침없던 강난하를 저렇게 만든 건가?

건드려도 아슬아슬 되똥거리며 다시 제자리로 돌아오는 오뚝이 같다. 18년 전 그때처럼 속의 말을 거침없이 내뱉을 배짱이 이제는 없는 건가?

하지만 오뚝이도 중심을 잃고 팽 나자빠지기도 하듯이, 저 가면을 벗고 폭발하는 모습을 한 번쯤은 꼭 보고 싶다는 못된 심술이 자꾸 그를 부추기고 있었다.

하, 유치해서 정말! 지금 저걸 복수라고 하는 거야? 수준이 떨어져도 너무 떨어져서 난하는 어이가 없을 지경이었다.

그래도 난하는 다행이라 여겼다. 해결하기 불가능한 미션을 주고 빙빙 돌리는 것보다야 백배는 나으니까. 기운이 빠져 운전대를 잡을 힘도 없었지만 지금이라도 출발하지 않으면 한밤중이 되어서야 도착을 하게 된다.

"밥 먹고 가란 소리도 안 하네. 어차피 사양했을 테지만."

난하는 근처에서 간단히 요기할 주전부리와 김밥을 사서 입에 밀어 넣으며 서둘러 가속페달을 밟았다. 먹어야 힘을 낸다. 서른이 넘어가며 깨달은 자연의 섭리였다. 어른들이 밥심으로 일한다는 말을 뼈저리게 공감하는 삼십 대였다.

⁂

터져 나오려는 하품을 참아가며 두 눈을 몇 번 깜박인 후에 힘을 주었다. 아직 파르란 어둠도 채 가시지 않은 아침 7시. 이 시간에 맞추어 오기 위해 난하는 세 시간 전에 일어나야 했다.

자신의 차를 주차장에 세워 두고 수창이 시키는 대로 7시가 땡하자 수창의 집 벨을 눌렀다. 그러자 한참 만에 잠에서 막 깨어났는지 부스스한 모습의 수창이 짜증 섞인 얼굴을 드러냈다.

안경을 쓰지 않은 눈이 초점을 잡지 못하여 몽롱한 시선을 맞추려는 듯 눈을 찡그리며 가늘게 떴다. 7시에 오라고 한 사람이 왜 저러고 있을까?

"아…… 안녕하세요?"

안경을 벗은 모습은 처음이라 난하는 잠깐 멍하게 바라보았다. 느낌이 전혀 달랐다. 딱딱하고 고집스러웠던 분위기가 사라지고 없었다. 그리고 그 자리에 섹시한 속옷 모델이……. 세상에! 소, 속옷? 난하는 그가 상의를 탈의하고 있다는 사실을 깨닫고선 얼른 옆으로 돌아섰다.

"이 시간에 웬일이에요?"

그가 난하를 알아본 것인지 약간은 의외라는 표정을 지었다.

으아, 목소리까지 섹시, 아니 허스키하네.

"이, 이 시간에 오, 오라고 하셔서……."

아니 그보다 옷이나 좀 입으시죠.

그가 빤히 쳐다보고 있는 것이 느껴졌다. 난하는 얼굴이 화끈거려 어쩔 줄을 몰랐다. 꼭두새벽에 일어나 청주에서부터 온 사람이 오히려 더 미안해지게 만드는 이상한 상황.

그때 그의 집 안에서 인기척이 들리는 듯했다. 난하는 퍼뜩 드는 생각에 등줄기가 서늘해졌다. 혹시 애인이랑 함께 있는 건가? 이 남자는 난하가 오기로 한 것을 까맣게 잊고 애인이랑 불금을 그야말로 활활 불태운 걸까? 그냥 되돌아가야 하는 상황인 건가?

난하는 요란스레 뛰는 심장을 잠재우려 조용히 숨을 고르며 눈알을 이리저리 바쁘게 굴렸다.

"이 시간에 누구야?"

어라? 여자가 아니라 남자 목소리네?

목소리의 주인공이 수창의 뒤에서 쑤욱 나타났다. 그리고 곧 놀란 어조의 목소리가 다시 들려왔다.

"어? 지난번에 봤던…… 강난하 씨?"

자신의 이름이 불리자 난하는 그제야 고개를 돌려 소리가 나는 곳을 바라보았다.

"선생님?"

"아니, 이 시간에 여긴 어떻게 왔어요?"

트레이닝 바지에 반소매 브이넥 티셔츠를 입은 세창이 역시 부스스한 머리로 수창을 밀치고 나왔다. 얼굴만 보아도 절로 기분이 좋아지는 남자. 난하도 반색을 하며 세창을 마주했다.

사실 여자가 아니어서 얼마나 다행인지 모른다. 난하는 진심으로 안도했다. 만약 지금 튀어나온 사람이 정말 그의 애인이라도 되었다면 얼마나 민망한 상황이었겠는가! 그럼 수창이 여태 싱글이라는 말이 거짓임이 드러나는 것이었겠지만.

"아, 사장님 뵈러……."

"이렇게 이른 시간에?"

"네, 그렇게 되었어요."

난하가 멋쩍게 웃으며 수창을 바라보자 아직도 상의를 탈의한 수창이 거기에 인상을 찡그린 채로 서 있었다.

"둘이 아는 사이야?"

수창이 뭔가 수상쩍다는 투로 묻자 그에게로 눈을 돌리던 세창이 당황한 듯 재빨리 수창을 문 안으로 밀어 넣었다.

"야, 넌 옷이나 입고 나와! 빨리 안 들어가?"

그렇게 문을 등 뒤로 닫고서 세창이 빙긋 미소를 지어 보였다.

"아침부터 못 볼 꼴 보여드려 죄송해요. 저게 좀 저래요. 난하 씨가 이해해요."

난하가 괜찮다는 듯 활짝 웃어 보이자 세창이 이내 걱정스러운 표정으로 물었다.

"목은 좀 괜찮아요? 편도라는 게 푹 쉬면 좋아졌다가 피곤하면 곧잘 붓고 그래요. 지난번에도 말씀드렸다시피 너무 무리하지 않는 게 좋아요."

"이제 좀 괜찮아요. 시키신 대로 따뜻한 차를 자주 마셨더니 더 좋아진 것 같아요."

"다행이네요. 날씨 많이 춥죠? 일단 안으로 들어가요. 그런데 그 옆에 세워 둔 건 뭐예요?"

세창이 난하가 옆에 놓아둔 시장 가방에 시선을 두며 물었다.

"장 좀 봐 왔어요."

"장요?"

"네. 좀 이따 맛있는 아침 식사 준비해 드릴게요."

"아침 식사? 그것도 수창이가 시킨 거예요?"

세창이 얼떨떨한 표정으로 묻자 난하는 대답 대신 빙긋 웃어 보였다.

"아니, 저 미친놈이! 남의 집 귀한 따님을 새벽부터 오라 가라 하는 것도 모자라 아침 식사 준비까지 시켜?"

세창이 쫓아갈 듯 문손잡이를 붙잡자 난하가 그의 팔을 붙들었다.

"제가 하겠다고 했어요!"

"난하 씨, 아무리 회사 일도 중요하지만 이건 지나쳐요. 수창이 이 녀석도 그래, 아무리 힘없는 하청업체 사람이라지만 어떻게 이런 대우를 할 수가 있어? 게다가 이 꼭두새벽에……. 설마 수창이가 구했다던 가사도우미가 난하 씨를 두고 한 말을 아니겠죠?"

세창이 기가 막힌다는 듯 말을 쏟아 내자 되레 난하는 웃음이 터졌다.

참 괜찮은 남자라는 생각이 들었다. 처음 봤을 때부터 그랬다. 덩치가 커다란 수창에 비해 조금 더 마르고 왜소한 편이었지만 세련되고 잘생긴 외모에 성격도 좋고 친절하며 직업까지 괜찮았다. 정말 입맛이 절로 다셔지는 남자였지만 난하는 속으로 고개를 저었다.

"에이, 뭘 잘 모르시네요. 제 취미가 음식하고 집안일하는 거예요. 제일 잘 할 수 있는 일이기도 하고요. 그리고 제가 사장님께 개인적으로 갚아야 할 빚이 있어서 그러는 거니까 그냥 못 본 척해 주세요."

"어떻게 그래요!"

"부탁드려요, 선생님!"

난하가 눈꼬리를 접으며 애교스럽게 웃어 보이자 세창도 따라서 픽 웃고 말았다. 그때 별안간 현관문이 확 열렸다.

"안 들어오고 뭐 합니까?"

"아, 들어가려고 했습니다."

난하가 허겁지겁 곁에 세워 둔 시장 가방을 들려고 하자 세창이 얼른 다가와 뺏어 들었다.

"이리 줘요."

"괜찮습니다."

"괜찮긴 뭐가 괜찮아요? 어후, 이 무거운 걸 여기까지 어떻게 들고 왔대? 앞으로 무거운 거 들 땐 수창이 시켜요. 저 덩치 뒀다 뭣에 쓸 거야? 야, 니가 들어!"

세창의 타박에도 수창은 시큰둥한 표정을 한 채 집 안으로 쏙 들어가 버렸다.

"쟤가 저래요. 난하 씨가 이해해요. 원래 살가운 면은 좀 없긴 한데 그렇다고 아주 나쁜 놈은 아니에요. 그러고 있지 말고 어서 들어와요."

처음 온 것도 아닌데 두 남자가 떡하니 버티고 선 수창의 집은 선뜻 들어서기가 꺼려졌다. 며칠 전 수창과 마주했던 거실 소파에서 수창이 한쪽 눈썹을 휜 채 팔짱을 끼고 앉아 있었다.

"그래서, 두 사람은 어떻게 아는 사이야? 아니, 그건 별 상관없고. 내 집 알려 준 사람, 형이야?"

낮게 깐 그의 목소리에 주방에 시장 가방을 놓고 온 세창이 움찔하는 것이 느껴졌다.

"어……. 그게 아니고. 내가 며칠 전에 네 사무실에 찾아갔는데…… 난하 씨랑 마주쳤거든. 그래서……."

"그래서 형한테 꼬리쳐서 내 개인 정보를 캐내 갔다 그 말인가?"

그가 세창의 말을 자르며 자신의 생각대로 결론짓고서 추궁하듯 난하를 돌아보았다.

"어쩐지, 내 집을 알려 줄 만한 사람이 없는데 용케도 알고 찾아왔다 했어. 강난하 씨, 꽃뱀인가?"

"야, 무슨 말을 그렇게 해? 어쨌든 난하 씨, 네가 시키는 대로 이 꼭두새벽에 장까지 봐서 찾아왔잖아. 더군다나 여자 혼자서 어슴푸레한 새벽에 저 작은 몸으로 이렇게 무거운 걸 들고서……."

"형이 뭘 잘 모르는 모양인데. 강난하 씨 여자 아니야. 안 그래요, 강 부장님?"

수창이 비꼬듯 말했다. 그럼에도 난하는 안색 하나 바꾸지 않고 동의하듯 고개를 끄덕였다.

"네, 맞습니다. 그리고 선생님은 아무 잘못 없으세요. 다 제가 의도적으로 접근해서 그런 것 맞습니다. 선생님 그리고 사장님, 죄송합니다. 꽃뱀이라고 욕하셔도 할 말 없습니다."

난하가 번갈아 고개를 꾸벅 숙였다.

"아니, 난하 씨가 뭘 잘못했다고 그래요? 너 진짜 말 가려서 안 할래?"

"형은 그만 집에나 가! 형이 낄 자리 아니야. 왜 자기 집 두고 툭하면 여기로 쳐들어와?"

"야!"

"다들 그만하시고 어서 씻고 오세요. 금방 아침 차려 드릴게요!"

난하는 자신 때문에 두 형제가 아침 댓바람부터 싸우는 것이 겸연쩍어 어색한 눈웃음을 지으며 주방으로 총총 사라졌다.

저 남자 성격 정말 이상해!

세창도 수창을 흘겨보며 난하의 뒤를 따라갔다.

어제 갑자기 술에 취해 쳐들어온 형의 넋두리를 들어 주느라 잠을 설쳐서 오늘 난하가 오는 날이라는 것도 까먹고 잠에 취해 있었다.

비몽사몽간에 집 앞으로 찾아온 여자를 살피자니 그게 강난하였고, 정말로 약속한 시간을 칼같이 지켜 장까지 봐 온 여자에게 일말의 미안함도 없었다면 거짓이었다.

그런데 느닷없이 나타난 형과 다정하게 이야기를 주거니 받거니 하는 난하를 보자 뭔가 심사가 뒤틀렸다. 눈치 보느라 뒤룩뒤룩 눈알만 굴리거나 억지웃음만 지어 보이던 강난하가 저렇게 사심 없이 웃고 있다니.

아, 짜증 나!

이 순간만은 어느 누구와도 쉽게 친해지고 친절한 형이 진심으로 꼴 보기 싫었다.

"난하 씨, 뭐 해야 돼요? 내가 도울게요."

"괜찮아요. 제가 후딱 하면 돼요. 쉬고 계세요."

"난하 씨도 아침 전이죠? 집이 청주랬나? 집에서 올라온 거예요? 장은 또 언제 다 봤대? 난하 씨 고생했겠어요. 다음에 또 장 볼 일 생기면 저 불러요. 내가 다른 건 몰라도 짐꾼 노릇은 확실히 할 수 있거든요."

"괜찮아요."

"연락하라니까요. 그래야 난하 씨가 차려 주는 밥 얻어먹죠. 와, 기대되는데요?"

두런거리는 목소리와 섞인 웃음소리에 수창은 잔뜩 인상을 구기다가 방문을 쾅 닫고 들어가 버렸다.

"우와! 정말 신의 손이 따로 없네! 대체 어디서 이렇게 요리를 잘 배웠어요?"

"저희 할머니, 어머니가 요리를 좀 하셔요."

"무슨 엄청난 요리사 집안인가? 대령숙수 몇 대 손, 뭐 이런 겁니까?"

"그런 건 아니고, 저희 집이 종갓집이다 보니 여러 가지 음식을 할 일이 자주 생겨요. 할머니, 어머니 옆에서 자주 거들다 보니 그럭저럭 흉내만 내는 거구요."

"이건 흉내 정도가 아닌데요? 식당 하나 차리면 밥 굶을 일은 없겠네요."

"드셔 보세요. 이 도토리묵은 엊그제 저희 할아버지가 산에서 주워 오셔서 어머니가 직접 쑨 거예요. 이건 임자탕이라고 들깨 가루와 버섯, 도토리묵으로 만든 거예요. 보기에는 별로여도 영양도 좋고 구수하니 맛도 괜찮아요."

처음 보는 음식에 호기심을 보이는 세창이 이것저것 묻자 난하가 상냥하게 설명을 해 주고 있었다. 수창은 그녀의 음성을 들으며 숟가락을 들고서도 차마 움직이지 못하고 가만 바라보기만 하는 중이었다.

그녀가 야심차게 장만한 아침 식사는 대체적으로 청주의 향토 음식들이었다. 그것은 수창의 마음 깊은 곳에 묻어 둔 향수를 자극하고 있었다.

"난하 씨도 어서 앉아 드세요."

고개를 끄덕인 난하가 멀뚱하니 쳐다만 보고 있는 수창에게로 시선을 돌렸다.

"사장님도…… 어서 드세요."

난하가 식탁 곁에 서서 조심스레 권하자 그때야 수창이 눈을 몇 번 깜박이며 음식을 떠서 입에 넣었다.

동공이 흔들렸다. 절로 가슴이 따스해지고 녹아내리는 기분이었다. 온몸을 채우는 부드러움과 포근함. 수창의 입가에 절로 미소가 지어졌다.

이 맛은 그가 어렸을 적 할머니의 손에서 만들어져 나오던 바로 그 맛이었다. 수년간 찾으려고 애썼던 그 맛. 그 맛을 잊지 못하고 그리움에 몸부림치던 때가 엊그제 같은데 벌써 16년이나 지났다.

간혹 할머니의 손맛이 그리워 청주로 내려가곤 하지만 그와 같은 맛은 그 어디에도 없었다. 수창은 음식을 먹으며, 수줍게 조심조심 수저를 움직이는 난하에게로 자꾸만 눈이 가는 것을 막지 못하였다.

“난하 씨, 사귀는 사람 있어요?”

“네?”

한참 식사를 하던 세창이 문득 물었다.

“아, 실례인가요? 저는 그냥, 난하 씨와 사귀는 분은 참 복 받았구나, 하는 생각이 들어서요. 이렇게 미인이신 데다 성격도 좋아, 음식도 잘 해. 어느 한 군데 빠지는 구석이 없잖아요.”

세창의 칭찬 세례에 난하가 얼굴을 살짝 붉히며 수창의 눈치를 살폈다. 그리고 어색하게 웃으며 고개를 살짝 숙였다.

“잘 봐 주셔서 감사합니다.”

“잘 봐 준 게 아니라 누가 봐도 그래요.”

“그렇게 마음에 들면 형이 대시해.”

“……어?”

내내 입을 다물고 있던 수창이 갑자기 끼어들어 한 말에 놀란 세창은 얼른 대답을 하지 못했다.

"왜에? 매우 마음에 든다면서? 거짓말이었어?"

"야, 너 진짜 죽을래?"

세창이 소리를 낮추고 수창을 노려보며 말하던 그때였다. 난하가 작게 웃으며 조심스레 끼어들었다.

"두 분께 정말 죄송한데요. 제가 누굴 사귈 마음이 없어서요. 저는 독신주의랍니다."

난하가 아무렇지 않게 한 말에 두 남자의 대화가 뚝 끊겼고 잠시간 두 남자의 멍한 시선이 난하에게로 고정되었다. 그런데 별안간 세창이 발끈하여 자리에서 일어섰다.

"왜요!"

"예?"

"대체 왜 독신주의라는 건데요? 세상에 난하 씨를 사랑해 줄 좋은 남자가 얼마나 널렸는데 그런 말씀을 하시는 겁니까?"

"예?"

"그 말씀 다시 한 번 생각해 보시죠!"

갑작스레 굳어져 소리를 치는 세창을 어안이 벙벙한 채로 바라보기만 할 뿐이었다.

"큰 소리 내서 미안해요. 먼저 일어설게요. 출근 시간 다 돼서."

"아, 네, 네……."

난하가 벌떡 일어나서 그를 배웅하자 세창이 묵례를 하고서 현관 밖으로 순식간에 사라졌다. 어리둥절한 데다 어깨까지 축 처진다. 대체 자신이 무슨 잘못을 한 것인지 잘 모르겠다. 저렇게 다정하기만 하던 사람이 독신주의라는 말에 한순간 돌변하여 다시 생각해 보라니.

정말 저 남자 나한테 반했나?

복잡해진 심정으로 시무룩해져서 식탁으로 돌아오니 수창은 뭐가 그리 즐거운지 빙글빙글 웃고 있었다. 그러더니 대뜸.

"잘 생각했네."

"예?"

"지구상의 남자들을 구원한 겁니다."

대체 뭐가요?

수창은 의미 모를 말만 남기고 식사를 이어 갔다. 한참만에야 그의 말뜻을 이해한 난하가 얼굴을 와락 구겼다. 독신주의……!

"두 분, 진짜 친형제 맞으세요?"

어쩜 그렇게 형과는 판이하게 성격이 지랄 맞으세요?

"다들 몰라보더라고요. 쌍둥인데."

그러게요. 어쩜 한 배에서, 그것도 동시에 저토록 다른 형제가 태어난 걸까요? 보나마나 자라면서 세창은 수창에게 몽땅 다 빼앗겼을 것 같다. 저리 착하고 순하기만 하니……. 외모만 봐도 그렇다. 덩치는 산적 두목 같아 가지고! 먹을 것도 다 뺏어 먹은 거지. 쯧쯧, 불쌍한 우리 선생님.

"안 놀라네요?"

"알고 있었거든요."

"그런 얘기까지 했어요? 대체 언제 그렇게 친해진 겁니까?"

알 바 없으시고요. 난하가 대답이 없자 그가 상관없다는 듯 식사를 마무리 지으며 말했다.

“어서 먹고 정리해요. 나가야 하니까.”

“저……도 가나요?”

“당연하죠. 수영복 챙겨 왔어요?”

“……네.”

대체 무슨 험난한 산이 기다리고 있기에 수영복을 자꾸 들먹이는 걸까? 난하는 불안한 마음을 누르며 식사를 마치고 뒷정리와 집 안 청소를 후다닥 해치웠다.

딱 두 번 온 집에, 낯설다면 낯선 남정네들과 밥까지 함께 먹었지만 왜인지 커다란 거부감은 느껴지지 않았다. 집에서 손님을 하도 많이 치르다 보니 사람 대하는 것이 마치 몸에 밴 듯 자연스러웠다.

되레 그녀 자신이 이 집의 큰누나라도 된 것 같은 기분이었다. 그녀의 나이가 두 남자보다 적고 덩치도 비교도 안 되게 작지만 철없고 귀여운 동생 같은 두 남자를 돌보는 큰누나.

그래, 그렇게 생각하면 마음 편하지.

정리를 끝낸 난하가 마지막으로 세탁기를 돌려 놓고, 외출 준비를 마친 후 소파에 앉아서 뉴스를 보고 있는 수창에게로 다가갔다.

“사장님, 다 끝냈는데요.”

수창은 흘끔 한 번 쳐다보더니 티브이를 끄고 얇은 점퍼를 걸쳐 입었다. 격식 없는 스포티한 차림에 손질 안 된 머리를 보니 그는 훨씬 어려 보였고, 평소의 근엄한 모습과는 꽤나 거리가 있어 보였다. 난하도 얼른 외투를 입고 가방을 챙겨 들었다.

수창은 말없이 자신의 차에 올라타더니 시동을 걸었다. 난하가 어찌 해야 하나 머뭇거리는 사이 순식간에 후진을 하여 좁은 주차공간에서 차를 뺀 그가 그녀의 옆에 차를 세웠다.

"안 타고 뭐해요?"

"타요."

잠깐 고민하던 난하가 냉큼 조수석에 올라탔다. 그의 차 내부는 그의 태도처럼 냉랭했다. 쌀쌀한 새벽 공기를 고스란히 머금고 있는 것만 같았다. 오싹 한기가 돌아 어깨를 움츠렸다. 문득 서늘한 공기에 섞인 달콤한 시어버터 향이 코끝을 스쳤다.

"추워요?"

수창이 돌아보며 물었다.

"아니요. 괜찮습니다."

"하필 히터가 고장이 나는 바람에. 내가 요즘 워낙 바빠서 고치러 가지를 못 했네요."

상냥하게 접히는 눈꼬리에서 얼핏 세창의 모습이 보였으나, 난하는 어이없는 변명에 그만 코웃음을 터뜨릴 뻔했다. 저 빤질빤질한 얼굴이 정말 얄미웠다.

하필 오늘만 고장이 난 거겠죠.

"비가 오려나? 창에 습기가 차네. 가을비 한 번씩 오면 엄청 추워지던데. 미안해요, 에어컨이라도 켜야겠어요."

그는 창에 낀 습기를 제거해야 한다며 정말로 에어컨을 켰다. 아니, 에어컨은 나오는데 히터는 왜 안 나오는 거냐고요?

"많이 추워요?"

저 얄미운 주둥이를 때려 줄 수도 없고. 에취!

"괘, 괜찮습니다."

"조금만 참아요. 금방 도착하니까."

난하는 아닌 척 팔짱을 끼고 목적지에 도착할 때까지 오들오들 떨어야만 했다. 그나마 엉덩이를 포근하게 감싸는 양털처럼 보송보송한 카시트가 있어서 견딜 만했다.

문득 차 앞 유리 왼편 구석에 붙어 있는 작은 십자수 쿠션에 눈이 갔다. 보편적으로 전화번호가 새겨져 있을……. 저런 건 보통 누군가가 만들어서 선물하는 건데. 그 생각에까지 미치자 난하는 이 차 안의 분위기가 그제야 이해가 되었다.

남자의 취향과는 어울리지 않는 카시트와 부드러운 향기, 그리고 레이스가 달린 십자수 쿠션. 게다가 송풍구에 매달린 곰 캐릭터 모양의 방향제는 귀여움의 극치였다.

여자 친구가 있는 건가? 없다고 하지 않았나? 난하는 별로 궁금하진 않았지만 은근슬쩍 물었다.

"휴일인데 데이트는 안 하세요?"

"만나는 사람 없다고 말했을 텐데요?"

"아, 그랬네요."

정말 없나?

"차 안이 참 예쁘네요."

"……."

이번에는 대답해 주지 않았다. 난하는 조금 얼쯤해졌지만 아무렇지 않은 듯 창밖으로 시선을 돌렸다. 만나는 사람이 있든 없든 무슨 상관이라고…….

"지금 어디로 가시는 건지 여쭈어 봐도 될까요?"

"가 보면 압니다."

차의 주인이 말간 얼굴로 싱긋 웃음을 지었다. 잠깐 마주친 눈길에 심장이 울렁거렸다. 이 멋진 웃음이 제발 아무런 의도가 포함되지 않은 순수한 것이길.

그러나 난하는 수창의 뻔뻔함을 이미 몇 번 겪었기에 저 웃음에 속아 넘어가지 않으리라 다짐했다. 이 남자와는 잠깐 학교 선배였다는 것 외엔 거의 모르는 사이나 다름이 없지만, 짓궂은 이웃집 오빠를 만난 듯 사람의 성질을 슬슬 돋우는 이상한 매력(?)이 존재했다.

"아니, 정말 미친 거지. 대체 이 추운 날 수영장은 왜 온 거야? 게다가 수영도 못하는 날 왜 끌고 가는데? 돌아이야, 돌아이."

난하는 지금 30분째 탈의실에 멍하니 앉아 중이 염불을 외듯 중얼중얼 그의 욕을 해 대고 있었다. 탈의실에서 수영복으로 환복하는 여자들의 몸매는 더 이상 수영이란 운동이 필요 없을 정도로 쭉쭉 잘도 뻗어 있었다.

물론 그녀는 자신의 몸매를 사랑하고 있었으나 이토록 남한테 쉽게 보여 줄 배짱은 없었다. 양갓집 규수가 어찌 뭇 사내들에게 자신의 몸을 함부로 내보일 수가 있단 말인가! 그러나 수영장의 규정상 수영복과 수영모, 그리고 수경 외에는 아무것도 걸칠 수가 없게끔 되어 있었다.

"하아, 강목수생(剛木水生)이로세!"

차라리 집 청소가 백배는 더 나았다. 그때였다. 수영장 입구 쪽에서 관리인으로 보이는 아주머니 한 분이 걸어 들어오시더니 탈의실 안쪽을 향해 큰 소리로 외쳤다.

"여기 강난하 씨 계십니까? 강난하 씨! 5초 내로 튀어나오랍니다. 만약 도망가면 재미없을 거라고 전해 달랍니다. 강난하 씨, 듣고 계십니까?"

이런 미친! 아주머니의 소리를 들은 탈의실의 여자들이 키득키득 웃으며 대체 강난하가 누구냐고 쑥덕거렸다.

"강난하 씨!"

아무래도 나타날 때까지 소리를 칠 기세라 난하는 얼른 아주머니에게로 다가갔다.

"저, 저예요. 금방 나간다고 전해 주세요."

"진작 말씀하실 것이지, 아이고 목 아프게스리."

큼큼 목을 가다듬으며 아주머니가 나갔고, 난하는 울며 겨자를 먹는 심정으로 수영장 입구에 섰다. 그리고 이내 마음을 고쳐먹었다. 인생사, 항상 선택의 기로에 있다. 판을 지배하는 자는 자신감에 넘쳐야 하는 법! 난하는 피할 수 없다면 즐기자 여겼다. 지배자는 여유로운 법이니까!

난하는 무릎까지 내려오는 반신 원피스 수영복을 다시 한 번 점검한 후 당당하게 수영장으로 입장하였다. 사람들의 시선이 죄다 자신에게로 쏠리는 것 같아 얼굴뿐 아니라 온몸이 화끈거렸으나 마치 도를 닦는 심정으로 수영장 한복판에 섰다.

가만, 고수창 이 인간은 어디에 있는 거야?

난하가 이리저리 살피는 사이 저만치서부터 무섭게 접영을 하며 다가오는 형체가 있었다. 별 신경도 쓰지 않은 채 두리번거리며 살펴보다가 불쑥 자신의 앞에 남자가 튀어 오르자 깜짝 놀라 엉덩방아를 찧었다.

"헉헉, 왔으면 들어오지 여기 서서 뭐 해요?"

수경을 머리 위로 들어 올리는 남자의 얼굴을 보니 수창이었다.

"깜짝 놀랐잖아요!"

너무 놀라 버럭 소리를 지르자 수창이 마치 물개처럼 잽싸게 물속에서 밖으로 빠져나왔다. 역삼각형으로 완벽한 균형이 잡힌 탄탄한 그의 몸이 순식간에 쑤욱 드러나자 주변에서 작은 탄성이 들려왔다. 난하 또한 잠시 넋을 빼앗길 정도였다.

떡 벌어진 어깨, 상상만 하던 흉근과 복근, 매끈하게 잘빠진 근육질의 팔과 허벅다리 하며……. 눈동자가 부끄러움도 잊고 허락도 없이 제멋대로 수창의 몸을 훑느라 바빴다.

꿀꺽. 마른침이 절로 넘어 갔다. 참으로 탐나는 몸체를 가졌다, 이 남자. 그러는 사이 그가 가까이 다가와 난하의 팔을 잡아 벌떡 일으켜 세웠다.

"준비운동 해야죠?"

"예?"

난하는 그의 물음에 멍한 대답을 되돌렸다.

"수영은 할 줄 알아요?"

"아, 아니요."

"물에 뜨기는 하는 거죠?"

"한 번도 수영해 본 적 없어요."

"그럼 잘하는 운동은 뭡니까?"

"숨쉬기 운동요."

수창은 기가 차는지 헛웃음을 짓고는 허리에 팔을 짚은 채 삐딱하게 바라보았다.

"전 저기 의자에 앉아서 수영하시는 거 열심히 지켜봐 드릴게요."

난하는 거대한 타월로 몸을 감싸다시피 꽁꽁 동여매며 말했다. 무척 추웠다. 발끝조차도 물속에 들이기 싫었다.

"물속에 집어 던지기 전에 그 타월 치우는 게 좋을 거예요."

고개를 옆으로 까닥해 보이는 그의 얼굴이 진심이라고 말하고 있었기에 난하는 얼른 의자에 타월을 올려놓고 돌아왔다.

"국민체조 하면 되나요?"

난하가 생긋 웃으며 국민체조 1번 동작을 시작했다. 흐느적거리지 않는 완벽한 동작으로 박자까지 맞춰 가며 체조를 해 나가자 창피해진 수창이 슬슬 그녀에게서 멀어졌다.

"대충해요, 대충."

"어떻게 대충 할 수가 있나요? 이왕 할 거 제대로 해야죠. 둘, 둘, 셋, 넷, 다섯, 여섯, 일곱, 여덟!"

구령까지 넣어 가며 하는 모습에 수창은 기어이 입수를 선택했다.

"다 끝나면 나 불러요!"

"그럴게요, 먼저 하고 계세요. 셋, 둘, 셋, 넷, 다섯, 여섯……."

난하는 수창이 저만치 멀어지는 것을 확인하고는 씨익 미소를 지었다. 그리고 설렁설렁 동작을 흉내만 내며 이리저리 수영장 내부를 구경했다.

토요일이어선지 사람들이 북적거렸다. 성인 풀과 아동 풀이 분리되어 있었는데 뒤쪽의 아동 풀에선 아이들이 왁자지껄 떠들며 물놀이가 한창이었다.

성인 풀도 두 구간으로 나뉘어 있었는데 상급자와 초보자로 나뉘는 모양인지 한쪽 풀에서는 수영 보조도구를 하나씩 든 채 동동거리기 바빴고, 반대편의 사람들은 자유형과 접영, 혹은 배영으로 수영을 자유롭게 즐기고 있었다. 그중에 수창도 끼어 있었다. 마치 한 마리의 돌고래처럼 물살을 가르며 자유자재로 영법을 구사했다.

"아, 턴 했다!"

난하는 그가 다시 가까워 오자 얼른 다시 국민체조에 열중하는 시늉을 했다.

"아직도 안 끝났어요?"

"국민체조 꽤 길어요."

"그만하면 됐으니까 들어오죠?"

"그런데 좀 춥네요."

난하가 울상을 지으며 말했지만 수창은 끄떡도 하지 않았다.

"막상 들어와서 수영하다 보면 하나도 안 추워요. 얼른 들어와요."

"거기 너무 깊지 않아요? 전 저기 아동 풀에서 하면 안 될까요?"

"수준을 알 만하네요. 대체 저기서 어떻게 수영을 배우겠다고 그러는 겁니까?"

"저 꼭 수영 안 배워도 되는데. 혹시 직접 가르쳐 주실 건 아니죠?"

"오늘은 수강이 없는 날이라니 어쩔 수 없이 내가 해야죠."

대체 왜 그렇게 수영을 가르치지 못해 안달인 건데요?

"그렇게 수고하실 필요까진 없으신데요."

난하가 어색하게 입꼬리를 늘이며 정중하게 사양했으나 그가 수영장 바닥 위에 양 팔꿈치를 걸치며 서늘하게 노려보는 탓에 꼬리를 내리고 말았다.

"그, 그럼 저기 얕은 곳으로 가서 할게요."

그제야 그의 얼굴이 풀렸고 난하는 그에게 들키지 않게 입술만을 움직여 투덜거렸다.

"암튼 성격 즈응말 이상해. 돌아이, 싸이코, 좀생이, 냉동인간……."

"방금 뭐라고 했어요?"

"예? 아뇨, 아뇨!"

귀신같네. 수영장에 왔으니 물귀신인가?

난하는 오만상을 다 일그러뜨리다가 다시 긍정적인 마인드로 스스로를 컨트롤하며 중얼거렸다.

"그래, 나는 지금 운동하러 온 거야. 그동안 일만 하느라 운동할 시간도 없었는데 잘 됐지, 뭘. 그래 잘된 거야! 수영, 뭐 그까짓 거!"

그러나 난하는 수영을, 아니 고수창이란 남자를 너무 쉽게 생각했다. 난하는 방금 제 귀를 의심했다.

"뭐, 뭐라고요?"

"오백 번요."

오, 오백! 이 남자가 누굴 죽일 일 있나!

"발차기를 어떻게 오백 번이나 해요?"

"그 전에 몸이 물에 뜨거나 전진이 가능하면 그만둬도 돼요."

미친 거다. 분명 이 남자는 미친 게 분명해. 이런 식으로 복수를 하려던 거였어! 아무래도 이거 잘못 걸려도 된통 잘못 걸린 듯하다. 으으으, 고수창! 이 못된 인간!

다리를 질질 끌다시피 하여 겨우 그의 차에 올랐다. 이 다리가 뉘 다리인고? 감각이 무뎌진 다리를 하나씩 붙잡아 올리자 수창이 친절하게 안전벨트를 매 주었다.

그래도 양심은 있냐, 인간아!

똑같이 두 시간을 운동했고 얼핏 보기에도 그는 자신과 비교할 수 없을 만큼 격렬하게 수영했으나 이 남자는 멀쩡해도 지나치게 멀쩡했다. 외려 더욱 개운하고 신이 난 얼굴이랄까?

"점심 먹어야죠."

설마 이 상태에서 점심 식사까지 준비하라고 하는 것은 아니겠지?

"아니요, 전 됐습니다."

제발 집에 보내 주세요.

그러나 이 남자는 난하의 그런 간절한 눈빛을 깡그리 무시하는 것이었다.

"운동을 열심히 했으니 고기를 먹어 줘야죠!"

아 네에, 네에. 어련하실까요? 귀여운 남동생 취소다! 그냥 철이 없다, 철이.

끼익, 갑자기 몸이 앞으로 쏠리자 난하는 화들짝 놀라 잠에서 깨었다. 상황파악을 하고는 재빨리 몸을 세워 두 손으로 볼을 감싸 얼굴의 상태를 확인했다.

새벽부터 설쳐 댄 데다 안 하던 운동까지 빡세게 하고 왔더니 몸이 완전 녹초가 되었다. 흐물흐물한 몸에 눈꺼풀도 천근만근이라 고새를 못 참고 졸았나 보다. 으이그, 이 맹추.

"침도 좀 닦아요."

곁에서 들리는 소리에 재빨리 손등으로 입가를 문지르자 픽 웃는 소리가 들려왔다. 창피해서 얼굴이 가로수 잎처럼 빨갛게 물들어 갔다.

"내려요."

난하는 정신을 차리려는 듯 툭툭 볼을 두드리며 주변을 돌아보았다. 분명 수창의 집은 아니었다. 난하는 차에서 내리는 그의 뒤를 재빨리 따랐다. 그가 승강기에 올라타기에 쪼로로 뒤따라 올라 수창보다 한 발 뒤에 섰다. 엘리베이터 벽면의 거울로 그의 시선이 느껴져 불편했기 때문이다.

그러나 그런 난하의 마음을 아는지 모르는지, 수창은 그녀를 더욱 노골적으로 바라보는 것이었다.

저 남자 왜 저래?

난하가 흘끔흘끔 제 복장을 살피며 그렇게 불쾌한 기색을 숨기며 서 있는데 그가 불쑥 입을 열었다.

"거울을 좀……."

"네?"

벽면에 비치는 그와 시선이 마주쳤다. 그의 장난스러운 눈이 무언가를 말하고 싶은 듯 그녀를 빤히 쳐다보고 있었다. 수창은 곧 손가락으로 자신의 오른편 뺨을 가리켰다. 그제야 그녀의 얼굴을 가리키고 싶어 하는 것이라는 것을 깨닫고 난하는 얼른 거울에 그녀의 얼굴을 비춰 보았다.

"어머!"

화들짝 놀란 난하는 뺨에 생긴 기다랗고 붉게 눌린 자국을 얼른 손바닥으로 감싸 쥐었다. 아마 조금 전에 차에서 얼굴을 기대고 자는 동안 생긴 자국이지 싶었다. 이게 무슨 망신이야 글쎄! 그녀는 수창이 거울을 통해 자신을 보고 있다는 것도 잊고 인상을 구기며 벽면에 머리를 박았다.

쿵-

소리가 생각보다 컸다. 동시에 큭 하는 수창의 웃음소리가 들려왔다.

"안 아파요?"

아오, 쥐구멍에라도 숨고 싶다 진짜.

맨 처음은 수창의 마음이 움직이도록 최선을 다하되 절대로 그의 페이스에 휘말릴 생각은 없었다. 그러나 애초의 예상과 자꾸만 빗나가고 있어서 자존심이 상해 견딜 수가 없었다. 누구에게도 꿀리지 않는 이 강난하가, 도대체 왜!

아니나 다를까, 그가 고뇌에 빠진 난하 때문에 새어 나오는 웃음을 참기 힘든 듯 피식피식 웃음을 터뜨리기 시작했다. 그러면서도 새치름한 난하의 눈과 마주칠 때마다 주먹으로 입을 가리며 안 웃은 척 헛기침을 했다. 난하는 창피함에 귀까지 빨개져서는 두 손으로 볼을 감싸 문지르기 바빴다.

아우, 진짜 오늘 제대로 당하고 있는 모양이다. 잠들지 않았다면 이러한 수모는 겪지 않았을 테지. 그래, 거기서 잠든 내 잘못이 크다! 그래도 저렇게 웃는 건 실례 아닌가? 이게 다 새벽부터 장 봐서 밥 짓게 하고 수영장에서 실컷 굴리니까 생긴 일 아닌가!

"재미있으세요?"

난하가 툴툴거리며 묻자 그가 큼큼 헛기침을 하며 언제 그랬느냐는 듯 눈썹을 높이 들었다 내려놓았다.

"그쪽이 웃게 만드네요. 이것도 작전인가? 뭐, 이런 방법도 나쁘진 않네. 내 자존감이 한 5% 정도는 상승된 것 같습니다."

화를 돋우는 데 일가견이 있는 고 사장, 이 악마! 그를 외면하고 속으로 분을 삭이는데도 몰아쉬는 숨에 어깨가 들썩거릴 지경이었다.

아우, 얄미워 진짜!

"그런다고 못생긴 얼굴이 바뀌는 것도 아닌데 뭘 그리 애를 씁니까? 얼굴에 자국 하나 있으나 없으나."

"고수창 사장님."

흘리듯 하는 뒷말까지 몽땅 주워들은 그녀가 치켜 올라가려는 눈을 최대한 휘어 보이며 입술 끝을 끌어올렸다.

그래, 웃자. 참자. 개구리 뒷다리이이이이이.

언젠가 받았던 직원 서비스 교육에서 예쁜 강사가 가지런한 치아 8개를 보이며 가르쳐 주었던 미소 짓는 방법. 속이 썩어 문드러져도 저렇게 웃으라고.

"양두구육(羊頭狗肉)이라고 들어 보셨어요?"

"그게 무슨 뜻입니까?"

"양의 머리를 내걸고 개고기를 판다는 뜻이죠."

"흠, 양 머리를 내걸고 개고기를 판다라. 거, 보양식 집 이름으론 괜찮네요. 전 개고기 무척 좋아합니다. 아, 혹시 보신탕이 먹고 싶으신 겁니까?"

"예? 어떻게 개를……!"

그녀가 기가 막힌 듯 헛숨을 내뱉었다. 수창은 무슨 문제라도 있느냐는 듯 순진한 표정을 지어 보였다. 저런 얼굴로 개고기를 운운하다니!

"그게 아니고……."

말이 안 통하는 사람하고 대화해 보았자 속만 갑갑할 뿐이라는 결론을 맺으며 난하는 하고 싶은 말을 속으로 갈무리했다.

딱, 누구 같아서요.

더 이상의 대화를 하고 싶지 않다는 듯 고개를 획 돌려 버리자, 때맞춰 엘리베이터의 문이 열렸다.

작게 도롱거리는 소리에 놀라 돌아보니 난하가 입을 벌린 채 잠들어 있었다. 얼마나 피곤하면 저리 달게 잘까 싶어 조금은 안쓰러워지기도 하였다.

난하에 대한 소문은 익히 들어 알고 있었다.

'거래처 남자들을 그렇게 잘 꼬여낸대. 그렇게 계약을 따낸다지 아마?'

'몸으로 하는 일은 마다 않고 잘 한다던데.'

'이제 한물간 거지. 몸으로 안 되니 회사가 기우는 수밖에.'

믿고 싶지 않았다. 그의 기억 속의 난하는 언제나 한 마리의 고고한 학처럼 범접하기 어려운 어떤 분위기가 흘렀다. 그 어린 중학교 1학년 때에도.

'신입생 대표의 선언문 낭독이 있겠습니다. 신입생 대표 강난하, 이형필.'

'선서! 하나, 우리는 반호인으로서 모범적이고 예의 바른 학교생활을 하겠다고 다짐합니다. 하나, 우리는 반호인으로서 선생님을 공경하고 선배를 존경하며 동기 간에 우애를 쌓는 사람이 되겠다고 다짐합니다. 하나, 우리는 반호인으로서 학업에 열정적인…….'

아직도 그때의 낭랑한 그녀의 목소리와 당당한 자태가 잊히질 않는다.

강난하, 너 정말 그런 애 아니지?

잠든 난하의 옆얼굴이 아이처럼 순진했다. 과연 꼬여 낼 남자의 옆에서 저렇게 잠이 드는 여자가 세상에 몇이나 될까?

당황해서 얼굴이 시뻘개지던 여자는 어디로 갔는지. 정말 배가 고픈지 샤브샤브를 맛있게 먹는 그녀의 모습을 보며 슬그머니 입매를 휘었다.

양두구육이라니. 그 뜻을 해석하자면 '겉은 훌륭하나 속은 변변치 못하다.'라는 말이다. 고로 그녀도 그의 잘난 외모를 인정한다는 뜻이 아니겠는가! 물론 그녀가 강조하고 싶은 것은 앞부분이 아니라 뒷부분, 변변치 못한 됨됨이를 꼬집는 것이겠지만 수창은 뭐든 긍정적으로 받아들이고 싶었다.

"고기 좋아합니까?"

"안 좋아하는 사람 있나요? 뭐든 잘 먹어요."

"아깐 개고기 싫어하는 것처럼 말하더니."

"개는 친구죠. 음식이 아니라."

"나는 어렸을 적, 소하고 닭하고도 친구 먹었습니다. 그래도 맛있기만 하더군요."

난하는 또 무슨 트집을 잡을까 싶어 그의 말을 무시했다. 그러곤 육수에 마블링이 어여쁜 선홍색의 쇠고기를 한 점 담갔다가 갈색이 되자 얼른 꺼내 소스에 찍어 입속에 집어넣었다. 우물우물 얌체처럼 입을 움직이는 그녀를 보며 그가 다시 말을 꺼냈다.

"그래서, 내 외모에 반했습니까?"

"예?"

이게 무슨 뜬금없는 소리인가. 도대체 저 말은 갑자기 왜 나왔으며, 왜 저런 결론이 나왔는지, 조금 전의 대화를 돌이켜 보아도 답은 나오지 않았다.

" '양두구육' 이라면서요? 그 말은 내 외모에 대해 인정했다는 뜻 아닙니까?"

다 알아들었으면서 모른 척했던 거다. 그래 놓고 보신탕이 어쩌고 저째?

"반은 맞고 반은 틀리셨네요. 외모는 인정하지만 반한 건 아닌데요. 저는 사람 됨됨이도 되게 중요하게 생각하거든요."

난하는 말을 뱉어 놓고 금세 후회했다.

저 남자 심기 건드리면 안 되잖아! 바보. 빈정 상했나? 무조건 좋다, 네네, 해야 하는 건데. 아유, 이놈의 성질머리!

그러나 그녀의 염려와는 달리 그는 킥킥 웃음을 터뜨렸다.

"강난하 씨 이상형은 관심 없는데. 그냥 물어본 겁니다. 여자들이 하도 나 같은 얼굴을 좋아해서."

인정은 하지만 저렇게 대놓고 잘난 체하는 남자는 또 처음이다.

혹시 저러니까 여자들이 싫어한 건 아닐까? 과거의 그는 전혀 저렇지 않았다. 조용하고 말수 없고 소심하고. 물론 그를 많이 안다고는 할 수 없었으나, 사건이 터졌던 봄 소풍 이후로 소문이 급속도록 퍼져 가자 알고 싶지 않아도 주변인들 때문에 그의 존재를 늘 의식할 수밖에 없었다.

간혹 지나가다 그를 마주치기라도 할 때면 난하는 마치 전염병 환자라도 만난 듯 화들짝 굳어져선 도망가기 일쑤였다.

전에는 그런 선배가 있는지도 몰랐기 때문에 아무리 곁을 지나가더라도 관심 밖의 일이었을 테지만, 그 일이 있고부터는 그를 신경 쓰지 않을 수가 없었다. 그도 그런 난하의 마음을 알았던 것인지 그저 고개를 푹 숙인 채 재빠르게 지나치고는 했다.

'야, 저기 고뚱이다!'

'야, 강난하. 고뚱 선배 지나간다.'

'좋겠다, 넌? 선배한테 고백도 받아 보고.'

철없는 아이들이 야단을 떨면 무척이나 창피했다. 어린 마음에 울기도 많이 울었었다. 아무것도 모르면서 다들 그렇게 난하를 놀리기에 급급했다. 심지어 학교 선생님들의 입에까지 심심풀이용으로 오르내리자 딱 죽고만 싶었다.

그런 난하에게 그와 마주하는 것은 상상할 수도 없는 일이었다. 그때는 다른 것은 아무것도 생각할 마음의 공간이 존재하지 않았다. 현명하게 행동하기에는 너무 어렸었다.

시간이 지나고 나이를 어느 정도 먹은 후에서야 '그 선배가 그때 참 난감했었겠구나', '내가 아니라고 말이라도 했었다면, 그리고 그 선배에게 미안했다고 사과라도 했더라면 조금이라도 상처를 덜 받지 않았을까?' 하는 생각을 하게 되었다. 이런 사실들을 말하면, 이 남자가 조금이라도 이해해 줄까?

"선배님."

수창은 갑자기 진지한 얼굴로 선배님이라고 부르는 그녀 때문에 심장이 울렁거렸다. 그는 얼굴의 장난기를 지우고 그녀를 바라보았다.

"그땐 제가 너무 어렸어요. 철이 없었습니다. 그저, 죄송하다는 제 마음만은 진심이라는 걸 알아주셨으면 좋겠어요."

아주 잠깐 진지한 분위기가 테이블 주위를 감돌았다. 야채와 고기를 기다리는 육수는 보글보글 끓고 있었고 그 위를 주황빛 조명이 비추고 있었다. 그래서인지 두 사람의 얼굴이 약간은 발그레하게 상기되어 보였다.

그는 말없이 고기를 한 점 집어 육수에 담가 휘저었다. 그 모습을 보는 난하는 자신의 사과에 그가 원하는 답변이 속해 있지 않았다고 여겼는지, 재빨리 생각나는 대로 덧붙였다.

"그리고 지금 선배님 모습, 그 어느 누구보다도 멋지시고 잘생기셨습니다. 장동건보다도 잘생기셨어요."

난하의 말에 수창이 헛웃음을 터뜨렸다.

"엎드려 절 받을 생각은 없었는데. 그런데 하필 장동건이 뭡니까? 그 사람 나보다 나이 많지 않아요? 내가 그렇게 나이 들어 보이나?"

"아니, 그렇다는 얘기가 아니라……."

이 사람이! 무려 국민 꽃미남, 장동건을 희생시켰는데 진짜!

"아니면요?"

쪼잔하기까지.

"아닙니다. 여기 '친구 먹은' 분들이나 많이 드시죠."

난하는 체념한 듯 쇠고기를 듬뿍 집어 육수에 빠뜨렸다.

"그렇게 한꺼번에 넣으면 맛없어요."

그러나 난하는 그의 말에 보란 듯이 접시를 들어 고기를 통째로 육수에 쏟아 넣었다.

"어허, 맛없다니까 그러네."

"많이 드시라고요."

불퉁하게 말하는 그녀의 입술이 댓 발은 튀어나왔다. 주황 불빛에 묘하게 도드라져 보이는 입술이 신경 쓰인다는 듯 그가 미간을 찌푸렸다.

그는 슬그머니 그를 잠식하는 허기를 달래 볼 요량인지 그녀가 쏟아 넣은 고기들을 사양 않고 거침없이 집어 입속에 밀어 넣었다. 그럼에도 달래지지 않는 허기라는 게 있다는 걸 그도 모르지 않았지만.

정말 곧 쓰러질 듯이 피곤했다. 하지만 오전에 세탁기에 돌려놓은 빨래까지 널어야 일이 완벽하게 끝나므로 다시 수창의 집으로 향할 수밖에 없었다. 혹시나 그냥 가라는 말을 할까 기대했지만 그런 일은 일어나지 않았다.

제 집으로 당연하게 데려가는 그가 정말이지 악마처럼 느껴졌다. 그는 또다시 샤워를 할 모양인지 입었던 운동복을 휙휙 벗어 던지며 욕실로 향했다.

저, 저, 썩을……!

돌돌 말린 양말 한 켤레가 이산가족처럼 제각각 욕실 앞을 뒹굴었다. 난하는 뻣뻣해지는 뒷목을 잡으며 심호흡을 해야 했다.

혀를 차며 그가 벗어 놓은 것들을 주워 모아 세탁기가 있는 다용도실로 향했다. 이미 다 된 빨래를 끄집어내고 그가 다시 벗어 놓은 옷들을 세탁기에 주워 담은 난하가 빨래를 널기 위해 건조대로 향했다.

거기에는 그녀가 얼마 전에 널어놓은 옷가지 중에 몇 개가 그대로 널려 있었다. 개는 것도 생략하고 거기서 필요한 것들만 하나씩 가져다 입은 모양이었다.

난하는 고개를 살래살래 저으며 다 마른 빨래를 걷어 내고 새로운 빨래들을 널기 시작했다. 누가 데리고 살지 모르겠으나 여자 고생깨나 시키겠네. 쯧쯧.

3

목 위에 달린 건 장식입니까?

"난하 씨!"

"안녕하세요, 선생님?"

진료실 의자에서 벌떡 일어선 세창을 향해 난하가 싱긋 미소를 지어 보였다.

"어쩐 일이에요? 어디 아파요?"

"그런 건 아니고요, 온 김에 잠깐 들렀어요."

"그새 얼굴이 핼쑥해졌어요. 수창이 그놈이 힘들게 하는 거예요?"

"아니에요, 그런 거. 이거……."

난하가 얼른 들고 왔던 종이 가방을 내밀며 얼굴을 붉혔다.

"뭐예요, 이게?"

"아, 도라지 차예요. 저희 뒷마당에 텃밭이 하나 있는데, 거기서 어머니가 직접 가꾸셨어요. 농약 이런 거 안 하고 거름만 주고 길렀거든요. 집안 어르신이 직접 양봉해서 채취한 꿀로 재어서 피로 회복에 도움이 될 거예요. 다른 뜻은 없구요, 많아서 나누어 드리고 싶어서요."

"이렇게 귀한 걸…… 이거 고마워서 어쩌죠?"

"에이, 별거 아니에요. 신경 쓰지 마시고 드세요. 옆에 따로 포장한 건 꿀에 재운 게 아니라 햇볕에 말린 건데요, 단 거 안 당길 때 물에 넣고 끓여 드시면 좋다더라고요."

난하가 차분히 설명하는 모습을 가만 지켜보던 세창이 문득 낮은 목소리로 난하를 불렀다.

"난하 씨."

"네?"

"지난번엔 죄송했어요. 많이 당황하셨죠?"

"아뇨, 아니에요! 그럴 수도 있는 거죠. 괜찮습니다!"

"하지만 독신주의라는 거 혼자 마음대로 내릴 결단은 아니거든요. 좀 더 신중하게 생각해 주시면 좋을 것 같아요."

"네……."

세창의 가라앉은 그윽한 눈길이 난하에게는 무척이나 슬퍼 보였다.

정말 저 남자 나 좋아하는 거 아냐? 난하는 가슴이 어지럽게 두근거리는 것을 느꼈다. 이 나이 먹어서도 이렇게 설레게 만드는 순수하고 다정한 남자를 만나는 것은 흔치 않은데 말이다.

"이만 가 보겠습니다. 뒤에 환자분 기다리시는 것 같던데."

"아, 그래요. 오늘도 수창이 저녁 해 주시는 겁니까?"

"네. 시간 되시면 오셔서 함께하세요."

"수창이 녀석이 무척 부럽네요. 저도 그러고 싶지만 오늘은 아쉽게도 중요한 선약이 있어요. 다음에 꼭 같이해요."

"네."

"아참!"

난하가 몸을 돌려 나가려는 순간, 세창이 난하를 불러 세워서 걸음을 멈추고 뒤를 돌았다. 세창은 책상에서 무언가를 꺼내 난하에게로 다가왔다.

"이거, 내가 가장 좋아하는 제과점 수제쿠키인데요. 드릴 건 없고, 이거라도 받아요."

더욱 볼이 붉어진 난하가 두 손을 내밀어 개별 포장된 쿠키 두 개를 조심스럽게 받아 들었다.

쿠키 좋아하시는구나.

다음번엔 자신이 가장 좋아하는 유밀과나 약과를 한 상자 만들어 와야겠다는 생각을 하며 날아갈 듯 가벼이 걸음을 옮겼다.

수창의 집에 빨랫감이 산을 이루고 심지어 묵혀 둔 이불 빨래까지 나와 있는 상태였지만 전혀 화가 나지 않았다. 난하는 빨랫감을 세탁기에 집어넣고 세제를 풀어 놓은 욕조에 이불을 밀어 넣은 후 차근차근 집 청소를 시작했다.

일부러 널어놓은 것이 분명한 쓰레기들을 쓰레기통에 쓸어 담고 바닥을 박박 문질러 닦았다. 이따 일 다 끝나면 먹으려고 가방 속에 아껴둔 쿠키를 생각하면 흥얼흥얼 콧노래가 저절로 흘러나왔다.

충분히 때를 불린 이불을 빨기 위해 갈아입었던 트레이닝 바지를 허벅지까지 걷어 올리고 흘러내린 앞머리를 모아 쥐어 사과 꼭지처럼 묶었다. 독신주의라는 단어는 어느새 난하의 머릿속에서 사라지고 없었다.

'좀 더 신중하게 생각해 주시면 좋을 거 같아요.'

그의 그윽한 눈빛과 낮은 목소리를 떠올리니 가슴이 다시 콩닥콩닥 뛰었다.

이거 썸 맞지?

좋아서 발을 동동 구르다 비눗물이 얼굴로 튀었건만 해죽 웃음만 튀어나왔다.

❀

똑똑.

"들어오세요."

"바빠?"

빼꼼 얼굴을 내민 사람은 세창이었다. 세창은 엊그제 죽는 소리를 하던 사람이 과연 맞나 싶을 정도로 평소처럼 장난기 어린 얼굴이었다. 저 빌어먹을 낙천주의자! 타고난 천성은 무시 못 하나 보다. 하긴 그러니 저렇게 건강하게 살고 있지.

"바빠."

바쁘다는 소리를 분명 들었는데도 세창은 여유롭게 사장실 안으로 걸어 들어왔다.

"어쭈, 이 자식이. 형님이 이곳까지 친히 행차하셨는데 차도 한 잔 안 주고 빡빡하게 구네?"

"병원 곧 망하냐? 아님 실력 없어서 짤려?"

"뭔 소리야?"

"네가 진료 시간에 여기서 시답잖은 소리나 하고 있으니 하는 말이야."

수창은 세창이 성가실 때 쓰는 '너'라는 호칭을 쓰며 빨리 나가라는 압박을 주었다.

"아참, 네가 차 안 줘도 되는데. 난 여기 매우 향긋한 '도라지 꿀차'가 있거든!"

이건 또 무슨 꿍꿍이일까? 수창은 특별히 뚜껑 덮인 텀블러를 흔들어 보이며 '도라지 꿀차'를 강조하는 세창을 한심하다는 듯 바라보았다.

"넌 도라지 꿀차 안 마시냐? 유기농이라더니 진짜 향기가 죽이네."

"여기 도라지 차가 어디 있어? 쓰잘머리 없는 소리 할 거면 가. 나 지금 진짜 바빠."

"너 설마 못 받은 거야?"

"무슨 소리야?"

"저런저런, 나만 받은 거야? 강난하 씨가 나만 주고 갔네. 아우, 그랬네, 그래."

지금 강난하가 자기만 도라지 꿀차 주고 갔다고 자랑하러 온 건가? 이럴 때 보면 참 단순하고 유치하다. 저런 머리로 어떻게 의사가 되었을까? 수창이 무시하듯 고개도 돌리지 않자 세창이 소파에 털썩 주저앉아 길쭉한 다리를 꼬았다.

"나 있지, 생각났어."

"……"

"난하 씨 말이야. 어디서 많이 본 듯했거든. 누구랑 정말 많이 닮았다고 생각했는데, 아까 난하 씨가 도라지 차를 들고 오는데 그 사람이 번쩍 떠오르지 뭐야!"

"……?"

세창이 의미심장한 미소를 씨익 지어 보였다. 수창은 눈썹을 구기며 그의 말을 기다렸다.

"왜 전에 할머니 돌아가셨을 때, 청주에서 말이야. 네가 지나가던 여학생한테 팍 꽂혀 가지고 정신없이 따라갔던 적 있잖아. 것두 중딩한테. 교차로에서 놓쳐 가지고 너 꽤 실망했었지, 아마?"

쓸데없이 기억력만 무지하게 좋다. 저 단순한 놈이 어떻게 의사가 됐나 했더니 기억력이 상상을 초월한다는 사실을 간과했다. 자신도 잊어버렸던 날을 기억해 내는 것도 모자라 그 여자아이의 얼굴까지 기억한다. 무서운 놈.

"기억 안 납니다만."

"가만, 우리보다 두세 살 어려 보였었지. 그렇게 따지면 대략 난하 씨랑 나이대도 비슷할 테고."

"영업 방해로 경찰 부르기 전에 헛소리 그만하고 꺼지시죠?"

"정말 그 여학생이 난하 씨야? 혹시 과거에 난하 씨가 너 찼어? 그래서 일부러 그러는 거야?"

수창은 벌떡 일어서서 문 앞으로 걸어가 나가라는 듯 친히 문을 열어 주었다. 세창은 수창의 날이 선 기색을 눈치채고는 어깨를 들었다가 내려놓으며 문으로 걸어 나갔다. 수창이 막 곁을 스치는 세창의 팔을 붙잡아 세웠다.

"충고하는데, 책임지지 못할 거면 함부로 웃어 주거나 잘 해주지 마. 괜히 정들어."

"정들면 어때? 무뚝뚝한 데다 괴롭히기만 하는 너보다 훨씬 낫거든? 너야말로 적당히 해."

"지금 그게 형이 할 소린 아니라고 보는데?"

"이 사람 저 사람 재 보고 찔러 보며 밀고 당기는 것보단 사람 대하는 데 진심이 가장 중요하다고 생각한다, 난."

수창은 어느 사이 자신이 집 앞에 서 있다는 사실을 깨달았다. 집하고 회사의 거리가 가까우면 이런 단점도 생긴다. 수창은 지금 그녀가 열심히 쓸고 닦고 빨고 있을 자신의 집으로 마치 남의 집인 양, 슬그머니 들어가 보았다.

집 안은 아침과는 달리 깨끗해져 있었고 세탁기는 힘차게 돌아가고 있었다. 어디선가 새어 나오는 노랫소리에 수창은 귀를 세웠다.

욕실인가?

도둑고양이처럼 발소리를 죽여 반쯤 열린 욕실 안을 들여다보던 수창은 숨을 멈추었다. 아이처럼 정수리에 머리를 올려 묶은 여자는 허연 허벅지를 드러낸 채로 알 수 없는 노래에 맞추어 교태를 부리듯 허리를 이리저리 비틀며 춤을 추고 있었다.

한식 요릿집에서 빛살이 하얗게 부서지던 난하의 둥그스름한 이마가 고스란히 드러나 희고 고운 얼굴에 빛이 났다. 살랑살랑 볼륨 있는 엉덩이를 흔들며 난하가 몸을 돌렸다.

"어머!"

"……!"

멍하니 쳐다보고 있다가 난하와 눈이 마주치자 수창은 미처 피하지 못하고 어색한 듯 헛기침을 했다.

"어, 언제 오셨어요? 기척이라도 하시죠!"

"불러도 모르더군요."

그는 거짓으로 둘러댔다. 난하는 부끄러운 모습을 들킨 것만 같아 화끈거리는 볼을 감싸다가 바지를 너무 많이 걷어서 허벅지가 훤한 것을 발견하고는 얼른 접었던 바지를 폈다.

"이불 빨래하는 겁니까?"

"아, 네."

"그거 어디다 말릴 생각입니까?"

"그야 다용도실 건조대에……."

"물먹은 이불 옮겨 본 적 있어요?"

"아, 아니요……."

그러고 보니 물먹은 이불은 무게가 상당해 혼자 옮기기에는 어려움이 있다는 사실을 간과했다. 난하는 애처로움이 가득 담긴 표정으로 그를 올려다보았다.

"저기, 죄송한데 이것 좀 같이 옮겨 주고 가시면 안 될까요?"

"싫습니다."

그가 단칼에 거절하자 난하가 울상을 지었다.

"목 위에 달린 건 장식입니까? 대책을 마련해 놓지도 않고 이불을 거기서 빱니까? 누가 직접 빨랬어요?"

목 위에 달린 거면 머리, 그럼 머리가 장식이냔 소리야? 아니,

그렇다고 저런 막말을 하나?

"세탁기에도 빨래가 한가득이거든요. 혹시, 도와주시러 오셨어요?"

난하가 두 눈을 동그랗게 뜨고 빛냈으나 수창은 단호하게 거절했다.

"아니요. 옷도 갈아입을 겸, 잘 하고 있나 검사하러 왔습니다. 그럼 수고하십시오."

"오신 김에 이불 빨래나 좀 도와주시죠. 아직 두 개나 더 남았는데……."

'나 바쁜 사람입니다.' 수창은 이 말을 남기고 방으로 사라졌다.

"아니, 바쁜 사람이 검사까지 하러 오시나? 어련히 알아서 잘 할 텐데? 아무튼 사람이 정이 안 가, 정이."

난하는 수창이 옷을 갈아입고 다시 집을 나서는 것을 확인하고는 괜한 심술이 생겨나는 것을 느꼈다.

그녀는 수창의 옷장이 있는 옷 방으로 들어가 속옷 서랍을 열었다. 그리고 거기에 있는 팬티를 몽땅 꺼내어 이불과 함께 물속에 집어 던졌다. 갈아입을 속옷이 한 장도 없는 것을 알고 황당해할 수창을 생각하니 그제야 기분이 좀 좋아졌다.

우스꽝스러운 사과 꼭지 머리가, 하얀 달덩이 같은 얼굴이, 살랑살랑 흔들리던 동그란 엉덩이가 자꾸 눈앞에 아른거렸다.

"괜히 집에 갔다 와 가지고."

그래서 일부러 더 늦게 퇴근했다. 일 끝나면 알아서 집에 가겠지 싫어서였다. 이런 기분으로는 마주치고 싶지 않았다.

그런데 또 집에 그녀가 있어 주었으면 하는 기분은 뭘까? 수창은 반반의 마음을 안고 현관을 열었다. 환하게 켜진 전등과 주인을 단번에 알 만한 신발이 그를 맞이하고 있었다. 어째서 안도감이 더 크게 찾아오는 걸까?

수창은 허기진 배 속을 자극하는 냄새에 싱긋 미소를 지으며 거실로 들어갔다. 주방에서 그를 위해 어떤 음식을 준비하고 있는 걸까? 거실을 거쳐 막 주방 쪽으로 향하던 그는 멈칫 멈추어 섰다.

시선이 아까와는 다른 단정한 차림으로 소파에 기대 잠들어 있는 난하에게 고정되었다. 옆에 놓인 그녀의 가방에서 아까 입었던 트레이닝 바지 자락이 비죽이 튀어나와 있었다.

그는 슬그머니 다가가 엄지와 검지로 트레이닝 바지를 집어 들었다. 그러자 아까 이 옷을 걷어붙이고 신나게 이불을 밟아 대던 그녀의 모습이 떠올라 피식 웃음이 새어 나왔다.

다시 집어넣으려는데 문득 가방 안쪽으로 눈에 익은 쿠키 봉지가 보였다. 그는 그녀가 잠든 것을 확인하고는 쿠키를 슬며시 끄집어냈다. 총 두 개. 포장 비닐에 새겨진 브랜드 네임은 그의 형 세창이 즐겨 먹는 곳의 이름이었다.

왠지 모를 심술이 왈칵 돋은 수창은 쿠키를 자신의 주머니에 집어넣고 어딘가에 있을 유기농 도라지 꿀차를 찾기 시작했다. 그러나 아무리 찾아도 아까 세창이 자랑하던 향긋한 도라지 꿀차는 보이지 않았다.

내 건 없다 그거지? 사람 차별해?

수창은 심술병이 도져 방으로 들어와 주머니에 꿍쳐 두었던 쿠키를 꺼내 일말의 망설임도 없이 그 자리에서 다 먹어 치웠다.

그러고는 아무 일도 없었다는 듯 세탁기에서 탈수를 마친 마지막 이불 하나를 꺼내 널고 그녀가 끓여 놓은 찌개를 다시 데웠다.

그리고 두 개의 밥그릇에 밥을 퍼서 두 사람이 먹을 식사 준비를 하였다.

달가닥달가닥 무언가 신경을 거스르는 소리에 난하는 천천히 눈을 떴다. 여기가 어디더라? 드디어 밝아진 시야에 들어온 남자는 그녀의 눈을 만족시키고도 남을 만큼 멋지고 훈훈했다. 걷어붙인 소매 아래로 드러난 탄탄한 팔 근육 하며 주걱으로 밥을 푸는 저 모습조차 아름다운 남자.

뭐? 남자?

난하는 정신을 차린 듯 벌떡 소파에서 일어섰다.

"어머나!"

"잘 잤어요?"

난하는 그 와중에도 제 몸에서 스르르 흘러내리는 뭔가를 따라 고개를 숙이다가 깜짝 놀랐다.

이 이불은 어디서 난 거지? 자기 전에 덮고 잤던가?

"그러게 이불 빨래를 너무 무식하게 한다 싶더라고."

"죄송해요. 오시길 기다린다는 게 깜박 잠이 들었네요."

모든 준비를 마친 뒤, 수창이 오면 검사를 맡은 후 귀가할 생각이었다. 그런데 너무 피곤했나 보다. 저도 모르게 잠이 들어 있었다. 이번에도 침을 흘렸거나 얼굴에 자국이 난 건 아닌지 손을 움직여 부지런히 살폈다. 그러고는 그가 이미 밥을 먹기 위해 준비를 마친 것을 확인하고 부랴부랴 가방을 집어 들었다.

"깨우시지 그러셨어요. 벌써 시간이 이렇게 됐네. 전 이만 가보겠습니다."

그가 미처 밥 먹고 가라는 말을 할 틈도 없이 난하가 현관으로 달음질치듯 걸어갔다.

"저기……."

"나오지 마세요."

나오란다고 나올 위인도 아니었기에 난하는 형식적인 인사를 건네고 서둘러 집 밖으로 나왔다. 휴우……. 안도의 한숨이 새어 나왔다. 또 무슨 꼬투리를 잡을지 모르니 이럴 땐 재빨리 도망치는 게 상수(上數)다. 자신의 승용차에 올라타고 나서야 한숨을 돌린 난하는 그제야 무척 배가 고프다는 사실을 깨달았다.

맞다, 선생님이 주신 쿠키 아껴 뒀었지!

난하는 씩 미소를 지으며 가방을 열었다. 그러나 아무리 뒤져도 아까 분명 가방 깊숙이 넣어 뒀던 쿠키가 마치 증발이라도 된 듯 흔적도 없이 사라지고 말았다.

대체 하늘로 솟았나, 땅으로 꺼졌나? 집에 쥐새끼라도 사는 걸까? 트레이닝 바지를 갈아입을 때까지만 해도 있었으니 이 바지가 가방에 들어 있는 한 쿠키도 반드시 있어야 했다.

"아! 다시 집에 들어가 볼 수도 없고. 아아, 아까운 내 쿠키!"

누가 본다면 그깟 쿠키가 뭐라고 나이도 먹을 만큼 먹은 성인 여자가 이리 머리를 쥐어뜯을까 싶지만, 난하에게 만큼은 남다른 쿠키였다.

이 나이에도 설렘을 주는, 외모도 성격도 직장도 무척이나 양호한 남자가 준 세상에 단 하나뿐인 쿠키! 난하는 그 쥐새끼가 수창일 거라고는 상상도 하지 못한 채 허기진 배를 붙잡고 청주로 향했다.

"아, 진짜! 너 맞잖아!"

"아니라니까 그러네요, 누님."

"뭐가 아니야, 너 말고 내 비상금에 손댈 사람이 누가 있어? 엄마도 내 방엔 안 들어오시거든!"

"애먼 사람 잡지 마시고 다시 한 번 잘 찾아보시지요, 작은누님."

"이게 진짜!"

심증은 있으나 물증이 없었다. 인하는 씩씩 콧바람을 불며 책상 의자에 앉은 재하를 노려보았다.

"무슨 일인데 이 늦은 시간에 큰 소리야?"

벌컥 문이 열리고 난하가 굳어진 얼굴로 모습을 드러냈다.

"어, 언니 왔어?"

"무슨 일이냐니까?"

낮게 깐 음색의 추궁에 재하와 인하가 긴장하는 눈치였다.

"아니 글쎄, 내가 다음 달에 배낭여행 가려고 책 사이에 모아놓은 비상금이 없어졌잖아. 그거 금액이 꽤 되거든. 근데 이 녀석 말고는 가져갈 사람이 없잖아."

난하는 진지한 얼굴로 숨을 한 번 내쉬고는 인하를 향해 물었다.

"그거 확실히 거기 넣어 둔 거 맞아?"

"응. 내가 아침에 나갈 때 분명 확인하고 갔단 말이야."

"증거는?"

이럴 때 보면 큰언니 난하는 평소의 살가운 성격이 전혀 보이지 않았다. 차갑게 얼굴을 굳히고 따박따박 따져 묻는 모습에 두 사람은 저절로 긴장이 됐다. 인하가 대답을 하지 못하자 난하는 차분하지만 낮고 단호한 어조로 말했다.

"확실한 증거가 있을 때 잡는 거야. 심증만으로 너처럼 몰아붙이면 백이면 백 다 패해. 인하, 넌 방으로 돌아가고. 재하, 넌 나랑 이야기 좀 하자."

난하가 목소리를 깔고 나오면 무조건 납작 엎드려야 한다. 재하는 바짝 긴장한 채 주먹 쥔 손을 무릎에 올렸다. 난하는 재하의 침대에 팔짱을 낀 채로 걸터앉아 그를 똑바로 마주 보았다. 그 눈빛만으로도 얼어붙는 것만 같았다.

평소에는 엄마 이상으로 잘해 주는 큰누나였지만 한 번 화가 나면 저승사자보다도 무서웠다. 그녀는 그렇게 아버지의 자리를 대신하고 있었다.

"너 요즘 외박이 잦다며?"

"예? 예……."

"무슨 일 있는 거야?"

"무, 무슨 일은요……. 그냥 친구들이랑 과제하고, 시험공부하고 하다 보니……."

"그래, 난 내 동생 강재하를 믿어. 무슨 일 생기면 혼자 끙끙 앓지 말고 언제든 말하고. 그리고 이거."

난하가 지갑에서 카드를 하나 꺼내 내밀었다. 그러자 재하가 이게 뭐냐는 표정으로 그녀를 바라보았다.

"가지고 있어."

"아닙니다, 저 돈 필요 없습니다!"

"남자가 돈이 없으면 기가 죽어서 안 돼. 가지고 있어."

"큰누님…… 감사합니다. 걱정 끼쳐드리지 않도록 최선을 다 하겠습니다."

"그래."

난하가 본래의 다정한 큰누나로 돌아와 그의 어깨를 툭툭 두드리며 웃어 주었다. 기저귀 차고 아장거리며 걷던 때가 엊그제 같은데 언제 저리 컸을까? 키도 아버지를 닮아 훤칠하게 크고 어깨도 떡 벌어졌다. 든든한 뒷모습에 문득문득 아버지가 그려졌다.

나도 아버지 닮았으면 이렇게 작고 못나지 않았을 텐데.

그래도 한 번도 제 외모가 부모를 닮지 않았다고 불평하거나 슬퍼하지 않았다. 오히려 이렇게 좋은 부모를 만나게 해 주신 하늘에게 감사하며 살았다.

아버지. 아버지를 떠올리니 고수창 그 남자가 덩달아 떠올랐다. 자상한 면이라면 고세창 선생님이 떠오르는 것이 마땅한데 말이다. 체격 때문일까? 문득 아까 깜박 잠들었다가 깨어났을 때 제 몸에서 떨어져 내리던 담요 자락이 머리를 스쳤다.

대체 담요는 언제 덮어 준 걸까? 냉랭한 날씨에도 참 따뜻한 느낌이었다. 그런 배려도 할 줄 아는 사람이었나? 하긴 오늘 자기 집에서 내가 한 일이 얼만데.

공짜로 청소에 빨래에 식사 준비까지. 이거 고급 인력을 너무 막 부리는 거 아니야? 그럼에도 고맙다, 수고했다 말 한마디 안 하지? 아까도 봐, 밥 먹고 가라는 말 한마디도 안 하잖아! 뭐? 목 위에 달린 게 장식이냐고? 으으, 몰인정한 데다 이중인격에 성격도 이상한 남자!

그러고 보니 아버지 생각하다가 왜 이 남자 때문에 이를 갈고 있는 건지 모르겠다. 그래, 조금만 참자! 계약만 성사되면 이 지옥 같은 날도 다 지나간다! 과거에 잘못을 저지른 것은 그녀 자신이니 남 탓을 할 수도 없었다.

난하는 갈색 곰 인형 밥에게 고수창 사장에 대해 쉴 새 없이 떠들며 스트레스를 풀었다.

"그러고 보니, 밥. 너 그 남자랑 좀 닮았다? 덩치도 커다란 게 시커매 가지고! 어쭈, 너도 지금 나 비웃는 거냐?"

난하는 몸을 홱 일으켜 분하다는 듯 '밥'을 노려보더니 이내 밥의 해진 두 귀때기를 붙잡고 머리를 짤짤 흔들었다.

"괘씸한 놈 같으니! 너 오늘은 방바닥에서 자!"

그렇게 말하고는 발로 '밥'을 푹 밀어 바닥에 내동댕이쳤다. 아무 죄도 없는 불쌍한 갈색 곰은 지난 20여 년간 하도 깔려서 납작해진 엉덩이를 하늘로 쳐들고는 대자로 뻗어 버렸다. 난하는 아버지를 닮기도 했지만 또한 수창을 닮기도 한 갈색 곰 인형 밥에게 오늘도 화풀이를 한바탕하고 나서야 잠이 들 수 있었다.

❊

토요일 아침은 영락없이 식사 후 수영장으로 직행이었다. 난하는 마치 죽으러 가는 것과 같은 공포를 느끼며 자포자기한 심정으로 그의 뒤를 따랐다.

"꼭 수영을 배워야 합니까?"

"네."

"제가 수영 배우는 것과 사장님 자존감 간의 상관관계에 대해 좀 설명해 주시죠."

"납득이 가면 배울 거예요?"

"예."

난하가 눈을 초롱초롱 빛내며 답했다.

"같이 운동 다니기 창피해서 그럽니다."

나 참 기막혀! 그럼 안 데리고 다니면 되잖아!

"요령 피울 생각 말아요."

"초보인데 좀 살살 하면 안 됩니까?"

그가 얄짤없다는 듯 말했다.

"자, 오늘도 킥판 잡고 발차기 오백 번부터 시작하죠. 헬퍼는 뗍니다. 거, 자세가 틀렸잖아요! 엉덩이 집어넣고, 팔은 쭉 펴고. 어허, 다리 쭉 뻗고!"

호통 소리에 울화통이 치밀어 킥판을 그의 얼굴에 집어 던져 버리고 싶었으나 난하는 어금니를 사리물었다. 그러다 불쑥 그의 손이 허리에 닿자 소스라치게 놀라고 말았다.

"정신 안 차리죠!"

그의 팔이 헬퍼 역할을 대신하여 배와 옆구리를 감싸 왔다. 덕분에 수창의 돌덩이 같은 팔뚝과 가슴 근육이 난하에게 밀착되었다. 물기 젖은 맨 살갗이 스스럼없이 부딪쳐 와, 난하는 지금 제가 수영을 배우고 있는 것인지 물에 빠지지 않기 위해 발버둥을 치고 있는 것인지 헷갈릴 지경이었다.

떠, 떨어져. 떨어지란 말이에요!

하지만 그녀의 마음을 알 리 없는 호랑이 코치님은 난하의 몸을 제멋대로 감싼 채 버럭버럭 소리만 질러 댔다.

헐크라는 별명이 어울릴 것 같은 그에게 호된 훈련을 경험하고 딱 죽기 일보 직전에서야 연습이 끝났다.

"예상 외로 잘 버티네요."

그가 풀에서 나와 싱긋 웃어 보였다. 저 사람 좋은 웃음이 과연 조금 전 지옥행 열차 탑승을 외치던 그 악마 같던 남자의 것이 맞나 싶을 정도였다. 짜증이 확 치밀어 등을 보이며 앞서 걷는 그의 뒤통수를 홱 노려보던 그때였다. 지나던 남자가 난하를 보지 못한 것인지 툭 치고 지나갔다. 남자에 비해 한참 작은 체구와 미끄러운 바닥으로 인해 난하는 중심을 잃고 말았다.

"어, 어……!"

쿵 소리와 함께 난하의 비명 소리가 울렸다. 수창은 갑작스레 들린 비명에 무심코 뒤를 돌아보다가, 넘어진 난하를 발견하고는 놀란 표정을 지었다. 그리고 재빨리 그녀에게 다가가 그녀의 상태를 살폈다.

"괜찮아요?"

"아우 허리야……. 괜찮아요."

인상을 찡그린 난하를 보니 전혀 괜찮아 보이지 않았다.

"이제 제대로 걷지도 못합니까?"

그렇지 않아도 수창에게 짜증이 나 있던 난하는 버럭 소리를 질렀다.

"저 남자가 치고 간 거거든요!"

수창은 고개를 들어 그녀가 가리킨 남자를 눈으로 찾았다. 여자가 넘어졌는데도 사과는커녕 빙글빙글 웃으며 옆 사람과 대화 중이었다.

"이봐요!"

별안간 들린 위협적인 목소리에 난하가 눈을 동그랗게 떴다. 얼굴이 잔뜩 굳은 수창은 그녀가 보기에도 생소했다. 그는 다시 어딘가를 바라보며 소리쳤다.

"어이, 거기!"

난하는 수창이 방금 자신과 부딪힌 남자를 부른다는 사실을 깨닫고는 휘둥그레진 눈으로 몸을 곧추세웠다. 상처 난 곳은 없어 보였지만 오른쪽 허리와 팔꿈치가 욱신거렸다.

수창이 벌떡 일어섰다. 저만치 가던 남자도 자신을 부르는 것을 느꼈는지 뒤를 돌아 그들을 바라보았다. 여유만만하던 남자가 수창을 발견하더니 경직되는 것이 확연히 느껴졌다.

"부딪치고 갔으면 사과를 하셔야지. 이 여자 넘어진 거 안 보입니까?"

헉! 세상에! 지금 이 남자 내 편들어 주고 있는 거야? 난하는 믿을 수 없는 상황에 아픔도 잊은 채 수창과 남자를 번갈아 보았다.

"아, 죄, 죄송합니다. 몰랐습니다."

남자가 다가와 사과했다. 몰랐다니, 뻔히 보고 가 놓고서!

"나 말고, 이 여자한테."

남자는 다시 난하에게로 몸을 돌려 꾸벅 고개를 숙였다. 수창의 사나운 기세에 난하도 움츠러들 지경이었다. 저 남자, 눈빛이 처음부터 예사롭지 않다고 여기기는 했으나 저렇듯 잔뜩 힘을 준 채로 노려보고 있는 것을 보고 있자니 오금이 다 저릿저릿했다.

"자, 가죠."

수창의 손을 잡고 일어선 난하는 멀어져 가는 그의 뒷모습을 바라보다가 정신을 차리고 밖으로 나갈 준비를 했다.

지옥 같던 훈련을 받은 몸이었지만 그의 차 옆자리에 타니 저절로 몸에 힘이 들어갔다. 아까의 사나운 눈빛이 자꾸만 떠올랐다. 그래도 자신에게 사과를 하라 다그치는 그의 모습은 은근히 감동이었다. 갑자기 이 남자 왜 이러지?

"허리는 괜찮아요?"

"네? 아, 네. 그럼요! 멀쩡해요!"

별안간 던져진 질문에 난하가 화들짝 놀라 답했다. 그는 알겠다는 듯 고개를 끄덕여 보였다.

"다행이네요."

이상했다. 괜히 얼굴이 화끈거리고 가슴이 간지럽다.

아니, 그런데 지금 어디로 가고 있는 거지?

"그런데 지금 어디로 가시는 거예요?"

"아, 말 안 했나? 오늘은 회사 차원의 봉사활동이 있는 날입니다. 같이 가서 도우시죠."

"아하하, 봉사활동……. 네…… 가, 가야죠. 좋은 일 하신다는데."

그의 앞에서 웃었던 입이 창을 보고 아래로 처졌다. 말할 생각이 있었긴 했습니까?

피곤하다. 무척이나 피곤하다. 일주일에 두 번이나 수창에게 오는 터라 일도 많이 밀렸고 몸도 대단히 피곤했다. 게다가 안 하던 운동까지 하니 병이 날 지경이었다. 그래도 갑이 까라면 까는 거다. 조금 전까지 간질거렸던 가슴에 갑자기 확 불이 이는 것만 같다.

도착한 곳은 제법 규모가 큰 노인 복지센터였다. 시에서 운영하는 곳이라는데 이곳에 프론메디에서 의료기기를 기증한 모양이었다. 수창은 이곳에 자주 오는 모양인지 어르신들이 그를 보자 무척이나 반기셨고, 특히 할머님들이 성대한 환대를 해 주었다.

"아이구, 우리 미남 사장님 오셨는가? 어째 이리 오랜만이야?"

"요새 좀 바빴습니다. 그사이 더 예뻐지셨네요?"

어라? 저 남자, 저런 말도 할 줄 안다?

"낼모레 갈 날 받아 놓고 사는 사람이 예뻐져서 뭐에 쓰누?"

"예뻐지시면 할아버님들께 인기도 많고 좋잖아요."

"아이고, 망측해라. 그런 소리 말어!"

"나는 그동안 사장 총각이 안 보이기에 장가라도 간 줄 알았지."

"괜찮은 사람이 있어야 가죠. 예쁘고 참한 손녀들 있으면 꼭꼭 감춰 두지 마시고 소개해 주세요."

"맞아요. 저희 회사에 널린 게 신체 건강하고 멀쩡한 청년입니다."

곁에서 일을 돕던 회사 사원 하나가 불쑥 대화에 끼어들자 와자그르르 웃음이 터져 나왔다.

"그나저나 그 뒤에 참한 처자는 뉘시오?"

"아, 일 도와주러 온 겁니다."

"어머나, 복스럽고 참하기도 해라. 어디서 이렇게 고운 색시가 왔대? 얼굴에 재복, 인복을 다 타고 났네. 다리도 튼실하고 엉덩이도 튼실한 게 애도 쑥쑥 잘 낳겠고."

난하를 발견한 할머니가 좋은 점만 줄줄 읊자 우쭐해진 난하가 너스레를 떨었다.

"어머, 어떻게 그렇게 잘 아셔요? 제가 사실 다른 건 몰라도 인복은 좀 많거든요."

요 고수창 씨 만난 것만 빼고요.

"그럼, 그럼. 내가 관상을 좀 볼 줄 알지. 아가씨 잡는 남자는 하늘에서 던져 준 호박을 넝쿨째 안고 가는 거여."

"할머니 저는요? 저는 어때요?"

옆에 서 있던 다른 직원이 묻자 할머니가 슬쩍 쳐다보더니 '넌 인덕 좀 더 쌓아 와라!' 하고 일갈하셨다.

"아이참, 할머님 괜히 심술이셔. 아까 제가 할머니 간식 늦게 챙겨 드려서 삐치신 거죠?"

"넌 내가 그렇게 속 좁은 노인네로 보이냐?"

"아니면요? 제가 뭘 어쨌다고 그러세요?"

직원이 울상을 짓자 할머니들이 키득키득 웃었다.

원체 넉살 좋은 성격 때문에 난하는 인기를 독차지했다. 노래 좀 해 보라는 짓궂은 요구에도 일회용 숟가락을 하나 찾아와서는

'땡벌' 을 열창해 앙코르 요청을 받기도 하였다.

오전에 격하게 했던 운동 때문에 조금 힘들기도 했지만 난하에게는 예상 외로 즐거운 시간이었다. 돌아가신 할머니 생각도 나고, 툴툴거리시는 할머니, 할아버지 모습들에 고모할머니, 작은할아버지 생각도 나서 난하는 내내 웃음이 끊이지 않았다.

"여기서 뭐 해요?"

복지센터 건물 앞, 커다란 삼나무 아래의 벤치에 앉아 있던 난하는 문득 들린 목소리에 파닥 놀라 돌아보았다. 청명한 가을 하늘은 석양마저도 매우 아름다웠다. 붉은 기운이 옅은 구름을 물들이고 그녀의 머리카락과 옷, 피부까지 물들였다. 그리고 조그맣고 도톰한 입술까지.

"아! 다 끝나셨어요?"

벌떡 자리에서 일어선 난하의 얼굴이 파리했다. 슬쩍 미간을 모으던 수창은 미안한 마음이 들었다.

"방해할 생각은 없었는데. 오늘 많이……."

"아, 잠시만요!"

수창이 무슨 말을 더 하려는데 난하의 휴대폰 벨이 울렸다.

"네, 여보세요? 아, 선생님!"

세창인 모양이다. 수창은 갑자기 나긋해지는 난하의 목소리에 다시 미간을 모았다.

"네, 전 사장님과 함께 있어요. 복지관에 봉사 활동요. 이제 다 끝나서 가려고요. 일 끝나셨다고요? 저야 좋……."

별안간 전화기를 뺏긴 난하는 어리둥절한 표정으로 제 전화기를 귀에 대고 있는 남자를 쳐다보았다.

"일 끝났으면 집에 가서 씻고 잠이나 자!"

–야, 네가 왜 난하 씨 전화를 받아?

"끊는다."

–야, 야!

"아니, 왜 남의 전화를 가져가서 멋대로 끊어요?"

난하가 발끈해서 항의하자 수창이 퉁명스레 전화기를 건네주며 경고조로 말했다.

"모르고 있는 것 같아서 말이죠."

"뭐가요?"

"우리 형에 대해."

아무리 화가 나도 수창에게 이렇게 감정을 고스란히 노출한 적은 없었다. 그런데 세창과의 썸을 방해하는 수창에게는 화를 참기가 어려웠다.

지난번 쿠키가 없어진 것도 생각해 보니 아무래도 수창이 한 짓이지 싶었다. 자기 형은 나에게 아깝다 그건가? 어차피 세창과 뭐 어떻게 해서 잘 되고 싶다는 생각은 하지 않았다. 그치만 수창의 태도가 서운한 것은 사실이었다.

무슨 말을 할 것 같았던 수창은 말꼬리를 돌렸다.

"사람들이 웃어 주고 잘 해 주고 좋은 말 해 준다고 해서 다 진심은 아니니까 그렇게 넋 빼고 좋아하지 마요. 아까도 봐요, 어르신들이 복스럽게 생겼다고 하니까 그저 좋아서 실실. 그게 정말 칭찬하는 말 같아요?"

난하는 그가 하는 말이 기가 막혀 두 눈을 부릅뜨고 쳐다만 볼

뿐 아무 대꾸도 하지 않았다.

"뚱뚱하다는 소리 돌려 말한 거예요. 그런데 그게 좋다고 웃고 있고. 생각이 있는 것인지 없는 것인지. 뇌에도 살이 쪄서 주름이 다 펴진 겁니까? 사고가 안 돼요?"

세상에 좋은 말이 얼마나 많은데! 이 남자는 어쩜 저리 사람 마음 헤집는 소리만 골라서 할까? 그것도 재주라면 재주다. 내가 어딜 봐서 뚱뚱하다는 걸까? 대한민국의 표준 중의 표준이라고 확신한다!

난하는 터지려는 속을 차분히 가라앉히려 애쓰며 최대한 상대방의 입장이 되기 위해 노력했다. 그래, 과거에 얼마나 상처가 컸으면 저럴까? 사람들에게 외모로 얼마나 놀림을 받았기에 저렇게 비뚤어져 있는 걸까?

"그렇게 말씀하시면 자존감이 좀 높아지나요?"

난하의 차분하고도 낮은 목소리에 수창의 몸이 흠칫 떨리며 입가의 미소가 사라졌다.

"말씀하신 대로 저 그렇게 연예인들처럼 호리호리하고 날씬한 편은 아니지만 나름 매력적이고 사랑스러운 몸이라고 자부하고 있습니다. 내가 나를 사랑하고 가치 있게 여긴다면 사람들의 시선 따위는 중요하지 않을 것 같은데요."

수창은 난하의 말에 충격을 받은 듯 아무 말도 하지 못하였다.

"저 이제 가도 되는 거죠?"

근로자도 법정 근로 시간이 하루 8시간인데, 난하는 무급인데도 그보다 더 오래 버텼다. 아침부터 무리한 탓에 더 있다가는 병이라도 날 것 같아 꾸벅 인사를 건네며 몸을 돌렸다. 어차피 그녀의 차를 타기 위해서는 수창의 집에 들러야 했지만 난하는 지금 이 남자와 가까이 있고 싶은 생각이 전혀 없었다.

난하는 총총 걸음을 옮겨 복지관 밖으로 나갔다. 약간 외진 탓에 지나다니는 차만 간혹 있었고 택시는 찾아볼 수도 없었다. 그렇다고 어디서 버스를 타야 하는지도 몰랐고 지금 몸 상태도 곧 쓰러질 것 같았기 때문에 난하는 무작정 택시가 잡힐 만한 곳으로 걸음을 옮겼다.

몇 분 되지 않아 뒤에서 경적 소리가 울렸다. 흘끔 돌아보니 수창의 차였지만 모르는 척 그냥 가던 길을 걸었다. 몇 번의 경적이 더 울렸고 계속되는 난하의 무시에 차는 그녀를 그냥 지나쳐 가 버리고 말았다.

"나도 자존심이라는 게 있는 사람이라고!"

툴툴 욕을 해 대며 난하는 허벅다리를 두드렸다. 아침에 운동을 너무 빡세게 했다.

악덕 고 사장. 악마 고 코치!

얼마나 걸었을까? 날이 어둑어둑해지고 있었다.

대체 택시는 어디서 탈 수 있는 거야? 버스 정류장이라도 좀 나와라! 그냥 못 이기는 척 타고 갈 걸 그랬나? 걸으면 걸을수록 후회가 밀려오고 있었다. 자존심 따위, 개나 주라지! 자존심이란 놈은 내세워 봤자 득이 될 게 전혀 없다는 사실을 다시금 뼈저리게 체감하고 있었다.

그때 문득 뒤에서 경적 소리가 들렸다. 난하는 반가운 마음에 고개를 돌리다가 깜짝 놀랐다. 외형이 영락없는 수창의 차였다. 분명 앞서 간 차가 어떻게 뒤에서 나타난 것일까? 자신을 데리러

다른 길로 돌아왔나? 설마.

아니나 다를까, 난하의 앞에서 멈춘 차량에서 수창이 떡 하니 튀어나왔다. 수창은 놀란 눈으로 서 있는 난하의 팔을 붙잡았다.

"좋은 말로 할 때 타요."

난하는 속으로 쾌재를 부르며 못 이기는 척 차에 탔다. 그래도 영 양심 없는 사람은 아니었나 보네.

"탈 거면서 튕기기는."

난하는 빈정거리는 그에게 배알이 뒤틀렸으나 다시 태워 준 것에 만족했으므로 아무 대꾸도 하지 않았다. 그대로 말없이 가기를 몇 분. 난하가 먼저 차 안을 가득 메운 정적을 깼다.

"저기, 사장님. 제가 가만히 생각을 해 봤는데요."

"아, 그런 것도 할 줄 아는 분이었군요? 난 또 뇌 비만이라 생각이란 걸 할 수 없는 줄 알았는데."

아오, 대체 이 남자한테는 잘해 주고 싶어도 도무지 정이 안 간다. 잘생긴 외모를 말이 다 까먹는단 말입니다! 그걸 아시려나? 난하는 속으로 구시렁거렸다가 못 들은 척 말을 이었다.

"사장님의 자존감을 높여 드리려면 아무래도 저같이 못 생기고 뇌 비만인 여자보다……."

"몸에 살집도 좀 있고."

우이씨!

"암튼, 그런 저 같은 여자보다 더 예쁘고 지적이고 사장님 마음을 기쁘게 해 줄 그런 여자분이 옆에 계시는 게 더 효과적이지 않을까 하고 생각해 보았습니다."

"훨씬 낫겠죠. 그래서요?"

“제가 아주 괜찮은 분을 소개해 드리고 싶은데.”

“괜찮은 분이라니요?”

수창이 관심을 보이는 것 같자 얼른 가방을 뒤져 사진을 몇 장 꺼내 내밀었다. 사진에는 상냥하게 미소 짓고 있는 여자 몇 명이 각자의 매력을 충분히 발산하는 자세로 담겨 있었다.

“제 인맥을 몽땅 동원해서 찾아낸 내로라하는 집안의 숙녀들이에요. 모두 이십 대 중반 정도 되는 나이들이고요, 하나같이 명문대에 미인대회 출신 내지는 쭉쭉 빵빵 미녀들이에요.”

그녀가 죽 나열해 놓는 사진들을 흘끗 쳐다보던 그가 뚱한 표정으로 다시 정면을 바라보았다. 큰 관심을 보이지 않는 그에게 애가 탄 난하가 살며시 미소 지으며 상냥하게 말했다.

“골라 보시라고요.”

“왜요?”

“소개해 드리겠다고요.”

“그러니까, 왜요?”

“아니, 전…….”

무척 좋아할 줄 알았는데 예상 외로 시큰둥한 반응에 난하는 얼쯤해져 눈동자만 이리저리 굴렸다.

“내가 능력이 없어서 여자를 안 만났다고 여기는 겁니까?”

“그런 게 아니라……. 불쾌하셨다면 사과드리겠습니다.”

난하가 의기소침해져서 머리를 꾸벅 숙였다.

“강난하 씨.”

“네.”

그가 깊이 숨을 들이마셨다 훅, 하고 내뱉었다.

"밥이나 먹죠."

이건 또 무슨 소린가? 대화할 가치도 못 느낀다는 것인가? 불쑥불쑥 꼭지를 돌게 만드는 이 남자의 얄미운 주둥이를 언제고 꼭 때려 주고 말 테다! 어쨌든 그가 밥을 먹자고 하니 먹는 수밖에 없었다. 아아, 밥 할 기운이 하나도 없는데.

"네. 그런데 제가 좀 기운이 없어서요. 하루 치 일은 다 채운 것 같은데……. 도착하면 시간도 늦을 것 같고, 또……."

그러니까 그냥 집에 보내 주시면 안 될까요? 정말 너무너무 힘들어서 그래요.

"오늘은 뭘 먹어야 맛있으려나?"

이럴 줄 알았다. 완전 상전이시다.

그럼 그렇지. 무슨 거창한 저녁을 기대하지는 않았지만 여기는 그래도 취향을 타는 곳이 아니던가. 수창은 난하의 식성을 묻지도 않고 회사 근처의 막창 전골 식당으로 그녀를 데려왔다.

사장이든 사원이든 사람 먹는 것이 거기서 거기인 모양인지. 이 사람 입맛도 참 서민적이다 여기며 그를 따라 식당에 들어섰다. 아직 저녁 먹기에는 이른 시간이었는지 손님이 없어 휑뎅그렁했지만 수창은 개의치 않고 그녀를 한적한 자리로 이끌었다.

"곱창 잘 먹습니까?"

참 일찍도 묻는다 싶지만 이미 따라 들어온 거 어쩌겠나. 좋아하는 거 좋아한다고 말해야지.

"뭐, 그럭저럭요."

그녀가 어깨를 들썩이며 답했다.

"잘됐군요. 여기 전골 맛이 일품입니다."

"아, 네."

암튼 이 남자 뭐든 와구와구 잘 먹는다. 할아버지가 보셨으면 보나마나 생긴 것이나 먹는 것이 복 받을 상이라며 입에 침이 마르도록 칭찬을 할 것이 분명하다.

아르바이트생으로 보이는 남자가 물과 물수건을 건네자 수창이 손을 쓱쓱 닦았다. 모든 행동들에 스스럼이 없는 것을 보니 이 남자 여기 단골인 모양이다.

"자주 오시나 봐요?"

"가끔 옵니다."

"아, 네."

그녀가 단답형으로 답하자 그녀를 물끄러미 바라보던 그가 다시 입을 열었다.

"또 궁금한 것 없습니까?"

"네?"

"나에 대해서 궁금한 것 말입니다."

수창의 말에 난하가 의아하다는 표정이 되어 그를 가만히 바라보았다. 대체 내가 왜 당신에 대해 궁금해야 하는 건가요? 난하가 멀뚱히 입을 다물고 있자 수창이 다시 입을 열었다.

"그럼 내가 질문해도 될까요?"

그것 역시 내키지는 않았지만 거절할 틈도 주지 않고 그가 질문 해 왔다.

"나 다시 만난 소감이 어때요?"

헉. 문제 난이도가 상이다. 뭐라고 대답한다? 무조건 좋게 이야기해야겠지? 하지만 그런 계략이 무색하게 그가 좋은 것, 나쁜 것을 한 가지씩 공평하게 말하라는 요구를 해 왔다.

이를 어쩐다? 좋게만 말하면 아부한다고 싫어할까? 나쁜 점 말하랬다고 사실대로 말하면 또 트집 잡으려나? 이리저리 고민을 하다가 어서 말해 보라는 듯, 채근하는 그의 눈빛에 일단 천천히 말을 하기 시작했다.

"지난번에 말씀드렸다시피 많이 놀랐구요. 사장님 처음 뵈는 순간 참 많이 변했구나 생각했어요. 그러니까 외모나 성격 같은 것이요."

그가 그녀의 말을 가만히 경청했다.

"말하자면 그건 분명 좋은 점이긴 한데……."

난하가 머뭇거리자 수창이 기대된다는 듯, 테이블에 팔꿈치를 얹고 주먹 쥔 손에 턱을 기댔다.

"전 솔직히 과거의 선배님이 전혀 보이지 않아 조금 서운했어요."

그녀의 대답이 예상을 벗어난 것인지 그의 얼굴에 당혹감이 스쳤다. 그러나 이내 테이블 위에 팔짱을 낀 팔을 기댄 채 몸을 앞으로 기울였다.

"과거의 내가 어땠는데요?"

그의 질문에 대답하는 것은 무척이나 난감했다. 그녀가 그에 대해 아는 것이 사실은 전무하기 때문이다. 그래서 그녀는 그에 대해 여태까지 가져 왔던 느낌들을 그대로 말하기 시작했다.

"과거의 선배님은…… 듬직하셨어요. 자상하셨고 참을성도 많으셨고 깔끔하기도 하셨고. 또……."

"또?"

그가 무척 흥미롭다는 표정으로 그녀를 가만 응시했다.

"정의로우셨어요."

난하의 대답을 들은 그는 소리 내어 웃고 말았다.

"정의롭다, 라. 흡사 액션 히어로를 연상케 하는군요. 그런데 어떻게 나에 대해서 그렇게 많은 확신을 가지고 있을 수 있죠? 우리가 과거에 그 정도로 친했던가?"

"아부성 발언이라고 생각하실지 모르지만 제가 과거 사장님에 대해 가지고 있던 느낌을 사실 그대로 말씀드리는 겁니다."

"이유는?"

"먼저 그 나이에 남학생이 손수건을 챙겨 가지고 다닐 만큼 깔끔하셨어요. 그리고 아이스크림이 옷에 묻은 제게 그 손수건을 빌려줄 만큼 자상하셨죠. 전교생이 다 선배님을 놀리는데도 한 번도 숨지 않으시고 학교도 꾸준히 나오셨어요. 그럼에도 모른 척 도망가는 저를 배려해서 항상 그냥 지나가 주셨죠."

난하는 물을 한 모금 삼킨 뒤 계속해서 말을 이었다.

"한 달이었지만 그런 상황에서 그만큼 버틴 것만도 대단하다 여겼어요. 마지막으로 정의롭다는 생각은, 그냥 그러실 것 같았어요. 남이 어려울 때 그냥 못 지나치고 악의 무리를 소탕해 줄 것 같은, 그런 든든한 사람."

웃음기를 지운 그의 얼굴이 사뭇 진지했다.

그사이 음식이 진열되고 냄비에선 곱창이 지글지글 끓고 있었다. 난하의 대답이 끝난 이후 수창은 별다른 대꾸를 하지 않았다. 대답이 마음에 들지 않은 것일까? 그냥 지금 모습이 너무 멋지고 마음에 쏙 든다고 답했어야 하나? 과거의 그에 대한 느낌이 너무 거짓말 같았겠지?

속으로 한숨을 삭이며 곁들여 나온 동치미의 조그마한 무 조각을 입에 넣고 아작아작 씹고 있자니 그가 탄산음료 병뚜껑을 열어 그녀의 컵에 따랐다.

"고맙습니다."

그녀가 받아 들고 얼른 병을 되받아 그의 잔에 따랐다. 그리고 자신의 컵을 들어 마시는데 그가 나직한 음성으로 흘리듯 말했다.

"딸꾹질 조심하고."

"히끅!"

맵싸한 기운을 잠재우려 코를 쥐며 놀란 눈으로 그를 바라보니 그가 접시에 다 익은 곱창과 야채를 덜어 내고 있었다.

탄산음료 마실 때 딸꾹질하는 건 어떻게 알았을까? 원래 다들 그러나? 내 주변엔 딸꾹질하는 사람 아무도 없었는데?

혼자 그런 생각을 하느라 바쁠 때 그가 전골을 옮겨 담은 접시를 그녀의 앞에 놓아 주었다. 챙겨 드려야 할 입장에 있는 자신을 오히려 그가 솔선수범하여 챙기고 있으니 몸 둘 바를 모르겠다.

"많이 들어요."

"아, 고, 맙습니다. 그릇 이리 주세요. 제가 떠 드릴게요!"

"먹기나 해요. 자상한 거 좋다며?"

이 남자 갑자기 못 먹을 걸 먹었나? 청소에 빨래에 식사 준비, 운동까지 시켜서 골탕 먹인 주제에 자상이 어쩌고 저째?

"궁금한 게 있는데요."

난하가 입을 열었다. 그러자 그가 빙긋 웃었다.

"드디어 궁금한 게 생겼나 보네. 그래, 물어봐요."

"저 밉지 않으세요? 그때 일 때문에."

"미운데요."

역시나. 그래 밉겠지. 싫겠지! 나라도 그럴 것 같은데.

"그땐 제정신이 아니었어요. 선배님이 정말 싫어서 그런 게 아니라……."

"싫어서 그런 게 아니라, 좋아서 그랬다? 그렇게 해석해도 되는 겁니까?"

"아뇨, 그게 아니라."

"얼른 먹기나 해요. 식으면 맛없어요."

그가 제 접시에 담긴 곱창 하나를 집어 들고 후후 불며 말했다.

"먹여 줘요?"

수창이 식히던 살덩이를 입 앞으로 내밀자 난하가 기겁을 하듯 고개를 냉큼 저으며 사양했다.

"괘, 괜찮습니다. 제가 먹을게요!"

이 남자 왜 이럴까? 잘 먹여 놓고 또 무슨 트집을 잡으려고 저럴까? 오늘 이 남자 참 이상하다.

문득, 저 멀쩡한 겉모습 안에 능구렁이가 몇 마리쯤 똬리를 틀고 있는 건 아닐까 하는 생각이 들었다. 아무래도 이 남자를 감당하려면 수련을 더 쌓고 와야 할 것 같다. 뱀 잡아먹는 매의 내공으로.

커피 심부름이나 하고 있고. 강난하 참자, 참아!

조금 전 음식점에서 나와 근처의 작은 공원을 지나던 길이었다. 커피가 마시고 싶다는 수창의 말에, 난하는 접대 정신에 입각하여 재빨리 이 커피숍으로 튀어 왔다.

"그러고 보니 무슨 커피 마시고 싶은지 안 물어봤네."

다시 돌아가려다가 전화가 편하겠다 싶어 전화를 걸었다. 그러자 절로 어깨가 들썩거릴 만한 경쾌한 리듬과 함께 어디선가 들어 본 적이 있는 노래가 흘러나왔다.

"이런 노래도 좋아하네, 안 어울리게."

-커피 안 사 오고 웬 전화예요?

리듬에 맞추어 흥얼흥얼 따라 부르기까지 하며 감상하느라 자신이 수창에게 전화를 걸고 있다는 사실을 깜박 잊고 있었다. 그 바람에 난하는 수창이 갑자기 전화를 받자 오히려 깜짝 놀라고 말았다.

"아……. 그게, 그러니까…… 무슨 커피 드실지 안 여쭤 봐서요."

-아메리카노 샷 추가.

그녀가 우물쭈물 어렵게 한 물음에 그가 너무도 쉽게 대답했다.

"알겠습니다."

난하가 대답하며 끊으려고 하자 수창이 덧붙였다.

-아, 시럽 없이.

"필요한 게 더 있으시면 말씀하세요."

-그걸로 됐습니다.

"네."

대답하며 서둘러 전화를 끊었다. 꼭 그의 통화 연결음을 듣고 몸을 흔들었던 것을 들키기라도 한 것처럼. 그러고 보니, 난 뭐가 신나서 그리 리듬을 탔던 것일까?

그녀는 이 나이에 남자 커피 심부름이나 해야 하는 제 신세 따위는 괘념치 않기로 했다. 회사를 위해서 이 정도쯤이야 감내할 만한 가치가 충분하지 않은가!

커피가 식을세라 종종걸음으로 그가 기다리고 있을 곳에 가자 그는 이미 공원 벤치에 자리를 잡고 앉아 있었다. 겨울이 가까워 오느라 이미 날이 어둑해졌기 때문에 하얀 가로등이 그를 조명하고 있었다.

그 모습이 조금 전까지 심술을 부리거나 장난을 일삼던 남자의 모습과는 사뭇 달라 보여 쉽게 다가가지 못하였다.

"여기, 커피. 아메리카노 샷 추가에 시럽 없이, 맞으시죠?"

난하가 두 손으로 공손히 내밀자 그가 약간은 거만하게 고개를 슬쩍 까닥이며 받아 들었다. 그러고는 제 옆자리에 턱짓을 했다.

"앉아요."

그 모습이 못마땅했지만 난하는 그의 말에 따라 제 몫의 컵을 들고 고분고분 그의 옆자리에 앉았다.

"전 아메리카노 못 마시겠던데. 좋아하는 사람 보면 신기해요. 게다가 시럽 없이 샷 추가라니. 어유, 위장이 남아나질 않겠어요."

그녀가 몸서리를 치듯 어깨를 떨었다. 그러자 그가 피식 웃으며 대답했다.

"나도 안 좋아합니다."

"네?"

그럼 왜 먹나? 난하가 의아한 표정으로 바라보자 그가 그녀의 물음을 알아듣기라도 한 듯 설명을 덧붙였다.

"그냥 관리 차원에서 먹어요. 아주 안 먹을 수는 없으니까."

"아……."

"나도 시럽 잔뜩 들어간 캐러멜 마키아토 같은 거, 무척 좋아해요."

마치 난하가 들고 있는 그녀 몫의 커피를 꿰뚫은 것 같은 말에 난하는 놀라 잠시 제 컵을 내려다보았다. 그리고 그에게 자신의 컵을 살며시 내밀었다.

"제 거 시럽 잔뜩 들어간 캐러멜 마키아토인데, 드실래요?"

그러자 그가 마치 몰랐다는 듯, 눈썹을 일그러뜨리며 그녀를 돌아보았다.

"입 안 댔어요."

그녀의 말에 그는 아주 잠깐 고민하는 표정을 지었다. 그리고 냉큼 그녀의 제안을 받아들였다.

"그래요 그럼."

그럴 거면 애초에 달달한 거 시키지, 왜 내 걸 빼앗아 먹는 거야?

사양할 줄 알았던 난하는 그가 냉큼 컵을 채어 가 입에 물자 허탈한 표정으로 그를 바라보았다. 그는 비어 있는 그녀의 손에 자신의 커피를 쥐여 주었다.

"이거라도 마시든가."

그는 뇌를 녹일 만큼 달달하고 향긋할 것이 뻔한, 그녀의 캐러멜 마키아토를 참으로 밉살맞게 홀짝홀짝 소리까지 내 가며 마셨다. 꿍얼대는 그녀의 속내엔 관심도 없다는 듯, 그는 편안하게 벤치에 등을 기대고 눈을 감았다. 뜨거운 커피를 마시고 숨을 내쉴 때마다 그의 입에서 하얀 입김이 새어 나왔다.

그녀는 눈 감은 그의 옆얼굴을 조심히 훔쳐보았다. 그가 여전히 어려웠지만 어쩐지 지금 수창의 모습은 난하를 무척이나 편하게 대하고 있는 듯한 느낌이 들어 기분이 이상해졌다.

난하는 쓰디쓴 커피가 들어 있는 컵을 두 손으로 모아 쥐고 그의 휴식을 방해하지 않기 위해 말없이 앉아 있었다. 그와는 달리 이 불편한 분위기를 어쩌지도 못하고 허리를 빳빳이 세우는 경직된 자세였지만, 지금은 이렇게 앉아 있는 것밖엔 할 수 있는 일이 없었기 때문이었다.

처음 수창과의 이 '개인적' 인 만남을 앞두고 떠오른 단어들은 부담, 어색, 곤란, 당황, 곤욕, 언쟁, 수치, 육체적 노동 내지는 정신적 착취 등이었기에 이러한 분위기가 낯설기만 하였다.

그가 그녀를 이렇게 편하게 대하고 있다 해도 난하는 긴장을 늦추지 않았다. 이 심술쟁이 고 사장이 또 어떤 허무맹랑한 소리를 할지도 모르니까. 불리한 입장에서는 언제든 갑의 요구를 기민하게 파악하여 충족시켜야 한다.

"편하게 있어요."

난하가 혼자만의 생각에 잠긴 사이, 수창이 눈을 감은 채로 입을 열었다.

"지금은 다른 생각 말고 그냥 편하게 있어 주는 게 내 자존감 회복을 도와주는 겁니다."

그의 말에 난하는 잔뜩 곧추세웠던 등의 힘을 살며시 풀었다. 그것이 느껴지는지, 수창의 입가에 슬그머니 미소가 떠올랐다.

그렇게 잠시 동안 두 사람은 말이 없었다. 사람의 말소리가 사라지니 늦가을이 내는 소리가 슬며시 그들의 귀에 들려오기 시작하였다.

회사가 밀집된 지역이라 퇴근 시간은 북적대기 마련이었지만 토요일인 오늘은 그마저도 없었기에 한적했다. 회색빛 콘크리트 미로 속에 숨구멍처럼 형성된 이 작은 공원은 예상 외로 많은 것들을 소유하고 있었다. 바람결에 나뭇가지가 사부작대는 소리, 바싹 마른 낙엽이 버석한 풀밭 위를 나뒹구는 소리, 풀벌레가 짝을 찾아 세레나데를 부르는 소리, 소슬바람이 그들의 귓가를 쓰다듬고 지나가는 소리.

어느덧 자동차와 기타 인공의 소리는 저만치 물러나고 자연 본연의 소리가 그들을 아늑함으로 인도하였다.

"여기 있으면 어린 시절이 떠올라요."

그가 갑자기 목소리를 내자 난하가 흠칫 놀라며 그를 돌아보았다.

"할머니와 살던 곳이 딱 이랬어요."

그의 말끝에 어렴풋한 향수와 웃음이 묻어났다. 난하는 그가 느닷없이 어린 시절에 대한 이야기를 풀어내는 것이 의아했다. 저런 이야기는 일반적으로 조금 친한 사람들에게 하는 게 아니던가? 우리가 이런 이야기를 나눌 만큼 가까워졌던가?

"네에."

그녀가 그의 말에 반응하며 기다리고 있었으나 그는 더 이상의 말은 하지 않았다. 수창은 마시던 컵을 곁에 내려놓고 안경을 벗어 눈과 미간을 매만졌다. 조금 전의 표정과는 달리 무척이나 삭막하고 피곤해 보이는 얼굴이었다.

그래서 저렇게 진한 커피를 마시는 것일까? 난하는 피로한 그의 모습에서 언뜻 쓸쓸함을 엿본 것도 같았다.

비주얼이 완벽한 남자에게서 느껴지는 고독이라……. 허허로운 여심에 기가 막힌 직격탄을 날린다, 이 남자.

"그만 가죠."

그가 별안간 자리에서 벌떡 일어서자 난하는 조급해졌다. 그의 마음을 움직이기 위해 한 일들이 아무런 효과를 발휘하지 못하고 있는 것처럼 느껴졌기 때문이다. 그녀는 다급하게 그의 앞을 막아섰다.

"뭡니까?"

"가르쳐 주세요."

"뭘요?"

"어떻게 하면 사장님의 마음을 움직일 수 있는지. 상처 준 일을 용서받을 수 있는지."

"지금 잘하고 있잖습니까?"

"정말 이거면 되는 건가요?"

그가 빤히 그녀를 내려다보며 커피를 들지 않은 손을 코트 주머니에 넣었다.

"사장님의 자존감이 다 회복되었다는 것은 어떻게 알 수 있습니까?"

"가르쳐 주면 재미없잖아요."

그런 애매모호한 말이 어디 있단 말인가! 수창이 난하를 지나쳐 가려 하자 난하가 또다시 그의 앞을 막아섰다. 오전에 한 운동 때문에 옆구리가 욱신거려 몸이 기우뚱했다.

수창이 재미있다는 표정으로 그녀를 가만 내려다보았다. 쏘옥 빨려들 것만 같은 묘한 눈동자를 지닌 수창의 눈이 어둑어둑한 공기를 가르고 한순간 반짝 빛났다.

“오늘 집에 안 들어갈 생각이면 나랑 같이 갈래요?”

꿀꺽. 그, 그런 의도는 아니었는데. 수창이 한쪽 입술을 끌어올리자 덩달아 눈썹도 비스듬히 휘어졌다.

“생각해 보니 그것도 나쁘지 않네요. 밤에도 강난하 씨가 할 수 있는 일이…….”

“조심히 들어가십시오!”

수창이 말릴 새도 없이 그녀가 도망치듯 멀어져 갔다. 허둥거리며 달아나는 뒷모습에 수창이 피식 웃음을 터뜨렸다.

난하는 그가 뒤쫓아 오기라도 할까 봐 죽을힘을 다해 주차장으로 내달렸다. 그리고 자신의 차를 찾아 냅다 올라탔다.

세상에, 방금 한 말은 대체 뭘까? 밤에 할 수 일이란 게……. 아우, 너무 들이대지 말았어야 했어. 난하는 수영장에서 자신과 부딪힌 남자를 노려보던 수창의 냉랭한 눈빛이 떠올라 아찔해졌다가 이내 물에 젖은 그의 벗은 몸이 떠올라 얼굴이 화끈 달아올랐다.

대체 무슨 상상을 하는 거니, 너?

4
애인이 없다더니

비좁은 사장실. 낡은 의자나 책상과는 어울리지 않는 세련된 골프웨어 차림의 60대 남자가 의자에 앉아 담배를 피워 물었다. 남자는 불룩 튀어나온 배를 긁적이며 책상 앞에 선 난하를 개의치 않는 듯 연기를 푹푹 뿜어냈다.

“회사 이대로 말아먹을 생각이냐?”

“당숙, 조금만 기다려 주세요.”

“그냥 부도 맞기 전에 팔아 치우자. 나도 늙어서 더 이상 신경 쓸 여력도 없고, 이제 쉬엄쉬엄 여유 좀 가지며 살고 싶다.”

“부탁드려요. 조금만 더 버텨 주세요. 저 최선을 다하고 있어요. 아시잖아요. 저 회사에서 살다시피 하는 거.”

사정을 말하며 애원하는 난하를 거들떠도 보지 않으며 영진은 거드름을 피웠다.

"그럼 네가 사장 자리 맡으면 되겠구나. 어차피 미래도 안 보이는 회사. 나도 더 이상은 미련 없다."

회사가 잘 굴러갈 땐 눈에 불을 켜고 덤벼들더니, 이제 망해 간다 싶으니 나 몰라라 한다.

그래서 당신은 그동안 회사를 위해서 얼마나 애를 쓰셨는데요? 늙어서 쉬엄쉬엄 여유를 갖고 싶다고?

지금도 영진이 운영하는 스크린 골프장만 서너 개가 넘었다. 제 뱃속 채우는 데만 급급한 탓에 회사가 이 지경이 되었건만, 난하는 속 시원히 쏟아붓지도 못하고 속으로만 삼켰다.

"지금 컨택하는 곳의 수주 계약만 따내면 회사가 회생하는 것은 시간문제예요."

"가능성이 있긴 한 거냐?"

"그럼요! 제가 최선을 다하고 있으니 당숙도 힘을 내 주세요."

"알았다. 한 번 더 기회를 주마. 하지만 나도 더 오래는 힘들다. 정 안 되겠으면 사장 자리 내놓을 테니 네가 알아서 하고."

"감사합니다, 당숙. 그보다……."

"뭐가 또?"

영진은 또 무슨 곤란한 말을 꺼내려 하느냐며 귀찮다는 듯 인상을 찌푸렸다.

"지난번에 말씀드린 공장 노후 설비 교체 건 말인데요."

"그건 아무래도 어렵겠다고 하지 않았니?"

"아무래도 안 되겠어요. 지난번에도 노후된 라인에서 사람이 다칠 뻔했습니다. 생산력에도 영향을 미치는 부분이니, 투자한다 생각하시고……."

"지금 회사를 처분하느냐 마느냐 하는 마당에 투자는 무슨 투자야! 말이 쉽지, 땅 파면 돈이 나온다던? 회사 지금 사정 빤히 아는 네가 왜 자꾸 답답하게 이러냐? 이러니 핏줄이 아니라 그렇단 소리나 듣지. 원 계집애가 지 욕심만 앞서서는, 회사나 집안이 어떻게 돌아가는 줄도 모르고…… 쯧쯧."

"제 욕심 때문에 그러는 게 아니잖아요. 다 회사를 위해서……."

"시끄럽고, 노 부장 불러서 결재 서류나 빨리 가져오라고 해. 나 지금 또 나가 봐야 한다."

결국 난하는 완고한 영진을 설득하지 못하고 한숨을 쉬며 사장실을 나섰다. 아무리 봐도 사면이 꽉꽉 막혔다.

지금으로선 기댈 수 있는 곳이 프론메디뿐이었다. 수창이 한시라도 빨리 수주를 준다면 이 답답함을 개선해 볼 여지가 있을 텐데.

숨쉬기가 힘들었다. 난하는 비틀거리며 벽을 짚고는 크게 숨을 들이켰다 내뱉었다. 하아, 하아, 하아……. 그냥 이대로 증발해 버리면 이런 답답함을 벗어날 수 있을까? 기체가 되어 저 멀리로 자유롭게 날아갈 수 있다면…….

그래도 난하는 한 번도 이 상황을 불평하거나 외면하지 않았다. 모두 제가 선택한 결과였고 자신의 운명이라고 받아들였다. 그래야 살 수 있었으니까.

"부장님, 괜찮으세요?"

"괜찮아, 우현 씨. 발을 헛디뎠나 봐. 가서 일 봐요."

"안색이 안 좋아 보입니다."

"내 화장발이 이제 안 먹히나 보네. 우현 씨 눈엔 정말 내가 그렇게 보여요?"

"아, 아닙니다. 부장님."

우현은 애써 웃음을 지으며 농담을 던지는 난하를 걱정스러운 눈길로 보면서도 모르는 척 길을 비켜 주었다.

"저러다 정말 쓰러지시는 거 아닌가 싶다."

"남 걱정하지 말고 우리 걱정이나 하자. 정말 이러다 회사 망하는 거 아닌가 싶다."

옆에 있던 다른 직원이 걱정된다는 투로 말하자 우현이 차갑게 노려보았다.

"말이 씨 된댔다. 우리 회사 절대 안 망해!"

"아무리 그래도 난 다른 데 미리미리 알아볼란다. 난 가정이 있는 몸이라 갑자기 실업자 되면 앞길이 캄캄하거든."

요새 회사 분위기가 전반적으로 이랬다. 직원들 모두 힘을 합해 최선을 다하고는 있었지만 은연중에 느껴지는 두려움은 덮어 둔다고 해결되는 것이 아니었다.

"그래도 마지막까지 최선을 다해 봐야지."

우현이 난하가 사라진 방향에 시선을 두며 말했다.

*

수요일. 난하는 세창과 점심 약속을 했기 때문에 미리 올라와서 식당에 자리를 잡고 기다리고 있었다. 세창이 오고 주문했던 음식이 금방 식탁을 가득 메웠다.

"많이 기다렸어요?"

"아니에요. 저도 방금 왔어요."

"오늘 날씨 참 춥네요. 벌써 겨울이 성큼 다가온 것 같아요."

"그러게요. 환절기 감기 환자 많죠?"

난하가 묻자 수창이 말도 마라는 듯 고개를 저으며 말했다.

"그래서 요즘 눈코 뜰 새 없이 바빠요. 화장실 갈 시간도 없다니까요."

세창의 말에 난하는 측은한 눈길을 보냈다.

"그러다 오히려 병나시겠어요."

"아니에요. 지난번에 난하 씨가 준 도라지 꿀차 먹고 더 건강해졌어요. 난 난하 씨가 더 걱정인걸요. 정말 힘들지 않아요?"

"좀 버겁긴 하죠. 그제도 집에 제사가 있어서 거의 밤을 새우다시피 했거든요."

"저런! 그러다 몸 축나요. 그러고 보니 난하 씨 살 많이 빠졌네. 딱해서 어째요. 그냥 수창이 일 그만하면 안 돼요? 진심으로 걱정돼서 그래요."

"전에 말씀드렸잖아요. 갚아야 할 빚이 있다고. 그리고 저 이번엔 포기 못 해요. 저희 회사 사활이 걸린 문제거든요."

"그렇게 회사 일에 목을 매는 이유가 뭐예요? 회사가 난하 씨 거라도 되는 거예요?"

그의 질문에 난하가 씁쓸하게 웃음을 지었다.

"할아버지, 아버지가 세우시고 지켜 오시던 회사예요. 잘 키워서 남동생이 물려받게 할 거예요."

난하의 말에 세창이 긴 한숨을 내쉬었다.

“자세한 속사정은 모르지만 사람이 일생을 걸고 뭔가를 지킨다는 게 쉽지만은 않은 것 같아요.”

그의 말에 왠지 눅눅한 슬픔이 묻어 있는 것 같아서 난하는 걱정스러운 얼굴로 물끄러미 세창을 바라보았다.

“선생님, 무슨 고민 있어 보여요.”

“아, 그래 보였나요? 미안해요.”

“아니에요. 전 선생님이 오히려 편하게 말씀해 주시니까 더 좋은 걸요.”

“하하, 난하 씨가 내 여동생 같아서 그런가 봐요. 이런 말 실례일지 모르겠지만 왠지 모르게 처음 봤을 때부터 친근하고 귀엽고 그래서……. 아, 기분 나빴다면 사과하겠습니다.”

난하는 ‘여동생’이란 표현에 실망감이 들었지만 개의치 않았다. 처음부터 욕심을 버렸었다. 자신이 욕심 낼 처지도 아니었기 때문이다. 어차피 평생 혼자 살기로 마음먹은 몸. 오히려 세창이 자신을 여자로 보지 않아 준 것이 다행이라면 다행인 것이다. 난하는 손사래를 치며 고개를 저었다.

“아니에요! 저야 그렇게 잘 봐주셨다니 오히려 영광인데요, 뭐. 저도 아주 좋은 오빠 하나 생겨서 정말 기쁩니다.”

“그래요, 내친 김에 오빠 동생 할까요? 한 번 불러 봐요. 오, 빠!”

쇠뿔도 단김에 빼랬다고 고세창 선생님 추진력 한번 좋다. 하지만 난하는 죽어도 오빠란 소리가 나오지 않았다.

“아하하, 다, 다음에 할게요.”

“불편해요?”

"쉽게 안 나와요!"

"나는 여동생 하나 더 생겨서 좋은데. 잘 부탁해, 동생."

부끄러워 얼굴이 빨개지다가 문득 이 남자에게 여동생 삼은 여자가 몇이나 될까 궁금해졌다. 정말 고세창 선생은 바람둥이였던가?

혼자서 김칫국을 마신 생각을 하면 조금 민망하긴 했지만 이렇게 다정하고 좋은 오빠라면 언제라도 오케이다. 난하는 용기를 내기로 했다.

"앞으로 잘 부탁드려요, 오빠!"

그녀의 넉살에 세창이 웃음을 터뜨렸다. 그렇게 화기애애한 식사 시간이 지나갔다. 난하는 문득 지난번 자신이 독신주의라고 말을 했을 때 세창이 화를 냈었던 일이 떠올랐다.

"저기, 선생님. 저 궁금한 게 하나 있는데요."

"말해 봐요."

"지난번에 사장님 집에서 아침 먹을 때 말이에요. 왜, 제가 독신주의라니까 화나셔서……."

"아, 그때 얘긴 그만해요. 자꾸 미안해지게시리……."

"그때 왜 그러셨는지 물어봐도 돼요?"

그녀의 물음에 낯빛이 어두워진 세창이 숟가락을 내려놓았다. 난하는 세창의 분위기에 무언가 좋지 않은 기억이 있음을 직감했다.

"사실, 얼마 전에 사귀던 여자 친구한테 프러포즈했는데 대차게 차였거든요."

"아, 그랬구나……."

"그런데 이유가 자신은 독신주의라면서 결혼은 하지 않을 거라는 거예요. 그 뒤로 연락도 안 되고……. 그래서 지난번에 저도 모르게 난하 씨에게 화를 냈어요. 미안해요."

"아니에요. 그런 줄도 모르고 저는."

"난하 씨, 함부로 독신주의라는 말 하는 거 아닙니다. 자신을 몹시 사랑하는 사람이 있을 때는 더군다나."

안타깝게도 제게는 그런 남자가 없거든요. 게다가 지켜야 할 가족도 있고요.

난하는 자조적인 미소를 슬쩍 지었다. 세창은 무거워지는 분위기를 바꾸려는 듯 목소리를 높였다.

"난하 씨 그거 알아요? 수창이 알고 보면 엄청난 순정파에 의리남인 거. 고등학교 때 본 여학생을 아직도 못 잊고 있는 거 있죠!"

느닷없이 수창에 대한 이야기를 꺼내니 난하가 어리둥절해졌다.

"그때가 언젠데 아직도 못 잊었는지. 세상에 그런 바보 같은 놈이 어딨어? 걜 보면 좀 걱정도 되고 그래요. 한 번 빠지면 다른 걸 볼 줄을 모르거든요. 고 사장 운동 중독인 거 모르죠? 왜 집에도 운동기구 잔뜩 있고."

세창이 과거를 회상하듯 팔짱을 끼며

"고등학교 땐가? 그때부터 운동을 시작하더니 지금은 거의 중독 수준이에요. 취미가 운동이라면 말 다한 거지. 잠자고 일하는 시간 빼면 운동만 한다니까! 운동도 적당히 해야지, 도를 넘어서면 위험한 건데. 그런 의미에서 난하 씨도 조심해요."

"예?"

"하하, 그냥 하는 말입니다."

세창이 싱긋 웃었다. 대체 왜 그런 정보를 전달해 주었으며, 왜 자신더러 조심하라는 것인지 이해가 되지 않아서 난하는 고개만 갸웃거릴 뿐이었다.

"참, 수창이 중학교 때까지 청주에서 살았던 것은 알고 있어요? 난하 씨랑 같은 청주요."

중학교 때 이야기가 나오니 난하는 괜히 찔려 쭈뼛해졌다. 당연하죠, 같은 중학교를 나왔는데.

"네."

왜 '우리'가 아니라 '수창이'일까? 그러고 보면 참 이상하다. 수창과 세창 둘 다 같이 학교를 다녔다면 난하와의 사건을 알 법도 한데 그에 대한 얘기는 한 마디도 꺼내지 않았다.

난하가 난감해할까 봐 배려해서 그러는 걸까? 그런데 지금 하는 말을 들으면 수창과 난하가 같은 중학교를 다녔다는 사실을 전혀 모르는 것 같았다. 난하는 이상하다 여겼지만 캐묻지는 않았다.

"그리고 전학 온 이후로도 방학 때마다 내려갔었어요. 할머니 뵈러. 할머니가 고등학교 2학년 때쯤 돌아가셨는데 그때까지 쭉 내려갔었거든요."

세창은 난하의 눈치를 살피며 이리저리 힌트를 줘 보지만, 난하는 당최 알아들을 수 없는 얘기들만 하는 세창을 어리둥절한 눈으로 바라만 볼 뿐이었다.

대체 고 사장 고등학교 때가 어쨌다고 저러는 걸까? 나는 중학교 1학년 때 수창 선배를 몇 개월 본 게 전부인데.

난하는 속으로 중얼거리며 고개를 갸웃거렸다.

"선생님도 중학교 때까지 청주에 사셨던 거 아니었어요?"

"아…… 몰랐구나. 수창이가 말 안 해요?"

난하가 아무것도 모른다는 듯 눈만 멀뚱하게 뜨고 있자 세창이 난색을 보였다.

"고 사장, 8살 때부터 할머니랑 살았어요. 그럴 사정이 좀 있었거든요."

"무슨…… 사정인지 물어도 될까요?"

세창은 씁쓸한 미소를 지으며 한숨을 내쉬었다.

"실은 내가 어렸을 때 건강이 많이 안 좋았어요. 어머니가 몸이 약하셔서 조산하셨거든요. 병원에서는 나를 포기한 상태였는데 부모님이 포기하지 않으셨어요. 나는 늘 누군가의 도움이 필요했고, 덕분에 수창이는 늘 혼자였어요."

난하는 처음 듣는 사실에 조금 놀란 듯, 행동을 멈추고 그의 말에 귀를 기울였다.

"수더분한 성격에 똑똑한 녀석이라 누가 뭐라고 하기 전에 자기 할 일은 스스로 척척 해냈죠. 그렇게 초등학교에 들어갔지만 나는 건강이 너무 악화되어서 더 이상 학교생활을 할 수 없게 되었어요. 부모님은 제게만 매달릴 수밖에 없었죠."

세창의 얼굴이 자책감에 일그러졌다. 그는 잠시 숨을 고르듯 숨을 길게 내쉬고는 말을 이었다.

"거기에다 전혀 예상치 못한 동생까지 생기자 부모님은 결국 수창이를 할머니에게 맡겼어요. 그렇게 수창이는 약 6년 동안 할머니와 살았고, 나는 건강을 되찾았어요."

세창이 회한에 젖은 듯 눈시울을 붉혔다.

"그럼에도 불평 한마디 하지 않던 수창이에게 나는 항상 미안해요. 그러니까 난하 씨, 수창이 너무 미워하지 말고 잘 좀 돌봐 주세요."

세창의 말이 귓전을 맴돌았다. 잘 돌봐 달라니. 그 남자는 전혀 그런 게 필요 없을 것같이 강인해 보이는데. 되레 그녀를 괴롭히면 괴롭혔지 약한 모습이라곤 눈 씻고 봐도 찾을 수가 없는데. 그런데도 세창의 말대로 수창을 돌봐 줘야 할 것 같은 생각이 은연중 난하에게로 스며들었다.

난하는 오늘도 어김없이 수창의 집에서 밀린 빨래를 하고 청소를 하고 있었다. 그런데 난데없이 초인종이 울렸다. 누굴까? 수창이라면 알아서 열고 들어오는 편이었으므로 손님인 모양이라 여겼다. 난하는 주인도 없는 집에 누구를 들이기도 뭐해 무시하고 하던 청소를 했다. 그러나 잠시 후 문이 열리는 소리가 들리고 한눈에 봐도 늘씬하고 세련된 여자가 안으로 들어섰다.

누구지?

당당하게 들어선 여자는 난하를 발견하더니 "아줌마!"라고 소리쳤다.

아줌마? 지금 나더러 아줌마라는 거야?

"집에 있으면서 왜 문을 안 열어 주는 거예요? 날도 추운데 한참 기다렸잖아요. 오빠가 전화를 안 받아서 한참 서성거렸네."

여자는 힘들다는 듯 핸드백을 소파에 내던지다시피 하고는 푹 주저앉았다.

"아줌마, 나 물 좀. 미지근하게."

야, 넌 손 뒀다 뭐하니? 확 쏘아붙이고 싶었지만 일단은 연장자인 자신이 참아야겠다고 여겼다.

"저기, 죄송한데 누구세요?"

"딱 보면 몰라요? 나 울 오빠 동생."

"아아. 사장님이 동생 오신다는 소리는 하지 않으셔서요."

저 여자가 아까 세창이 말하던 갑자기 생긴 동생인가 보다. 난하가 가만 여자를 바라보고 서 있자 소파에 거의 눕다시피 앉아 있던 여자가 짜증을 부리듯 말했다.

"아, 물 갖다 달라니까?"

보아하니 늦둥이 막내로 오냐오냐 철없이 막 길러졌나 보다. 일단 참자 여긴 난하는 여자가 주문한 대로 미지근한 물을 가져다주었다.

"웩! 이게 뭐예요? 너무 미적지근하잖아. 조금 더 따뜻하게 해서 줘야죠. 아줌마 일 잘할 것처럼 생겨 가지고 센스가 영 꽝이네."

뭐라고?

"아 됐고. 이거나 좀 버려 줘요. 쓰레기통은 어디 있는 거야?"

여자가 핸드백에서 화장지 한 뭉치를 꺼내 탁자 위로 휙 던졌다. 고수창만 진상인 줄 알았더니 여기 더한 진상이 있었네.

난하는 울컥 올라오려는 속을 누르고 시키는 대로 화장지를 휴지통에 버렸다. 돌아와 보니 여자가 티슈를 뽑아 코를 풀고 있는 모습이 보였다. 그러면 아까 그 휴지가 코 푼 휴지란 말인가? 으악, 더러워!

"아우, 이놈의 비염! 오빠가 이비인후과 의사면 뭐하냐고, 동생 비염 하나 못 고치는데! 돌팔이야, 돌팔이!"

여자는 탁자에 발을 올리더니 그대로 머리를 뒤로 기댄 채 눈을 감았다. 그리고 잠시 후 중얼거리듯 말했다.

"아줌마, 나 저녁도 먹고 갈 거니까 내 몫도 준비해 줘요. 아, 나 잡채 먹고 싶은데. 매콤한 고추잡채."

잡채 같은 소리 하고 있네.

"왜 대답이 없어요?"

난하가 무시하듯 대꾸가 없자 여자가 눈을 치뜨며 대답을 종용했다.

"미안한데 나는 고수창 사장님 지시만 따르기로 계약되어 있어서요."

"뭐라고요?"

여자가 어이가 없다는 투로 코웃음을 쳤다.

"나는 사장님 지시만 따른다고요. 사장님이 고추잡채가 드시고 싶다 하시면 만들겠습니다."

"뭐 이런 아줌마가 다 있어?"

난하는 들고 있던 밀대를 벽에 딱 붙여 세워 놓고 손을 허리에 짚은 채 여자를 향해 똑바로 돌아섰다.

"그리고 자꾸 아줌마, 아줌마 하시는데 언제 봤다고 말끝 똑똑 끊어 먹으면서 하대입니까? 내가 그쪽 돈 받고 일하는 것도 아니잖습니까?"

"어머머, 이 아줌마가 상황 파악이 안 되나 봐! 이봐요, 돈 벌고 싶으면 눈치 좀 키워야 되겠네. 나 고수창 사장님 하나밖에 없는 여동생이야. 우리 오빠 내 말 한 마디면 껌벅 죽거든? 아줌마 이러다 잘린다?"

성격 좀 죽이지. 난하는 잘린다는 소리를 듣자 퍼뜩 정신이 되돌아왔다. 그래도 아무 상관없는 새파란 여자애한테 이런 취급을 당할 이유는 없었다.

자신보다 한 뼘은 작은 난하를 어린 여자가 내려다보며 휴대폰을 손에 쥔 채 분에 못 이겨 부들부들 떨었다.

"나 오빠한테 전화한다?"

그러시든지. 난하는 그녀를 무시한 채 밀대를 다시 잡고 벅벅 바닥을 문지르기 시작했다. 그러자 여자가 정말로 휴대폰을 열어 어디론가 전화를 걸기 시작했다.

난하의 속은 평온한 겉모습과 다르게 조마조마 졸아들었다. 여자는 일부러 들으라는 듯 커다랗게 소리를 키워 놓고 수창이 전화 받기를 기다리고 있었다.

–어, 수영아.

잠시 후, 그의 낮고 굵은 목소리가 들렸다.

"오빠아!"

느닷없이 울음을 터뜨리는 여자의 목소리에 전화기 건너편의 수창뿐 아니라 난하도 깜짝 놀라 돌아보았다.

–왜? 무슨 일이야?

"오빠, 나 정말 억울해서 못 살겠어."

–무슨 일인데 그래?

"나 지금 오빠 집인데, 오빠 오랜만에 보고 싶어서 왔거든. 근데 여기 아줌마가 내가 오빠 동생이라고 말했는데도 문도 안 열어 주고, 겨우 들어왔는데 내가 어리다고 막 구박하고 무시하고 그래. 내가 입덧 때문에 아무것도 못 먹고 힘들어서 오빠 저녁 준비할 때 혹시 고추잡채 해 줄 수 있느냐고 물었더니 집에 가서 해 먹으래. 흑흑, 나 오랜만에 오빠 보러 왔는데 그냥 가야 돼? 응? 흑흑흑. 오빠아……."

내가 대체 언제 그랬니? 난하는 어처구니가 없어 입을 벌린 채 멍하니 여자를 쳐다볼 뿐이었다. 저 눈물 연기, 한두 번 해 본 게 아닌 모양인지 너무나도 자연스럽다.

–수영아, 진정하고. 너 지금 오빠 집이라고?

"응."

–그 여자가 열어 줬어?

"아니, 엄마한테 비밀번호 물어봤어."

–알았어. 일단 끊어 봐.

수창의 목소리는 자못 굳어 있었다. 전화가 끊기고 곧장 난하의 전화벨이 울렸다. 난하와 눈이 마주친 여자가 거 보라는 듯 싱긋 웃으며 혀를 날름 내밀었다. 난하는 심호흡을 한 뒤 전화를 받았다.

"네."

–지금 하던 일 다 관두고, 내 옷장에서 와이셔츠 한 장 가지고 가방 챙겨서 곧바로 이리로 와요.

"네? 다른 하실 말씀은……?"

–없어요. 시간 없으니까 최대한 빨리 가져와요.

"아, 네. 그러겠습니다."

다그칠 줄 알았던 수창의 목소리는 여느 때보다 부드러웠기 때문에 난하는 외려 어리둥절했다. 전화를 끊고 난 난하는 일하려고 입었던 트레이닝 복을 원래 입고 왔던 스커트로 갈아입고 그의 와이셔츠를 하나 챙긴 후 가방을 챙겨 들었다. 그러자 난하의 하는 양을 가만 지켜보고 있던 수영이 그녀를 불러 세웠다.

"지금 뭐 하는 거예요?"

"사장님 심부름 가는 건데요?"

"오빠가 심부름을 시켰어요?"

"네. 이 와이셔츠 갖다 달랬어요."

"아, 그래요?"

수영은 약간 떨떠름한 표정이었다.

"그런데 가방은 왜 챙겨 가요?"

"내 가방 내가 챙기는데 뭐가 문젠가요? 뭐라도 분실되면 누가 책임질 건데요?"

수영은 순간 자신이 도둑 취급을 받은 것 같아 무척 불쾌해졌다.

"아니, 누가 뭘 훔쳐 간다고 그래요?"

난하는 수영의 말을 무시하듯이 신발을 꿰신고 문을 나섰다. 수영은 오빠가 시킨 일이라니 어쩌지도 못하고 씩씩 못마땅한 숨만 내쉬고 있었다.

똑똑.

"들어와요."

수창의 목소리가 들리자 난하가 문을 슬며시 열고 얼굴을 빼꼼히 내밀었다. 그녀의 눈으로 무언가에 몰두해 있는 그가 들어왔다.

"와이셔츠 가져왔는데요."

난하가 작은 소리로 말하자 수창이 고개도 들지 않은 채 들어오라는 손짓을 했다. 쭈뼛쭈뼛 그의 눈치를 보며 천천히 안으로 들어서자, 수창이 자리에서 일어서더니 와이셔츠 소매의 단추를 풀기 시작했다. 그러고 나서는 넥타이를 풀어내고 너무나도 거리낌 없이 목 부분의 단추를 풀기 시작했다.

갑작스러운 수창의 행동에 난하는 눈을 피할 생각도 하지 못하고 되레 커다랗게 뜨고는 옷을 벗고 있는 그를 바라보았다. 그의 앞 단추가 세 개쯤 풀려 갈 때 그가 난감하다는 표정이 되어 말했다.

"좀 돌아서 있을래요? 나도 옷 벗는 모습은 남에게 보이기 창피한데."

"아? 네, 네!

그의 말에 그제야 정신을 차린 듯 그녀가 황급히 뒤를 돌았다.

"설마, 관음증 같은 거 있는 건 아니죠?"

아니, 관음증이라니. 사람을 어떻게 보고! 그가 이죽대듯 말하자 난하가 기가 차서 홱 몸을 돌렸다.

"아니거든요! 헉!"

그러곤 그대로 굳었다. 시선이 마주친 수창도 그녀가 돌아설 것을 예상치 못했는지 흠칫 놀랐다가 이내 짓궂은 표정이 되었다.

"아주 대놓고 보시겠다?"

그가 선 자세 그대로 팔짱을 끼자 팔 근육과 가슴 근육이 더욱 도드라져 보였다. 저절로 침이 넘어갔다. 그런데 하필 너무 조용했던 것이 탈이었다. 꿀꺽. 소리가 너무 커다랗게 들려왔다.

"앗! 죄송합니다! 그러려고 그런 게 아니고!"

나 지금 뭐 한 거니? 남자 벗은 몸이나 밝히는 그런 여자 된 거야?

난하가 손과 머리를 맹렬히 휘젓고는 다시 쌩 몸을 돌렸다. 그러나 셔츠 사이로 드러난 그의 근육질 상체는 쉽사리 지워지지 않았다. 이미 수영장에서 다 봤으면서 갑자기 왜 이러는 지. 난하는 가슴이 두근거려 조용히 가슴에 손을 얹은 채 호흡을 골랐다.

1초가 1분처럼 흐르고, 잠시 후 수창의 목소리가 들려왔다.

"와이셔츠 이리 줘요."

난하는 그에게 와이셔츠를 건네주기 위해 등을 돌린 채로 뒷걸음을 쳤다. 그런데 그게 또 문제가 되었다.

"엄마야!"

분명 더 뒤쪽에 있었는데 언제 앞으로 온 걸까? 난하는 자신의 등에 수창의 단단한 몸이 부딪히자 화들짝 놀라 다시 앞으로 폴짝 뛰었다. 그 바람에 균형을 잃고 휘청 넘어지려했다. 그러나 기울어지던 난하의 몸이 신기하게도 딱 하고 멈추었다.

뭐지? 뭐지?

슬쩍 고개를 돌려보니 그의 단단한 근육질 가슴에 제대로 안겨 있었다.

"그렇게 안기고 싶었습니까?"

홍시처럼 새빨개진 얼굴을 그가 비웃는 것만 같았다. 쩍 얼어

붙은 그녀의 손에서 가볍게 와이셔츠를 집어 든 그가 그녀를 도로 제자리에 세워 두고 뒤를 돌아 척척 옷을 갈아입었다. 사락사락 옷가지 스치는 소리만 들었는데도 난하의 얼굴은 벌겋게 달아오르고 있었다.

어머, 나 어떡해!

"오늘은 중요한 저녁 약속이 있어서 식사는 집에서 하지 않을 예정입니다. 그러니 이대로 집으로 가도 좋습니다. 토요일에 봅시다."

벌써 다 입은 것인지 그가 책상 위에 놓아두었던 넥타이를 집어 들어 목에 매고 있었다.

"가 봐요."

겨우 가슴을 잠재운 난하가 그제야 뒤를 돌아 안녕히 계시란 인사를 하려고 하는데 그녀의 눈에 비뚤게 매듭지어진 넥타이가 들어왔다. 그대로 나가면 그만인데 왜 그게 눈에 밟혀서 이럴까. 난하는 그냥 가려다가 중요한 약속이라는 말이 떠올라 다시 수창에게 돌아섰다.

"뭡니까?"

"저기, 사장님."

"뭐요?"

"넥타이가……."

"내 넥타이가 뭐 어쨌다는 겁니까?"

난하는 내키지는 않았지만 답답하다는 듯 그에게로 가까이 다가갔다. 난하보다 한참 큰 그였기에 넥타이 매듭의 위치가 이마보다 높았지만 난하는 슬며시 손을 뻗었다.

"뭐 하는 거예요?"

수창이 몸을 움찔 하며 뒤로 물렸다.

"아니, 좀 숙여 보세요. 중요한 약속이시라면서요? 넥타이 매듭이 비뚤어졌어요."

난하가 기어이 넥타이 매듭을 움켜쥐자 수창은 못 이기는 척 목을 내어 줬다. 저도 모르게 얼굴이 달아오르는 것 같아 헛기침이 나왔다. 그는 턱 밑에 가까이 다가온 난하의 얼굴을 곁눈질로 흘끔흘끔 훔쳐보았다.

"강난하 씨."

"네."

난하가 열심히 그의 넥타이를 만져 주며 대답했다.

"자꾸 가까이 다가오지 말아요."

화끈. 저 말의 의미는 뭘까? 난하는 조금 전의 상황 때문에 괜스레 얼굴이 붉어졌다. 그러고 보니 묘하게 기시감이 느껴지는 자세였다. 언제였더라? 고민하던 난하는 그가 내뱉은 다음 말에 그때의 모욕감이 번쩍 되살아나며 확 뚜껑이 열리고 말았다.

"못생겨 보인다고 했잖아요."

이씨! 저도 모르게 넥타이를 잡은 손에 힘이 들어갔다.

확 졸라 버려?

살기를 느꼈는지 수창도 더 이상 입을 열지는 않았다. 난하는 입바람으로 앞머리를 휙 날리더니 어금니를 문 채로 80년대 유행어를 날렸다.

"믓생그스 즈승흠느드."

*

웬만큼 물에 뜰 수 있게 된 난하에게 킥판을 붙잡고 발차기를 하며 레인을 50번 왕복하라는 미션이 주어졌다. 그러나 난하는 고작 서너 번의 왕복만으로도 이미 녹초가 되어 있었다.

잠시 숨이라도 돌릴 겸 사람들 틈에 서서 수영하는 사람들을 구경하노라니, 상급 레인 저만치서 화려한 영법을 구사하며 막 레인의 끝에 다다른 수창이 보였다.

부럽기도 하고 대단하다는 생각도 들었다. 저 정도로 자유롭고 힘차게 수영을 하려면 대체 얼마나 배우고 연습해야 하는 걸까? 수창은 멈추지 않고 방향을 바꾸어 반대편을 향해 질주해 왔다.

"어머, 힘 좋은 거 봐! 쉬지도 않네."

"아까 보니 몸 정말 좋더라. 얼굴도 잘생기고."

"어머, 정말? 이따 나오면 나도 한번 봐야겠네."

옆에서 난하처럼 킥판을 들고 수영하던 아주머니 몇 분이 쑥덕거리는 남자가 수창임을 단번에 알 수 있었다. 난하는 콧방귀를 뀌었다. 빛 좋은 개살구랍니다. 성격이 악마예요.

"어, 밖으로 나왔다."

"오오, 새끈한데! 무슨 모델인가?"

"어머머, 이리 온다!"

난하는 수창이 이리로 온다는 소리에 쉬고 있었던 것을 들키지 않기 위해 재빨리 수경을 썼다. 빈둥대고 있었다는 걸 들키게 되면 또 불호령이 떨어질 테니까. 막 물에 몸을 띄우려는데 아주머니들의 말소리가 다시 들렸다.

"애인인가 봐? 예쁘게 생겼네."

"끼리끼리 만나는 거지 뭐. 가슴 예쁜 거 봐!"

"저거 강남에서 오백만 원 하는 물방울이야. 요새 젊은 애들 중에 안 하는 애들 없다던데?"

난하는 무슨 소린가 싶어 고개를 돌려 수창이 있을 곳을 바라보다 굳어졌다. 거기에는 아주머니의 말처럼 정말 모델 뺨치게 몸매 좋고 예쁜 여자가 수창에게 수건을 건네고 있었다.

애든 어른이든 예쁜 여자 좋아하는 건 다 똑같은 심리지 싶으면서도, 몸매를 훤히 드러낸 채로 노골적인 관심을 보이는 여자에게 눈길을 주는 그가 어쩐지 괘씸하고 불쾌했다.

나랑 무슨 상관이야!

그렇게 생각은 했지만 난하는 그가 시킨 대로 수영을 연습하고 싶은 생각이 싹 달아나고 말았다. 난하는 보란 듯이 풀에서 나와 수건을 놓아둔 의자로 걸어갔다. 바로 앞에 생글생글 웃음을 지어 보이는 여자와 수창의 옆모습이 보였으나 무시하고 지나쳤다. 언뜻 여자의 목소리가 들려왔다.

"이 수건 새 거예요. 쓰셔도 괜찮아요. 저는 또 있거든요."

"됐습니다."

"미안해하지 않으셔도 되는데."

여전히 상냥한 목소리였다. 난하가 막 수건을 집어 들려는 찰나, 수창의 목소리가 들려왔다.

"그것 좀 이리 던져 봐요."

난하는 제게 하는 말일 거라고는 상상도 하지 못한 채 수건으로 얼굴과 목덜미를 닦았다. 그러자 다시 수창의 목소리가 들렸다.

“어이, 강난하 씨!”

제 이름이 불리자 깜짝 놀라 뒤를 돌았다. 그러자 자신을 보고 있는 수창이 보였고 그 옆으로 어정쩡한 자세로 수건을 내밀고 있는 여자의 일그러진 얼굴이 보였다.

“수건 좀 달라고!”

“네? 이, 이거요?”

고개를 갸우뚱하며 난하가 자신의 수건을 가지고 그에게로 다가갔다. 수창은 뺏다시피 하여 자신의 상체를 닦기 시작했다.

“저기, 그거 제가 쓰던 건데…….”

“그래요?”

쓰던 거라는 데도 별 반응이 없었다. 그는 대충 물기를 제거한 뒤 수건을 다시 난하의 목에 걸어 주며 말했다.

“잘 썼어요.”

뒤쪽의 붉으락푸르락하는 여자에게는 전혀 관심이 없다는 듯, 난하의 옆에서 무심한 표정으로 어깨를 돌리며 스트레칭을 하는 그를 보자니 어안이 벙벙했다.

뭐지, 이 남자? 정말로 여자를 봐도 아무런 욕구가 안 생기는 건가?

그가 과거의 상처 때문에 여자도 못 만나고 결혼도 못했다는 말에 신빙성을 느끼기 시작한 난하였다. 헉! 생각보다 문제가 심각한 모양이다.

“시킨 건 다 했어요?”

수창이 자신의 고개를 옆으로 당기며 물었다.

"아뇨, 아직."
"그럼 지금 농땡이 피우고 있던 겁니까?"
"너무 힘들어서 잠시 쉬고 있었을 뿐이에요."
"얼마나 돌았어요?"
"아마…… 다섯 바퀴쯤?"
난하가 멋쩍게 손가락 다섯 개를 펴 보이자 수창의 얼굴이 대번에 구겨졌다.
"다섯 바퀴? 지금 고작 그거 하고 힘들단 겁니까? 장난해요?"
"잠깐만 쉬고 할게요. 팔다리가 말을 안 들어서 그래요."
"잔말 말고 다시 들어……. 조심해요!"
순식간이었다. 뒤쪽 아동 풀에서 장난을 치던 아이 두 명이 난하를 보지 못한 채로 질주해 왔고 그 아이들에게 제대로 부딪힌 난하는 균형을 잃고 하필 상급자 풀에 빠지고 말았다.
"사, 사람 살려!"
"가만있어요! 내가 잡아 줄게요!"
수창이 풀로 뛰어들며 소리쳤으나 난하는 수창의 말이 들리지 않는지 중심을 잡지 못하고 자꾸 물속에서 허우적거렸다. 수창이 요령껏 잘 떠 있어서 그렇지 수창의 키를 넘길 정도로 깊은 곳이었다.
"몸에 힘을 빼요!"
아이가 뛰어 다니는 것을 발견한 안전요원이 주의를 주기 위해 이미 다가오던 상황인지라 곧바로 안전요원까지 뛰어들어 합세했다.
그러나 그보다 가까이 있던 수창이 난하에게로 다가가 레인을 나누는 로프를 잡은 채로 재빨리 허리를 낚아챘다. 난하는 신생아가 본능적으로 손에 쥔 것을 움켜쥐듯, 팔로 수창의 목을 꽉 끌어안고 다리로 그의 허리를 감싸며 답삭 매달렸다.

“흡, 하아, 하아, 콜록, 콜록, 하아…….”

“내가 잡았어요. 이제 괜찮아요, 안심해요.”

난하는 들이켠 물을 토해 내며 호흡을 되찾느라 정신이 없었다. 난하의 거친 호흡이 수창의 어깨와 목덜미로 고스란히 쏟아져 내렸다.

“어디 봐요, 괜찮아요?”

수창의 걱정스러운 물음에 난하가 어깨를 들썩이며 고개를 끄덕였다. 그제야 마음이 놓인 수창이 한 손으로 난하의 허리를 단단히 감아 안으며 다독이듯 말했다.

“이제 괜찮아요. 괜찮아요…….”

난하는 두려움이 가시지 않아 수창의 목덜미를 끌어안은 팔과 허리를 감은 다리에 힘을 꽉 준 채로, 수창의 다정한 손길에 기대고 있었다.

수창은 그녀가 안전함을 확인함과 동시에 밀려드는 미묘한 감정에 제 신체가 서서히 반응을 보이는 것을 깨닫고 난감해지고 말았다. 이 상황에서 이런다는 사실이 제 스스로도 곤혹스러웠다. 때마침 안전요원이 다가와 말했다.

“괜찮습니까? 제가 잡아 드리겠습니다.”

수창은 최대한 침착하려 애쓰며 아무렇지도 않은 듯 난하를 떼어 내 안전요원에게로 넘겨주려고 했다. 그런데 난하는 그런 그의 의도를 깨닫지 못하고 오히려 더욱 꽉 끌어안는 것이었다.

"난하 씨, 저 안전요원이 도와줄 거예요."

"싫어요. 나 놓지 마요! 무섭단 말이에요!"

눈물까지 흘린다. 진퇴양난이었다. 이미 반쯤 일어선 아랫도리 사정을 진정시킬 시간과 공간적 여유가 필요했다.

"그러지 말고……."

"사장님이 이대로 저 끝으로 데려다주세요. 저 무서워서 도저히 손을 못 놓겠어요."

난하의 음성이 떨리고 있었다. 그녀의 공포감이 고스란히 느껴져서 수창은 차마 그녀를 놓지 못했다. 게다가 살갗으로 밀착되어 전해지는 그녀의 부드럽고 육감적인 몸의 감촉을 더 느끼고 싶은 마음도 컸다.

수창은 안전요원에게 미안하다는 눈빛을 보내며 난하를 바닥으로 올리는 것만 도와줄 것을 요청했다. 그렇게 난하는 안전하게 물 밖으로 나왔지만 수창은 레인을 한 번 더 돌고 난 뒤에서야 밖으로 나올 수가 있었다.

"사람이, 어쩜 그럴 수가 있어, 어? 사람이 물에 빠져서 죽을 뻔하다가 살아났는데 어쩜 자기는 느긋하게 수영을 즐기느냐고! 아무리 예쁘게 봐주려고 해도 봐줄 수가 없다니까!"

물에서 구조되어 아무도 없는 체온 보존실에서 언 몸을 녹이고 있던 난하는 다시 생각해도 어처구니가 없던지 혼자서 구시렁거리며 불평을 쏟아 냈다.

아까 그가 사용했던 그녀의 수건에서 그의 체취가 느껴졌다.

그러자 그의 단단한 근육질 팔이 허리를 끌어안던 느낌이 떠올라 얼굴이 화악 달아올랐다. 그녀의 귓가에 괜찮느냐고 걱정스레 묻던 목소리가, 이제 괜찮다며 다정하게 어르던 목소리가 자꾸 맴돌았다.

"대체 수영장은 왜 데려와서 이 고생을 시키느냐구요!"

애꿎은 그를 탓하며 끌어안은 무릎에 머리를 기댔다. 역시 수창의 목적은 과거의 뒤끝을 푸는 것인 모양이었다. 아까 잠시 그의 품에서 느껴지던 자상함에 다른 생각을 했던 것은 착각에 불과했나 보다.

난하는 그렇게 스스로의 위치를 되새기며 그가 바라는 대로만 열심히 하면 그만이라 여겼다. 어차피 그녀가 얻고자 하는 것도 수주 계약이지 않은가.

여자 탈의실 안에서 안색이 창백한 난하가 축축 다리를 끌듯이 힘없는 모습으로 나타났다. 얼른 나오지 않기에 어디가 불편한가 걱정이 되어 조바심이 나던 차였다. 그는 부리나케 난하의 곁으로 다가갔다.

"좀 어때요?"

어떠냐고? 정말 걱정이 되었다면 그렇게 여유롭게 수영을 즐기지 못했을 겁니다. 난하는 계속 따라붙는 생각에 머리를 저었다. 왜 이러지 나? 난하는 여전히 창백한 얼굴로 애써서 희미하게 미소를 지었다.

"괜찮습니다. 그리고 구해 주셔서 감사했습니다."

난하가 평소와 다르게 고분고분 고개를 숙이며 하는 말에 수창의 가슴에 묵직한 돌 하나가 얹힌 것 같은 기분이 들었다. 뭘까

이 기분은?

"일단 집으로 가요."

"네."

수창은 난하를 차에 태워 자신의 집으로 데려갔다. 상태가 좋지 않아 보였기에 일단 집으로 데려가 쉬게 하고 싶은 생각이었다. 어차피 저 상태로 그녀의 집까지 운전해서 가기는 어려워 보였다.

"뭐 하는 거예요?"

"점심 준비요."

"관둬요. 내가 언제 점심 준비하라고 했어요?"

"배가 고프실 것 같아서요."

"점심은 됐으니까 일단 여기에 앉아요. 아니, 침대에 좀 누울래요?"

저걸 어떻게 설명해야 하는 걸까? 배려인지 다른 속셈이 있는 것인지 어림잡기가 어려웠다.

"저 괜찮습니다. 아주 말짱해요."

정말 몸은 매우 말짱했다. 쌓인 피로로 좀 머리가 무겁고 어깨가 뻐근하기는 하지만 오늘은 지옥 훈련을 끝까지 받지 않아서인지 저번처럼 힘들지 않았다. 아까 물에 빠졌던 것 때문에 잠깐 놀랐을 뿐이다. 그럼에도 이 남자는 불안해 보였다.

뭘까? 왜 그럴까? 설마, 수주가 다른 회사로 넘어간 건가?

"일 안 시킨다니까. 그러니까 말 좀 들어요!"

난하는 멍해져서 멀뚱멀뚱 그를 쳐다보았다. 인상을 쓴 그의 얼굴이 갑자기 너무 낯설게 느껴졌다. 두 사람은 말없이 잠시간 그렇게 서로를 빤히 쳐다보았다.

알 수 없는 서늘한 정적이 두 사람을 내리덮던 그때, 수창의 전화벨이 울렸다. 수창은 주머니에서 전화기를 꺼내어 발신자를 확인하더니 매우 놀란 듯 두 눈이 커졌다. 그리고 황급히 통화 버튼을 누르며 몸을 돌려 발코니로 향했다.

"영은이니? 영은아, 끊지 마!"

그는 잠깐 난하를 돌아보며 거기 있으라는 듯 소파를 가리키고는 발코니의 문을 열었다. 그리고 조금 전에 소리치던 목소리와 사뭇 다른, 자상하고도 진지한 표정과 얼굴로 여자의 이름을 다시 불렀다.

"영은아, 지금 어디니? 내가 그리로 갈까? ……나도 네 맘 알아."

애인이 없다더니. 사실은 애인과 사랑싸움이라도 했던 걸까? 둘이 싸우고 받은 스트레스를 자신을 골려 주며 풀었던 걸까? 난하는 그 순간 폭발적인 상상력이 한꺼번에 동원되어 머리가 혼란스러웠다.

여자에게는 육감이라는 게 있다. 그 육감이 수창과 전화기 너머의 영은이라는 여자가 보통 사이가 아님을 알리고 있었다. 발코니 너머로 사라진 목소리는 더 이상 들리지 않았지만, 애인에게 하듯 조곤조곤 다독이는 그의 음성과 모습을 대하자 난하는 자신이 수창에게 무엇을 기대하고 있었는지를 깨닫고 말았다.

세상에, 대체 내가 무슨 기대를 한 걸까? 그녀는 스스로를 조소했다. 다시 한 번 과거의 잘못을 반복하고 싶지 않아 독신을 선택했다. 게다가 상대는 무려 고수창이란 말이다! 난하는 정신을 차리려는 듯 두 손으로 볼을 톡톡 두들겼다.

그의 통화는 길었다. 간혹 이쪽을 돌아보는 것도 같았으나 난하는 그가 통화를 끝내기 전 그의 집을 빠져나왔다. 그 후로 그에게서 전화가 몇 번이나 왔지만 받지 않았다. 모르겠다. 그냥 오늘은 아무런 대꾸도 하고 싶지 않았다.

⁂

"맙소사!"

"너, 너, 너……!"

충격이 커서 미처 말을 내뱉지 못하는 정임을 염려해 난하가 그녀의 어깨를 감쌌다.

"엄마, 진정하세요."

"다시 한 번 말해 봐. 뭐가 어쩌고 저째?"

정임이 저렇게 흥분하는 것은 흔한 일이 아니었으나, 이건 그냥 사고도 아닌 대형 사고였다.

"결혼하겠습니다."

"미쳤구나!"

결혼하겠다는 말을 일말의 망설임도 없이 내뱉는 재하를 향해 인하가 대번에 힐난을 던졌다. 그러나 눈썹을 꿈틀거린 것 외엔 무릎을 꿇고 앉은 재하의 태도는 너무나도 확고했다.

"머리에 아직 피도 다 안 마른 게 누나들 다 제쳐 놓고 이 무슨 말도 안 되는 소리야?"

"저 이제 성인이고 제 인생 책임질 수 있는 나이입니다. 허락해 주십시오."

연이은 정임의 다그침에도 재하는 무릎 위에 올려놓은 주먹을 불끈 쥐며 할아버지 현노를 향해 강력하게 요구했다. 현노 또한 이 무슨 해괴한 일이냐 싶은지 눈을 질끈 감았다 뜨곤 조용히 물었다.

"그래, 네놈이 책임질 만한 일을 한 것이 맞다. 그리고 피하지 않고 책임을 지려 한다는 사실은 높이 사 주마."

"아버님!"

웬만해선 큰 소리도 잘 내지 않는 정임이 현노를 향해 소리쳤다.

"그래, 그 아이도 그러길 원하느냐?"

현노의 물음에 우물쭈물하던 재하가 자신 없는 목소리로 대답했다.

"그렇게 될 겁니다."

"그렇게 될 거라니? 그 아이는 너와 혼인하는 것을 원치 않는다는 말이냐?"

현노의 조곤조곤한 다그침에 재하의 완강했던 표정이 무너졌다.

"아이를…… 낳지 않겠답니다."

그의 말에 방 안에 있던 모든 가족들의 몸이 흠칫 굳어지는 것이 느껴졌다. 재하를 다그치던 인하와 정임의 어깨를 부축하던 난하의 입이 충격으로 벌어졌다. 그건 그것대로 방 안의 공기를 무겁게 짓누르는 소식이었다.

"그래서 그럽니다. 딴마음 먹기 전에 그 여자를 하루라도 빨리 데려오고 싶습니다."

"휴우……."

결정을 내리기 쉽지 않은 일이었다. 강재하의 나이 이제 고작 스무 살이었다. 여자는 세 살 연상이라니 스물셋. 학과 선배란다.

"둘이 좋다고 앞뒤 안 재고 즐겼겠지. 그래 놓고 그렇게 책임감 없이 굴어? 그 여자 내가 한번 만나 보자. 어떻게 생명을 그리 쉽게……."

"한번 보자고 해라."

현노가 인하의 말을 자르며 말했다. 정임도 상대 여자가 아이를 낳지 않으려 든다는 말에 입을 다문 상태였다.

"어쨌든 우리 집안의 귀한 손을 품고 있는 아이가 아니더냐. 내일이라도 당장 데리고 오너라."

현노의 말에 재하의 얼굴이 금세 환하게 펴졌다.

"네, 할아버지! 내일 당장 데리고 오겠습니다. 좋은 여자예요. 분명 할아버지, 어머니, 그리고 누님들도 모두 흡족하실 겁니다."

재하의 단언에도 가족들의 얼굴은 펴지지 않았다.

현노의 방에서 나오는 재하의 뒤를 인하가 따라 나오며 구시렁거렸다.

"어쩐지, 외박도 잦고 돈이 자꾸 없어진다 했어. 너 진짜 너무한 거 아니냐? 늦게 배운 도둑질에 날 새는 줄 모른다더니, 네가 딱 그 짝이잖아!"

"인하야 그만해."

난하가 그녀를 꾸짖으며 한숨을 내쉬었다. 그러자 재하가 앞으로의 잔소리를 제압하듯 딱 잘라 말했다.

"누님들, 정말 죄송하게 되었습니다. 하지만 내 결심은 확고하니까 다른 말은 말아 주십시오."

"그래, 너도 다 생각이 있겠지. 재하도 힘들었을 거야. 그만 들어가서 자라. 일단 내가 시간 나는 대로 엄마 모시고 한번 찾아가 볼게. 그동안 내가 바쁘다는 핑계로 너무 무심했구나."

"큰누님……. 심려 끼쳐드려 죄송합니다."

"이미 벌어진 일 어쩌겠니. 너무 염려 말고 그만 들어가서 자."

자랄 땐 개구쟁이에 사고뭉치였지만 어려서부터 가문의 종손이라는 무게를 감당하느라 커 가면서 나이답지 않게 어른스러웠던 아이였다.

난하는 귀엽기만 하던 어린 동생의 무게감 있는 목소리에 언제 이런 어른이 되었나 싶어 감회가 새로우면서도 한편으로는 마음이 무거웠다. 앞으로 해야 할 일도 많고 창창한 나이인데…….

쏘아붙이려는 인하에게 그러지 말라는 눈빛을 보내며 난하가 재하의 어깨를 두드렸다.

5
이렇게 홀리면서

재하의 아이를 임신하고 있다는 학과 선배는 생각보다 좋은 여자였다. 별이라는 이름의 그 여자 선배는 외모도 그다지 뛰어나거나 튀지도 않았지만, 건강해 보였고 미소가 예쁘며 속도 깊어 보였다.

과연 제 동생 재하의 사람 보는 눈은 틀리지 않았다는 것이 증명되어 난하는 가슴을 쓸어내렸고 정임도 흡족해하는 눈치였다. 다만, 재하가 아직 너무 어렸고 미래를 약속하거나 준비되지 않은 상태에서 실수로 생긴 아이라 별은 불안해했다.

그녀는 부모를 일찍 여의고 형제 없이 홀로 자랐다고 했다. 외로운 마음에 나이에 맞지 않게 의젓한 재하에게 기대게 됐고 그 과정에서 아이를 임신하게 된 것이라고 했다. 부모 없이 어렵게 큰지라 아이에게까지 그런 환경을 주게 될지도 모른다는 생각을 하니 도저히 낳을 용기가 나지 않는다며 울먹이는 별을 보는 정임과 난하의 마음은 착잡할 뿐이었다.

난하는 복잡해지는 심경을 다잡으며 차창 밖을 내다보았다. 어느새 코엑스 건물이 눈에 들어왔다. 목적지에 다다른 모양이다.

"부장님 다 왔습니다."

"우현 씨는 여기 처음이지?"

"예, 처음입니다."

"배울 점이 많을 거야. 꼼꼼히 살펴보고 기록해 둬. 자료는 모을 수 있는 대로 모으고."

씩씩하게 "넵!" 하고 대답하는 우현에게 웃어 보이며 앞장서 걷기 시작했다. 이곳 어딘가에 고수창 그 남자가 있다. 저도 모르게 드는 긴장감으로 인해 어깨가 움츠러들었다.

〈국제의료기기 & 병원설비전시회〉라고 쓰여 있는 코엑스 전시장은 바이어들과 관계자들로 꽤나 북적거리고 있었다.

그리고 각각의 부스에서는 통신을 통한 유비쿼터스 헬스케어, 환경을 생각하는 의료폐기물 시설, 아름다운 건축기술로 지어진 첨단 병원시설, IT 기술과 접목된 의료정보 시스템, 신속한 환자 수송을 위한 자동차 산업 등 의료 산업은 모든 산업과 함께 융합되어 신기술, 신제품들을 선보이고 있었다.

그 수많은 업체 가운데 수창의 회사 로고가 박힌 부스가 한 자리를 차지하고 있었다. 수창은 그곳에서 한 두바이 바이어의 제품 상담에 응하는 중이었다. 매스컴의 효과가 여실히 증명되는 듯 박람회 개막 삼 일째인 오늘, 프론메디는 북새통을 이루었다.

국제시장에 발을 디딜 수 있는 굉장히 중요한 전환점에 서 있기에 이번 박람회는 무척이나 중요했다. 이번 박람회를 도약의 발판으로 삼고자 그는 심혈을 기울인 터였다. 한동안 전 직원이 집에도 들어가지 못하고 애쓴 보람이 있는 모양인지 방문자 대부분이 흡족한 반응을 보이고 있었다.

"휴우."

폐장 시간이 가까워 오자 북적대던 바이어들의 발길이 뜸해졌다. 수창이 한숨을 돌리며 의자에 털썩 주저앉자 직원이 그에게 물을 내밀었다.

"사장님 힘드셨죠? 목 좀 축이세요."

"나만 힘들었나? 다들 고생했지. 김 과장도 좀 쉬어요."

"네, 정말 정신이 하나도 없었네요. 시간이 어떻게 지나간 줄도 모르겠어요. 조금 힘들긴 했지만 그동안 우리 모두가 노력한 성과가 보이는 것 같아 뿌듯합니다."

김 과장의 들뜬 음색에 수창도 빙긋 웃어 보이며 물을 들이켰다.

"하루만 더 고생합시다."

"네, 사장님."

그는 한산한 틈을 타 다른 부스들도 둘러보기 위해 자리를 떴다. 이곳저곳 한참을 둘러보던 수창은 어느 부스 안, 한쪽 구석에서 들리는 소리에 자리에서 우뚝 멈추어 섰다.

"서 팀장, 나 아까 태강테크 강 부장 봤다."

"어디서?"

"조오기, 케이에스템 근처에서. 남자 하나 달고 왔던데?"

"남자?"

태강테크 강 부장이라면 난하를 말하는 건가?

수창은 난하가 이곳에 있다는 사실에 저도 모르게 기분이 들뜨는 것을 느꼈다. 이곳 어디에 있을지도 모르는 그녀를 찾기 위해 발걸음을 옮기려던 그는 또다시 들리는 대화에 발이 바닥에 붙은 듯 꼼짝도 할 수가 없었다.

"어. 반반하더라. 또 하나 꼬드겼나? 강 부장, 거래처 실세 킬러로 유명했잖아. 야, 그런데 강 부장도 서른 넘더니 이제 한물갔더라. 예전엔 그렇게 야들야들 예쁘더니."

"말조심해."

"서 팀장, 아직도 감정 남았어? 그 여자한테 그렇게 당하고도 정신을 못 차리나?"

"그게 아니라, 여기 듣는 사람 많다는 거야. 괜히 우리 이미지만 나빠져."

"아, 그런가?"

"나 잠깐 나갔다 올게."

"어디 가는데?"

곧이어 부스 안에서 남자가 뛰어나왔고 남자는 난하를 봤다던 부스로 들어갔다.

수창은 주먹에 저절로 힘이 들어가는 것을 느꼈다. 그의 이성이 방금 들은 대화에서 팩트와 픽션을 가려내고 있었다. 그러나 그의 가슴은 분명하게 소리치고 있었다. 강난하는 그런 여자가 아니다.

그는 아직 이곳에 있을지도 모르는 난하에게 전화를 걸어 보았다. 몇 번이나 걸어도 받지 않자 수창은 아까 남자가 보았다던 부스부터 시작해 주변을 뒤지기 시작했다.

난하는 손을 씻고 거울로 얼굴과 머리 모양을 살피며 지난 토요일의 일을 떠올렸다.

영은이라는 여자에게 절절매던 그 남자. 그렇게 헤어지고, 그날 이후론 아직 연락이 없었다.

박람회 참가한다더니 아무래도 바쁜 모양이었다. 내일이 폐막이니 그때까지는 자유의 몸이겠거니 싶었다. 물론 다른 업체의 전시장도 둘러볼 목적이었으나 진짜 목적은 프론메디 전시장에 들르는 것이었다. 수창이 없다면 마음 편히 보고 오겠으나 있다고 하더라도 어쩔 수가 없었다.

"폐장 시간까지 약 한 시간 정도 남았으니까 이제 가 보면 딱 좋겠다."

그렇게 생각하고 화장실을 나서며 휴대폰을 꺼내 들던 난하는 조금 전까지 수창에게 여러 통의 전화가 왔음을 확인하고 깜짝 놀랐다. 우현 씨에게 먼저 가 있으랬더니 벌써 들어간 건가?

"나는 왜 안 온 거냐고 따지려고 전화했나?"

수창에게 걸기 위해 통화버튼을 누르며 걸음을 재촉하려던 그때였다. 난하는 걸음을 딱 멈추고 말았다. 몸이 얼음처럼 경직되었으나 당황한 모습을 들키지 않기 위해 서둘러 앞에 선 남자를 무시하고 지나치려 했다. 그러나 남자는 그런 난하를 그냥 보내줄 생각이 없는 것인지 말을 걸어왔다.

"오랜만이네요?"

남자의 짧은 인사에 걸음을 멈춘 것도 잠시. 난하는 없는 사람 대하듯 가던 길을 또각또각 다시 걸었다.

"잘 지냈어요?"

남자가 그녀의 의도대로 따라 주지 않자 한숨을 푹 내쉰 난하가 결국 뒤로 돌아섰다.

"서 팀장, 우리 모르는 사람 합시다."

"여전하네요."

"화장실 왔으면 볼일이나 보고 가시죠."

난하의 목소리가 냉랭했다.

"일행이 기다려요?"

"관심 꺼 주시면 좋겠는데."

"바쁘지 않으면 잠깐 이야기 좀 나눠요."

남자가 자리를 벗어나려는 난하에게 재빨리 다가가 팔을 붙잡았다.

"이거 놔요!"

"그땐 미안했어요. 내가, 내가 정말 잘못했어요."

"놓으라고 했어요."

"제발 마음 가라앉히고 내 말 좀……!"

별안간 남자의 눈에 별이 번쩍했다. 남자는 당황했는지 입을 벌린 채 눈을 커다랗게 뜨고 난하를 바라보았다.

"지금, 나, 친 거예요?"

"그래 쳤다, 이 자식아! 곱게 보내 줄려고 했더니, 이게 어디서 수작을 부리니? 그때 네 다리몽둥이를 부러뜨리지 못한 걸 땅을 치며 후회했는데! 잘 만났다. 오늘 너 죽고 나 죽자!"

난하가 악다구니를 쓰며 최고급 악어가죽 핸드백을 휘두르기 시작하자 남자가 혼비백산한 듯 놀라면서도 고스란히 맞아주었다.

"난하 씨, 제발 진정 좀 해 봐요."

"이 자식아! 내가 언제 거래처 남자들 다 꼬여 내던? 나한테 먼저 접근한 것도 너였잖아! 그래 놓고 내 사생활 난잡하다고 헛소문 퍼트린 거 너지? 이 여자, 저 여자 찔러 보고 다니면서 등쳐 먹는 좀생이 기둥서방 같은 놈아! 넌 평생 그렇게 여자 뒤나 닦아 주면서 살아라!"

"에이씨, 진짜!"

갑자기 남자가 난하의 팔을 거칠게 붙잡았다.

"아앗!"

어찌나 세게 붙잡았는지 난하가 얼굴을 일그러뜨리며 신음을 흘렸다.

"어린놈이 관심 보여 주면 고마운 줄이나 알아. 한물가 노처녀로 늙어 죽을 판에 나라도 감지덕지 아냐? 그 회사 오늘 내일 한다며? 톡 까놓고, 그 회사까지 망하면 누가 너 같은 거 쳐다봐 주기나 할 것 같아?"

"그게 첫 번째 이유였지? 우리 회사 어려운 거 알고 등 돌린 거! 내가 모를 줄 알았어?"

"그게 무슨 소리야?"

"모르는 척하지 마. 내가 그 집 친딸이 아닌 거 알고부터는 아주 대놓고 내 험담하고 다녔더라?"

그녀의 말에 서 팀장이 인정한다는 듯 코웃음을 쳤다.

"그 집 딸도 아닌 주제에 딸 행세하면서 이 남자, 저 남자, 꼬리치고 다녔던 거 사실이잖아!"

"뭐가 어째!"

두 팔이 여전히 붙잡혀 있던 난하는 구둣발로 서 팀장의 정강이를 냅다 걷어찼다. 그러자 서 팀장이 비명을 지르며 난하를 거세게 바닥으로 내동댕이쳐 버렸다. 그때였다. 순식간에 무언가가 그들을 향해 덮쳐 오더니 둔탁한 소리와 함께 서 팀장이 바닥에 나동그라졌다.

"악!"

갑작스럽게 벌어진 상황에 놀란 난하가 고개를 들어 쳐다보니 수창이 넘어진 서 팀장에게 덤벼들고 있었다.

"너 뭐야!"

소리치는 남자의 말에도 아랑곳 않은 수창은 숨통을 물어뜯는 한 마리 거대한 사자처럼 서 팀장에게 잽싸게 달려들어 순식간에 멱살을 틀어쥐었다. 그리고 말릴 틈도 없이 또 한 대의 주먹이 남자의 얼굴에 꽂혔다. 난하는 기겁하며 소리쳤다.

"안 돼요! 그만, 그만하세요!"

난하가 재빨리 일어서서 수창의 허리를 끌어안았다.

"이 자식은 주먹도 아까워요. 그러니까 그만하세요! 제발 진정하세요."

팽팽하게 굳어진 온몸의 근육과 부들부들 떨리는 그의 주먹이 고스란히 그녀에게 느껴졌다. 이 남자 이러다 사람도 죽이겠구나, 내가 말리는 힘으론 턱도 없겠구나 싶었지만 사력을 다해 그의 허리를 끌어안았다. 그러자 놀랍게도 그가 행동을 멈추고, 잠시 후에는 몸에 스르르 힘이 빠져나가는 것이 느껴졌다. 수창이 정신이 없는 남자를 바닥에 툭 내려놓자 남자가 눈도 뜨지 못하고 신음을 흘렸다.

"잘했어요. 잘했어요."

난하는 그를 달래듯 그의 등에 대고 말하고는 이내 그의 허리를 감고 있던 팔을 풀고 누워 있는 남자에게 다가가 상태를 살폈다.

"서 팀장님. 정신 좀 차려 봐요. 괜찮아요? 눈 좀 떠 봐요."

난하는 혹시라도 남자가 다쳐서 잘못되기라도 한다면 수창에게 해가 될까 두려웠다. 서 팀장은 보나마나 이 일을 물고 늘어져서 한몫 두둑이 챙기려 들 것이 분명했다. 그것만은 막아야 했다.

그러나 그런 난하의 심정을 알 길 없는 수창은 난하의 행동에 무척이나 언짢아지고 말았다. 그는 자신의 명함을 한 장 꺼내 남자에게 던져 주었다.

"이봐, 그 정도론 죽지 않아. 합의금 물어 줄 테니 연락해."

남자가 이를 악물며 악에 북받쳐 소리쳤다.

"너…… 앗, 너 도대체 뭐야? 내가 호락호락 넘어갈 줄 알아?"

"해 볼 테면 해 보시든지. 나도 가만히 있을 생각은 없거든."

수창이 으름장을 놓으며 휴대폰을 흔들었다.

"조금 전 일, 여기 다 저장되어 있어. 난 가진 자료를 내 쪽으로 최대한 유리하게 조작할 생각이고. 나야 돈 몇 푼에 끝나겠지만, 넌 콩밥 먹을 각오, 해야 할걸?"

수창이 남자와 마찬가지로 놀라 입을 떡 벌리고 있는 난하의 팔을 붙들어 세웠다.

"가죠."

어안이 벙벙한 표정으로 난하가 그에게 끌려갔다. 남자에게서 멀어졌다 싶을 때 난하가 수창에게 물었다.

"도대체 어떻게 알고 온 거예요?"

"강난하 씨가 나한테 전화했잖습니까?"

"내가요?"

그러고 보니, 화장실에서 나올 때 그에게 온 부재중 전화를 확인하고 전화를 걸려던 참이었다.

"휴대전화에 저장했다는 말, 그럼 사실이에요?"

"거짓말입니다."

그가 아무렇지도 않게 답했다. 이 남자 보게, 허풍도 세고.

"어쩌시려고 그렇게 다짜고짜 주먹부터 날리셨어요? 내가 얼마나 놀랐는데. 그러다 잘못되기라도 한다면……."

"누가? 그 남자가?"

수창의 냉랭한 물음에 기가 차다는 듯 헛숨을 뱉은 난하가 그 무슨 말도 안 되는 소리냐는 듯 대답했다.

"미쳤어요?"

그러자 수창이 걸음을 멈추고 한풀 누그러진 투로 물었다.

"그럼……."

"당연히 사장님이죠! 앞으로 저희랑 거래하실 분이신데 잘못되시면 큰일 나죠!"

흥, 그럼 그렇지.

난하는 수창이 혼자 투덜거리는 소리를 잘 알아듣지 못하고 되물었다.

"뭐라고요? 네?"

"아무것도 아닙니다. 그보다, 고맙다는 말이 먼저 아닌가?"

단지 고맙다는 말이 듣고 싶어서 그렇게 지나친 행동을 한 건 아닐 텐데. 도대체 이 남자는 왜 그렇게까지 격한 반응을 보인 걸까? 지난번 수영장에서도 그렇고.

어쨌든 그 상황에서 건져 준 건 감사한 일이니까 고맙다는 말은 해야 할 것 같았다. 아까 서 팀장이 돌변할 때 사실 무척 무서웠거든.

"아……. 고맙습니다. 사장님이 갑작스레 나타나 주셔서 생각지도 못한 일이 일어나는 바람에 정신이 없었네요."

"나 이래 봬도 '비폭력, 간디'를 존경하는 평화주의잡니다."

"네?"

"그쪽 때문에 내 신념을 버렸다고."

아니, 그러게 누가 끼어들랬나?

"전화는 왜 안 받아요?"

"예?"

"그렇게 도망가 놓고 할 말 없어요?"

아, 지난 토요일 얘기구나.

"죄송했습니다. 그날 컨디션이 별로여서……."

그는 그에 대해 별말이 없었다.

"전 애인?"

"예? 아……."

그가 말하는 것이 좀 전에 그가 때려눕힌 서 팀장을 말하는 것이라는 것을 깨닫고 난하는 쉽게 대답하지 못했다. 애인이었다고 말하기에는 애매모호해서. 그러나 수창은 그걸 긍정의 대답으로 알아들었다.

"강난하 씨, 생각보다 남자 보는 수준 형편없네요."

"아니, 그런 게 아니라 그 남자가 먼저……."

"둘러보고 가요."

그가 말을 끊으며 부스 안으로 불쑥 들어갔다. 종종거리며 그를 따라가는 사이 어느새 프론메디 부스에 도착해 있었다. 난하는 평소와 다르게 왠지 날카로워진 수창의 뒷모습이 부스 안으로 사라지는 것을 멍하니 바라보았다.

그러다 정신을 차린 난하는 서 팀장이 정말 아무 행동도 하지 않을 것인가 염려되어 그가 속해 있는 회사의 부스 근처를 어슬렁거리다 멀리서 그를 발견하였다.

한쪽 얼굴이 부어 있는 그에게 회사 동료로 보이는 남자가 어쩌다 그랬느냐고 놀라서 묻는 것 같았지만, 그는 수창에게 맞았던 사실을 알릴 생각이 없는지 아무 일도 아니라고 말했다. 그것을 본 난하는 안도의 한숨을 내쉬었지만 한편으로는 불안을 잠재울 수가 없었다. 제발 이걸로 끝나기를.

강난하가 과거에 누구를 만났건 이미 지나간 일이다. 그런데도 신경이 쓰여 견딜 수가 없었다. 나도 다른 여자 만나지 않았나? 나이가 몇인데 여태 남자 한 번 만나지 않았을 거란 생각은 하지 않았다. 그런데, 그런데도 답답해지는 이 마음은 어떻게 조절이 되지 않았다.

난하는 잠시 후에 함께 왔다던 남자와 부스로 들어와 직원들에게 살갑게 인사를 건네며 준비해 온 음료를 나누어 주었다. 그리고 직원들에게 이런저런 설명을 듣는다.

그러나 수창은 난하가 무엇을 하든 말든 마무리와 남은 일정의 준비를 하는 것에 집중하였다. 간혹 그녀의 시선이 느껴졌지만 모르는 체하며 제 할 일만 했다. 한동안 부스 안을 샅샅이 훑던 그녀가 직원과 무슨 대화를 나누는 듯하더니 함께 왔던 남자와 사라졌다.

도대체 무슨 칭찬을 받겠다고…… 괜히 나서서 폭력적이고 거짓말쟁이에 과거의 남자를 들추어 그에 대한 비난까지 일삼는 재수 없는 놈이 되었을까?

"후우."

"사장님, 나머지는 저희들이 할 테니까 이만 들어가세요."

"그러세요, 사장님. 오늘 엄청 고생하셨어요."

이게 다 머릿속을 온통 차지한 강난하 때문이라는 걸 알 리 없는 직원들이 어두워진 그의 얼굴을 살피며 쉬길 권유하였다. 저렇게 눈치를 보는 것을 보니 스스로가 많이 굳어 있었나 싶어 안경을 벗고 미간을 매만지며 부드럽게 미소 지었다.

"피곤하긴 하군요. 내일 컨퍼런스도 신경이 쓰이고."

"그럼요! 어서 들어가셔서 내일을 준비하셔야죠. 자, 시간도 많이 늦었는데 여긴 걱정 마시고 어서 들어가세요. 아참, 그리고 이거."

수창의 등을 떠밀던 직원이 주머니에서 쪽지를 하나 꺼내어 그에게 건넸다.

"뭡니까?"

"아까 태강테크 강난하 부장님이 사장님 끝나고 나가시기 전에 전해 드리라고 했습니다."

그는 놀랐지만 겉으론 내색하지 않으며 쪽지를 받아 들어 펼쳤다. 무슨 내용일지 궁금해 설레기까지 했다.

[고수창 사장님. 오늘 곤란한 상황에서 구해 주셔서 정말 감사드립니다. 제대로 된 감사도 드리지 못했네요. 끝나면 식사라도 대접하고 싶은데, 괜찮으시면 시간 내주실 수 있을까요? 1층 카페에서 기다리고 있겠습니다.]

그는 얼른 시간을 확인하였다. 맙소사! 그때부터 기다린 거면 도대체 몇 시간을 기다린 걸까? 벌써 가 버린 건 아닐까? 그는 쪽지를 건넨 직원에게 물었다.

"다른 말은 없었습니까?"

"예. 그냥 그렇게만 말씀하시고 가셨습니다."

수창은 재빨리 그녀가 기다리고 있을 카페로 달려갔다.

"강난하 씨!"

별안간 들려온 목소리에 난하가 깜짝 놀라 고개를 들었다.

"아, 고 사장님!"

그녀가 미처 일어서기도 전에 맞은편 의자를 끌어당겨 앉았다.

"내가 여기서 밤이라도 새면 밤새 기다리고 있을 생각이었습니까?"

퉁명스러운 말에 난하는 재빨리 고개를 숙였다.

"아, 제가 너무 제 생각만 했나 보네요. 생각 없이 드린 메모에 기분 상하셨다면 사과드리겠습니다."

"그래요. 그러니까 그렇게 미련하게 굴지 말아요."

아까부터 그의 머릿속을 맴돌던 말이 생각을 거치지 않고 툭 튀어나왔다. 미련하게 그런 놈한테 당하기나 하고.

"그래도 이렇게 와 주셔서 감사해요."

난하는 미련하다는 말을 듣고서도 방긋 웃었다. 동그랗고 까만 눈동자를 담은 눈이 휘어져 가늘어지는 모습이 그의 격한 감정을 누그러뜨렸다. 그는 그녀의 미소가 그 며칠 동안 꽤나 그리웠다는 사실을 깨달았으나, 그 미소에 얼핏 고단함이 묻어나 한편으로는 미안해지기도 하였다.

"피곤하시죠?"

난하가 물었다. 피곤한 건 그쪽도 마찬가지로 보이는데.

"밥은 먹었었어요?"

수창이 무뚝뚝하게 묻자 난하가 또 싱긋 웃는다.

"사장님이랑 같이 먹으려고 아직……."

수창이 인상을 찌푸렸다.

"일단 밥이나 먹읍시다."

난하는 앞서서 카페를 나서는 수창의 듬직한 뒷모습을 바라보았다.

이 사람이랑 여태 만나서 한 일은 만나서 운동하고 밥 먹는 것밖엔 기억에 남지 않는다. 끼니때가 되었든 아니든, 무조건 밥 내놓으라며 으름장을 놓거나 식당으로 끌고 갔었으니까.

하긴, 저 체격을 유지하려면 보통으로 먹어선 안 될 것 같아

보인다. 사람은 함께 먹으면서 정든다고, 이렇게 고 사장과 친해지면 회사에도 유익하고 또……. 또? 또 뭐가 더 있는데?

난하는 저도 모르게 가슴이 두근거려 숨이 가빴다. 아까 그가 자신을 위해 서 팀장을 처리해 주고 나서부터 더 그러는 것 같다. 이러면 안 되는 거다. 정말…… 이러면 안 되는 거…….

"뭐 해요?"

"네?"

"안 나오고 뭐 하고 있느냐고?"

"아! 가요."

그제야 제가 멍하니 그 자리에 서 있었다는 사실을 깨달은 난하가 후다닥 그에게로 다가갔다.

두 사람은 카페 바로 옆에 위치한 식당에서 주문한 음식을 사이에 두고 마주 앉았다.

"더 맛있는 걸로 대접해야 하는데 시간이 너무 늦어서 아쉽네요. 다음에 더 좋은 곳으로 모시겠습니다. 아, 이거는 저희 회사 잘 봐주시라고 대접하는 게 아니라 아까 저 도와주신 것에 대한 보답이에요. 계산도 제 개인카드로 할 거구요."

난하가 괜히 마음에 걸려 변명을 하자 수창의 기분이 조금 더 나아졌는지 아까보다 한층 누그러진 목소리로 말했다.

"그럼 더 비싼 걸로 시킬 걸 그랬네요."

"더 주문하셔도 돼요. 사장님 그걸론 부족할 것 같은데요."

"말 바꾸기 없습니다."

"물론이죠."

난하가 웃으며 답하자 그는 당장 종업원을 불러 음식을 추가 주문했다. 그렇다고 넙죽 주문을 추가하는 그가 당황스럽기도 하고 한편으론 우스워서 그를 가만 쳐다보다가 그의 눈과 딱 마주쳤다.

"왜 그렇게 쳐다봐요?"

"아, 아니. 화 풀리셨나 해서요."

"화난 것 같았어요?"

"네, 무척이나…… 많이……요?"

난하가 그의 눈치를 살피며 솔직하게 대답하자 그가 피식 웃음을 터트렸다.

"미안해요."

"네?"

"눈치 보게 해서요."

"아뇨, 전 그런 의도가 아니라……."

"그리고 앞으론 그렇게 무작정 기다리지 말아요."

"그것도 제가 좋아서 한 거였어요."

"여자, 기다리게 하는 거 아니라고 하더군요."

난하는 그가 자신을 '여자'라고 지칭한 것에 가슴이 콩닥콩닥 뛰었다.

"괜찮습니다. 전 여자 아니니까요."

난하의 대답에 수창이 행동을 멈칫했다.

"저는 신뢰와 정직의 상징, 태강테크 강난하 부장입니다!"

듬직한 마당쇠를 표방한 난하의 자기소개에 수창은 웃음을 터뜨렸다.

"그럼 우리 씩씩한 강 부장님께 부탁 하나 합시다."

"뭔데요?"

드디어 그의 마음에 들 기회를 잡은 걸까? 난하가 두 눈을 초롱초롱 빛내며 그를 바라보았다.

"사우나 같이 갈래요? 등 밀어 줄 사람이 없어서."

"지금 농담하시는 거죠?"

난하가 정색을 하며 묻자 그가 실망스러운 표정을 지어 보였다.

"왜? 안 돼요? 여자 아니라며?"

그럼 그렇지. 이 사람한테 뭔가 진지한 것을 기대하면 안 되는 거였는데.

"같은 남자끼리도 웬만큼 친하지 않으면 사우나 같이 안 가는 걸로 알고 있습니다."

"이미 내 몸도 다 봤으면서 뭘 그리 뺍니까?"

아니, 봤으면 얼마나 봤다고! 난하가 크게 뜬 눈에 힘을 주고 그를 바라보자 그가 경계하듯 말했다.

"화났어요? 농담인데. 설마, 나도 그 가방으로 때릴 겁니까?"

그의 말에 아까의 일이 떠올라 얼굴이 화악 달아올랐다.

"아까, 굉장하던데요? 이 작은 몸 어디에 그런 괴력을 숨겨 놓은 것인지……!"

역시, 그는 지금 그녀를 놀리고 있는 거였다. 아깐 그리도 찬바람이 쌩쌩 휘몰아치더니 또 금세 장난을 치고, 사람 마음을 이랬다저랬다, 들었다 놨다. 아주 조몰락조몰락. 아우! 아무리 아니꼬운 갑질을 하더라도 인내하고 버텨야 하는 것이 약자의 설움인 것을. 그래, 꾹 참고 견디자. 고진감래라 했으니.

난하는 문득 아까 자신이 서 팀장에게 한 말을 수창이 모두 듣지는 않았나 싶어 그의 눈치를 살폈다. 자신이 태강테크의 집안의 딸이 아니라는 사실. 그러나 수창은 듣지 못한 것인지, 아니면 별로 궁금하지 않은 것인지, 그에 대해서는 아무런 언급이 없었다. 하긴, 관심 없는 여자의 집안 사정이 어떻든 무슨 상관이야.

난하는 관심을 끄고 식사를 하기 시작했다.

꿈틀꿈틀 움직이는 눈썹과 발갛게 달아올라 실룩거리는 볼, 꾹 다물고 삐죽대는 입술.

귀엽다. 서른두 살의 여자가 귀여워 보이기도 하는구나. 그는 비집고 나오려는 웃음을 눌러 넣으며 당황했음을 애써 숨기려 드는 여자를 가만히 관찰하였다. 눈알을 이리저리 굴리며 시선을 피하는 것이 촌스러우면서도 마음을 동하게 하는 묘한 기분을 자아내게 하였다.

"정말 궁금한 게 있는데요."

그녀가 느닷없이 던지는 말에 그가 입가에 웃음을 지우지 않은 채 질문해 보라는 듯 고개를 끄덕였다.

"아깐 정말 왜 그러셨어요?"

"뭐가요?"

"아니, 아까 화장실 앞에서……."

다짜고짜 주먹을 휘두른 일을 말하는 거겠지. 내가 왜 그랬을 것 같은데?

"그럼 여자가 맞는데 가만히 지켜만 보고 있습니까?"

"그래도 그 사람이 해코지라도 하면 어떡하시려고……."

"여자는 보호받아야 할 존재라고 하더군요."

이 남자가 정말 왜 이러나? 난하는 심장이 자꾸 제멋대로 두근대는 바람에 당황스러웠다.

그래. 그럼 보호받아야 할 존재에게 그 먼 데서부터 오라 가라 하며 갖은 잡일 다 시키는 사람은 뭔데요? 사람이 언행일치가 안 돼!

"아, 여자 아니랬나? 괜히 나선 건가?"

수창은 그녀가 이 바닥에서 구를 만큼 구르며 태강의 대내외적인 일을 처리해 내는, 나름 강단 있고 야무진 여자라는 평을 들었다. 그런 여자가 지금 자신의 앞에서 얼굴에 울긋불긋 열꽃을 피우며 당황스러움을 감추지 못해 시선을 회피하고 있다. 그는 일말의 기대감이 슬그머니 솟아오르는 것을 느꼈다.

"강난하 씨."

그가 가라앉은 음성으로 가만 불렀다. 난하가 그의 부름에 여전히 볼이 붉어진 채로 눈을 들었다.

"지금의 나에 대해선 어떻게 생각합니까?"

마치 지난번의 물음을 잇듯이 그가 물어 왔다.

'과거의 내가 어땠는데요?'

"지금은, 별로예요?"

"지금의 나에 대해선 어떻게 생각합니까? 지금은, 별로예요?"

과거의 선배님에 대한 감상을 일장 연설했던 얼마 전이 떠올랐다. 과거의 모습이 현재에는 보이지 않아 서운했다고 했었지. 그걸 마음에 담아 두고 있었던 걸까?

이 세계가 녹록지 않다는 것은 오랜 시간 겪어 봐서 알고 있다. 그렇기 때문에 이랬다저랬다 하며 가끔 저렇게 친절을 보이는 그의 행동 이면에 어떤 생각이 숨어 있는지 도통 알 수가 없었다.

"그럴 리가요. 매우 능력 있으시고 호탕하신 분이시죠."

표면적이고 우호적인 대답. 그녀가 건넬 수 있는 최선의 답이었다. 지금도 여전히 수창에 대해서는 모르는 게 더 많았다.

서른두 살의 사회인은 자신의 속내를 어느 정도 감출 수 있는 능력이 개발되게 마련이다. 난하는 그의 뜬금없는 질문이 찰박거리는 가슴에 대중없는 풍랑을 일으킨다는 사실을 무시하려 애쓰며 담담하게 대답했다.

그는 그런 그녀를 지그시 응시했다. 처음엔 그저 그의 과거 한때를 달구었고 호되게 앓게 했던 여자에 대한 단순한 호기심이었다. 그것이 여자와 재회한 순간부터 미묘한 잔향을 피워 냈고 현재와 같은 상황을 만들었다.

과거의 그는 참 많이도 아팠다. 자신이 뚱뚱하지 않았더라면, 조금 더 잘생겼더라면, 숫기가 있고 당당한 남자였더라면 강난하 앞에 떳떳하게 나설 수 있었지 않을까? 그리고 강난하를 더욱 멋지게 지켜 줄 수 있지 않았을까?

수도 없는 질문과 후회가 꼬리에 꼬리를 물고 그를 괴롭히던 시절이 있었다. 하지만 결론은 항상 정해져 있었다. 어떤 상황이었어도 자신은 그녀를 보호하려 했을 거고, 다시 그때로 돌아간다 하더라도 똑같이 행동했을 것이다.

다만 아쉬운 점이 있다면, 악화된 그 상황을 돌이킬 시간과 마음의 여유가 그에게 많지 않았다는 것이었다. 갑작스러운 병환으로 할머니가 요양원에 들어가게 되고, 할머니와 단둘이 살던 수창은 전학이 결정되었다. 그렇게 졸업을 1년도 채 남기지 않고 부랴부랴 전학을 갔다.

"그런 거 말고."

"예?"

의구심이 가득한 그녀의 눈을 바라보자니 그냥 웃음이 났다. 경계하는 눈빛이라니.

이 여자를 회상할 때면 초등학교 시절 문방구에서 팔던 노란색 병아리가 떠오른다. 뭐가 그리 두려운지 박스 구석에 웅크리고 앉아 작은 몸을 부르르 떨던 병아리. 가여워 두 손으로 조심스레 모아 쥐고 가슴에 안으면 그 작고 가녀린 몸에서 느껴지던 포근함.

문득 아까 박람회장에서 봤던 남자의 이야기가 떠올랐다. 저런 어리바리한 표정과 눈빛으로 거래처 사장들 잘도 홀렸겠네. 단물 쪽쪽 빨아 먹고 버렸다던 그 개자식의 이야기가 사실인지 아닌지의 여부와는 상관없이 그냥 믿고 싶지 않았다. 강난하는 천성적으로 그런 여자일 리가 없다.

"할 말이 그것밖에 없습니까?"

"아……. 그럼 캡틴 아메리카?"

정의롭다더니 캡틴 아메리카? 그는 웃음을 터뜨렸다.

중학교에서 고등학교로 넘어가는 시기에 마음의 고통과 더불어 신체에도 굉장한 변화가 찾아왔다. 그리고 순식간에 그의 키가 대나무처럼 쑥쑥 자라났다. 그렇게 키가 자라면서 뚱뚱하던 살이 온데간데없이 사라졌다.

물론 오로지 호르몬의 영향 때문만은 아니었다. 그는 그 아픈 사춘기를 견뎌 내기 위해, 그리고 스스로 더욱 괜찮은 남자가 되기 위해 뼈를 깎는 수고를 감행했다. 그런 수고로 인해 몸무게는 그대로인 데 반해, 그 후로 키만 20센티가 넘게 자라났다.

살이 빠지니 저절로 부모님의 우월한 유전자가 조합된 얼굴이 드러났다. 원래 명석한 두뇌에 죽기 살기로 공부만 했고 이공 계열에 관심이 많은 탓에 의료기기 전문회사를 창업했다.

그리고 그로부터 10년, 그는 이 자리에 섰다. 이 모든 환경을 조합해 놓고 보면 누구나가 탐내는 남자가 되는 것이었다. 그리고 그 사실을 그 스스로도 너무나 잘 알고 있었다.

예전엔 그녀 앞에 나서기가 두려웠지만 이제는 그렇지 않았다. 그는 여유를 갖기로 했다. 어찌 되었든 이 게임에서 유리한 패를 가진 자는 고수창 자신이었으니까. 서른넷이라는 나이는 그냥 주어지는 것이 아니었다. 경륜이 경고했다. 과거처럼 상황에 끌려다니지 말라고.

나이깨나 자셔서 액션 히어로 같단 소리가 뭐가 좋다고 저렇게 웃는 걸까? 암튼 남자들이란 다 저렇게 유치찬란하다니까.

일부러 못된 말을 마음속으로 지껄여도 지금 눈앞에서 웃는 남자의 얼굴에서 빛이 나는 것만 같았다.

아니야, 조명이 눈부셔서 그러는 거야. 선글라스라도 끼고 먹어야 하나?

식사가 끝나고 피로회복에 좋다는 향긋한 허브차가 도착했을 때, 난하는 뭔가가 떠오른 듯이 가방을 뒤적였다. 가방에서 무언가를 꺼낸 그녀는 피곤한 듯 안경을 벗어 미간을 매만지는 수창의 안색을 살피며 조심스럽게 물었다.

"피곤……하세요?"

잔을 들어 허브 향을 감상하던 수창의 손길이 멈추고 시선을 난하에게로 고정하였다. 아니나 다를까 핏발이 선 그의 눈과 눈 아래로 늘어진 거무튀튀한 그림자가 그의 피로를 여실히 드러냈다. 난하 또한 피곤한 것은 마찬가지였으나 친절하게 웃어 보이며 그에게 두 손을 내밀었다.

"손 좀 줘 보세요."

"왜요? 손금도 볼 줄 알아요? 내 수명이 얼마나 남았나 보게?"

"글쎄, 줘 보시라니까요!"

그가 손을 내밀자, 난하가 조금 전 가방에서 꺼낸 엄지크기만 한 유리병의 뚜껑을 열어 안에 든 액체 몇 방울을 그의 손등에 떨어뜨렸다. 수창의 눈썹이 산처럼 모아졌다.

"뭡니까?"

"아로마 오일인데요, 향기가 피로 회복에 무척 좋대요. 잠깐 실례 좀 하겠습니다."

난하는 그의 옆자리로 가서 그의 손을 답삭 붙잡았다. 그는 무얼 하려는 건가 싶어 눈을 크게 뜨고 그녀를 지켜보았다.

"이 오일을 손에 바르고 이렇게 마사지를 하면 피로가 확 풀린대요."

난하는 종종 피로해 보이는 어머니와 할아버지, 혹은 회사의 대선배들에게 이런 서비스를 제공하고는 했다. 무엇보다 사람이 중요하다는 할아버지와 아버지의 가르침에 따라 난하는 오너의 딸이라고 유세를 부리는 대신, 섬기고 보살피는 쪽을 택했다.

난하는 향긋한 향기를 피워 내는 오일을 천천히 그의 손에 펴 바르기 시작했다. 그의 손은 그의 체격만큼이나 크고 강했다. 그 커다란 손등과 뼈 마디마디, 손가락에 이어 손바닥까지 꼼꼼하게 누르고 늘이고 주무르며 마사지를 했다.

난하는 오로지 그에게 최고의 서비스를 제공하겠다는 일념하에 마사지에만 집중했다. 하지만 수창이 그의 숨결이 전해질 만큼 그녀의 머리맡에 얼굴을 바투 대고서 빨려 들어갈지도 모르는 그윽한 시선으로 내려다보고 있자, 무척이나 긴장되었다. 게다가 아무 감정 없는 듯이 잡고 있는 그의 남자다운 손 감촉이 예상외로 부드럽고 또 강인해서 그녀의 가슴이 또다시 주책없이 뛰기 시작했다.

손 마사지를 해 주고 싶다는 생각을 했으나, 막상 저렇게 남자다움이 물씬 느껴지는 외간 남자의 손을 주무르려니 엄두가 나지 않았다. 그러나 다시 생각해 보니 밀폐된 공간보다는 이런 공공장소라면 더 어색하지 않을 것 같다는 생각이 들어 얼른 꺼내 든 것이었다. 하지만 그럼에도 그녀는 이 분위기가 감당하기 버거워 괜히 시작했나 후회하고 있었다.

그런데 이 남자, 고분고분 손을 잘도 맡기고 있다. 마사지가 마음에 드나? 그래. 잘하고 있는 거야, 강난하. 잠깐 어색한 것만 참으면 돼. 넌 회사를 살려야 할 역사적 사명감을 띠고 여기에 온 거잖아! 파이팅!

다시 한 번 마음속으로 각오를 다지며 그의 손을 주무르는 손에 힘을 주었다. 고수창 사장이 자신을 대신해 주먹을 쓴 것에 대한 이유에 대해서는 아직도 의혹이 남았으나, 현대인에게 사라져 가고 있는 기사도 정신이 그 순간 고개를 들었다고 여기기로 했다. 그리고 어색한 분위기를 풀어 보기 위해 입을 움직이기 시작했다.

"손에는 인간의 신체가 다 들어 있대요. 여기 엄지와 소지는 다리, 검지와 약지는 팔, 중지는 머리. 그리고 여기, 손바닥은 내장 기관."

나긋나긋한 목소리로 고개를 숙인 채 손 마사지에 열중한 난하의 동그란 정수리가 수창의 눈에 삼삼했다.

"그리고 여기 손목은……."

난하는 하려던 말을 머뭇거리더니 말없이 그의 손목을 신경 써서 매만지고 꾹꾹 눌러 주었다. 이 마사지를 하려던 주된 목적이었다. 기체조를 가르쳐 줄 수는 없으니 선택한 방법이었다. 그녀가 설명을 하다가 멈추자, 그가 머리맡에서 낮은 목소리로 은근하게 되물었다.

"손목은?"

차마 대답할 수 없었기에 난하는 대충 얼버무렸다.

"혀, 혈액순환에 도움 돼요. 틈날 때마다 직접 주무르시거나 양 손목끼리 콩콩 부딪치면 좋으실 거예요."

그렇게 정성스레 손목 마사지를 마친 난하가 이번에는 그녀의 구부린 검지와 중지 사이에 그의 기다란 손가락을 하나씩 끼고 맨 안쪽부터 손톱 끝까지 주욱 잡아 빼기 시작했다.

미끌미끌한 오일 덕분에 마사지는 더할 나위 없이 매끄럽게 진행되고 있었지만 그녀가 방금 시작한 손가락 마사지는 이상하게 야릇하여 그의 단전이 단숨에 뻐근하게 뭉쳐 들고 말았다.

마치 은밀한 애무를 받고 있는 것과 같은 기분이었다. 평범하기 그지없는 손가락 마사지가 이렇게도 야하게 느껴지다니. 수창은 난하가 네 번째 손가락에 마사지를 시전하기 직전, 재빨리 그녀에게 잡힌 손을 빼냈다.

더 하다간 아무래도 민망한 꼴이 나지 싶었다. 이미 그의 것은 고개를 들고 있었다. 놀란 난하가 어리둥절한 얼굴로 그를 살폈다. 너무 세게 해서 아팠나?

"아프셨어요?"

수창은 난하의 물음에 자신이 당황했음을 들키지 않기 위해 얼른 오일이 묻지 않은 손을 들어 그녀의 동그란 정수리를 덮었다. 저도 모르게 올라간 손이었지만 손은 입력된 프로그램을 자동으로 실행하듯 자연스럽게 그녀의 정수리를 쓱쓱 쓰다듬었다.

갑작스러운 행동에 난하는 척추로 얼음이 관통한 듯 쩍 굳어 버리고 말았다.

"지, 지금 뭐 하시는……."

"답례하는 거예요. 이렇게 쓰다듬어 주면 세포가 살아난대요. 지금 강난하 씨 뇌세포, 살아나고 있는 중입니다."

수창은 그렇게 얼버무릴 수밖에 없었다.

그의 목소리는 부드럽고 다분히 장난스러웠지만 그의 눈빛만은 그렇지 않았다. 하지만 난하는 예상치 못한 그의 손길에 당황하느라 그의 눈빛까지 살필 겨를은 없었다.

머리를 쓰다듬는 손길은 무척이나 낯설고 어색하기만 했다. 그녀가 중학생이 된 이후로는 누구라도 함부로 그녀의 머리를 만질 수가 없었다. 그런데 그는 마치 그녀를 어린 소녀 대하듯 행동하고 있는 것이 아닌가!

그의 행동은 그녀에게 복잡한 감정의 기류를 일으켰다. 반면 마음 한편에 솟은 뾰족한 가시가 슬며시 뭉그러지는 것 같은 기분을 자아내기도 했다. 그리고 그녀의 심장이…….

아, 미치겠네. 왜 이리 뛰는 거니?

난하는 그런 자신의 상태를 들킬 새라 수창의 말을 믿지 못하겠다는 듯 일부러 어깨를 으쓱 올렸다 내렸다. 그러자 그가 진지한 눈빛으로 덧붙였다.

"믿어도 돼요. 의사가 증명했으니까."

분위기가 무척 어색했다. 친해지려고 한 행동이 오히려 뒷걸음질 치게 만들었달까? 외관상으로만 보면 이건 마치, 그러니까…… 아주 친한 오빠와 동생, 혹은 한참 물이 오르기 시작하는 연인 사이에서 볼 수 있는 그런 장면과 흡사한……. 잠깐, 뭐? 여, 연인 사이?

난하는 황급히 그의 손에서 벗어나며 자세를 바로 세웠다. 연인 사이는 고사하고 그냥 아는 오빠, 동생 사이도 가당치 않을, 매우 상하수직적인 관계다, 우리는.

난하는 부러 경직된 표정으로 새침하게 말했다.

"그 의사가 돌팔이인지 아닌지는 확인된 바 없으니까요."

"그 말, 나중에 후회할 텐데."

상관없다는 듯 난하가 어깨를 으쓱해 보이자 수창이 혼잣말로 '정말 후회할 텐데.' 하며 피식 웃었다. 난하는 수창의 모습이 자못 스스럼없고 악의가 느껴지지 않아 혼란스러웠다. 이 남자가 그녀에게 제의한 '개인적' 만남의 의도가 의심스러워졌다.

되먹지 못한 저급한 인간들이 원하는 그런 접대를 원하는 게 아니라고 했다. 자존감 운운하며 그녀의 발목을 붙들었을 때는 과거에 대한 앙갚음을 하려는 게 분명하다고 여겼다. 그런데 왜 이 남자에게서 갑자기 악의보다는 따뜻함이 느껴질까? 아 진짜! 이 남자는 왜 이랬다저랬다 하며 사람을 헷갈리게 하는 건데!

"너무 늦었네요."

"괜찮습니다. 한두 번 오가는 것도 아니고. 고작 한 시간 남짓인데요, 뭐."

식사를 끝내고 각자의 방향으로 가기 위해 밖으로 나왔다. 매서운 냉기에 부르르 몸이 떨렸다. 난하는 재빨리 고개를 숙여 작별 인사를 하려다가 갑자기 생각났다는 듯 "아차!" 하며 또다시 아까 사용했던 아로마 오일 병을 꺼내 들었다. 그리고 자신의 집게손가락에 소량을 바르더니 수창에게 바투 다가섰다.

순식간에 일어난 일이라 수창의 심장이 덜컥 내려앉았다. 움찔, 몸을 뒤로 빼는 그에게 오일이 발린 손가락을 들어 보이며 양해의 눈빛을 한 난하는 그런 수창의 심정도 모른 채 잔뜩 까치발을 세워 손가락을 그의 양쪽 귀 뒤에 콕콕 찍어 발랐다. 그러자 온몸이 전기에 감전된 듯 빳빳해지고 솜털이 곤두섰다.

"사장님, 평소에 두통 심하시죠? 보니까 주먹 자주 쥐고 계시던데. 그렇게 주먹 쥐고 있으면 어깨에도 힘 들어가고 이도 악물게 되어서 결국 두통으로 이어져요. 이 아로마 오일 향기가 두통을 사라지게 해 준대요. 잠도 잘 오게 하고요. 오늘은 푹 주무세요."

그녀가 발라 준 아로마 오일보다, 그녀의 체취가 그의 후각을 사로잡았다. 겨울을 방불케 하는 매서운 기온에도 그의 얼굴 앞으로 바짝 다가온 그녀의 얼굴에 몸이 확 달아오르는 것을 느꼈다.

그의 깊은 내부에서 생각지도 못한 뜨거운 덩어리가 불쑥 치밀어 올라 순식간에 그의 이성을 마비시키는 것을 경험했다. 그는 괜한 헛기침을 하며 몸을 틀었다. 여유를 가지자고, 끌려다니지 말자고 다짐해 놓고서 이토록 쉽게 무너진다.

"이제 그만 가 봐요."

"네."

난하가 그를 보며 생긋 미소 지었다. 그저 영업용 미소라도 상관없었다. 자신을 향해 웃어 주고 있는 여자가 강난하라면. 과거의 강난하는 무척 아팠으나 현재의 난하는 매우…….

"그럼 다음에 또 뵙겠습니다."

달콤하다.

고개를 꾸벅 숙인 난하가 이내 뒤돌아서 걸었다. 천천히 멀어지는 그녀의 뒷모습을 보면서도 수창은 그 자리에 얼어붙은 듯 발걸음을 옮기지 못하였다.

"이렇게 홀리면서, 여자가 아니라고?"

그는 자조적인 웃음을 흘렸다. 가식적인 웃음에도 또다시 가슴이 뛰고 반응하는 나는…….

"불치병이네."

들리지 않을 독백이 한숨처럼 새어 나왔다. 그리고 이내 결심이라도 하듯 눈을 빛냈다.

난하가 귀 뒤에 발라 준 오일이 씻기지 않게 조심히 샤워를 마친 수창은 그녀가 잘 들어갔을지 염려가 되어 휴대폰을 집어 들었다가 시간을 확인하고는 도로 내려놓았다.

이 시간에 메시지 보내면 부담스러워하려나?

불을 끄고 침대에 풀썩 누운 수창은 가만히 천장을 바라보다가 아무래도 안 되겠다 싶은지 다시 일어나 앉아 휴대폰을 집어 들었다. 잘 들어갔는지 확인을 해야 잠이 올 것 같았다. 평소에는 들어갔겠지, 여기고 말았을 테지만 갑자기 왜 이러는 걸까?

몇 번이나 문구를 적었다가 지우기를 반복하다가 결국 가장 짧고 간결하게 적어 보냈다.

[잘 들어갔습니까?]

자는데 깨운 건 아닐까? 무시당하면 어쩌지? 마음을 졸이며 휴대폰만 만지작거리는데 메시지가 도착했다.

[네. 잘 들어왔습니다.]

적어도 무시는 당하지 않았다는 생각에 안도하며 다시 보낼 문구를 떠올리기 시작했다.

아까 봤는데도 또 보고 싶네요.

언제 또 볼까요?

잘 자요.

꿈속에서 만날까요?

우리 진지하게 만나 보죠.

여러 가지 본심을 담은 문구들이 머릿속을 맴돌았으나 그는 최대한 적당하다고 여길 만한 선에서 단어를 골라 적었다.

[그렇군요. 푹 자도록 해요.]

그는 이 적당한 단어가 난하를 잠 못 들게 한다는 사실은 꿈에도 모른 채 멋대가리 더럽게 없는 놈이라며 피식 웃음을 지었다.

[네. 사장님도 안녕히 주무세요.]

연애를 하는 것도 아닌데 그녀의 메시지에 가슴이 간질거렸다. 메시지를 보며 과거에 그렇게 자신을 야멸치게 대했던 강난하라도 지금이라면 거절하지 않을 것이라는 확신이 들었다.

자꾸만 스스로가 이상했다. 단언하건대, 단 한 번도 거래처의 남자를 이런 식으로 대한 적이 없었다. 그것은 서 팀장조차도 예외는 아니었다. 그와 극악한 사이가 되기 전까지 난하는 여전히 예의 바르고 상냥했으며 공과 사의 구별이 투철하였다. 그런데 왜…….

"밥, 나 왜 이럴까?"

평소라면 상상도 할 수 없는 일들을 수창의 앞에서 자꾸 하게 된다.

"학교 선배였다는 생각이 무의식적으로 작용한 걸까? 그래서 어리광이 부리고 싶은 걸까?"

그것만으로는 그의 앞에서 두근거리는 제 마음을 설명하기는 미흡하다는 것을 알고 있다. 수창이 객관적으로나 주관적으로 꽤나 멋진 남자라는 사실은 인정한다.

하지만 그런 사람 한둘 보아 온 것도 아니고, 서 팀장과의 사건 이후로 회사 거래 관계의 남자라면 명확하게 선을 그었다. 또다시 그런 소문에 휩싸이고 싶지 않았기 때문이다. 게다가 수창과는 과거의 실수로 인해 생겨난 악연이 아니던가!

한 번 뒤엉킨 낚싯줄은 풀릴 줄을 모르고 계속해서 꼬여 왔다. 그 거리가 18년이라 차마 풀어낼 엄두도 내지 못하였다. 사람 인연이라는 게, 관계라는 게, 이토록 어려운데 생판 모르던 남과 결혼하여 사는 것은 얼마나 힘들까?

어두컴컴한 방 안에 진동 소리와 함께 불빛이 깜박였다. 늦은 시간이라 난하는 문숙의 메시지일 것이라 여기고는 휴대폰을 열어 보다 깜짝 놀라 벌떡 몸을 일으켰다.

[잘 들어갔습니까?]

수창이었다. 이 시간에 문자메시지를 보내다니. 그것도 이렇게 사적인 오해의 소지가 가득 담긴 일곱 글자로……. 답장을 해야 하나 말아야 하나 고민하다가 그럴 리는 없겠지만 혹여나 걱정이라도 할까 봐 얼른 답문을 보냈다.

[네. 잘 들어왔습니다.]

[그렇군요. 푹 자도록 해요.]

뭐지? 뭘까? 이런 다정함이 흐르는 멘트는. 난하는 수창의 답지 않은 메시지에 설레어 그만 잠이 확 달아나고 말았다. 여기서 또 답문을 보내야 하나 망설이던 난하는 몇 자 적어 전송버튼을 누르고는 침대에 엎어져 팔다리를 파닥거렸다.

이러니까 사귀는 사이 같잖아! 아니야, 그냥 예의상 보낸 문자

일 수도 있잖아. 아냐, 이렇게 늦은 시간에 보내는 건 보통 사람이라면 예의가 아니잖아.

혼자서 수창의 의도를 유추해 보느라 설레발을 치다 어느 사이 잠이 든 난하는 꿈속에서 어린 날의 수창과 조우했다. 그들은 초코 바닐라와 딸기 아이스크림을 먹으며 함께 놀이동산을 즐겁게 거닐었다. 꿈속에서의 그는 매우 다정다감한 눈빛으로 그녀를 향해 웃어 주었다. 마치 그녀를 사랑하기라도 하듯.

문득, 꿈에서 깬 난하는 복잡한 심경에 다시 잠을 이룰 수가 없었다. 선배는 과거에 날 좋아하긴 했었을까? 그래서 날 도와준 걸까? 지금은 어떤 감정인 걸까? 왜 또다시 날 도와주고 그런 메시지를 보냈을까? 나와 만나는 건 정말 단지 과거의 내게 받은 상처 때문에 그러는 건가? 여러 가지 생각과 의문으로 참으로 길고 긴 밤이었다.

6

딱 내 취향이에요

며칠 후 프론메디로부터 계약에 대한 긍정적인 회신이 왔다. 조율을 통한 단가 책정까지 마치자 드디어 바라고 바라던 계약이 성사되었다. 회사는 축제 분위기였고 난하 또한 기쁨을 감추지 못하였다.

그간 속 끓이던 일이 이렇듯 쉽게 성사되고 나니 한편으로는 서운하기도 하였다. 이제 수창이 부르지 않는 이상 이메일이나 전화 외에는 특별히 프론메디로 직접 찾아갈 일도 없었다.

가지 않아도 되는 건가?

하지만 이제 그만 오라는 말도 따로 없었다. 어쩌면 이제 그를 볼 수 없다는 생각이 그녀를 의기소침하게 만들었지만 난하는 오히려 잘 되었다고 마음을 다독였다. 이렇게 마음이 흔들린 상태에서 그를 더 만나게 된다면 손해를 보는 쪽은 자신일 테니 말이다.

"잘된 거야."

집안이 재하의 일로 수심 가득한 상태인 지금, 프론메디와 계약이라도 잘 되어서 무척 다행이라 여기기로 했다.

업무를 마감하고 회사 직원들 모두 밝고 개운한 표정으로 퇴근하였다. 즐거운 사원들의 얼굴과는 상반되게 난하의 얼굴은 창백해 보였다. 고심하던 계약 건이 성사되고 나니 온몸의 긴장이 풀리는지 기운이 없고 으슬으슬해지기 시작했다. 내일이 아버지 기일인데 아프면 곤란하다. 난하는 고세창 선생님의 조언을 따라 집에 일찍 들어가 쉬기로 하였다.

❁

12시가 넘어가는 시간. 난하는 여태까지 자리에서 일어나지 못하고 있었다.

[오늘은 못 가겠어요.]

"도대체 이 집안 쓸모없는 계집들은 어찌 저리 팔자 좋게 늘어져 있는 것이야? 빨리빨리 시집이나 갈 것이지. 쯧쯧. 출가외인이라 했거늘, 집안 기둥뿌리 뽑아 먹을 것들이로세!"

방 밖에서 고모할머니 복례의 불호령이 떨어지고 있었지만 난하는 몸을 일으킬 기운조차 없었다. 아팠다. 너무 아팠다.

"누님, 고정하시오. 이제 좀 그 기운도 떨어질 때가 되지 않았소? 어째 누이는 연세를 자실수록 더 팔팔해져 가오?"

"자네도 너무 싸고돌지만 마시게. 쯧쯧, 대체 무슨 낯짝으로 저리 버티고 있누? 내 재만 보면 울화통이 터져서……. 아이고, 우리 큰조카님. 아이고, 재삼아! 자네가 이리 가고 이 어린 것들 이만큼 큰 것 좀 보시게. 자네 없어도 잘 컸지. 암, 잘 컸고말고!"

매년 이맘때쯤 벌어지는 일이었다. 아버지의 기일이면 복례가 찾아와 꼭 저렇게 집안 분위기를 발칵 뒤집어 놓곤 했다. 어느 때부터인가 정임을 비롯한 현노는 차라리 난하를 피신시키는 편을 선택하였지만 이번에는 몸에 병이 나 그마저도 여의치가 않았다.

"내 저년만 생각하면 자다가도 벌떡벌떡 일어나고 심장이 벌렁거려 숨도 못 쉰다네. 저거 집에 들이면 집안 망한다고 그렇게 뜯어 말렸건만 기어이 들여와서는 집안 말아먹어, 느이 아부지 잡아먹어. 에휴, 정말 말로는 다 못 한다."

복례의 푸념에 현노가 다그쳤다.

"그게 어찌 난하 탓만이겠소! 누이는 그만큼 했으면 이제 그만 하실 때도 됐구먼, 허구한 날 그 소리요! 거동도 불편하신 양반이 예까지 오셨으면 덕담이나 하시다 가실 일이지 애들 듣는 데서 꼭 그리 말씀하셔야겠소!"

"그래요 고모님, 좋은 생각만 하시고 편히 쉬시다 가셔요."

그제야 입을 다문 복례는 곁에 무릎을 꿇고 안절부절못하고 앉은 재하를 돌아보며 그의 손을 부드럽게 감싸 쥐었다.

"우리 장손, 참말 수고 많았으이. 어찌 그리 기특한 일을 하셨는가? 내 소식 듣고 한달음에 쫓아 왔네. 그래, 귀한 아기씨를 품은 며늘아기는 어디 있누?"

"몸이 안 좋아서 못 왔습니다."

"저런, 몸을 잘 보해야지. 질부, 좋은 것 좀 많이 해 먹이시게."

"네, 고모님. 그렇게 하겠습니다."

정임이 고개를 끄덕였다.

어려서 부모를 여의고 집안의 장녀로서 어린 동생들을 모두 맡아 키우다시피 한 복례의 걱정은 아흔이 다 된 노구가 되어서도 멈추지 않았다. 정임이 아이를 낳지 못하여 몇 년 동안이나 마음 고생할 때 그 곁에서 얼마나 큰 스트레스를 주었던가.

한편으로는 집안의 어른으로서 복례의 걱정을 이해도 하지만 현노는 복례의 저런 점이 마음에 들지 않았다. 어서 끝내고 그만 가셨으면 좋으련만. 현노의 관심은 내내 방 안에서 끙끙 앓고 있을 난하에게로 향해 있었다.

"그나저나 미자는 제사에 왔는가?"

"안 왔습니다."

"개는 뭐가 그리 바쁘다고 통 얼굴도 안 비치는 게야? 시집도 안 가 제일 한가할 거면서 제 오라비 기일에 얼굴이나 한 번 내비치지. 쯧쯧……. 암튼 이 집안의 계집들은 하나같이……."

인하의 얼굴이 붉으락푸르락이다. 이제 그만 좀 하시죠? 암튼 이 집안에 남녀차별은 여자인 고모할머니가 다 조장한 거라니까? 어쩜 같은 여자끼리 저럴 수가 있지? 인하는 못마땅한 얼굴이 되어 속으로 투덜거렸으나 내색할 수는 없었다.

[왜요?]

한참 만에 도착한 메시지를 확인해 보니 수창에게서 온 것이었다. 아까 보냈던, 오늘은 가지 못하겠다는 그녀의 메시지에 대한 질문이었을 것이다.

[몸이 좀 안 좋아서요.]

힘겹게 몸을 일으켜 앉은 난하는 기운 없는 손끝으로 겨우 메시지를 완성하여 보냈다.

이제는 좀 괜찮아진 것 같다고 여겼는데 또 이런다. 난하는 아버지가 돌아가시고 몇 년간은 기일만 지내고 나면 이렇게 아팠다. 올해는 계약 때문에 이리저리 뛰어다녔던 것이 아무래도 탈이 나고 만 모양이다. 엎친 데 덮친다고 고모할머니까지 등장하셨으니 이건 보통 곤란한 일이 아니었다.

휴우.

화장대를 짚고 일어서니 눈앞이 새하얘지며 핑 돌았다. 인사는 해야 한다는 생각에 난하는 거울을 보며 머리를 단정히 모아 묶고 퉁퉁 부은 얼굴을 물티슈로 대충 닦아 냈다.

마루로 나가니 복례가 못마땅한 표정으로 난하를 흘낏 쳐다보고는 아예 무시를 한다.

"고모할머니 오셨어요?"

그녀의 신음과 같은 인사에 복례의 표정은 대번 일그러졌다.

"얼마나 푸데데 널브러져 잠들었으면 어른이 와도 나와 보질 않아? 얼굴 표정 하고는. 냉큼 밥이나 챙겨 내오거라."

"아유, 고모님 많이 시장하셨어요? 제가 냉큼 차려 올 테니 조금만 기다리셔요. 고모님 좋아하시는 생선찜 해 놨어요."

정임이 얼른 나서며 주방으로 사라졌다. 난하는 정임의 뒤를 따르려다가 인하가 재빨리 다가와서 그녀를 다시 방으로 이끄는 바람에 속절없이 끌려갔다. 인하는 난하보다 키가 한 뼘은 더 컸다. 아버지를 닮은 키와 얼굴. 인하는 난하를 방에 밀어 넣으며 재빨리 재하에게 눈치를 주고 방문을 닫았다. 그러자 곧 방 밖에서 살가운 소리가 들렸다.

"고모할머님, 제가 어깨 주물러 드릴까요? 오시느라 힘드셨죠?"

"우리 장손 힘드시니까 되었습니다."

"오랜만에 우리 고모할머님 어깨를 꼭 주물러 드리고 싶어서 그렇습니다. 자, 이리 대 보세요. 어때요, 시원하시죠?"

"아구, 아구, 시원하다마다. 내가 이 나이에 이런 호강을 다 하네. 힘들면 그만하시게, 장손. 자네도 이제 아비가 될 몸이니 몸을 잘 보살펴야 하네."

"괜찮습니다!"

못 이기는 척 인하에게 이끌려 제 방 침대에 누운 난하가 팔로 눈을 가렸다. 자신 때문에 눈치작전을 펼치는 어린 동생들의 모습이 눈에 훤히 그려져 픽 웃음을 흘렸다가 이제 제법 컸구나 싶어 흐뭇해지기도 하였다.

그러나 오늘 하루 종일 고모할머님을 어떻게 피하나 싶은 생각이 들자 한숨만 터져 나왔다. 빠져나갈 핑계가 있다면 무슨 수를 써서라도 벗어나고 싶었다. 아무리 쓰러질 듯 아프더라도 여기 있는 것보단 나을 것 같았다. 누가…… 나 좀 구해 주었으면.

'네가 이 집 운을 다 빼앗아 갔어.'

언젠가, 복례가 뼈가 시리도록 표독한 눈초리로 난하를 향해 던진 말이었다.

매우 어린 시절이었던 것 같은데 그녀의 뇌리에는 매우 선명하게 각인되어 있었다. 그 표정, 눈빛, 말투, 토씨 하나까지도. 심지어 그날 복례가 어떤 옷을 입고 있었는지까지 기억에 남을 정도였으니까.

그때는 복례가 왜 그랬는지 몰랐다. 그저 자신이 뭔가 잘못을 저질렀고, 고모할머니는 무서운 분이시구나 그렇게만 생각했었다. 하지만 시간이 흐르면서 알게 되었다. 그녀는 이 집안에 환영받을 수 없는 존재라는 것을.

그리고 아버지가 돌아가셨다. 자신 때문에. 아직도 한 번씩 그날의 일이 꿈에 나타나곤 한다. 깨어 보면 온몸이 땀범벅에 눈물범벅이 되어 있다. 그날 자신이 아버지에게 그 사실을 알려 주지만 않았더라도…….

잠시 후 다시 들어온 인하는 죽 그릇을 쟁반에 받쳐 들고 있었다.

"언니 괜찮아?"

"괜찮아. 얼른 나가 봐, 고모할머니 역정 내실라."

"아유, 내가 진짜 고모할머니한테 대들 수도 없고!"

"그러지 마. 할머니야 늘 그러시잖아."

"저 성미를 누가 견뎌? 일단 언니 쉬고 있어. 내가 뒤처리할게."

복례는 꼭 한 번씩 이런 식으로 집안을 들쑤셔 놓았다. 그나마 현노가 있으니 가볍게 지나갔지만 없을 시에는 모든 원망이 그녀와 이 집안 여자들에게로 향했다. 그러나 난하는 알고 있었다. 복례가 말하는 이 집안 여자들이란 모두 자신을 말하고 있다는 것을.

복통과 더불어 요통과 두통, 오한까지 밀려왔다. 온몸 구석구석 아프지 않은 곳이 없었다. 속이 메스껍고 빙글빙글 눈앞이 맴을 돌았다. 몸이 땅속으로 쑥쑥 꺼져 가는 기분이었다. 이대로 사라져 버리면 좋겠다. 그냥 태어나지 말았다면 좋았을 텐데.

위잉, 위잉, 위잉.

아련한 의식 속으로 파고드는 작은 울림. 난하는 왠지 이 전화를 꼭 받아야겠다는 생각이 들었다. 귀찮음을 물리치고 팔을 들어 겨우 전화기를 귀에 댔다.

"여보세요."

-…….

전화를 건 건너편에서는 말이 없었다. 잘못 걸린 전화인가?

-많이 아픕니까?

수창의 나직한 목소리가 들렸다. 그러자 신기하게도 여태 그 모진 말을 듣고서도 멀쩡했던 눈물샘이 왈칵 수분을 뿜어냈다. 난하는 잠겨 버린 목소리를 애써 가다듬으며 대답했다.

"네."

그러니까 나 좀 구해 주세요.

-병원 가야 하는 거 아닙니까?

"진통제 먹었어요. 견디면 괜찮아져요."

-지금 어딥니까?

"집이에요."

-일어날 수는 있겠어요?

"그 정도는 되죠."

마치 취조를 당하는 것 같은 기분이었지만 꼬치꼬치 묻는 그에게, 그럴 리는 없겠지만 걱정 말라는 듯 조금 더 톤을 높여 말했다.

–그럼 나와요, 병원 가게.

난하는 잠시 멍해졌다. 나오라니, 어디로 나오라는 건가요? 지금 어디 계시는 건데요?

–미련하게 참지 말고 나와요, 어서.

"어디……로요?"

–집 근처예요. 벽에 타일로 매화가 새겨진…….

"알아요, 거기. 저 거기 알아요."

어디서 그런 기운이 생겨난 것일까? 조금 전까지만 해도 곧 죽을 것 같았는데 나오라는 한 마디에, 집 근처라는 한 마디에 벼락같이 일어서서 입고 있던 트레이닝복 위에 점퍼를 걸쳐 입었다.

한시라도 빨리 이곳을 빠져나가고 싶었다. 가방이고 지갑이고 필요하지 않았다. 오로지 지금 이곳에서 벗어나고 싶었다. 그렇게 할 수만 있다면 수창이어도 상관없었다.

갑작스레 바삐 집을 나서는 난하를 인하가 불러 세웠다.

"어디 가?"

"약속이 있어. 나 늦을지도 몰라."

"그 몸을 해 가지고 어디로 가?"

대답은 들려오지 않았다. 어느새 대문 밖으로 자취를 감춘 난하를 불러 보았지만 다시 돌아오지 않았다.

"가 버렸네? 그나저나 고모할머니는 언제 가시려고 저러시나?"

인하는 복례가 들어가 있는 현노의 방을 쳐다보며 경망스럽게 작은 혀를 쏙 내밀었다.

수창은 핏기 없는 난하의 옆얼굴을 걱정스러운 눈길로 잠시 바라보다 시선을 거두었다. 눈을 감은 얼굴에는 피로가 가득 내려앉아 있었다. 그 덕에 화장을 하지 않은 얼굴이 유난히 더 새하얗게 보였다. 극구 사양하는 난하를 가까운 병원에 데려가서 링거까지 맞추어 데려오는 길이다.

'면역체계가 엉망이네요. 워낙 건강체질이라 잘 버티셨는데, 잘 먹고 푹 쉬는 것이 최선의 치료책입니다.'

이렇게까지 힘들었을 거라 예상치 못했기에 수창은 마음이 아팠다. 거기다 제가 더 보탰다는 죄책감이 그를 더욱 가라앉게 했다.

씩씩하게 잘 살고 있다는 것을 확인하고 싶었는지 모른다. 아니, 어쩌면 내내 속으로 누르기만 했을 난하가 자신의 감정을 확 터뜨려 버리길 기대했는지도 모른다. 하지만 난하는 아무리 자극해도 속으로만, 속으로만 자꾸 누르고 눌렀다. 그녀의 존재 자체를 거부하고 무시하는 그녀의 집에서 그녀가 어떻게 살아왔을지 감히 상상조차 되지 않는다.

수창은 20년 전의 그날을 가만히 떠올렸다. 그녀 아버지의 장례식이 있던 바로 그날. 그 집, 구암 고택.

'들여올 때부터 집안 망하게 할 상이었다더만?'

'애초에 이 집에 들여선 안 되는 애였지. 지금이라도 호적에서 파내야 한다니까.'

'쯧쯧, 어쩌자고 근본도 없는 애를 들여서는, 것도 계집애를……. 그나저나 사내 아이 하나 없이 죽었으니 이 집 대는 누가 잇는대?'

어렴풋이 짐작은 하고 있었다. 그녀 아버지의 죽음이 난하와 관련이 있음을. 그렇게 숨죽여 고택 처마 밑에서 울고 있는 여자 아이의 슬픈 눈과 그런 그녀를 저주 어린 눈빛으로 쳐다보던 어른들을 그는 머릿속에서 지울 수가 없었다.

눈을 뜬 곳은 익숙한 차 안이었다. 차의 주인은 없었지만 시동은 걸려 있는 상태였고 따스한 바람이 앙증맞은 곰돌이 방향제가 달려 있는 송풍구로 새어 나오고 있었다. 양털처럼 보송보송한 카시트도 열선으로 데워져 따뜻한 기운을 전하고 있었다. 그리고 이건…….

난하는 제 몸에 덮여 있는 남성용 코트를 발견하고는 심장이 커다란 바위처럼 쿵 내려앉는 것을 느꼈다. 코트에 배인 향의 주인은 영락없는 수창이었다.

아직도 약기운에 몽롱했다. 깨우지 않는다면 하루 꼬박 잠만 잘 수 있을 것같이 눈꺼풀이 무거웠다. 지금이 꿈인지 생시인지 잘 분별이 되지 않았다. 그녀는 잠을 몰아내려는 듯 마른세수를 하며 주변을 둘러보았다.

낯설지 않은 곳. 그녀가 졸업했던 반호 중학교였다. 교정의 플라타너스 나무들은 예전과 다름없이 그 자리에 서서 누렇게 익은 나뭇잎 몇 장만을 매달고 있었다. 참 오랜만에 와 보는 학교지만 체육관을 새로 지은 것을 제외하고는 거의 대부분이 그대로였다.

그러나 이상하게도 중학교 때만 해도 그렇게 커다랗던 모든 것들이 갑자기 작아진 것처럼 느껴졌다. 이상한 나라의 앨리스라도 된 기분이었다. 현실성 없는 수창과 모든 것이 작아진 이상한 나라.

난하는 거울을 통해 제 모습을 살폈다. 꼴이 가관이었다. 이런 모습을 수창에게 잘도 보여 줬구나. 그나마 있던 정도 다 떨어져 나갈 판이라 한숨이 터져 나왔다. 어쩌자고 대책 없이 집에서 뛰쳐나왔던 것일까? 나오란다고 그냥 나오는 바보가 어디 있냐! 뒤늦은 후회를 해 보아도 이미 물은 엎질러졌다.

난하는 마냥 앉아 있기가 뭐해 머리 모양을 다듬고 얼굴을 정돈한 후 수창의 코트를 팔에 걸쳐 들고 차에서 내렸다. 후끈한 차 안에 있을 땐 몰랐던 냉기에 절로 몸이 부르르 떨려 왔다.

학교는 고요했다. 늦은 오후의 학교를 서산에 걸린 햇살이 따사롭게 물들이고 있었다. 난하는 어렵지 않게 수창을 찾을 수 있었다.

길어진 수창의 그림자가 난하의 발치에 걸렸다. 난하는 차마 그림자도 밟지 못하고 주춤 멈추었다. 빛을 받은 그의 실루엣이 눈부셨다. 그는 황금색 플라타너스 낙엽 한가운데에 서서 가을을 향해 이별의 손을 흔드는 몇 장의 잎들에게 조용히 작별을 고하는 것처럼 쓸쓸해 보였다.

바스락. 제 발소리에 놀란 것은 오히려 난하였다. 수창이 뒤를 돌자 난하는 얼쯤해져 삐걱거렸다.

“왜 나왔어요?”

“그냥 좀 답답해서요.”

“춥지 않아요?”

"괜찮습니다."

그녀의 대답에 그는 잠시 말이 없었다.

"저기 이거……."

난하는 들고 왔던 그의 코트를 내밀었다. 그러나 수창은 그 코트를 받아 들어 다시 그녀의 점퍼 위로 둘러 주었다.

"괜찮습니다."

난하는 황송하여 손을 내저었으나 제압하듯 지그시 내려다보는 그의 눈빛에 그가 하는 대로 가만 내버려 둘 수밖에 없었다.

"뭐가 항상 그리 괜찮은데요?"

"네?"

수창은 또 말이 없었다. 그리고 대답 대신 천천히 낙엽 길을 따라 걷기 시작했다. 난하도 그를 따라 걸었다.

"저희 집은 어떻게 아셨어요?"

난하는 그가 자기 때문에 내려왔을 거라고는 꿈에도 생각지 못하고 질문했다.

"옛집이 구암 고택이라는 건 알고 있었거든요."

"아, 그러셨구나. 어쨌든 전혀 예상치 못했지만 이렇게 신경 써 주셔서 감사했습니다. 덕분에 빨리 나을 것 같아요."

수창은 손에 꼭 쥐고 있던 따뜻한 음료수를 내밀었다.

"이거 마셔요."

"고맙습니다."

입맛은 없었으나 목이 탔으므로 난하는 그 자리에서 뚜껑을 열어 목을 축였다. 달콤했다. 지금 곁에 있는 수창처럼.

"볼일 있어서 내려오신 거 아니셨어요? 저 때문에 일도 못 보시고."

"괜찮아요."

이 남자 갈수록 참 이상하다. 오늘은 더더욱. 자꾸만 기대감이 차올라 가슴이 설렌다.

"새삼스럽네요."

수창이 주변을 돌아보며 말했다.

"뭐가요?"

"이곳에서 강난하 씨와 나란히 걸으며 대화하게 될 줄은 몰랐거든요."

난하 또한 감회가 새로워 두 손으로 음료수 병을 꼭 쥔 채로 주변을 둘러보았다. 두 사람은 어느새 시간을 거슬러, 앳된 중학생이 되어 학교 뜰을 거닐고 있었다. 어른도 아이도 아닌 미묘한 경계선에서 자신의 정체성을 찾아가느라 예민했던, 그때 그 시절의 어린 강난하와 고수창으로.

"학교에 매점이 없어서 이 길을 하루에도 몇 번이나 뛰어다녔던 기억이 나요. 난하 씨는 안 그랬어요?"

"저는 안 그랬는데."

그때의 추억이 새록새록 떠오르는지 수창의 목소리에 웃음이 묻어났다.

"학교 앞 슈퍼나 분식집 다녀오다가 학생주임 선생님께 걸려서 벌도 받고."

"어머, 사장님은 안 그러셨을 것 같았는데!"

"한창때잖아요. 그땐 먹고 뒤돌아서면 소화 다 되는 시기예요. 내 몸집이 어땠는지 알잖아요."

"……."

그가 자신의 뚱뚱했던 몸에 대해 아무렇지도 않게 말을 꺼내자 난하는 과거의 자신으로 인해 상처받았던 그의 얼굴이 또렷이 떠올라 마음이 무거워졌다.

"저기, 사장님."

난하가 걸음을 멈추자 수창이 따라서 멈추었다. 그는 그녀를 바라보았다.

"중학교 때 일, 진심으로 사과드리고 싶어요."

"……."

"아무리 말씀드려도 부족하다는 거 압니다. 하지만 조금이나마 사장님의 상처가 씻길 수 있다면 전 힘이 닿는 대로 모든 것을 다해 볼 생각입니다. 사장님 마음이 행복해지실 때까지요."

난하는 수창의 눈을 바라다보며 진심을 담아 말했다. 그가 정말로 행복해지기를 바랐으니까.

그는 말없이 그녀의 얼굴을 바라보았다. 그녀가 아프다고 한 말에 중요한 일정도 다 미루고 뛰어온 자신이었다. 이미 그런 일 따위에 연연하지 않는다고 말하고 싶었으나, 용서했다고 말하면 자유를 얻은 새처럼 그녀가 그의 곁에서 훨훨 날아가 버릴 것만 같아 두려웠다.

"용서하기 어려우시다는 거 이해합니다. 그래도 사장님은 이만큼 멋지게 성장하셨고 그 누구나가 부러워할 만한 자리에 서셨잖아요. 저 같은 사람 때문에 받은 상처는 잊어버리시고 여자도 만나고 결혼도 하셔서 행복하게 사세요."

그녀의 말이 마치 작별인사인 것처럼 들려서 수창의 마음이 마른 나무처럼 버석하게 굳어졌다. 난하는 말이 없는 수창에게 부드럽게 웃어 보이며 다시 입을 열었다.

"그리고 감사하다는 말씀을 아직 못 드렸네요. 계약, 허락해 주셔서 감사합니다. 앞으로 잘 부탁드립니다."

난하가 허리를 깊이 숙였다가 다시 폈다. 수창은 그런 난하를 알 수 없는 깊은 눈으로 가만 쳐다보았다. 그 눈길에 난하의 몸은 쏟아지는 우박이라도 맞닥뜨린 듯, 욱신욱신 아려 왔다.

"나도 미안했어요."

별안간 들려온 사과에 난하의 두 눈이 믿기 어렵다는 듯 크게 벌어졌다.

"그동안 못되게 굴고 괴롭힌 거 사과할게요."

난하는 입을 벌린 채 무슨 대답을 돌려주어야 할지, 할 말조차 잃었다.

다 용서한 건가? 그럼 이제 우리는 못 보는 건가?

사과를 받았는데 가슴 한구석이 설겅 베여 나간 듯 공허해진다. 어떡하죠, 아빠? 나 이 사람 정말 많이 좋아하나 봐요.

곧 수창이 오른손을 쭉 뻗어 내밀자 난하가 충격에 흔들리는 눈동자를 감추며 머뭇머뭇 붙잡았다.

"우리, 앞으로 잘해 봅시다."

손을 맞잡고 자신과 눈을 맞춘 수창의 눈동자가 더없이 깊어졌다. 심장이 터질 것처럼 아팠기에 난하는 얼른 잡힌 손을 빼냈다. 수창이 그런 난하를 바라보며 밝게 웃었다.

❊

–등산 갑시다.

금요일. 느닷없이 걸려온 한 통의 전화였다. 끝이라고 여겼는데 다시 연락이 왔다. 이건 대체 어떤 의미가 있는 것일까?

'우리, 앞으로 잘 해 봅시다.'

이 말은 사업상 파트너로서의 의미라고만 여겼었다. 그런데 이건 어쩌면…….

–내일 아침 9시, 반호 중학교 앞에서 보죠.

그리고 전화는 끊겼다.

아홉 시 반호중 앞. 아홉시 반호중 앞. 아홉시 반호중 앞…….

속으로 반복해서 되뇌던 난하는 문득 내일 어느 산으로 갈 것인지, 누구와 함께 가는 것인지, 점심은 어떻게 해결할 것인지 등에 대해 전혀 이야기하지 못했다는 생각이 들었다.

"자기 할 말만 하고 끊는 게 어딨어? 다시 전화해서 물어볼까?"

옛 중학교 동창들이라도 만나려는 것인가? 그럼 도시락을 얼마나 준비해야 하는 걸까? 높은 산에 가려나? 등산화가 너무 오래됐는데 어떡하지? 등등의 여러 가지 고민으로 그녀는 밤잠을 설칠 지경이었다.

짧은 시간이었지만 집과 회사에서 유일하게 벗어날 수 있었던 시간이 수창의 집으로 가는 바로 그 시간이었다. 오랜만에 운동도 하고, 잘생긴 남자와 앉아 가벼운 대화를 나누며 밥도 먹어 보고…….

그렇게 스스럼없이 투덕거렸던 적은 아마 12살 때 아버지가 돌아가시기 전까지가 마지막이었지 싶다. 그러고 보니 어느 순간부터 난하는 그의 집으로 달려가는 그 시간을 저도 모르게 기대했었던 것도 같다.

비록 몸은 힘들긴 했으나 수창과 아옹다옹하며 싸우던 시간이 현실의 무거운 짐을 잠시나마 잊게 했었다는 사실을 깨달았다. 게다가 지난주 수창이 베푼 호의는 너무나도 뜻밖이라 내내 가슴이 설레었던 것도 사실이다.

난하는 내일 그와 함께 산행을 할 생각을 하니 어떤 기대감에 막혔던 가슴이 뚫리는 기분이었다. 결국 거의 뜬눈으로 지새운 난하는 새벽부터 일어나 주방에 구비된 모든 재료들을 꺼내 놓고 도시락을 싸기 시작했다. 손님들이 자주 오는 편이라 주방에는 꽤 많은 식재료들이 준비되어 있었다.

"깻잎, 깻잎이 어디 있더라? 분명 며칠 전에 있는 거 봤는데."

그렇게 한참을 달그락거리자 잠에서 깬 정임이 주방으로 들어서며 해악을 금치 못했다.

"세상에! 이게 다 뭐니?"

"아, 어, 엄마. 시끄러웠죠? 죄송해요."

"도시락 싸는 거야? 오늘 어디 가니?"

"등산 좀 가려고……."

"등산? 누구랑?"

"어…… 회사 사람."

"남자야?"

은근슬쩍 묻는 정임의 얼굴에 기대감이 차올랐다. 아직 군대도 안 간 막내 녀석은 벌써 손자를 만들어 장가를 가겠다고 저 난린데 나이가 차다 못해 넘치는 난하는 저리 천하태평이니 정임의 속은 속대로 타는 중이었다.

"엄마는! 회사 사람인데 남자, 여자가 무슨 상관이에요?"

"상관있지! 황금 같은 휴일에 산에 가겠다는데 그게 남자면 쌍수 들고 환영이지! 산 타다 정든 사람 많다."

난하는 정임의 말에 괜스레 무안해져서 화제를 돌렸다.

"엄마, 그나저나 지난번에 꺼냈던 매실장아찌 어딨어요?"

"그거 여기 있다. 주먹밥 만들게? 내가 고추장이랑 참기름 넣어 무쳐 줄게. 참, 살얼음 수정과 좀 싸 줄까? 날씨가 추우니까 따뜻한 게 좋으려나?"

난하가 데이트를 하게 될지도 모른다는 생각에 정임의 손길이 바빠졌다. 그런 정임을 보는 난하의 기분도 덩달아 이상하게 요동쳤다.

날씨가 꽤 쌀쌀했다. 눈이라도 올 모양인지 해가 반짝 비치더니 이내 우중충해지고 있었다.

어떻게 보면 첫 데이트인데 날씨가 안 도와주네. 투덜거리는 그였으나 스피커에서 흘러나오는 잔잔한 음악이 계절과 너무나도 잘 어울려 수창은 저절로 리듬에 맞추어 검지로 핸들을 두드리고 있었다.

약속 장소에 도착한 난하가 조금이라도 추위에 떨지 않도록 수창은 차 안의 히터를 올렸다. 이제 겨울이니만큼, 차 뒷좌석에는 붉은색의 남성용 고어텍스 점퍼가 놓여 있었고 그 옆으로는 같은 상표의 쇼핑백 하나가 놓여 있었다. 수창은 고개를 돌려 쇼핑백이 잘 있는지 확인하고 씩 웃음을 터뜨렸다.

점심은 산에 올라가서 간단하게 사 먹을 요량으로 물 이외에 짐은 별로 챙기지 않았다. 난하에게 괜한 부담감을 안겨 주기 싫어 별말 없이 만나자는 약속만 한 것이다. 그러나 약속 시간이 다 되도록 난하가 나타나지 않자 조금은 초조해지고 있었다.

약속 시간에서 십여 분이 지나자 택시 한 대가 반호 중학교 교문 앞에 급하게 멈춰 섰다. 그리고 이내 짤막한 머리를 하나로 묶은 상큼한 미녀가 뒷좌석에서 내려 주변을 다급하게 둘러보는 모습이 포착되었다. 수창의 입가가 저절로 올라갔다. 수창은 가볍게 클랙슨을 두드려 난하의 시선을 사로잡은 후 차에서 내려 그녀에게로 다가갔다.

"늦어서 죄송합니다."

난하가 고개를 숙였다. 추위에 금세 발갛게 상기된 볼과 앙증맞은 코가 사랑스럽게만 보였다. 언제부터 이랬던가? 그는 생각을 감추며 어깨를 으쓱여 보였다.

"나도 방금 왔어요."

난하는 다가오는 수창에게서 시선을 빗겨 그가 내렸던 차를 흘끔 넘어다보았다.

"다른…… 분들은요?"

난하의 시선을 따라가니 자신의 차가 보였다. 그는 무슨 뚱딴지같은 소리냐는 듯 되물었다.

"다른 분들?"

"등산 같이하실 다른 분은 없나요?"

뭔가 이상하다고 여긴 난하가 주저주저 묻자 그는 당연하다는 듯 말했다.

"다른 사람은 없습니다."

"아."

"내가 다른 사람과 함께 간다고 한 적이 있던가요?"

그가 심상한 어조로 덧붙였다. 정임의 말대로 정말 데이트라도 하게 된 것 같아 난하의 심장이 거세게 울렁였다.

"추운데 차로 가죠. 내 차로 함께 움직여요."

예상치 못한 상황에 그 자리에 얼어 있던 난하가 그의 말에 퍼뜩 정신을 차리고는 부산스럽게 자신이 타고 왔던 택시로 몸을 돌렸다.

"잠깐만요. 짐이 좀 있어서."

자신처럼 작은 배낭쯤 되겠거니 여기며 느긋하게 기다리고 있던 그는 난하가 차에서 꺼낸 커다란 배낭에 두 눈이 휘둥그레져서 얼른 쫓아가 받아 들었다.

"이게 다 뭡니까? 2박 3일 캠핑이라도 떠나요?"

"아…… 점심을 좀 쌌는데. 일행이 계실지도 모른다고 생각했거든요. 주세요. 제가 들게요."

가방을 도로 받아 들기 위해 손을 뻗는 여자의 몸뚱이를 위아래로 쓰윽 훑어본 수창이 쯧쯧 혀를 찼다.

"진심이에요?"

못 할 건 무어냐는 듯 어깨를 으쓱여 보인 난하가 다시 손을 내밀었다. 잠시 고민하듯 그녀의 손을 바라보던 수창은 배낭을 내미는 대신 난하의 손목을 불쑥 붙잡아 이끌었다.

예상치 못한 수창의 행동에 난하의 눈이 튀어나올 듯 커졌다. 빨라진 심박이 붙잡힌 손목에서 뛰는 듯했다. 자신의 차의 조수석 문을 연 그가 난하를 먼저 밀어 넣고 뒷문을 열어 묵직한 배낭을 실었다.

난하는 차에 타자마자 피부를 살살 녹이듯 뒤덮는 따스함에 고 잠깐 새 얼었던 몸이 녹는지, 몸이 저절로 부르르 떨리는 것을 느꼈다. 엉덩이를 포근하게 감싸는 양털처럼 보송보송한 카시트는 여전히 아늑했고 시어버터 향기도 감미로웠으며 계속 켜 놓았던 모양인지 잔잔하게 흐르는 분위기 좋은 음악이 어떤 기대감을 증폭시켰다. 그러나 이 모든 것은 어떤 여자의 취향.

빠르게 뛰던 심장이 덜커덩 소리를 내며 바닥으로 가라앉는 것을 느꼈다. 그리고 알지 못하는 그 어떤 대상에 대한 질투심이 슬그머니 고개를 쳐드는 것을 느끼곤 고개를 휘저었다. 자신은 질투를 느낄 자격조차 없지 않나.

수창이 운전석으로 와서 자리를 잡자 날카로운 냉기를 따라 그의 향수가 그녀의 가슴을 길게 베어 냈다. 그는 벨트를 끌어다 매며 다소곳하게 앉은 난하를 바라보았다.

"매 줘요?"

난하는 그의 말에 표정을 정리하며 수창을 마주 보았다. 어쩐지 다정스러운 그의 눈빛이 욱신 심장을 쥐었다 놓는다. 벨트를 끼우는 그의 동작에 그제야 자신이 벨트도 매지 않고 있었다는 사실을 깨닫고는 허둥지둥 벨트가 있을 곳을 더듬었다.

"아! 매, 매요. 제가 맬게요."

수창은 난하의 기분을 눈치채지 못하고 황급히 줄을 당겨와 버클을 끼우는 모습에 조용한 웃음을 지었다. 아직도 발간 볼이 추위 때문인지, 부끄러워서인지 구분할 수가 없었지만 여전히 예쁘고 보기에 좋기만 하다.

"그런데 갑자기 등산은 왜 가시는 거예요?"

그것도 나까지 데리고.

"올해 단풍 구경을 못 해서요. 내 생각에 강난하 씨도 마찬가지일 것 같은데."

하하. 지금 고양이 쥐 생각해 주는 건가?

"그야 그렇긴 하지만……."

굳이 절 데리고 가시려는 이유가…….

"같이 가실 사람이 없으셨나 봐요?"

난하의 말에 그가 픽 웃었다.

"글쎄요. 그렇다기보단 난 꼭 강난하 씨랑 가고 싶었거든요."

또, 또 시작한다, 능구렁이 기술. 저렇게 사람 마음 흔들어 놓고 뒤통수치려는 계략인가? 매의 갑옷이라도 입어야 하는 건가?

난하는 수창의 계략에 휘말리지 않기 위해 입을 닫고 조용히 창밖을 바라보았다. 그러나 이미 그의 뜻대로 난하의 마음은 달궈진 프라이팬 위의 콩처럼 당최 진정이 되지 않았다. 괜한 기대감 따위로 스스로를 불행하게 하는 것이 어리석은 일임을 알지만 선물처럼 주어진 하루에 충실하자고 다짐했다.

차는 꽤 먼 거리를 달렸다. 도로 이정표를 보니 충청도를 벗어나고 있었다. 대체 어디까지 갈 생각이람? 충청도에도 널리고 널린 게 산인데 전북이 웬 말인가! 난하는 운전에 집중한 수창을 슬그머니 살피며 조심스레 물었다.

"근데요, 우리 어느 산에 가는 거예요?"

"대둔산요. 곧 도착합니다."

대둔산이 어디쯤 위치해 있더라?

"혹시, 아침 안 먹고 왔어요?"

"아니요. 든든히 먹었어요."

"다행이네. 그런데 저기엔 대체 뭘 쌌기에 저리도 빵빵한 거예요?"

그가 룸미러로 흘끔 뒷좌석을 살피며 물었다.

"그냥 이것저것요. 급하게 싸느라 별건 없어요."

"기대되는데요? 나 마음껏 먹어도 되는 거죠?"

"당연하죠. 드시라고 싼 건데. 급하게 준비했어도 제 어머니 솜씨가 나쁘진 않으세요."

"어머님이 준비하셨어요?"

예상치 못했는지 그가 놀란 표정으로 묻자 난하가 어색하게 답했다.

"아…… 어쩌다 보니. 시작은 제가 했는데 거의 어머니가 손을 보신 거나 다름이 없어서."

"그럼 오늘 나와 등산 가는 걸 아시는 겁니까?"

"그런 건 아니고요."

"어쨌든 이거 귀한 대접 받는 거로군요. 죄송해서 어쩌죠?"

"맛있게 먹어 주시면 되는 거죠, 뭐."

대화를 하는 사이 차가 대둔산 도립공원 주차장에 도착했고, 차에서 내려 뒷좌석에 벗어 놓은 빨간 점퍼를 착용한 수창은 당연하다는 듯 난하의 배낭을 짊어졌다. 그리고 자신이 가져온 초경량 배낭을 난하에게 내밀었다.

"이거나 메요."

받아 들어 보니 물병이나 하나 들었음 직했다. 난하는 군소리 없이 받아 멨다. 수창은 뒷좌석에 놓인 쇼핑백에 잠깐 시선을 주다가 물었다.

"옷, 안 춥겠어요?"

"기능성이라 따뜻해요."

난하가 자신의 노란색 등산 점퍼의 지퍼를 끌어 올리며 대답했다. 그러고는 이내 뭐가 우스운지 손으로 입을 가리며 키득키득 웃었다.

"왜 웃어요?"

"아니, 사장님은 빨간색, 저는 노란색. 딱 울긋불긋 단풍 같아서요."

그녀의 말에 수창이 자신의 점퍼와 난하의 점퍼를 번갈아 쳐다보고는 따라 웃었다.

"정말 그러네요. 그런데 그게 그렇게 우스워요? 산에 오면 다들 그렇게 입지 않나?"

"그렇긴 한데, 오늘따라 유독 웃기네요."

"그럼 '알록달록' 하지 말고 통일하는 건 어때요?"

"통일……요? 어떻게요?"

난하가 천진하게 묻자 수창이 뒷좌석에 놓여 있던 쇼핑백을 꺼내 내밀었다. 그게 뭐냐는 눈빛으로 난하가 의아하게 바라보자 수창이 어서 받으라는 듯 그녀에게 쇼핑백을 떠안겼다. 웃음이

가신 얼굴로 수창과 쇼핑백을 번갈아 보던 난하가 슬며시 입구를 열어 내용물을 확인하고는 눈이 휘둥그레졌다.

빨강, 빨강이었다! 수창이 입은 것과 똑같은 빨강.

대체 이것을 주는 의미는 뭘까? 난하는 그의 의도를 쉽게 파악하지 못해 멍하니 점퍼만 바라보았다. 이건 꼭…… 커플룩 같았다. 그런 그녀의 의문을 읽은 건지 수창이 설명을 덧붙였다.

"작년 회사 단합회 때 맞춘 옷이에요. 혹시나 옷 춥게 입고 왔을까 봐 가져온 거니까 부담 갖지 말아요. 싫으면 안 입어도 되고, 입고 나서 반납해도 되고. 단풍 같아서 우습다면서요?"

가만. 이 브랜드의 티셔츠 하나 가격이 얼마였더라? 하물며 기능성 점퍼 가격이라면……. 이걸 단체복으로 맞출 만큼 사장 통이 큰 건지, 브랜드가 미친 가격으로 할인을 해 준 건지.

"싫으면 이리 내요. 어차피 남아도는 거 아무나 주면 그만이지."

그가 점퍼를 홱 잡아채자 난하가 뺏기지 않으려고 쥐고 있던 손아귀에 힘을 꽉 주며 상냥하게 웃었다.

"아, 아니에요! 마음에 들어요. 감사히 잘 입을게요."

황급히 입고 있던 노란 점퍼를 벗고 그가 건넨 빨간 점퍼를 걸쳤다. 순식간에 붉게 타오르고 있었다. 그녀의 옷도, 그녀의 마음도.

"자, 그럼 이제 가 볼까요?"

만족스러운 표정의 수창이 앞장섰다. 물론 점퍼는 수창과 난하만의 단체복이었다.

같은 옷을 입고 사람들 사이를 걷는 것은 무척이나 묘한 기분을 자아냈다. 지나는 사람들마다 마치 둘을 무언가 긴밀한 사이일 거라고 여기는 것만 같아 난하는 내내 낯이 뜨거웠다.

다른 애인이 있을지도 모르는 남자. 아니, 이미 헤어진 연인이라 해도 그녀가 선물했을 십자수 쿠션과 그녀의 취향을 한껏 반영한 카시트도 바꾸지 못할 정도로 아직 그녀를 잊지 못하고 있는 남자. 그리고 과거의 일로 자신에게 오로지 복수하고픈 남자.

그럼에도 그녀는 이 남자와 자신을 사람들이 오해하는 것 같은 시선이 기분 나쁘기는커녕 오히려 뿌듯하기까지 했다. 왜 자꾸 이러니, 난?

험악한 산세를 가파르게 올라야 하는 건 아닌가 걱정을 했는데 이곳에는 산 중턱까지 태워다 주는 케이블카가 있단다. 난하는 반색을 하며 수창이 케이블카 왕복 탑승권을 끊는 모습을 지켜보았다.

주말이어서인지 등산객들이 복작거렸다. 그나마 가을 성수기를 지난 탓에 이만큼이란다. 덕분에 케이블카를 타려고 대기하는 사람들의 줄이 무척 길었으나 난하는 곁에 있는 수창 때문에 하나도 지루하지 않았다.

어느덧 차례가 되어 난생처음 케이블카에 탑승한 난하는 기대감으로 가슴이 부풀어 오르는 것을 느꼈다. 창공에서 기막힌 풍경을 감상하는 기분은 어떨까? 그것도 수창과 함께라면.

난하는 여전히 수창의 의뭉스러운 속내가 궁금했지만 곁에 서 있기만 해도 심장이 뛰어 다른 생각은 할 수가 없었다. 그러나 그런 낭만적인 기대는 잠시 후 와장창 부서지고 말았다.

족히 50명은 들어찬 케이블카는 알록달록한 등산객들의 들뜬 대화로 안내방송조차도 들리지 않을 만큼 시끌벅적했다. 마치 장날의 시골 만원 버스에 탑승하고 있는 기분이었다. 난하는 한 무리의 왁자지껄한 아주머니들의 등장과 동시에 몸이 떠밀리자 휘청거리며 옆 사람과 부딪히고 말았다.

"어머, 죄송합니다."

난하가 몸을 바로 세우려는 사이, 수창이 뒤에서 불쑥 난하의 두 어깨를 붙잡았다. 그리고 방향을 틀어 사람들 틈을 이리저리 비집고 들어가 반대편 창 쪽에 세웠다. 미처 정신을 차리기도 전에 그가 뒤편에서 커다란 몸으로 그녀를 보호하듯 버티고 섰다. 덕분에 그녀는 이 번잡한 케이블카 안에서도 마치 독립된 공간에 있는 듯한 기분이 들었다.

"이쪽 풍경이 더 나아요."

등 뒤로 바짝 붙어선 수창 때문에 얼굴이 붉어진 난하가 머리를 푹 숙이고 고개만 끄덕였다. 그나마 배낭을 메고 있어 그와 밀착되지 않아 다행이라 여기다가, 수창이 자신의 커다란 배낭까지 메고 사람들의 압력을 버티고 있을 것을 생각하니 미안해졌다.

간단히 싸 올걸.

오다 보니 식당도 여럿 있던데. 산에서 간단히 먹고 거기 내려가서 먹어도 좋았겠다는 생각에 미치자 수창도 그럴 생각으로 도시락 얘기를 하지 않은 것이라는 걸 깨닫고는 무안하기까지 했다. 괜히 힘들게 만들었나?

"아유, 보기 좋네. 신혼부부유?"

별안간 들려온 아주머니의 목소리에 난하가 고개를 돌렸다. 바로 옆에서 연세가 지긋하신 아주머니가 수창과 난하를 흐뭇하게 바라보고 있었다. 머리 위로 수창의 웃음소리가 들렸다.

"그렇게 보이세요?"

"아니유?"

대답 대신 빙긋 웃는 수창의 반응이 긍정이라고 여겼는지 아주머니의 얼굴에 화색이 돌았다.

"어이구, 신랑이 훤칠하니 듬직하고 좋으네. 색시도 참하고. 선남선녀가 따로 없구먼. 둘만 산에 온 걸 보니 아직 애는 없나 봐?"

"아니……."

수창은 지금 상황이 재밌는지 별 대꾸를 하지 않았으나 난하는 당황스러워 어찌해야 할 줄을 몰랐다. 그래도 아주머니를 속이는 것은 옳지 않은 일이라 여긴 난하가 결혼한 사이가 아니라고 말씀드리려는데 아주머니는 대답을 들을 생각도 없는 모양인지 신이 나서 수다를 이어 갔다.

"우리 집은 애들도 다 컸어요. 거치적거리는 것도 없겠다, 우리 집 아저씨도 이런데 같이 따라오면 좀 좋아? 피곤하다고 오늘도 집에서 궁상이야, 궁상. 이렇게 좋은 데 와서 경치도 감상하면 건강에도 좋아, 그 뭐시냐, 힐링, 힐링도 되고. 젊을 때는 벌어먹고 사느라, 애들 키우느라 여유가 없었는데 늙으면 체력이 안 따라 줘."

"아, 네……."

"좋을 때네. 좋을 때."

케이블카가 움직이기 시작하자 아주머니는 그들에게서 관심을 거두고 일행에게로 시선을 돌렸다. 덕분에 해명할 기회를 놓친 난하는 난감해졌다. 이제 저 사람들의 기억 속에 그와 그녀는 영영 '신혼부부'로 남아 있게 될 거니까. 난하는 들킬세라 가늘고 긴 한숨을 가만가만 내뱉었다.

"저기 좀 봐요."

수창의 나긋한 목소리에 뒷목의 솜털이 쭈뼛 곤두서는 것만 같았다. 그래도 아무렇지 않은 듯 고개를 들어 정면을 바라보던 난하는 눈앞에 펼쳐진 장관에 입이 딱 벌어지고 말았다.

탁 트인 전망은 곧 눈이라도 쏟아질 모양인지 낮게 깔린 구름과 엷은 안개로 신비로웠고, 희뿌연 쌀뜨물 속에 잠겨 있는 듯한 울퉁불퉁한 능선들이 끝도 없이 펼쳐져 경이로운 탄성을 자아내게 만들었다. 난하는 저도 모르게 숨을 들이켜 폐부를 팽창시켰다. 저절로 감탄이 터져 나왔다.

"와아!"

케이블카를 타 봤다던 문숙은 엄청 무서워서 혼났다고 했는데 난하는 서서히 움직이는 케이블카가 하나도 무섭지 않았다. 뒤에서 버티고 있는 수창 때문인 걸까?

머리 위에서 훗, 하고 웃는 소리가 들렸다.

"이건 시작에 불과해요."

조금 더 올라가니 그의 말대로 초코케이크를 썩둑썩둑 썰어 놓은 것 같은 기암괴석이 슈가 파우더 같은 하얀 눈에 얇게 뒤덮여 한 폭의 수묵화를 감상하는 것만 같았다. 초겨울이지만 아직 살아남은 울긋불긋한 단풍이 수묵화에 색채를 덧입힌 듯 생기를 불어넣어 주고 있었다.

산의 정취에 흠뻑 취한 것이 비단 난하뿐만은 아닌 모양이었는지 주변에서도 비슷한 탄성이 들려왔다.

"다행히 아직 단풍이 남아 있네요. 다 져 버렸으면 서운할 뻔했는데."

바짝 붙은 수창의 음성이 소란스러운 와중에도 나지막이 들려왔다. 사람들은 너도나도 카메라나 휴대폰을 꺼내 들어 사진을 찍느라 여념이 없었다. 사방에서 들리는 셔터 소리에 슬그머니 사진으로 담고자 하는 욕구가 솟아올라 난하도 휴대폰을 꺼내 들려는 찰나였다.

순간 케이블카가 덜컹, 크게 흔들렸다. 심장이 쿵 내려앉은 듯 난하는 저도 모르게 끼약 비명을 지르며 고개를 돌려 수창의 가슴에 얼굴을 묻었다. 이대로 추락하는 것은 아닌가, 별안간 밀려온 공포가 오금의 힘을 앗아 가고 부들부들 떨리는 다리를 어쩌지 못하는 사이. 난하는 자신의 배를 가로지른 단단한 무언가의 존재를 그제야 깨닫고는 고개를 획 쳐들었다.

"괜찮아요?"

"아, 노, 놀랐어요. 이거 괜찮은 거예요?"

다른 승객들도 놀라고 술렁거리기는 마찬가지였다. 그러자 어디선가 '바람 때문에 그러는 거예요. 안심하세요.' 하고 말해 주어 다들 안심하는 눈치였다.

하지만 난하는 안심이 되지 않았다. 허공에 붕 떠서 겪는 공포는 당해 보지 않은 사람은 모르는 모양이다. 문숙의 말을 들을 땐 그저 무서웠겠다, 정도였는데 지금은 간이 콩알만 해졌다는 말이 실감되었다. 등 뒤로 식은땀이 흐르고 심장이 가슴팍으로 튀어나올 듯 뛰어 댔다.

또다시 바람이 불까 봐. 그러다가 떨어지기라도 할까 봐, 난하는 수창의 팔을 꼭 붙잡고 놓지를 못했다.

"샴푸 뭐 써요?"

느닷없는 질문이 머리 위로 던져졌다. 또 무슨 소릴 하려고 저러는 거지? 샴푸 향이 좋다는 그런 느끼한 멘트를 날리려는 건 아니겠지?

"왜요?"

"아침에 감은 건 맞아요?"

바로 머리 위에 그의 얼굴이 있는 터라 난하는 목을 움찔 움츠렸다.

"가, 감았어요!"

"그래요?"

미심쩍다는 뉘앙스다.

"그 샴푸 못쓰겠네. 머리가 떡졌어요."

붙잡았던 그의 팔을 팽개치고 그에게서 확 떨어졌지만 좁은 공간에서는 그다지 효과가 없었다. 손으로 머리를 감싸며 뒤를 돌아 그를 흘끗 노려봤다. 표정은 담담한데 눈동자에 장난기가 가득했다.

이씨, 또 놀리고 있지! 하지만 그런 그녀를 비웃기라도 하듯 또다시 케이블카가 휘청 흔들린 탓에 난하는 수창의 옷깃을 꼭 붙들 수밖에 없었다.

이게 웬 횡재냐 싶은 수창은 그녀의 허리에 두른 팔을 풀어낼 생각이 없었다. 그대로 꼭 끌어안고 진짜 신혼부부처럼 케이블카가 목적지에 도착할 때까지 움직이지 않았다.

케이블카가 오래오래 목적지에 도착하지 않았으면, 혹은 이대로 멈추었으면.

수창은 어린아이처럼 두려움에 떨며 자신에게 착 달라붙어 있으면서도 그것이 못내 부끄러워 어찌할 바를 모르는 난하가 사랑스럽게 느껴졌다. 게다가 그녀의 여성스러운 몸의 감촉과 체취에 몸이 달아오르는 것을 느꼈다.

만날 때마다 이런 미묘한 감각을 자극하는 여자. 처음부터 강난하는 그런 존재였다. 그 분주한 고택의 처마 밑에서 어린 동생의 손을 잡고 숨죽여 울던 그녀를 처음 보았던 그때부터.

입고 있던 하얀 무명 치마저고리처럼 청아하고 고고한 소녀. 언제 울었냐는 듯 빨갛게 부은 눈을 둘둘 만 소매부리에 슥슥 문질러 닦고, 두 돌배기 작은 여자아이를 씩씩하게 들쳐 안던 작고 다부진 아이. 그 모습이 가련했고 역설적이게도 사랑스러웠다.

수창은 어느새 자라 자신의 품에 갇혀 있는 여자로 인해 저절로 입가에 웃음꽃이 피었다.

십수 년이 지나 다시 만난 후, 처음은 그랬다. 다시는 감정에 이리저리 휘둘리지 않겠다고, 그렇게 다짐하며 그녀와 거리를 두었다.

그러나 그 방패를 허물어뜨리자 몸이 제어할 수 없을 만큼 달아올랐다. 그걸 이 여자는 아는지 모르는지. 옆구리에 얹은 손에 저절로 힘이 들어가려는 것을 어금니를 꽉 물어 견뎠다. 왕성하게 솟구치는 욕구를 감추어 보려 부러 짓궂게 굴었다. 그러나 떨어지는 듯하더니 되레 찰싹 들러붙는다. 변덕꾸러기 바람에게 감사라도 해야 하는 건지.

다리가 후들거려 한참 동안 제대로 걷기가 힘이 들었다. 이제 좀 괜찮아졌다 싶으니 또다시 나타난 구름다리. 난하는 그 높이와 길이에 입이 딱 벌어졌다.

"정말 여기를 지나야 해요? 돌아가는 길은 없나요?"

"걱정 말아요. 내가 꽉 붙잡아 줄게요."

빙글빙글 웃는 그를 보니 아무래도 오늘 이곳으로 끌고 온 목적이 잘 달성되고 있는 모양이다. 이러려고 데려온 거겠지. 아까 케이블카에서도 덜덜 떠는 모습이 얼마나 고소했을까?

올라서려고 다리 앞에 서는 순간 짧은 비명 소리에 눈이 휘둥그레졌다.

"아우, 엄청 흔들려. 무서워서 혼났네."

지나가는 등산객의 말에 난하의 심장은 졸아붙었다.

"저기…… 그렇게 흔들려요?"

난하가 이미 정상까지 등반하고 내려가시는 할아버지를 붙잡고 말을 걸자 할아버지는 말도 마라는 듯 고개를 내저었다.

"이건 암것도 아녀. 저어기 삼선계단 보이제?"

할아버지가 가리키는 손끝을 바라보던 난하는 얼굴에 핏기가 싹 가시는 것만 같았다. 거의 수직에 가까운 철제 계단이 불쑥 솟은 바위산 꼭대기에 연결되어 있었다.

"저기를 거쳐서 정상까지 가 보고 와야 대둔산 갔다 왔다고 말하는 거여. 신랑 손 꼭 붙잡고 가면 하나도 안 무섭겄구먼."

나이가 있어서 그런지 아무리 동안이어도 사람들이 죄다 연인 사이가 아닌 부부 사이로 보는 모양이다. 하지만 지금 난하는 사람들이 자신과 수창을 부부 사이로 오해하든, 연인 사이로 오해하든, 눈앞의 아찔한 구름다리에 신경이 쏠려 정신이 하나도 없었다.

수창이 오늘의 과제로 이 난코스를 제시하였다면 어찌 되었든 가긴 해야 할 터. 커다란 한숨이 쏟아져 나왔다. 그와 정말 연인이라도 되었다면 그를 꼭 끌어안고 가는 맛에라도 가겠으나 이건 정말이지…….

"하아……."

"괜찮아요? 정 못 가겠으면 말해요."

"아뇨, 가, 갈 수 있어요."

후우, 후우, 몇 번의 심호흡을 하고는 발을 내디디려는 찰나 수창이 먼저 다리 위로 올라 손을 내밀었다. 그를 바라보니 그가 안경 너머로 눈꼬리를 가늘게 접더니 아무것도 아니라는 듯 고개를 살짝 기울이며 웃음 지었다. 이렇게 힘들게 해 놓고 저런 민음직한 표정은 또 무어란 말인가!

난하는 두말 않고 그가 내민 손을 붙잡았다. 후우웅, 구름다리 철골을 꿰어 채는 바람소리가 매섭게만 들려왔다. 더듬더듬 발을 내디디며 난간을 힘주어 붙잡았다. 발아래로 천 길 낭떠러지와 같은 허공에 아찔해져 눈을 질끈 감았다가 저 멀리에 시선을 주었다.

"잘했어요."

싱긋 웃은 그가 제 한 손을 내준 채 나머지 한 손으로 난간을 붙잡고 비스듬하게 등을 보이며 앞서서 걸었다. 그렇게 겨우 구름다리의 중간쯤 왔다 싶을 때 그가 걸음을 멈추고 뒤돌아 난하를 바라보았다.

이건 또 무슨 심술일까? 어서어서 이 다리를 건넜으면 좋으련만. 그렇지 않아도 바람에 구름다리가 휘청휘청 흔들리는 것만 같아 오금이 저릿저릿한데.

"어, 어서 가세요."

"강난하 씨. 저기 좀 봐요."

고개를 돌리라는 소리에 두 눈을 질끈 감고 머뭇머뭇 몸을 돌렸다.

"눈 뜨고 봐요."

저절로 그의 손을 잡은 손에 힘이 들어갔다. 수창이 난하가 긴장하고 있다는 사실을 눈치챈 것인지 그녀의 어깨를 감싸 왔다. 그러자 믿기 힘든 안도감이 난하를 뒤덮었다. 그가 함께라면 뭐든지 다 해낼 수 있을 것만 같은 용기가 샘솟았다. 난하는 슬며시 눈을 떴다.

"와! 세상에……."

난간을 붙잡은 두 손은 달달 떨리고 있었으나 눈앞에 펼쳐진 풍광에 또 한 번 감동의 물결이 휘몰아쳤다. 케이블카 안에서 보는 것과 아무런 거치는 것 없이 실제로 피부로 느끼며 감상하는 것은 천양지차였다. 난하는 자신의 어깨를 잡은 그의 손아귀에 힘이 들어가는 것을 느끼며 이 남자도 나와 같은 감동을 받고 있구나, 하는 동질감에 희열이 솟구쳤다.

장갑을 낀 커다란 손이 그녀의 작은 손을 다시금 꽉 감쌌다.

난하는 그의 등만 보고 걸었다. 아래도 옆도 돌아보지 않았다. 오로지 그의 듬직하고 커다란 등이 그녀의 길을 열어 주고 있었다.

그렇게 우여곡절 끝에, 죽어도 못 오를 것 같던 51도 각도의 살벌한 삼선계단을 오르고 나니 세상을 다 가진 듯했다. 더불어 여전히 제 손을 꼭 쥐고 있는 수창까지 제 것으로 만들 수 있을 것만 같은 자만심에 그를 보며 한껏 미소를 지었다. 아니, 스스로 그런 미소를 짓고 있다는 것조차 인식하지 못할 정도로 감격에 차 있었다.

두 사람은 호흡을 정리하며 적당한 곳에 자리를 잡고 난하가 꼭두새벽부터 분주하게 싼 도시락을 펼쳤다.

수창은 기대감에 찬 눈으로 돗자리에 가부좌를 틀고 앉아 그녀가 주섬주섬 꺼내드는 용기를 바라보았다. 뚜껑이 열릴 때마다 수창의 눈이 확장되는 것이 눈에 띌 정도라 난하의 입꼬리가 자꾸만 올라가려 했다.

"진짜, 이걸 강난하 씨랑 어머님이 다 만드신 겁니까?"

그가 자신의 엄마를 어머님이라고 불러 주니 기분이 이상했다. 게다가 이렇게 좋아해 주니 기분이 두둥실 뜨는 것 같았다.

"뭐……."

수창은 잘 먹겠다는 인사를 끝내자마자 컵에 담긴 뜨끈한 국물을 후루룩 들이켰다. 싸한 냉기에 웅크렸던 몸이 노곤노곤 녹아내리는 기분이었다.

그는 젓가락을 들고 잠시 고민하듯 머뭇거리다 찐 깻잎에 싸서 쌈장과 청양고추로 고명을 얹은 주먹밥을 한입에 쏙 집어넣고 우물거렸다. 그의 동공이 확 트였다. 그는 이내 씻은 묵은지를 이용해 비슷한 방법으로 만든 주먹밥을 입에 넣었다. 반응이 조금 전보다 커졌다.

그 외에도 다양한 주먹밥과 각종 나물, 무침 종류의 밑반찬에 불고기, 보지도 듣지도 못했던 색색의 유밀과에 과일까지. 우걱우걱. 순식간에 그 많던 도시락이 바닥을 드러냈다.

"이렇게 맛있는 도시락은 처음입니다."

그가 부른 배를 쓸며 말했다.

"급하게 만드느라 재료가 다 소박했어요. 드세요, 인삼차예요."

수줍게 웃으며 컵에 인삼차를 따라 내미는 그녀에게 탄복한 듯, 그가 짧게 숨을 들이마셨다.

"소박한 게 이 정도면……."

감탄한 듯한 그의 고요한 눈빛이 난하의 피부를 화끈거리게 하였다. 그 때문에 난하의 얼굴에 적당한 홍조가 내려앉았다.

"못 가요! 저 더 이상은 못 가. 좀 쉬었다가 가요."

밥을 먹어서 속은 든든하나 풀려 버린 다리가 도저히 더 이상은 가지 못하겠다고 아우성을 치는 바람에 그에게 거의 질질 끌려가다시피 하였다. 그렇게 정상을 찍고 너덜너덜해진 몸을 이끌고 하산하는 길이었다. 힘이 풀린 무릎이 자꾸 꺾였고 군데군데 눈이 녹지 않아 자칫 미끄러지기 일쑤였다.

"여기 바위에 잠깐 앉아 갑시다. 운동 되게 안 하나 봐요?"

그의 말에 난하가 부루퉁하게 대꾸했다.

"그게 아니라. 근래에 운동할 틈이 없었던 거죠. 그리고 저 무시무시한 계단들을 오르고서 멀쩡한 사람이 이상한 거 아닌가요?"

"그럼 난 이상한 사람인가?"

"전혀 안 힘드세요?"

"우린 지금 굉장히 쉬운 코스로 걸었어요."

"쉬운……. 저게 어떻게 쉬운 코스라는 거예요?"

혼자 투덜거리며 수창이 내려놓은 자신의 배낭에서 보온병을 꺼냈다. 아까 마셨던 인삼차를 컵에 나누어 따르고 한 잔을 수창에게 내밀었다.

"고마워요."

난하가 몸에 배인 듯 사람을 살피고 배려한다는 것을 전부터 느껴 왔지만 수창은 오늘 명확하게 알 수 있었다. 그녀는 순간순간 그의 필요를 기민하게 살피고 의향을 물었다.

쌉싸래한 인삼의 향이 달콤한 꿀과 적절히 조화를 이루어 몸속을 따스하게 덥혀 주었다. 마치 난하의 마음이 그에게 와 닿기라도 하듯.

문득 사위가 고요해지더니 어둠이 낮게 가라앉는 것을 느꼈다. 그리고 잠시 후 그들의 얼굴 위로 선득한 보드라움이 스쳤다.

"눈이다!"

아침부터 빛 한 점 허락지 않더니 기어이 내리는가 보다. 수창은 손바닥을 위로 내민 채 하늘을 올려다보는 난하의 천진한 표정에 시선을 고정하였다.

그녀의 핑크빛 코끝과 턱, 약간은 발그스레한 광대, 반짝 들려진 숱 많은 속눈썹과 투명한 눈동자, 눈이 부실 정도로 새하얗고 가지런한 치아, 그리고…… 그 위에 상냥하게 벌어진 다홍색 입술.

수창은 내내 누르던 욕망이 충동을 일으키는 것을 느꼈다. 그는 그녀에게서 뜨거운 시선을 떼지 않은 채 난하의 손을 가만 그러쥐었다. 난하가 놀란 듯 동그란 눈으로 그를 응시했다.

"남자와 여자 사이에 가장 어려운 단계가 뭔 줄 압니까?"

"……예?"

수창의 난데없는 질문에 의아함만 한가득이다. 수창은 기다리지 않고 곧장 답을 말했다.

"손잡는 겁니다."

"……."

"내 손은 그쪽이 먼저 잡았으니까……."

불현듯 그가 그녀의 손을 제게로 바짝 끌어당겼다. 그의 목소리가 유혹하듯 나직이 들려왔다.

"당신이 먼저 유혹한 겁니다."

그리고 그의 입술이 불쑥 다가왔다. 차가운 입술에 똑같은 차가움이 맞닿았으나 불길이 일듯 뜨거웠다. 말랑한 감촉이 닿았다 떨어졌다. 놀라 눈을 깜박이는 사이 다시금 그의 코가 그녀의 코를 건드렸다. 무미건조했던 입술이 순식간에 뜨겁고 축축하며 달콤하게 변해 버렸다.

의식하지 못한 사이 그의 손이 그녀의 뒷머리를 단단하게 고정하여 제게로 끌어당겼다. 난하는 머리를 비튼 채 자꾸 그녀에게로 고개를 깊숙이 기울이는 그에게 속수무책으로 입술을 내어 주며 속을 다 빼앗기고 말았다. 마치 자신의 집인 양 멋대로 드나

드는 그의 혀가 그녀의 혼을 쏙 빼놓았다.

그의 혀에서 쌉쌀한 인삼 향이 났다. 아니, 달콤한 꿀맛인가?

이건 정말 계획과 어긋났다. 사실 조금 충동적이기는 했으나 그렇다고 그런 반응을 보일 줄은……. 그는 한숨을 내쉬며 왼쪽 뺨을 어루만졌다. 몇 걸음 앞에 땅만 쳐다보며 화가 난 듯 툭툭 바쁘게 걷는 여자가 보였다. 그는 발걸음을 재촉하여 난하의 어깨를 붙잡았다.

"잠깐만요, 강난하 씨!"

손이 닿는 것이 끔찍하기라도 한지 몸을 뻣뻣이 굳히고 어깨를 움츠리는 난하의 태도가 정이 되어 수창을 가슴을 탁, 하고 찍어내는 듯했다. 난하는 걸음을 멈추었으나 고개를 들어 수창을 마주하지는 않았다. 그녀의 눈을 볼 수는 없었으나 얼굴에 당혹과 불쾌가 어려 있다는 것쯤은 느낄 수 있었다.

"나는 강난하 씨도……."

"저, 그런 여자 아닙니다. 오해하게 해 드렸다면 사과하겠습니다."

"그건 또 무슨 말……."

그녀가 수창이 하는 말을 싹둑싹둑 잘라 먹더니 꾸벅 고개를 숙이고는 홱 달아나 버린다.

"그래, 너무 갑작스러웠지. 생각을 정리할 시간이 필요하겠지."

그런데 방금 한 말은 대체 뭔지…….

수창은 저만치 뛰어가는 여자를 불안한 눈빛으로 바라보았다.

분위기 괜찮았었는데, 나 혼자만의 착각이었던가? 저 여잔 정말 접대 이상으로 생각하지 않았던 건가? 혹시, 정말 독신주의라서? 전 남자 친구 때문에 그런 결심을 하게 된 것일까?

혼자서 난하의 행동을 이해하려고 이런저런 생각을 쥐어 짜내다 보니 그런 생각에까지 이르렀다. 그러고는 혼자서 질투심에 불타 발 앞에 걸리는 애꿎은 돌덩이들을 퉁명스레 툭툭 발로 차 냈다. 수창은 난하를 놓치지 않으려 빠르게 따라 걸으면서도 부러 거리를 두었다.

아까 다리 아프다고 징징대던 여자 맞아? 다 엄살이었지?

돌아가는 케이블카를 기다리다가 쌍화탕을 파는 곳을 발견한 수창이 두 잔을 사 와 슬그머니 난하에게 내밀었다. 흠칫 놀라던 난하가 가만히 컵을 받아 들곤 고맙다는 듯 슬쩍 머리를 까닥였다.

난하는 점점 드리워지는 어둠 위로 점점이 흩어지는 눈발처럼, 시커먼 액체 위로 잣알 몇 개가 동동 떠도는 것을 물끄러미 바라보았다. 그러자 불현듯 그와 처음 한옥 식당에서 만났던 날이 떠올랐다.

가야금 가락에 맞추어 심장도 요동쳤던 그날, 붉은 오미자 찻물처럼 빨갛게 물들던 가슴.

'못생겼어요.'

수창이 빙글빙글 웃으며 짓궂게 던지던 말. 그리고…….

'당신이 먼저 유혹한 겁니다.'

가지고 노는 건가? 내가 먼저 유혹을 했다니. 하아…….

난하는 과거의 악몽이 떠올라 질끈 두 눈을 감았다. 전에 그런 소문이 돌았을 때는 서 팀장이 악의적으로 퍼뜨렸다고만 여겼는데, 막상 수창에게 직접 그런 소리를 들으니 자신이 이 남자에게 정말 그렇게 헤픈 여자로 비추어진 것만 같아 속도 상하고 힘도 빠졌다.

내가 정말 그렇게 굴었나? 먼저 손을 잡았다고 하는 걸 보니 지난번 손 마사지 해 준 걸 말하는 듯한데. 역시 하지 말 걸 그랬나 보다.

이제 고수창 사장은 어떻게 나올 것인가. 의도적으로 접근해서 꼬드겼다고 여기는데 난데없이 따귀까지 맞았으니……. 무의식적으로 손이 먼저 올라갔고 생각은 다음이었다. 아휴, 따귀는 참는 건데. 아냐, 아무리 그래도 다짜고짜 키스는…….

그 생각을 하자 다시금 볼이 화끈 달아오르고 심장이 뭉클거린다. 그리고 한편으론 정말 고수창 이 남자가 자신을 여자로 여기는 건 아닌가 하는 기대감이 들어 설레기도 하였다. 애써서 그를 외면하고 있으나 주구장창 제게로 쏟아지는 시선에 온몸이 조각조각 분해되기라도 할 것만 같았다.

어쩌지? 이제 어떡해야 하나?

그러나 그는 고맙게도 쉽게 다가와 왜 그랬느냐, 따지고 들지 않았다. 아니, 그냥 마음이 돌아서 버린 건가? 그렇다면 이 쌍화차는 왜 쥐어 주는 건데? 난하는 까만 쌍화차 같은 그의 속을 알 길이 없어 답답하기만 했다.

오전에 타고 왔던 케이블카를 다시 탔고 상황은 올 때와 별반 다름이 없었으나 난하는 그와 최대한 떨어져 있으려 노력했다. 하지만 수창은 그녀와 떨어져 있을 생각이 없는 것인지 끈덕지게 따라붙어 그녀의 뒤에서 아까처럼 벽이 되어 주었다.

올라갈 때는 그렇게 길게만 느껴지던 케이블카가 순식간에 하부역사에 도착했고 빠르게 역사를 빠져나가는 난하의 팔을 수창이 재빨리 뒤쫓아 가 붙잡았다.

“강난하 씨. 얘기 좀 해요. 아무리 생각해도 강난하 씨가 뭔가 오해를 한 것 같은데.”

그가 그렇게 말하자 난하도 피하지 않을 생각이었는지 고개를 들어 주변을 둘러보았다.

“막걸리, 한잔하실래요?”

아무래도 술이 필요하긴 할 것 같았다. 운전을 해야 하기에 술은 안 되지만 일단 알겠다는 듯 고개를 끄덕여 보였다. 걷다가 나타난 식당가에서 아무 식당이나 찾아 들어간 수창과 난하가 한 테이블에 자리를 잡고 앉았다.

난하는 안주와 지역 특산물 막걸리가 나오자마자 뚜껑을 열어 제 앞의 그릇에 한가득 따랐다. 그러더니 두 손으로 모아 잡고 벌컥벌컥 단숨에 털어 넣었다. 미간을 좁히며 바라보던 수창이 난하가 다시 자신의 그릇에 막걸리를 따르려는 것을 보고는 재빨리 병을 뺏어 들었다.

“천천히 마셔요.”

그가 그녀의 그릇에 막걸리를 따라 주고 자신의 잔에도 따르려고 하자 난하가 말리듯 병을 붙잡고는 함께 시킨 음료를 따서 내밀었다.

“운전하셔야 되잖아요.”

수창은 순순히 막걸리 병을 손에서 놓고 그녀가 내민 음료수

병을 받아 들었다. 난하는 연거푸 두 잔을 숨도 쉬지 않고 들이켰다. 내내 추운 곳에 있었던 데다 무척이나 피곤했고, 게다가 빈속이라선지 취기가 금방 돌았다. 난하의 눈이 빨갛게 충혈되었다.

"강난하 씨. 이러다 탈나요. 안주도 좀 먹고……."

그가 걱정스레 하는 말에 난하가 팔짱 낀 팔꿈치를 탁자 위에 턱 하고 올려놓더니 '푸-' 하고 숨을 내쉬었다.

"죄송합니다. 폐 끼치진 않을 테니 염려 마세요."

눈 풀린 걸 보니 벌써 취했네, 취했어. 수창도 속이 타는 듯하여 음료수를 벌컥벌컥 들이켰다.

"아깐 내가 잘못했어요. 놀라게 해서 정말 미안해요."

"아뇨, 아뇨! 먼저 사장님 손잡은 제가 잘못한 거죠. 오해하게 만들어서 정말 죄송합니다. 뺨 때린 것도 정말 죄송해요. 많이 놀라셨죠?"

약간은 어눌한 투로 하는 말이 개그우먼 흉내라도 내는 것 같아 평소라면 웃음이 터졌음 직도 하건만 수창은 웃지 않았다. 대신 미간을 좁힌 채 그녀가 하려는 말을 가만 경청했다.

"그런데요. 저 정말 일부러 유혹하려고 그런 거 아니거든요. 그냥 사장님이 피곤하실까 봐 그런 거거든요. 손잡았다고 유혹한 거면 우리 회사 사람들 다 저한테 넘어왔어야 맞게요? 그런데 여태껏 제가 손잡았다고 제게 이렇게, 이렇게 입술 들이댄 사람은 단 한사람도 없었어요."

그렇다면 그렇게 야한 손 마사지를 이놈 저놈한테 다 해 준 거란 말인가? 그런데 그 많은 놈들 중에 한 놈도 강난하에게 덤벼든 놈은 없었다 그 말이지?

수창은 난하가 입술을 내밀며 검지로 톡톡 두드리는 모습에 웃어야 할지, 화를 내야 할지 갈피를 잡지 못하였다.

"사실 저 많이 당황스럽습니다. 사장님이 절 가지고 논다는 생각밖에는……."

"아닙니다!"

그가 그녀의 말을 단호히 잘랐다.

"아니면요? 정말 제가 좋아서 하셨다는 건가요?"

"맞아요."

대답을 하고 수창은 잔뜩 얼굴을 일그러뜨렸다. 하고 많은 장소 중에, 하필 허름한 막걸리 집에서 파전과 막걸리 사발을 앞에 두고 할 고백은 아니라고 본다. 충격을 받은 듯 벌어진 입과 껌벅이지 않는 눈으로 난하가 수창을 멍하니 바라보았다.

"그러니까 강난하 씨가 날 유혹하고 말고를 떠나서, 내가 좋다고, 강난하 씨가."

잠시간 시간이 멈춘 것만 같았다. 그렇게 꼼짝 않던 난하가 정신을 차리려는 듯 이내 재빠르게 눈꺼풀을 파닥거렸다. 그리고 믿을 수 없다는 표정을 지어 보였다.

"왜요?"

"왜라니요."

"저 못생겼다면서요?"

"그랬죠."

"뚱뚱하다면서요?"

"맞아요."

"그런데도 좋다고요?"

"딱 내 취향이에요."

맙소사! 못생기고 뚱뚱한 게 취향이라니. 아니 그보다, 내가 어디가 어때서? 아니 그게 중요한 게 아니잖아, 지금.

난하는 정신이 하나도 없었다.

"저 과거에, 그러니까 중학교 때 사장님 곤란하게 한 것도 다 용서가 되세요?"

"아뇨. 그러니까 책임져요."

난하는 크게 한숨을 내쉬었다.

"제, 제가 갑자기 왜 좋으세요?"

"갑자기 아닌데."

"네?"

"처음 봤을 때부터 시선을 확 끌더라고, 강난하 씨가. 그것도 능력이야. 어떻게 그 나이에 그렇게 청초하고 예쁠 수가 있는 거지?"

난하는 술이 확 깰 만큼 강력한 얼음물 한 사발만 들이켰으면 하는 생각이 간절했다. 지금 술에 취해 헛소리가 들리는 건가?

"강난하 씨."

그가 낮고도 조용한 목소리로 그녀를 불렀다.

"나, 남자로서 어때요? 선배로서도, 거래처 사장으로서도 말고, 그냥 남자로서."

난하의 얼굴이 급기야 쌓여 가는 눈처럼 새하얗게 변했다. 대체, 대체 무슨 일이 벌어지고 있는 걸까? 그동안 복수하겠다고 그 고생을 시키던 남자가 자기를 처음 봤을 때부터 좋아했었다고 고백을 한다.

그걸 어떻게 믿어? 그럼 그동안 자신에게 했던 말과 행동들은 다 뭐라고 설명할 거지?

"저기, 사장님. 전 이해가 되지 않습니다. 계약해지 없는, 일 잘하는 가사도우미가 필요하신 거라면……."

"나도 안 믿겨지는데 그렇게 됐어요."

그가 그녀를 뚫어지게 쳐다보았다. 그 눈동자엔 일말의 비웃음이나 장난기 따윈 존재하지 않았다. 그의 깊은 눈이 오롯이 강난하 하나만을 담고 있었다.

세상에!

"나 지금 강난하 씨한테 진지하게 들이대고 있습니다."

난하는 입안이 바싹바싹 타는 것만 같아서 음료수로 잔을 채워 홀짝거리며 시간을 벌었다.

날뛰는 감정을 잠재우고 생각할 시간이 필요했다. 이 남자 말대로 정말 그가 처음부터 자신을 좋아했고 좀 유치하게 좋으면 좋다 얘길 못해서 초등학생처럼 되레 괴롭혔다 치자. 그렇다고 그 장단에 얼씨구나 하고 맞추어 줄 거라는 자신감은 대체 어디서 나오는 거지?

난하가 무슨 말을 하기 위해 입을 열려는데 수창이 선수를 쳤다.

"일단 만나나 봐요. 그건 할 수 있잖아요? 강난하 씨도 나한테 마음 흔들렸던 거 아닙니까?"

독신주의. 그런 마음을 가지고 있는 여자를 몰아붙이면 도망가기 마련. 그걸 아는 수창은 대수롭지 않게 말했다.

"나, 놓치긴 아깝잖아요."

한쪽 입 끝이 빙긋이 올라가는 그의 얼굴이 얄미워야 하는데 왜 이리 좋기만 한 걸까?

산밑 주차장으로 가는 어둑어둑한 가로등 길이 마치 파티장으로 가는 통로처럼 황홀하고 현실감이 없어 걷는 걸음마다 둥실둥실 떠다니는 기분이었다. 하늘에서는 달콤한 솜사탕 같은 눈이 내리고 조금 전 그녀에게 충격적인 고백을 한 남자는 그 듬직한 손으로 그녀의 손을 꼭 잡은 채로 옆에서 걷고 있다.

난하는 믿기지가 않았지만 그럴 때마다 실제임을 확인시켜 주려는 듯 그가 손을 꼭 쥐어 왔다. 좋긴 좋은데 뭔가 불안하기만 하고, 정말 믿어도 되나 어리둥절하고…… 이 복잡한 기분을 뭐라 설명해야 할까?

오싹 한기가 들어 몸을 움츠리자 그가 그 자리에 멈추어 점퍼에 달린 모자를 머리에 뒤집어씌워 주고 지퍼를 목 끝까지 채워 주었다. 난하가 얼굴을 붉히며 눈도 마주치지 못하고 시선을 내리자, 수창은 그런 모습이 귀여운지 두 손으로 모자에 싸인 난하의 얼굴을 감싸며 부드럽게 미소 지었다.

"많이 추워요?"

"아, 아니요."

그의 음성이 전에 없이 부드러워 귀가 살살 녹아내리는 것만 같았다. 난하는 살그머니 눈을 들어 자신을 바라보는 수창의 얼굴을 바라보았다. 미소를 가득 담은 눈이 다정하게 빛나고 있었다. 눈이 마주치자 그의 눈동자가 짙어지는 것처럼 느껴졌다.

또 키스하려는 걸까?

"얼른 차로 가죠."

하지만 그는 그대로 다시 난하의 손을 잡아 자신의 점퍼 주머니에 밀어 넣고 재빨리 주차장으로 걸음을 옮겼다.

매담 마을은 그사이 눈이 소복이 쌓였다. 겨울이면 눈이 많이 내리는 지역이어선지 전북과는 비교가 되지 않을 만큼 많은 눈이 내린 모양이다. 새하얀 새 길에 기다란 바퀴 자국을 남기며 붉은 매화꽃이 화려하게 만개한 벽화 앞에 수창의 차가 사뿐히 정차하였다.

난하는 오는 내내 어색한 분위기가 어찌나 불편하던지, 몸은 매우 고단했으나 한숨도 자지 못했다.

"힘들었죠?"

"아뇨. 쉬지도 못하고 운전한 사장님이 더 힘드셨죠."

"오는 내내 등도 편히 못 기대던데, 뭘."

"아……."

"내가 불편해요?"

"……."

그는 난처해하는 난하를 지그시 바라보았다.

"아직 대답 안 들었어요, 나."

"……."

"강난하 씨도 나한테 관심 있는 거 아니었어요? 난 그렇게 느꼈는데."

죄라도 지은 듯 고개를 푹 숙이고 있는 난하를 보며 수창이 눈썹을 꿈틀거렸다. 속이 타고 조바심이 일었다.

"여태 그런 분위기 마구 흘려 놓고 오리발 내밀면 나더러 어떡하라고? 강난하 씨 꽃뱀입니까? 그러고 보니 순 선수네. 남자 마음 멋대로 휘저어 놓고 튕기기나 하고."

난하가 화들짝 놀라 두 손을 휘저었다.

"저 그런 사람 아니에요!"

"그런 사람 아니면. 강난하 씨는 어떤 사람인데요?"

난하가 깊은 한숨을 내쉬며 침을 꿀꺽 넘겼다.

나는 필요에 따라 사람 홀리고 버리는 그런 여자 아니란 말이에요. 하고 싶은 말을 삼키고 난하는 솔직한 심정을 고백하였다.

"솔직히 혼란스러워요. 제 마음과 사장님 마음이 동일하냐는 문제는 둘째 치고, 저희는 회사 간의 계약 관계에 있는 사람입니다. 만약 정말 저희가 만나게 된다면 주변에서 말들이 많을 거예요."

"무슨 말 하려는지 알아요. 강난하 씨에게 절대 피해 가지 않도록 할 겁니다."

"저도 저지만, 사장님도 질 낮은 추문에 휩싸일 각오까지 하셔야 할 거예요. 그마저도 감수할 만큼 저랑 만나고 싶으시다는 겁니까?"

수창이란 남자가 좋았고, 그래서 가져 보고 싶다는 생각도 들었다. 하지만 그것은 그저 혼자만의 바람이었다. 그게 정말 현실에서 이루어진다는 것은, 그저 생각만 하는 것과는 전혀 다른 차원의 문제였다.

수창은 차분하지만 힘들게 말을 꺼내는 난하의 모습이 안쓰러웠다. 난하가 전에 어떤 추문에 휩싸여 어떤 고생을 겪었는지는 이미 다 알고 있었다. 그렇기에 수창은 난하가 더 이상 상처받는 것을 용납할 수 없었다.

수창은 단호한 눈빛으로 고개를 끄덕였다. 그것은 부드러움만을 담은 것이 아닌, 확고하고 진중한 것이었다. 그를 본 난하의 눈동자가 크게 흔들렸다.

“나 믿어요.”

수창이 난하의 손을 꼭 움켜쥐었다. 지그시 눌리는 압박감에 심장이 울리고 스펀지에 물감이 스미듯, 가슴이 어떤 묵직함으로 서서히 물드는 것을 느꼈다. 그는 더 이상 어떤 말도 하지 않았다. 하지만 오히려 그 때문에 그에게서 느껴지는 진심이 더욱 짙게 다가오는 것만 같았다.

잠시 후, 그가 꼭 잡은 손을 놓지 않은 채 말했다.

“들어가요.”

“네.”

대답하고 그가 놔주길 기다렸지만 수창은 여전히 손을 힘주어 잡은 채로 그녀의 옆얼굴을 지그시 바라보기만 하였다. 난하가 의아하여 그가 잡은 손과 그의 얼굴을 차례로 훑어보았다. 그가 빙긋이 웃었다.

“도시락 잘 먹었어요.”

“아, 맛있게 드셨다니 다행이에요.”

그러고 또 말이 없다. 그러면서 손도 안 놔주고. 심장박동은 자꾸만 빨라지는데 말이다.

"내일 바빠요?"

"……."

"나 오늘 서울 안 올라갈 건데."

"……?"

"내일도…… 볼래요?"

묻는 모습이 자못 조심스러워 난하는 웃음이 났다. 빙긋, 작게 웃음 짓는 얼굴이 긍정의 답이라고 여긴 수창이 덩달아 미소 지었다.

저 남자 저렇게 잘 웃는 남자였나? 시니컬하게 슬쩍 웃거나 장난기 가득한 얼굴뿐이라 잘 몰랐는데 저렇게 다정하게 웃으니 눈이랑 입술이 얼마나 매력적인지 모른다. 인상이 바뀌니 얼굴 자체가 달라 보였다.

"그럼 답은 내일 듣죠. 밤새 생각해 볼 것도 없이 나 같은 남자 놓치면 평생 후회해요."

난하가 고개를 돌리고 허공에 시선을 주며 조금 전보다 더 입술을 늘여서 픽 웃자 느닷없이 훅, 볼에 따뜻한 감촉이 닿았다 멀어졌다. 깜짝 놀란 난하가 잡히지 않은 손으로 볼을 감싸며 그를 쳐다보자 그제야 꽉 쥐었던 손을 풀어 주었다.

이상했다. 분명 아까 산에서만 해도 그녀가 약자였는데 어느 순간 수창이 저자세로 그녀를 향해 구애하고 있었다.

"진짜로 들어가 봐요."

"네."

"내가 여기서 따라 내리면 벽치기 하게 될까 봐 안 내려요."

벽치기?

난하가 알아듣지 못하고 또 무슨 소리냐는 듯 궁금한 표정으로 바라보자 그가 천연덕스럽게 설명을 덧붙였다.

"왜 있잖습니까. 벽에 여자를 밀어붙이고……."

화끈. 난하의 귓불까지 달아올랐다. 사람을 들었다 놨다 정신이 없게 만든다. 난하가 당황스러워 대꾸도 하지 않고 차에서 내려 뒷좌석의 배낭을 꺼내 메자 수창이 그녀의 노란 점퍼가 들어 있는 쇼핑백을 꺼내 내밀었다. 그것을 받아 든 난하가 입고 있는 빨간 점퍼를 내려다보며 시큰둥하게 물었다.

"근데 이 옷. 정말 회사 단체복 맞아요?"

"아니요."

이 남자 보게.

"거짓말도 제법 잘하시네요."

"강난하 씨를 얻기 위해서는 그보다 더한 짓도 합니다."

그의 말이 또 그녀의 심장에 타격을 주었다. 난하는 추운데도 벌겋게 달아오른 뺨을 쓸며 얼른 가시라 손을 흔들었다.

"12시쯤 데리러 올게요."

"눈길 미끄러운데 조심히 가세요."

부릉, 뒤따르는 흰 포말을 흩날리며 사라지는 수창의 차가 여적 눈으로 뒤를 쫓는 난하에게 깜박깜박 인사하며 저만치 멀어졌다.

"후우."

내쉬는 숨을 따라 난하의 얼굴 앞에서도 흰 포말이 흩어졌다.

"정말 내가 잘하고 있는 걸까?"

그의 입술이 닿았던 볼이 여전히 화끈거려 손으로 슬며시 쓰다들었다. 다시 눈이 내리기 시작했다. 포근포근한 눈이 어깨와 머리를 새하얗게 뒤덮도록 난하는 한동안 그 자리에서 움직일 수가 없었다.

7

또 때릴 거예요?

몸뚱이만 앙상한 플라타너스 나무가 길게 늘어선 도로에는 아직도 다 치워지지 않은 눈이 갓길에 쌓여 있었다. 난하는 부러 시선을 삭삭 스쳐 지나가는 나무에 둔 채 다소곳이 앉아 있었다.

"예뻐요."

예고 없이 침묵을 가른 수창의 한 마디에 난하는 어깨를 움찔 떨었다가 동의하듯 고개를 끄덕였다.

"예쁘죠? 다니기가 참 불편하기는 한데, 쌓인 눈 보면 정말 예쁜 것 같아요."

난하의 대답에 수창은 잠시 말이 없었다.

"눈 말고 난하 씨 말이에요."

난하는 깜짝 놀라 고개를 홱 돌려 그를 바라보았다. 그는 여전히 앞을 보며 느릿느릿 운전에 집중하고 있었으나 안경 아래의 눈이 웃음 짓고 있었다. 민망해진 난하가 똑같이 앞을 바라보았다.

"음악이나 들을까요?"

정말 적응이 되지 않았다. 이렇게 다정한 수창이라니.

"제가 켤게요."

"그래요, 그럼."

난하가 손가락으로 버튼을 이리저리 살피다 플레이 버튼을 발견하고는 꾹 눌렀다. 그러자 어제 듣던 음악이 흘러나와 분위기를 몽글몽글하게 피워 올렸다.

수창은 손에 땀이 차는 것을 느끼고는 핸들에서 손을 떼 바지에 슥 문질러 닦았다. 고백하고 난 뒤의 이 애매한 상황이 수창을 이렇게 만들었다. 수창은 슬쩍 난하를 한 번 더 돌아보고는 싱긋 미소를 지었다.

어쩜 저리 오목조목 예쁘게 생겼을까? 자신의 마음을 인정하고 결심을 굳히고 나니 하나같이 예쁘지 않은 구석이 없었다.

"어디 갈까요?"

"네?"

그가 난하에게 의견을 묻는 것은 처음이었다. 항상 그래 왔기에 이번에도 알아서 어디론가 데려가겠거니 하고 멍하게 있던 난하는 당황스러웠다.

"아…… 그, 글쎄요?"

"난하 씨가 가고 싶은 곳 있으면 말해요. 아, 그전에 점심부터 먹죠. 난하 씨가 만든 음식이 더 끌리긴 하지만 맛있는 데 있으면 추천해 줘요."

난하는 그의 말이 온몸을 간질간질 간질이는 것만 같아 몸 둘 바를 몰라 하며 눈동자만 이리저리 굴렸다.

아유, 덥다, 더워. 대체 히터를 얼마나 세게 튼 거야?

난하는 제게서 올라오는 열기를 무시하고 괜히 히터 핑계를 댔다. 정말 낯설어서 적응이 되지 않았다. 수창이 저렇게 나오니 고세창 선생님의 자상함은 비교불가였다. 이제 세창을 생각해도 전혀 두근거리거나 설레지 않았다. 지금은 오로지 차 안의 시어버터 향까지도 제압한, 고수창 이 남자가 피워 내는 남성적인 체취만이 난하의 가슴을 호되게 어지럽혔다.

대체 언제부터 이랬던 걸까? 항상 자신을 괴롭히기만 하던 남자에게 생각지도 못한 사이에 조금씩 물들었나 보다. 아니다. 그 와중에 불쑥불쑥 엿보이던 작은 배려들에 더 마음이 끌렸는지도 모른다.

그러나 난하는 밤새 그녀를 괴롭히던 질문이 떠올라 마음이 착잡해졌다. 마음은 한없이 그에게 끌리고 있었으나 현실은 다르다. 이 남자도 자신이 태강테크의 친딸이 아니라는 사실을 알면 마음이 바뀔지도 모른다. 어차피 회사가 어렵다는 것까지 알고 있으니 그녀와 만나서 이 남자가 얻는 이득은 전혀 없긴 하지만 말이다.

아니면 정말 아무런 조건 없이 순수하게 내가 좋다는 건가?

난하는 그가 자신을 좋아한다는 사실이 순수하게 와 닿지 않았다. 그러기엔 그녀나 수창의 나이가 너무 많았다. 지난번 서 팀장과의 대화를 들었다면 이미 그녀의 출생에 대한 비밀도 알고 있을지도 모른다. 그렇다면 그냥 한번 즐겨 보고 싶은 걸까? 어제 수창도 그냥 만나나 보자고 하지 않았나.

난하는 씁쓸한 웃음을 삼켰으나 이내 생각을 바꾸었다. 긍정적으로 생각하면 같은 조건의 상황에서도 마음은 행복해진다. 난하는 이 남자가 주는 설렘을 그저 즐겨 보기로 마음먹었다. 어차피 다시 오기 힘든 기회일지도 모르는데 가볍게 사귀고 헤어지는 정도라면…….

"어제 가실 때 불편하지 않으셨어요? 여긴 눈이 많이 내리는 편이라 금세 쌓여요."

"나, 걱정했어요?"

묻는 목소리가 다정하여 난하는 수줍어졌다. 하지만 마음을 그렇게 먹고 나니 받아들이는 것이 훨씬 편했다.

"조금."

사실은 이 눈에 밤길을 어찌 헤치고 가나 엄청 조마조마해했을 거면서. 약간 튕기는 듯한 대답에 수창이 빙긋 웃어 주었다.

"그런데 말이에요……."

"왜요?"

"제 나이가 그리 자랑할 만한 나이가 아닌 것은 잘 알겠는데요. 그렇다고 대놓고 까실 만큼 늙진 않았는데요."

난하의 항의 섞인 말투에 수창은 잠시 골똘히 생각에 빠졌다. 대체 무슨 말을 하는 것일까?

"어제 말이에요. 제 나이에 예뻐 보이는 것도 능력이라면서요? 사실 말이 나와서 말인데요, 제 나이 정도면 한창때거든요. 따지고 보면 사장님은 저보다 나이도 더 많으시면서."

아아. 수창은 어제 자신이 고백하던 순간 했던 말이 기억나 웃음이 새어 나왔다. 이 여자에게 열두 살 꼬맹이에게서 여인의 향기를 느낀 것 같았다고 하면 비웃을까?

"그래서 토라졌어요?"

"……."

난하는 자꾸 장난을 치는 수창이 얄미워 입술을 삐죽거렸다.

"자꾸 그렇게 입술 삐죽이지 말아요."

내 입술 내 마음대로 하지도 못하나. 웬 심술이람. 속으로 또 투덜거리는데 그가 장난스럽게 중얼거렸다.

"자꾸 그럼 키스하고 싶어져요."

화끈.

아우, 정말 이 남자 노골적인 거 봐? 난하는 달아오른 두 뺨을 손바닥으로 감싼 채 두 입술을 안으로 말아 물었다.

"의외로 수줍음 되게 많이 타나 봐요? 안 그럴 것처럼 생겨 가지고."

떨리게 만들었다가 설레게 하고. 그러다가 또 놀리고. 롤러코스터를 태우는구나!

난하가 그를 살짝 흘겼다.

"딱 내 취향이에요, 강난하 씨."

아주 화톳불을 지른다. 벌겋게 달아오른 처녀 가슴이 뻥 터질 것만 같았다.

눈이 녹지 않은 곳이 많아 두 사람은 차를 한 곳에 세워 두고 점심을 먹은 뒤 거리를 걸었다. 그리고 걷다가 보이는 커피숍에 들어가서 따뜻한 차를 한 잔씩 마시고 나와 다시 눈길을 걸었다.

휴일인 데다 눈까지 쌓여 있어 거리가 평소보다 한산했지만 그것이 오히려 두 사람만의 여유로운 데이트를 도왔다.

수창이 장갑을 끼려는 난하의 손을 얼른 붙잡아 제 코트 주머니에 쏙 집어넣었다. 따뜻하고 부드럽고 강인한 감촉. 난하는 가슴이 따스하게 벅차오르는 것을 느꼈다. 아버지가 돌아가시던 그 해 겨울, 이렇게 작은 난하의 손을 꼭 붙잡고 호호 불어 주었더랬다. 갑자기 드는 생각에 가슴이 묵직해졌다.

어두워지는 난하의 얼굴을 감지한 수창이 조심스레 물었다.

"싫어요?"

"네? 아, 아뇨!"

대답을 들은 수창은 난하의 손을 지그시 꼭 쥐었다. 그리고 엄지로 그녀의 손등을 부드럽게 쓰다듬었다.

"손이 참 작네요. 부드러워요."

찌릿찌릿, 전기가 팔을 타고 온몸을 휘감는 것 같았다. 꼼지락꼼지락 발가락과 다리에 힘이 들어갔다. 그녀의 보폭에 맞추어 한참 느리게 걷는 수창이 그녀와 눈을 맞추었다. 난하는 웃음이 새어 나올 뻔해서 얼른 고개를 숙였다.

발그레해진 볼과 흔들리는 눈동자. 낯간지럽게도 참 적극적이다 여겼던 그도 사실은 꽤 쑥스러웠나 보다. 하지만 그 눈빛이 눈을 녹이며 저물어 가는 햇살보다 더 따스해서 기분이 좋아졌다.

"여기가 '서예가의 길' 인가 보죠?"

"네, 맞아요."

두 사람이 향한 목적지는 충북대학교 옹벽에 전사된 서예가의 길이었다. 수창은 화려한 필체로 쓰인 '서예가의 길'이란 작품 앞에 잠시 멈추어 서서 가만히 감상을 하였다. 난하는 몇 번 와 본 적이 있기 때문에 조용히 그의 옆에 서서 그의 감상이 끝나기를 기다렸다.

그렇게 한 작품 한 작품 천천히 감상하며 걷던 그가 독특한 서체로 쓰여 있는 '동행'이라는 작품 앞에 멈추어 섰다. 그리고 무언가 생각난 듯 그녀를 향해 물었다.

"지금은 붓글씨 안 써요?"

"가끔 써요."

"그때 난하 너, 한복 참 잘 어울렸는데."

느닷없는 반말에 난하가 깜짝 놀라 돌아보았다. 그러나 벽면의 서예 작품에 눈을 고정한 그는 그녀의 시선을 느끼지도 못하는 모양이었다.

"왜, 한복 입고 학교 대표해서 나갔던 걸로 기억하는데. 가서 붓글씨도 쓰고."

그의 말에 더욱 놀랄 수밖에 없었다. 이 남자는 생각보다 과거의 자신에 대해 더 많은 것을 기억하나 보다.

"어떻게 그런 걸 다 기억하세요? 저도 가물가물한 일인데."

"그러게요."

수창은 '동행'이라는 글 앞에 서서 한참을 들여다보았다. 그 모습은 작품을 탐구하고 감상하는 것이 아닌 마치 기도라도 하는 것 같아 보였다. 그는 주머니 속에 여전히 잡혀 있는 그녀의 손을 다시금 꼭 쥐며 말했다.

"강난하 씨, 또 때릴 거예요?"

"네?"

그녀가 반문하자 그제야 그가 고개를 돌려 난하를 바라보았다. 그 눈빛이 사뭇 깊고 진지해서 난하는 아무런 말도 하지 못했다.

"또 때릴 거냐고."

단 1, 2초간의 짧은 순간, 그가 무슨 행동을 할지 알 것만 같았다. 곧 그가 허리를 굽히고 고개를 옆으로 숙인 채로 난하의 입술을 물었다. 아직 밝은 낮인 데다 대로변이라 깜짝 놀란 난하가 자유로운 손으로 그의 가슴을 밀었으나 재빠르게 다가온 그의 팔이 난하의 허리를 붙잡았다.

"읍, 사장……!"

하려던 말이 그의 입속으로 사라졌다. 등이 딱딱한 벽에 짓눌렸다. 머릿속이 아득해진다. 살다 살다 이런 키스는 처음이었다. 그나마 한적한 곳이라 다행인 건가?

"미안해요."

잠시 후 떨어진 수창의 입에서 그런 말이 나왔다. 그가 손으로 난하의 볼을 감싼 채 엄지로 붉어진 입술의 타액을 닦아 냈다. 그리고 싱긋 웃는다. 난하는 당최 헤어 나오지를 못하였다. 볼수록 반하게 만드는 저 얼굴, 저 미소.

곧 정신을 차린 난하는 자신이 '동행'을 짓누르고 있었다는 사실을 깨닫고 부끄러움에 미칠 것 같았다. 세상에! 내가, 아니 우리가 여기서 뭘 했던 거야? 산에서 첫눈과 함께한 첫 키스. 남의 귀중한 작품 앞에서 한 두 번째 키스. 절대, 저얼대 잊을 수가 없을 것 같았다.

난하는 황급히 그의 소맷자락을 붙잡고 그 자리를 벗어나고자 바쁘게 걸음을 걸었다.

못 이기는 척 끌려가 주는 수창은 난하의 뒷모습을 보며 실실 웃음을 흘렸다. 아직 해가 훤한 대로변에서 이런 짓을 아무렇지도 않게 벌일 만큼 그도 도덕성이 결여되어 있지는 않았다.

충동적이라는 말로밖에 설명할 수 없었다. 과거의 그녀와 현재의 자신을 연결 지어 주는 이 미묘한 접점 사이에서 그녀에게 잊을 수 없는 추억을 선사하고 싶었다. 미래에 그 어떤 일로 이곳에 오게 될지라도 자신을 기억하도록.

그는 어렸을 적 할머니와 함께 살던 집에 도착하기 전, 마트 앞에서 차를 세웠다. 오래 안 쓰던 집이라 필요한 물건과 식료품은 따로 구입해야 한다고 했다.

"다 왔는데 필요한 거 있으면 말해요. 먹고 싶은 것이라든가."

수창의 할머니 집은 팔지 않고 틈틈이 그가 내려와 손을 봐서 지내고는 한다고 했다. 어제 등산을 다녀온 후유증으로 온몸이 비명을 지르고 있었다. 날씨까지 추워서 더 이상 실외 데이트를 할 수 없다는 판단하에 이곳으로 오기로 서로 합의한 상태였다.

"아, 저 필요한 거 있는데……."

"말해요. 내가 사다 줄게요."

"아니에요. 제가 갈게요."

"괜찮으니까 말만 해요. 뭐 말하기 껄끄러운 거라도 돼요? 생리대도 종류별로 다 꿰고 있어요. 순면감촉? 시크릿홀? 아니면, 체내형?"

그가 싱긋 웃었다. 난하는 어이가 없어서 멍하니 그를 바라보았다. 가끔 느끼는 거지만 이 남자, 말을 가려서 하지 않는다.

"동생이 좀 별나서 종류별로 사다가 써요."

그가 해명하듯 말했다.

"그냥 같이 가요."

난하가 근육통으로 비틀거리며 차에서 내려서자 어느 사이 다가온 그가 어깨를 감싸며 끌어당겼다. 이런 과분한 보호를 받자니 황송해지기도 하고 맞지 않는 옷을 입은 듯 불편하기도 하여 몸이 뻣뻣해졌다.

"추워요?"

"괜찮아요."

"또 괜찮다지."

수창은 난하의 옷을 야무지게 여며 주고는 마트로 데리고 들어가서 필요한 것들을 골라 계산대에 내밀었다. 난하는 근육통에 좋다는 파스 몇 개를 골랐다.

과거 그와 할머니가 살았다던 집은 아담한 단층 주택이었다. 그러나 마당도 제법 넓었고 집도 꽤나 예뻤다. 그러나 손질을 했다고 하더라도 마당의 드문드문한 잔디나 휑한 화단은 아직도 안주인의 손길을 기다리고 있는 듯 쓸쓸해 보였다.

거실로 들어서자 커다란 유리문으로 마당의 풍경이 고스란히 보였다. 마당은 눈이 소복하게 쌓여 있었다. 소박하고 정갈한 실내. 오래 사용하지 않아서인지 낡고 오래된 세간들이 보였지만 난하는 그것들이 정겹게 느껴졌다. 낯선 그의 공간에 왔다는 사실에 긴장도 되었지만, 호기심도 일었다.

"집이 참 예쁘네요."

"할머니가 살아 계실 때 정성 들여 가꾸셨어요. 나도 나름 신경 쓴다고는 하는데 아무래도 비어 있는 시간이 더 많다 보니 저절로 망가지는 것이 더 많은 것 같아요."

"구경 좀 해도 돼요?"

"별로 볼 건 없는데."

수창이 보일러를 켜고 거실에 구비된 난방 기구를 켜며 말했다.

총 4개의 방 중 하나는 창고 용도로 사용하고 있었고, 큰방에는 커다란 장롱이 놓여 있었으며, 또 하나의 방은 손님용 방인지 텅 비어 있었다. 세 개의 방은 사람의 흔적이 전혀 느껴지지 않을 정도로 깨끗했지만 마지막으로 들어선 방은 사람이 생활하는 듯 가구와 물건들로 채워져 있었다.

아침이면 햇살이 고스란히 비쳐 들 것만 같은 커다란 창과 하늘색 커튼, 그 앞으로 학생용 책상과 의자가 놓여 있었고, 맞은편으로 더블사이즈의 침대가 놓여 있었다. 책상 위의 책에 〈고수창〉이란 이름이 적혀 있는 것을 보니 이곳이 그의 방인 모양이다.

"뭐 해요?"

"아, 남의 집을 너무 제멋대로 돌아다녔죠?"

"괜찮아요."

"이 방은 사장님 방인가요?"

"맞아요. 어렸을 때부터 사용했던 방이에요."

"사장님은 이렇게 컸는데 이 방은 여전히 중학생에 머물러 있네요."

난하가 책상 책꽂이에 꽂힌 중학교 교과서에 시선을 주며 말했다.

"중학교 때 전학가면서 그대로 두고 갔거든요. 십수 년 동안 오고 가면서도 웬일인지 못 치우겠더라고요."

"저랑 같네요. 제 방도 10살 때 그대로인데. 왠지 바꾸고 싶지 않다는 그 말, 조금 이해할 것도 같아요."

"아, 다리 많이 아프죠? 여기에 누워서 좀 쉬어요. 금방 따뜻해질 거예요."

이 남자가 원래 이렇게 자상한 사람이었던 걸까? 자꾸 접하다 보니 원래부터 그런 사람이었던 것처럼 아주 조금씩 익숙해지고 있었다.

"감사합니다."

"난 잠깐 차 좀 준비해 올게요."

그가 방에서 나가고 난하는 의자에 걸터앉았다. 등산의 여파로 피곤하기도 했고 어제, 그제 이틀간 밤잠을 설친 난하는 따뜻한 집 안으로 들어오자 노곤해지는 것을 느꼈다. 그러면 안 되는 거라고 생각하지만 눈앞의 침대가 자꾸 그녀를 유혹했다. 이럴 거면 그냥 집으로 가는 건데 그랬다. 난하는 책상에 엎드려 깜박 잠이 들었다.

포근했다. 아빠의 품처럼 언제나 그녀를 따스하게 품어 주는 밥. 난하는 밥을 꼭 끌어안으며 속삭였다.

"밥……. 사랑해."

그러자 밥이 굳어지더니 그녀를 더욱 꼭 끌어안는 것이었다.

"밥…… 답답해……. 밥…… 우웅……."

꿈틀거리는 난하의 정수리 위로 뜨거운 숨이 쏟아졌다. 난하는 푹 자고 나서 개운한 기분에 기지개라도 펴려고 팔을 벌렸다가 자신의 허리를 바짝 당겨 안는 손길 때문에 번쩍 눈을 떴다.

밥? 이건 밥이라고 하기에는 너무 단단하고, 뜨겁…… 엄마야!

"헉!"

난하는 목소리도 나오지 않아 기괴한 탄성을 내뱉으며 고개를 들었다. 반듯한 얼굴, 남성적인 체취. 수창이었다. 난하는 자신을 끌어안고 있는 수창 때문에 당황했다가 그 수창이 잠들어 있음을 확인하고는 뛰는 가슴을 쓸어내렸다.

대체 이 남자, 왜 이러고 있는 걸까? 그리고 나는 언제 침대로 옮겨 온 것일까? 너무 피곤해 스스로 걸음을 옮겨 침대에 누웠을까? 아니면 이 남자가 옮겨 놓은 것일까?

궁금증 위로 불쑥 드는 호기심에 난하는 조심스럽게 그의 얼굴을 뜯어보기 시작했다. 안경을 쓰지 않은 얼굴은 부드럽고 매력적이었다. 이런 무방비한 얼굴을 자신만 볼 수 있다는 생각을 하니 난하는 심장이 두근거리는 것을 느꼈다.

개구쟁이 어린애처럼 가볍게 감긴 얇은 눈두덩 아래로 기다란 속눈썹이 짙은 음영을 만들었다. 오뚝한 코와 남자다운 콧방울, 그리고 도톰한 입술. 그 입술이 자신의 입술에 닿았고 자신의 입술과 혀를 빨아들였던 것을 생각하니 절로 얼굴이 달아오르고 식은땀이 났다. 난하는 그 입술을 지금 당장 다시 느껴 보고 싶다는 충동이 생겼다.

잠들었으니까 괜찮겠지?

난하는 다시 한 번 그의 깊고 고른 숨소리를 확인하며 천천히 얼굴을 가까이 들이밀었다. 혹여나 숨결에 그가 깨기라도 할까 봐 숨쉬기도 멈춘 상태였다. 입술이 거의 맞닿을 즈음 그의 고른 콧김이 그녀를 간질이는 것을 느꼈다.

난하는 그의 체취를 한껏 들이켜고 싶은 욕구를 누르며 살며시 입술을 대어 보았다. 따뜻했다. 마시멜로처럼 부드럽고 말랑했지만 그런 감촉과는 차원이 달랐다. 마치 도둑질을 하는 듯 심장이 미친 듯이 뛰어 댔다. 하지만 그 감촉이 싫지 않았던 난하는 다시 한 번 살그머니 그의 입술에 자신의 입술을 포개었다.

아쉽긴 하지만 이 정도에서 물러나야 함을 아는 난하는 입술을 떼고 아직도 곤히 잠들어 있는 그의 얼굴을 보며 배시시 미소를 지었다. 그리고 무슨 일이 있었냐는 듯, 잠든 척 다시 머리를 기대던 때였다.

"밥이 누구예요?"

쩍. 급속 냉동이라도 된 듯, 난하가 얼어붙었다. 안 자고 있었어?

수창이 슬며시 실눈을 뜨며 다시 물었다.

"누군데 사랑한다는 말을 그렇게 쉽게 합니까?"

내가 그랬다고?

"아, 안, 안 주무셨어요?"

너무 당황한 나머지 저절로 말이 더듬거려졌다. 난하가 그에게서 벗어나기 위해 몸을 뒤로 빼는데 그가 허리를 바짝 끌어당겨 안았다.

"사, 사장님!"

난하가 놀라 기어 들어가는 목소리로 불렀지만 수창의 찡그린 채 가늘게 뜬 눈은 물러날 생각이 없다는 듯 그녀를 지그시 바라보고 있었다.

"잊지 못하는 전 애인이라도 돼요?"

"그, 그럴 리가……요."

"그럼 뭔데 그렇게 행복한 얼굴로 끌어안고 다정하게 사랑을 속삭이는 건데요?"

잠결에 수창을 밥이라고 여기고 끌어안은 모양이다. 그러고 보니 자신의 자세가 평소 밥에게 하듯, 수창에게 다리까지 척 올려 겹치고 팔도 둘러 안은 모양새였다. 다리 하나가 그의 다리 사이에 끼어 굉장히 애매모호한 상태였다.

"어…… 그게."

난하는 수창의 얼굴이 사뭇 진지한 데다 경직되어 있어서 덩달아 긴장했다가, 그가 지금 '밥'에게 질투를 하는 건가? 하는 생각이 들자 웃기기 시작했다.

난하는 애써서 입술을 말아 물며 웃음을 참았다. 지금 도둑 키스 들켜서 무척 당황스러운 상황인데, 이 남자가 이렇게 그녀를 웃긴다. 난하가 그의 시선을 피해 이리저리 눈동자를 굴리자 그게 죄책감 때문에 그러는 거라 여긴 수창이 후우, 한숨을 내쉬었다.

"나 지나간 과거 가지고 이러쿵저러쿵하는 사람 아니니까 한 번은 이해할게요. 그 밥이란 남자, 당신 머릿속에서 깨끗하게 사라지게 할 자신 있으니까."

난하는 그의 말이 갈수록 가관이라 웃음을 터뜨리고 말았다.

"왜 그래요?"

"사장님, 흐흐흐, 죄, 죄송해요. 푸하하하! 잠깐만 웃을게요. 하하하하!"

한 번 터진 웃음을 갈무리하지 못하는 난하를 수창이 어리둥절하게 바라보았다. 난하의 웃음이 잦아들 즈음, 수창이 토라진 투로 물었다.

"뭐가 그렇게 재밌어요?"

"지금 질투하신 거 맞죠?"

것도 곰 인형을 상대로?

수창은 못마땅하다는 표정으로 몸을 반쯤 일으켰다. 난하와는 반대로 전혀 재미없다는 얼굴이었다.

"강난하 씨."

"네, 흐흐, 흠. 큽!"

"키스는 나한테 한 거죠?"

그가 나직하게 묻는 말에 난하는 다시 얼음이 되었다. 빨개지기 시작한 얼굴로 얼버무리고 있자 수창의 얼굴이 서서히 다가왔다.

"나도 키스하고 싶어요."

그의 목소리가 속삭이듯 들려왔다. 난하는 아무런 대답 못하고 숨을 죽이고 있었다. 곧 그의 입술이 난하의 이마에 부드럽게 와 닿았다. 그리고 다시 코끝에, 볼에…… 마지막으로 입술로 천천히 옮겨 갔다. 난하도 피하지 않고 그의 입술을 받아들였다.

어느 사이 수창이 그녀의 위로 올라가 입술을 뜨겁게 탐하였다. 목덜미로 입술이 내려오자 몸이 반사적으로 흠칫 떨렸다. 그러나 이건 너무 빠르다는 생각보다는 그를 조금 더 느끼고 싶다는 욕망이 더 크게 차올랐다. 그의 입술이 다시 그녀의 입술로 포개어졌다. 그는 입술을 맞댄 채로 신음을 흘리듯 말했다.

"우리 이러면 너무 빠른 거죠?"

그도 같은 생각을 하고 있었나 보다. 수창은 힘겹게 입술을 떼 내더니 코가 맞닿을 만큼의 거리에서 숨도 제대로 못 쉬고 있는 그녀의 눈을 바라보았다. 그러고는 부드럽게 미소를 지었다. 난하는 열기를 가득 담고 가늘게 접혀지는 그의 매력적인 눈에 홀렸다.

수창은 몸을 돌려 그녀의 옆으로 털썩 누웠다. 그리고 난하의 머리를 당겨와 머리 밑으로 자신의 팔을 밀어 넣고는 꼭 끌어안았다.

단단한 품이 여간 아늑하지 않다. 어렸을 적 안겼던 아버지의 품이 이랬던가? 그에게서 나는 남성용 로션 향도 마음에 들었고 그에 섞인 그의 체취도 묘한 흥분을 불러일으켰다. 고개를 살짝 움직여 그의 뺨에 닿은 이마를 비벼 보았다.

까칠한 느낌……. 그리웠다. 오랜 시간 남아 있던 그리움이 그녀의 향수를 일깨운다. 수창은 그녀의 아주 미세한 움직임까지 느낀 것인지 매끈한 이마에 입술을 지그시 누르곤 뺨을 바짝 갖다 대어 문질렀다.

"아파요."

난하가 작게 속삭이자 수창이 킥킥 웃으며 말했다.

"좋아요, 당신 느낌. 부드럽고……."

수창이 그녀의 볼에 코를 대고 흐읍 숨을 들이켰다.

"냄새도 좋아."

난하는 고개를 숙이고 보이지 않게 입술을 깨물었다. 좋아하는 남자에게서 듣는 이런 칭찬은 무척이나 간지럽고도 기분을 좋게 했다.

그는 더 이상 건드리지 않을 생각이라는 듯 고개를 옆으로 편안히 누인 후, 팔로 안은 그녀의 등을 가만히 쓰다듬었다. 이곳이 세상의 전부인 양, 난하는 그의 품에서 떨어지기 싫었다.

"배 안 고파요?"

그러고 보니 어디선가 매우 맛있는 음식 냄새가 코를 자극했다. 그러자 배에서 꼬르륵하고 신호를 보냈다. 너무 가까이 붙어 있던 터라 난하는 창피해서 손으로 배를 감쌌다.

"하하, 배가 대신 대답하네. 나가요, 밥 먹게."

수창을 따라 방을 나오자 그가 재빨리 주방으로 가서 가스레인지에 불을 켜 냄비를 데우기 시작했다.

"내가 뭘 좀 만들었는데 맛은 보장 못 해요."

난하가 빙그레 웃으며 그에게 다가가자 수창이 냄비로 다시 시선을 돌렸다.

"나 어렸을 때 아프면 할머니가 해 주시던 음식인데, 입맛이 하나도 없어도 이건 먹었어요. 먹고 나면 언제 아팠냐는 듯 깨끗하게 나아요. 맛은 없어도 난하 씨에게 해 주고 싶었어요."

모르겠다. 왜 이 여자에게 할머니가 해 주시던 그 음식을 만들어 주고 싶었는지는. 어쩌면 마음에 담고 있을 상처를 몽땅 다 낫게 해 주고 싶다는 생각에서였는지도 모르겠다.

"거기, 식탁에 앉아서 잠시만 기다려……."

그의 어깨가 흠칫 굳어졌다. 그는 자신의 옆구리에 닿은 그녀의 손에, 그리고 곧 자신의 등으로 기대 오는 난하의 얼굴에 온몸이 뻣뻣해졌다.

"고마워요."

난하는 이내 주춤주춤하던 두 손을 뻗어 그의 배 앞으로 맞잡았다.

"난 보답할 게 없으니까, 세포 살려 주는 걸로 때울래요."

달그락. 수창이 쥐고 있던 국자가 싱크대에 얹어졌다. 그리고 곧 그의 커다란 손이 난하의 손을 쏙 감쌌다.

"강난하 씨…… 지금 여기서 이러면 반칙이죠."

그가 숨을 크게 들이쉬었다가 뱉었다. 그러고는 냉큼 뒤로 돌아 그녀의 얼굴을 두 손으로 우악스레 감싼 뒤 곧장 입술을 겹쳤다. 그 기세에 난하가 휘청 뒤로 밀려났다.

그는 자세를 바꾸어 난하의 뒷머리와 허리를 거세게 붙잡고 격정을 담아 키스했다. 쪽, 하는 소리와 함께 입술이 떨어지고 또다시 그의 입술이 덤벼들자 얼굴에 발간 홍조를 띤 난하가 그를 밀어내며 말했다.

"선배님, 음식 타요."

허둥지둥, 팽개치듯 그녀를 놓은 그가 국자를 들고 재빨리 요리를 휘저었다. 그러면서 '이런, 눌었네, 눌었어.' 하며 일생 역작을 망친 사람처럼 안타까운 표정을 짓는 모습이 짐짓 우스워 난하는 뒤에서 소리를 죽여 웃었다.

매담 마을은 벽 곳곳에 다양한 그림이 그려져 있었다. 여러 가지 주제의 그림이 있었지만 아무래도 봄이 되면 홍매화가 흐드러지게 피는 곳이라서인지 홍매화 그림이 주를 이루었다. 수창은 타일 재질로 화려하게 수놓아진 매화 벽화 앞에서 차를 세웠다.

"그만 들어가세요."

동네 안이라선지 난하는 누가 보기라도 할까 봐 얼른 가기를 원하는 것 같았다. 그러나 수창은 그녀의 그런 마음을 모르는 척 부러 여유를 부렸다.

"오늘 감사했어요. 조심히 들어가세요."

"들여보내기 아쉬워요. 그런데 너무 늦었죠?"

"네, 걱정하실 거예요."

"별수 없죠. 들어가서 연락해요, 그럼."

"네."

난하가 수창의 차에서 내리려고 하자 수창이 얼른 그녀의 손목을 붙잡았다.

"그냥 갑니까?"

가느다랗게 내려뜬 눈이 유난히 섹시하다. 난하는 초롱초롱한 그의 눈이 원하는 것을 알아채지 못할 정도로 어리지 않았다. 그녀는 손잡이를 잡았던 손으로 그의 목을 붙잡았다. 순간 그의 눈에 불길이 스쳤으나 모르는 체 입술에 잠깐의 온기만을 남기고 떨어졌다.

"그럼 갈게요. 도착하면 연락 주세요."

아쉬운 여운을 남기며 막 내려선 그때였다.

"언니!"

등골이 서늘한 느낌.

"이, 인하야!"

"언니, 왜 이제 와? 그런데 저 사람은 누구야?"

인하가 허리를 굽히고 어두운 차 안의 운전석을 이리저리 살피며 물었다. 당황한 난하는 그런 인하를 재빨리 돌려 세워 등을 떠밀었다.

"그냥 아는 사람. 신경 쓰지 말고 어서 들어가자."

"어떻게 여기까지 온 손님에게 인사도 안 해? 잠깐만 있어 봐."

"그냥 가자니까."

"인사만 하고 갈게."

덜컥, 탁! 차문이 열리고 닫히는 소리가 들리자 난하와 인하 두 사람이 동시에 뒤를 돌았다.

"안녕하세요? 난하 씨 동생분?"

수창이 아는 체를 하자 인하가 활짝 웃으며 언니를 밀어젖히고 그의 앞으로 쪼르르 뛰어갔다.

"안녕하세요? 강인하라고 합니다."

인하가 씩씩하게 인사하며 손을 내밀자 수창이 싱긋 웃고는 손을 마주 잡았다.

"고수창이라고 합니다."

"저는 학생이라서……."

인하가 말하며 한 손을 팔꿈치에 받치고 남은 한 손바닥을 공손히 내밀자 용케도 그 의도를 알아들은 수창은 이 아가씨 참 재미있구나, 여기며 품에서 명함을 한 장 꺼내 내밀었다.

'프론메디 대표.'

프론메디, 프론메디, 어디서 들어 봤더라? 생각났다! 설마, 그 프론메디라고?

수창이 내민 명함을 유심히 살펴보던 인하가 휘둥그레진 눈을 들어 난하와 수창을 번갈아 보았다. 잘은 모르나 언니가 업무상 통화를 할 때 들었던 상대 회사가 '프론메디' 였다는 것은 알고 있다. 태강을 살려 줄 굉장히 중요한 회사라는 것 또한.

그런데 이 남자가 그 회사의 대표란다. 일개 사원쯤 되는 사람에게 대표라는 직함을 달아 주는 것은 아닐 테고. 게다가 이 훤칠한 외모는 뭐란 말인가!

"낮에 언니 데리러 오셨던 분 맞으시죠?"

수창이 고개를 끄덕이자 인하의 입이 쩍하고 벌어졌다.

"그럼 여태까지 두 분이서 함께?"

수창이 난하와 눈을 마주치며 의미심장한 미소를 짓자 인하가 '어머, 어머' 를 연발했다.

"그럼, 언니랑 사귀는 사이예요?"

그사이 쫓아온 난하가 인하의 등을 찰싹 내려쳤다. 찌릿, 언니의 눈살에 주눅이 들었지만, 아랑곳 않고 호기심을 충족하고자 반짝반짝 빛나는 눈으로 그에게서 긍정의 답이 나오길 기대했다. 그러나 수창에게서 나온 대답은 그녀의 예상을 보기 좋게 빗나갔다.

"글쎄……."

그의 대답이 인하를 김빠지게 했다. 기대했던 대답이 아닌지라 난하도 당황하고 말았다. 그러나 이내 그에게서 이어져 나온 대답은…….

"내가 더 많이 좋아하니 짝사랑이라고 해야 할까? 아직 난하 씨는 나 재 보고 있어요."

언니 미쳤어, 미쳤어! 재긴 뭘 재? 인하가 난하에게 속닥거렸지만 기분이 붕 날아오른 난하는 아무 말도 못하고 얼굴만 붉혔다.

"처제, 언니 잘 좀 설득해 줘요."

어머나, 처제래! 그의 이어진 너스레에 인하까지 볼을 붉히고는 굳은 각오를 다지듯 고개를 끄덕인다.

"형부, 걱정 마세요! 제가 무슨 수를 써서라도 언니 설득할게요!"

"헛소리하지 말고 그만 들어가. 사장님도 들어가시구요."

여기서 선배라는 소리까지 하면 인하가 더 달달 볶을 것만 같아 난하는 대충 둘러대며 그를 돌려보냈다. 그는 차에 올라타기 전까지 인하와 찡긋 눈을 맞추며 암묵적 동지 의식을 쌓았다.

잠시 후, 그의 휴대폰으로 문자메시지가 연달아 두 통 날아들었다. 그는 신호에 걸린 틈을 타 메시지를 확인했다.

[동생 때문에 당황스러우셨죠? 죄송해요. 조심히 들어가세요.]

[형부! 언니는 제가 책임질 테니 걱정 붙들어 매세요!]

말투만으로도 두 여자의 얼굴이 떠올랐다. 그는 두 번째 메시지에 웃음이 터져 얼른 답문을 보냈다.

[고마워요, 처제. 필요한 것 있으면 언제든 말해요.]

[오홍홍~ 말 놓으세요, 형부. 저 언니보다 10살이나 어려요.]

[이쁜 처제. 잘 부탁해.]

[저도요. 조심히 들어가세요, 형부!]

역시, 젊어 그런지 들어오는 메시지의 속도가 빛처럼 빨랐다. '형부, 형부.' 하는 소리가 싫지 않아 수창의 입매가 내내 내려올 줄을 몰랐다. 그 와중에도 수창은 인하가 매우 좋은 동생이라 여기며 난하가 힘들고 외롭진 않았겠구나, 안도하였다.

8
서프라이즈?

프론메디의 수주 건을 따낸 난하는 영진에게 다시 한 번 더 노후 설비 교체 건을 건의했다. 이번에는 그냥 무시할 수 없었던지 영진은 검토해 보겠노라는 답을 주었다. 재하와 별의 결혼이 결정되었고, 식은 배가 불러오기 전인 2월에 해치우기로 했다.

아직 해결해야 할 일이 산더미이고 앞으로 더한 난관이 기다리고 있을지도 모르지만, 난하는 노력해 왔던 삶이 헛되지 않았음을 느끼며 앞으로 점점 더 잘 될 것이라는 기대감에 행복했다.

'아버지, 나 잘 하고 있죠? 나중에 칭찬해 주셔야 해요!'

난하는 하늘을 향해 방긋 웃어 보이며 사무실로 향했다. 그때 수창에게서 전화가 왔다.

"네, 사장님."

–그 사장님 소리 안 할 수 없어요? 자꾸 그렇게 부르니까 좀

서운하네.

"왜요, 선배님?"

난하가 곰살맞은 목소리로 바꾸어 부르자 수창이 그제야 마음에 드는 듯 웃음기를 담뿍 머금은 목소리로 말했다.

–보고 싶어서요.

그의 말에 난하는 누구 들은 사람이 없는지 주변을 둘러보았다.

–난하 씨는 나 안 보고 싶었어요?

"보고 싶긴 하죠."

그녀는 누가 들을 세라 손으로 입을 가리며 작게 대답했다.

–잘 안 들려요.

"보고 싶다고요."

난하가 조금 더 큰 소리로 대답하자 전화기 너머로 야유가 터져 나왔다.

"누구 옆에 있어요?"

–고세창 선생요.

헉! 고세창 선생님이 지금 옆에 계신단 말이야?

–지금 난하 씨가 준 유기농 도라지 꿀차 타 와서 염장 지르고 있는 중이에요.

그의 불평 섞인 말투에 난하는 뜨끔해졌다.

"아, 하하, 선배님도 드릴게요."

–나는 그것보다 더 좋은 거 줘요. 몇 배 더 힘나는 걸로. 지금 당장.

그의 나긋한 목소리에 전화기 너머로 또 한 번의 야유와 욕설이 터져 나오는 것이 들렸다. 난하는 그의 요구를 못 들은 척 무시하며 말했다.

“이, 이번 주에 갖다 드릴게요.”

–아참, 나 이번 주에 출장 갑니다. 내일 가면 한 사나흘 걸릴 것 같은데, 갔다 오면 그때 볼 수 있을까요? 나 되게 보고 싶을 것 같은데.

난하는 그의 말에 가슴이 뛰고 얼굴이 붉어지는 것을 느꼈다. 정말이지 이 남자, 말하는 데 거침이 없다. 지금 옆에 고세창 선생님도 계실 텐데…….

아니나 다를까 옆에서 ‘내가 졌다.’ 하는 소리가 들리는 것 같았다. 난하는 이 남자의 거침없고 적극적인 태도가 무척이나 마음에 들었다. 그러나 난하는 새침한 목소리로 답했다.

“글쎄요, 그때 상황 봐서.”

–지금 튕기는 겁니까?

그가 발끈해서 말했다.

–그럼 별수 없군요. 내가 가죠. 어디 가지 말고 딱, 있어요!

그의 말에 난하가 소리 내어 웃었다.

–갔다 와서 봐요. 연락 자주 할게요.

그의 나직하고 부드러운 목소리가 심장까지 간질이는 것 같았다.

*

수창의 출장은 예상보다 더 길어졌다. 난하는 오늘 돌아온다는 수창의 연락에 아침부터 기대에 들떴다. 마침 프론메디에 들러야 할 일이 있었던 차라 난하는 겸사겸사 수창을 보러 가기로 했다.

거리는 어느덧 휘황찬란한 크리스마스 장식과 캐럴로 복작거렸다.

벌써 크리스마스가 다가오는구나!

항상 난하와는 관련이 없는 절기였다. 아버지의 기일로 시작되는 겨울은 그녀에게는 그저 춥고 싸늘한 계절일 뿐이었다. 하지만 참 이상하게도 항상 무심코 듣고 지나쳤던 캐럴이 그녀의 귓속에 살랑살랑 파고 들어오기 시작했다.

그리고 그것은 곧 발걸음을 가볍게 하고 미소 짓게 하며 가슴을 들썩이게 했다. 알 수 없는 기대감에 절로 콧노래가 터져 나온다. 저기 저 건물 안에는 그녀의 남자가 그녀를 기다리고 있다. 그녀를 보면 어떤 표정을 지을지 벌써부터 궁금해서 웃음이 터졌다. 난하의 손에서 도라지 꿀차가 담긴 쇼핑백이 달랑거렸다.

"여보세요. 수창 오빠."

난하는 익숙한 이름이 들리자 홱 고개를 돌려 옆 라인 승강기 앞에 서 있는 여자를 바라보았다. 긴 생머리에 늘씬한 몸매, 오목조목 예쁜 얼굴. 같은 여자인 난하가 봐도 쏙 빠질 것 같은 외모와 깊은 눈을 가지고 있었다.

"오빠, 저 영은이에요."

그런 여자가 지금 수창을 오빠라고 불렀다. 이름이 낯설지 않았다. 영은, 전에 그가 그런 이름을 가진 여자에게서 온 전화를 애틋한 눈빛으로 받았던 것이 떠올랐다. 이것은 두 사람의 사이가 사실은 어떻고를 떠나 경계심을 일으키기 충분한 상황이었다.

난하는 여자의 통화에 귀를 기울였다.

“지금 바쁘세요? ……저 회사 앞인데, 잠시 만날 수 있을까요?”

창백한 피부와 핏기 없는 입술. 여자는 왠지 초조해 보였다.

“중요한 할 말이 있어요. 그럼 카페에서 기다릴게요.”

여자는 통화를 끝내더니 손에 들고 있던 작은 수첩 하나를 바쁘게 가방에 밀어 넣고 난하를 지나쳐 황급히 밖으로 사라졌다. 그녀의 뒤를 눈으로 좇던 난하는 여자가 무언가를 떨어뜨렸다는 것을 알아차렸다. 그것은 조금 전까지 손에 들고 있던 수첩이었다.

그냥 수창을 찾아가서 그 여자에게 전해 달라고 해도 되고, 지금 바로 따라가서 직접 전해 주어도 되는 물건이었다. 그런데 그 수첩 겉면에 쓰인 글자에 난하는 이도 저도 하지 못한 채 얼어붙고 말았다.

〈산모 수첩〉

수첩을 주워 든 순간 여자의 직감이 간담을 서늘하게 했다. 보면 안 될 것만 같은데 꼭 봐야 할 것 같은 초조함과 불안함. 그리고 그 불안함의 정체가 무엇인 줄 알기에 난하는 더더욱 망설이고 있었다.

“나 대체 무슨 상상을 하고 있는 거냐?”

하지만 세상은 넓었고 얼마든지 말도 안 되는 일들이 하루에도 수십, 수백 건씩 발생되기도 한다. 난하는 마음을 굳게 먹었다. 그래서는 안 될 것 같았지만 수첩을 열어 보지 않을 수가 없었다. 수첩의 겉표지를 넘기는 손이 덜덜 떨렸다.

산모 이름 최영은. 나이 만 27세. 임신 주수…… 10주!

"아무것도 밝혀진 것은 없어. 그냥 아는 동생일 거야."

난하는 요동치는 가슴을 애써서 잠재우며 평정심을 유지하려 노력했다. 그제야 난하는 여자의 안색이 창백했던 것이 이해가 되었다. 비슷한 시기인 별이 입덧 때문에 무척이나 고생하던 것이 떠올랐기 때문이다. 난하는 수창에게 연락을 할지 말지 고민하였다.

그때 수첩의 주인이 주변을 살피며 다시 되돌아오는 모습이 보였다. 난하는 정신을 차리며 다가오는 여자에게 수첩을 내밀었다.

"혹시 이거 찾으시는 건가요?"

그렇지 않아도 큰 여자의 눈이 수첩을 발견하고는 더 커졌다. 가느다란 몸매는 저절로 보호본능을 불러일으킬 것만 같았다.

"감사합니다."

여자가 고개를 꾸벅 숙이며 수첩을 받아 들었다.

수창 선배는 저런 스타일의 여자를 좋아했던 걸까? 나같이 드센 여자는 별로였던 걸까? 수창이 그녀를 부려 먹던 때, 그녀의 외모를 지적하던 기준이 딱 이 여자였다. 난하는 다시금 사라지는 여자의 뒷모습을 가만 바라보았다.

별안간 상념을 깨는 벨소리에 난하는 화들짝 놀라 전화기를 꺼내 들었다. 회사였다. 뭔가 불안했다. 왜 이러지? 자꾸 마음이 왜 이럴까? 난하는 억새 줄기처럼 중심을 잡지 못하고 흔들리는 가슴이 못마땅했다.

"여보세요?"

–부장님, 큰일 났어요. 공장에서 사람이 다쳤습니다. 지금 빨

리 와 주셔야 할 것 같아요!

"사람이 다쳐? 얼마나?

-일단 병원으로 옮겼구요, 저도 자세한 상황은 아직 모르겠습니다.

"알겠어요. 지금 당장 가겠습니다."

회사에 도착하니 아수라장이 되어 있었다. 작업복 차림의 남자 몇 명이 집기를 부수고 있었고, 사장 나오라며 고래고래 소리를 질러 댔다. 그때, 난하를 발견한 남자가 대뜸 눈을 부라리며 다가와 난하의 멱살을 쥐고 흔들었다.

"오, 그래. 배때기에 기름칠한 사장 놈은 코빼기도 안 보이고, 피도 안 섞였으면서 주인 행세하는 강 부장님, 잘 만났습니다! 노후된 기계 바꿔 준다고 큰소리치더니 결국 너도 한통속이었지? 오로지 지 뱃속 채울 궁리만 하느라 우리 같은 서민 생각이나 했겠어? 사장은 꽁무니를 뺏으니 네가 꼬여 낸 그 사장 놈이라도 데려와서 해결해 보지 그래? 어찌나 대놓고 놀아났는지 소문이 파다해서 내가 얼굴을 못 들고 다녔다. 그래, 그렇게 더럽게 계약을 따내 왔으면 당장 기계부터 손봐 줄 일이지 대체 뭐 하고 다녔냐? 어? 그 사장 놈이랑 놀아나느라 바빴냐?"

"부장님한테 대체 이게 무슨 짓이에요! 그만두세요!"

곁에서 우현이 말렸지만 이성을 잃은 현장직 남자들의 힘을 감당할 만큼 충분하진 못하였다. 난하는 그 자리에 서서 죄송하다 연신 고개를 숙이면서 남자들의 폭언을 감당하였다. 사람이 다쳤다는 소리에 난하도 정신이 반쯤 나가 뭘 어찌 해야 하는지 혼란스러웠다.
"빨리 사장 불러와! 와서 무릎 꿇고 빌라고 해!"
"지금 사장님과 연락이 되지 않고 있습니다. 죄송합니다. 일단 진정하시고……."
"지금 진정하게 생겼어? 이대로 가서 일하다가 나도 죽으면 어쩔 거야? 누가 책임질 건데?"
"제가 무슨 일이 있어도 교체하겠습니다. 다치신 분과 가족 분들께는 뭐라 드릴 말씀이 없습니다. 죄송합니다."
"죄송하다고 하면 다야? 다친 사람 저대로 불구되면 그 사람 인생 책임질 수 있느냐고!"
남자들이 윽박지르며 사장실 문을 발로 걷어차던 그때였다.
"뭐하자는 겁니까?"
굵직하고도 힘이 서린 목소리가 그들을 움찔거리게 했다.
"넌 뭐야? 너도 병원 신세 지기 싫으면 방해하지 말고 꺼져!"
"당신들 범죄자입니까? 기물 파손에 업무 방해, 폭행, 협박, 명예훼손 등등. 딱 봐도 대여섯 가지는 나오겠습니다. 이건 뭐 변호사까지 불러오지 않아도 끝날 일 같네요, 강 부장님."
수창 선배? 여긴 어떻게……?
의아한 얼굴의 난하를 슬쩍 바라본 수창이 다시 남자들에게로 시선을 돌렸다.
"이런다고 다친 사람이 멀쩡해집니까? 지금 당신들이 강난하 부장님 잡고 있는 바람에 일처리 진행이 전혀 안 되고 있다는 사실을 모르십니까? 병원에서 그 사람 잘못되면 책임질 거예요?"
낮고 진중한 목소리로 조목조목 사실을 말하며 되레 윽박지르는 수창에게 남자들은 서로 눈치만 보며 아무런 대꾸도 하지 못했다.

"다, 당신이 껴들 일 아니라고!"

"내가 강 부장이랑 놀아난 사람입니다만."

한 남자가 주춤 외치는 말에 수창이 차갑게 굳은 얼굴로 말을 내뱉는다. 그 말엔 베일 듯 날이 서 있어서 듣는 사람을 저절로 움츠러들게 했다. 난하는 충격을 받은 듯 동그래진 눈으로 그를 쳐다보았다. 수창이 그런 난하와 눈을 마주치며 다시 차분한 음성으로 말했다.

"강난하 부장님, 뭐 하십니까? 일 처리하셔야죠?"

그의 말에 퍼뜩 정신을 차린 난하가 당차게 숨을 내뱉으며 허리를 폈다.

"고 대리, 일단 노후된 라인 전면 가동 중단시키고, 물량은 기간 내에 맞추어야 하니까 나머지는 다시 작업 진행시켜. 오늘부터 야근 각오하고. 지원 씨, 사무실 정리 좀 부탁해. 그리고 사장님과 연락되면 곧바로 내게 알려 줘."

난하는 말을 멈추고 난동을 부리던 남자들을 바라보았다. 조금 전까지 안절부절못하던 눈에 힘이 실리자 남자들은 저절로 주눅이 드는 것만 같았다.

"그리고 여러분은 다시 공장으로 돌아가셔서 최선을 다해 주십시오. 여러분의 손에 이 회사 전 직원의 생계가 달려 있습니다. 부탁드립니다."

난하는 남자들 앞에서 깊이 허리를 숙였다. 한풀 꺾인 남자들이 흠흠, 헛기침을 하며 몸을 돌리던 때였다. 수창이 그들의 앞을 막아섰다. 남자들은 흠칫 놀라며 뭐냐는 눈빛으로 그를 바라보았다.

"그냥 가시면 안 되죠."

"……?"

"사과하고 가십시오. 조금 전 강난하 부장님께 무례하게 군 거, 하나도 빠짐없이."

"……!"

수창이 사과하기 전까지는 비키지 않을 태세로 버티고 서 있자 서로 눈치만 보던 남자들 중에 가장 나이가 든 한 사람이 난하에게로 몸을 돌렸다.

"미안하게 됐수다. 우리가 너무 흥분해서……. 동료가 다쳤는데 멀쩡하면 이상한 거 아니오?"

그의 사과에 난하가 희미하게 미소를 지었다.

"이해해요, 아저씨."

"야, 너희도 얼른 사과 안 하고 뭐 하냐?"

나이 든 남자가 부추기자 아까 난하에 대해 함부로 말했던 남자가 부루퉁한 얼굴로 삐딱하게 고개를 꾸벅 숙였다.

"미안합니다."

"죄, 죄송합니다, 강 부장님."

다른 남자들도 연달아 고개를 숙였다.

"우린 공장에는 신경도 안 쓰는 사장한테 화가 난 거지 강 부장님한테는 별 감정 없습니다. 화풀이해서 미안합니다."

"저도 더 신경 쓰지 못해 죄송합니다. 더 노력하도록 하겠습니다."

난하와 남자들이 서로를 향해 고개를 숙였다.

"하아."

그들이 사라지자 난하가 진이 빠진 듯 옆 책상에 기대었다. 그러자 수창이 다가와 그녀의 어깨를 지그시 붙잡았다. 마주친 그의 눈이 잘했다고 칭찬하는 것 같았다.

여자라서 쉽게 무시하는 게 태반이다. 조금이라도 약점이 잡혔다 싶으면 물어뜯기기 일쑤였다. 그런데 이 남자가 옆에 있어서 든든했고 힘이 났다. 난하는 진심으로 고마웠다.

"여긴 어떻게 왔어요?"

"내가 오기로 했잖아요. 딱 기다리라고 했던 내 말, 잘 듣고 있었네."

그가 짧게 미소를 지어 주자 불안하고 떨렸던 마음이 진정되는 느낌이었다.

"도와주셔서 감사했어요. 사장님 아니었으면 어땠을지 생각만 해도 아찔하네요."

그 말을 듣는 그의 눈빛이 한순간 차갑게 비틀렸으나 난하는 알아채지 못하였다.

사실 사과까지는 기대하지도 않았다. 그저 이 상황이 이만큼에서 일단락됐다는 사실에 안도하고 있었는데 그가 사과까지 요구했다. 그러자 정말 신기하게도 남자들이 고분고분 그의 뜻에 따랐다.

이게 이 남자가 가진 힘인가? 위압감이 드는 덩치도 한몫했지만 이 남자의 빨아들일 것 같은 강렬한 눈빛은 저절로 사람을 주눅 들게 한다. 그녀가 맨 처음 느꼈던 그 느낌처럼.

"일단 병원으로 가죠."

"네."

"너무 걱정하지 말아요. 다 잘 될 거예요."

수창은 자신의 차에 난하를 태우고 병원으로 향했다. 병원으로 가는 그 짧지 않은 시간이 영원 같았다.

도착해서 보니 환자는 수술에 들어간 상태였고 연락을 받고 온 부인과 다친 이를 데리고 온 공장장이 수술실 앞을 지키고 있었다. 난하는 두 사람을 위로하며 수술이 끝날 때까지 곁에 있었다. 수창은 멀찌감치 서서 그런 그녀를 지켜 주었다.

수술은 다행히도 무사히 잘 끝났다. 흉터가 예상되기는 하나 장애는 없을 것이며 꾸준히 재활치료를 받으면 정상적인 생활은 물론, 일도 다시 시작할 수 있을 것이라는 말에 다들 가슴을 쓸어내렸다.

"다행이에요."

그가 말하며 다가와 어깨를 끌어안으려고 했지만 난하는 슬쩍 몸을 피했다. 수창은 아까부터 왠지 모르게 느껴지는 거리감에 어리둥절하였다. 처음에는 이번 일 때문에 받은 충격과 걱정 때문에 그러는 것이라고 여겼으나 이렇게 확연히 느껴질 정도로 그를 피하니 수창은 묻지 않을 수가 없었다.

"왜 그래요?"

"뭐가요?"

"공장 사람들이 한 말 때문에 그래요?"

"무슨 말요?"

항상 상냥하던 강난하는 지금도 여전히 차분했지만 뭔지 모르게 어딘가 냉랭했다.

"신경 쓰지 말아요. 그 사람들도 감정이 격해져서 그랬던 거잖아요. 이제 빼도 박도 못하게 우리 공식적으로 사귀는 사이 된 거네."

그가 부러 장난스럽게 말했으나 난하는 웃지 않았다. 마음이 복잡했다. 들은 게 어디 그뿐일까?

"죄송해요."

"뭐가요?"

이번에는 그가 물었다.

"저 때문에 그런 좋지 않은 소리까지 듣게 만들었잖아요."

남 말하기 좋아하는 사람들이니 조금이라도 엮이면 자기들 입맛대로 요리해서 떠벌린다는 것쯤은 알고 있었다. 하지만 이번에도 예전처럼 뭔가 악의적이고 기분 나쁜 냄새가 났다. 그것은 수창도 마찬가지로 느끼는 것이었다. 그는 일부러 난하의 마음을 풀어 주기 위해 너스레를 떨었다.

"그게 왜 난하 씨 때문이에요? 나 때문이지. 잊었어요? 내가 들이댄 거. 그리고 원래 나같이 잘난 사람은 사람들이 질투를 많이 해서 안 좋은 소리 많이 들어요. 그러니 신경 쓸 필요 없어요."

그의 노력에도 불구하고 난하의 경직된 얼굴은 그대로였다.

"그리고 저 말이에요."

난하는 말을 꺼내고는 입을 다물었다. 막상 자신이 입양되어 온 딸이라는 사실을 제 입으로 꺼내려니 그의 반응이 두려웠다. 그저 지금처럼 못 들은 척 그렇게 아무렇지 않은 척 조금만 더 만날 수는 없을까?

수창은 말이 없는 난하를 가만 바라보았다. 꺼내기 어려운 말일 것이라고 짐작한 수창이 다감한 목소리로 말했다.

"말하기 곤란하면 하지 마요. 나는 지금 난하 씨랑 이렇게 마주 보고 있는 것만으로도 행복하고 충분해요. 난하 씨는 달라요?"

그의 말을 듣는데 울컥 속에서 뜨거운 덩어리 하나가 치솟는 것 같아 입술 안쪽 살을 꾹 깨물었다. 인정한다. 고수창이란 참 별난 남자 하나로 마음이 따뜻해지고 든든해진다는 사실을. 그랬기에 자꾸 기대고 싶어지는 스스로를 어떻게 멈추기가 어려웠다. 그래서 더욱 최영은이라는 여자의 존재가 거슬렸다. 나중에 어떻게 놔주려고 그러니, 너?

그는 말이 없는 난하의 동그란 머리를 커다란 손으로 가만히 쓰다듬었다.

"속 많이 상했어요?"

수창은 다시 다가가 난하의 두 어깨를 잡고 몸을 숙여 눈을 맞추었다.

"예쁜 후배님. 맘 풀어요."

접힌 눈꼬리와 말려 올라간 입술.

"응?"

보채듯, 그녀를 바라보는 그의 얼굴에 애교가 담뿍 묻어 난하는 순간 웃지 않을 수 없었다. 그제야 그도 마음이 놓이는지 씩 웃으며 어깨를 끌어안아 오자 난하도 기다렸다는 듯 그의 품에 쏙 들어가 안겼다. 마음이 풀린 것처럼 그의 품에 안겨는 있으나 지금 머릿속은 최영은이라는 여자의 산모수첩으로 가득했다.

누구냐고 물어볼까? 별로 중요한 사람이 아니니까 말하지 않는 거겠지. 그 여자의 임신 사실을 이 남자는 알고 있을까? 난하는 계속 머릿속을 떠도는 질문으로 터질 것 같았다.

"동생분 말이에요."

"내 동생요?"

회사로 돌아오는 차 안에서 느닷없이 튀어나온 인물에 수창은 눈썹을 모았다.

"지난번에 들어 보니 임신 중이시라고 했던 것 같은데요."

"맞아요. 3개월 됐어요."

"3개월이면 입덧도 심하고 한창 힘들 때겠네요?"

"하하, 안 그래도 까탈 많은 성격이 더 까다로워졌죠. 그때 기분 많이 나빴죠?"

"아, 뭐……. 그때 선배님이 저 일부러 그 상황에서 구해 주신 거라는 거, 알고 있어요."

"눈치챘어요?"

"방금요."

"눈치 한번 겁나게 빠르네."

"선배님이 한 짓을 생각해 보세요. 눈치채겠나."

"아, 찔리네."

그가 오른손으로 왼쪽 가슴을 쥐는 시늉을 하며 말했다.

"걔가 꼭 내 동생이라서 하는 말이 아니라 심성이 아주 나쁜 애는 아니고요, 실수해 놓고 금방 후회해요. 그날 난하 씨에게 한 행동 깊이 뉘우치고 있어요. 다음에 꼭 사과한다고 하더라고요."

"꼭 그러실 필요까지는 없어요."

최영은이라는 여자에 대한 궁금증에서 꺼낸 말이었는데 그 여자에 대한 이야기는 꺼내 보지도 못하고 동생의 일에 대한 사과를 받았다. 그러려던 게 아니었는데…….

"그럴 게 아니라, 지금 당장 전화해서 사과하라고 할게요."

그가 전화기를 꺼내들자 난하가 극구 말렸다.

"임신 초기인데 그러지 마세요."

"아니에요, 이참에 확실히 해 둬야죠."

"제발 그러지 말아요!"

난하가 급기야 전화기를 뺏어 들자 그제야 수창이 배시시 웃었다. 난하는 그를 흘겨보았다. 일부러 그런 거지? 내가 못 그럴 거 알고.

"능구렁이야, 아주."

"가져간 김에 내 전화에 전화 좀 해 볼래요? 전화기 상태가 안 좋은지 수신이 잘 안 되는 것 같아서요."

난하는 그의 부탁대로 자신의 전화기로 그의 전화기에 전화를 걸어 보았다. 그러자 곧장 신호음이 울리기 시작했다.

"전화 잘 되는……!"

무심코 그의 휴대전화 화면을 쳐다보던 난하는 말을 멈추었다.

[내 여자.]

"내게 그런 존잽니다, 후배님은."

얼굴이 화끈 달아올랐다. 심장도 달리기를 시작한다. 이러니 어떻게 마음을 빼앗기지 않을 수가 있을까? 그는 난하의 반응을 살피며 슬며시 웃음을 지었다.

"어디 봅시다. 후배님 거엔 어떻게 저장되어 있는지."

그가 말하며 손바닥을 내밀었다.

"됐어요."

"내놔 봐요."

"뭘 봐요!"

"어? 수상한데? 혹시, 아직도 '프론메디 사장' 이딴 말로 저장되어 있는 거 아니겠죠?"

마, 맞거든요…….

이 남자, 가끔 제 속에 들어갔다 나온 것 같은 기분이 든다. 난 하는 시침을 떼며 얼른 휴대폰을 가방 속에 넣어 버렸다. 어쨌건 현재 명확한 사실은 지금 이 남자로 인해, 오늘 매우 힘들고 우울했던 기분이 말끔히 씻기고 있다는 것이다.

"당분간은 바쁠 것 같아요."

"알아요. 그러니까 시간 나는 사람이 보러 오기 합시다."

"그럼 사장님이 오시든지요."

"좋은 생각이네요. 어차피 소문도 다 퍼진 거 뭐."

소문이 다 퍼졌다고? 오 마이 갓! 회사에 소문이 났으니 당숙과 할아버지 귀에 들어가는 것은 시간문제일 것이다. 이거 생각보다 큰일이다.

"아, 아니오. 생각해 보니 좋은 생각이 아닌 것 같네요. 그냥 시간 날 때 제가 갈게요."

"그때까지 어떻게 참으라는 겁니까? 그렇지 않아도 출장 때문에 제대로 데이트도 못 했는데."

그러고 보니 이 남자, 출장 갔다가 오늘 돌아왔다. 해야 할 일도 있고 무척 피곤할 텐데, 쉬지도 못한 채 그녀의 회사에서 터진 일을 수습하느라 여태까지 묶여 있었다.

나, 참 이기적이네.

"죄송해요. 출장 갔다 오늘 귀국하셨다는 사실을 잊고 있었어요. 피곤해서 어쩌죠?"

"걱정되면 집에서 좀 재워 주든가."

그럴 수 없다는 거 잘 알면서.

"할머니 댁에서 눈 좀 붙였다가 가요. 내일 하루 못 쉬어요?"

"나 강난하 씨랑 같이 있으면 피로회복 더 빨리 될 것 같은데. 이따 일 끝나는 대로 올래요?"

그의 유혹적인 언사에 난하는 부끄러운 기색을 숨기며 담담하게 대꾸했다.

"오늘 회사에서 밤새야 할 것 같은데요?"

약간의 여지도 보여 주지 않는 난하로 인해 수창은 조금 실망한 듯 토라진 투로 답했다.

"내가 오늘 그렇게 맘 고생한 후배님 뭐 잡아먹기라도 할까 봐서 그래요? 나는 그냥 후배님 쉬게 해 주고 싶다는 생각에 그런 건데."

난하는 그가 일부러 장난스럽게 군다는 것을 알고 있었지만 대꾸할 힘도 없다는 듯 힘없이 웃으며 인사를 건넸다.

"들어가 볼게요. 그리고 오늘 정말 고마웠습니다."

"난하 씨."

그가 차에서 내리려는 난하를 불러 세웠다.

"어깨 펴요. 난하 씨 잘못 하나도 없어요. 내가 도울 일 있으면 뭐든지 도울게요."

난하가 수창의 말에 씁쓸한 미소로 답하고는 총총 회사로 사라졌다. 그의 시야에서 그녀의 모습이 사라지자 내내 훈훈한 미소가 감돌던 그의 얼굴이 순식간에 딱딱하게 굳어지며 차갑게 가라앉았다.

*

회사는 눈코 뜰 새 없이 바빴다. 지난주에 일어난 사고는 다친 사람이 작업장 안전 수칙을 완벽하게 준수하지 않아 발생한 것이라는 사실이 드러났고 이로써 근로자들 사이에서 노후된 설비 때문이라는 말은 쏙 들어갔다.

그럼에도 난하는 그 라인의 설비가 교체될 때까지 재가동하지 않기로 했다. 이것은 영진의 의견을 무시하고 난하가 단독으로 밀어붙여 결정된 일이었다.

이번 일을 계기로 난하에게 커다란 심경의 변화가 찾아왔다. 그날, 자신의 힘없고 못난 모습을 수창에게 들키고 참 많은 생각이 들었다.

나는 과연 제대로 살고 있는 것일까? 정말 이게 최선인가? 나는 여태까지 가족과 아버지를 위해 최선을 다했다고 여겼는데 이것은 오히려 비겁한 변명에 지나지 않았던 것일까? 이대로 가다가는 정말 회사가 몰락하게 될지도 모른다는 생각이 퍼뜩 들었다. 그것을 지켜만 보고 있을 수는 없다. 뭔가 기틀을 바로 세울 전환점 필요하다!

"부장님, 글쎄 말이에요."

"왜 또, 무슨 일이야?"

거래처에 다녀오던 지원이 호들갑을 떨며 들어왔다. 난하는 또 무슨 일이 터진 것은 아닌가, 가슴이 철렁했다.

"대성메디칼 서양기 팀장 말이에요. 왜, 전에 우리 회사랑 거래할 때 담당자였던."

입사한 지 얼마 되지 않아 서 팀장과의 스캔들을 알 리 없는 지원은 난하에게 스스럼없이 서 팀장에 대한 이야기를 꺼냈다. 난하는 전에 서 팀장과 수창이 부딪쳤던 일이 생각나 또다시 긴장했다.

"응, 알아. 그 사람이 왜?"

"아니, 글쎄 그 남자, 그럴 줄은 몰랐어요. 생긴 건 멀쩡하게 생겨 가지고, 쯧쯧."

"흥분하지 말고 차분하게 말해 봐."

"그 사람이 글쎄, 회사 여직원들을 도촬하고 그랬다나 봐요. 회사 컴퓨터가 에러 나서 직원이 고치다가 여직원 도촬한 사진을 들켰대요."

옆에서 듣고 있던 다른 직원이 껴들었다.

"그 사람 제정신이야? 어머, 소름 돋는다. 열 길 물속은 알아도 한 길 사람 속은 모른다더니, 딱 그 짝이네."

"거기서 끝났으면 다행이게요?"

"왜? 또 뭐?"

"줄줄이 사탕이라고, 그 남자 털기 시작하니까 여간 나쁜 놈이 아니더라고요. 여직원들 꼬드겨서 여러 명한테 돈까지 빌려 썼다더라고요. 사채 빚이 어마어마하다나? 그러다가 공금 횡령에 뇌물 수수, 배임 등의 혐의까지 줄줄이 드러나고. 돈 빌려준 여자들 완전 똥 밟았지. 쯧쯧."

그 똥 밟은 여자 여기도 있네요. 돈을 빌려준 건 아니지만 하마터면 서 팀장에게 속아 넘어갈 뻔했던 자신이 한심했다. 서 팀장이 스스로 꺼져 준 것에 감사해야 하는 거네.

"그래서 그 사람 어떻게 됐는데?"

"지금 경찰 조사 받는 중이라던데요? 자기는 그런 적이 없다고 딱 잡아떼더래요."

"매장이네, 매장. 대체 무슨 생각으로 그 남자는 그렇게 산 거래? 그쵸, 부장님?"

"어? 으, 응."

문득 수창과의 소문이 그렇게 빨리 돈 게 어쩌면 서 팀장이 앙갚음하려고 의도적으로 그랬던 건가 하는 생각이 들었다. 나쁜 놈. 끝까지 나쁘게 굴었네.

저절로 수창이 떠올랐다. 그런 놈 때문에 곤란을 겪었을 그는 싫은 내색 한 번 없이 오히려 그녀를 든든히 지지해 주었다. 자신의 사회적 지위 따위는 상관없는 듯, 그녀와의 관계를 떳떳이 밝히기까지 했고. 정말 알 수 없는 사람이다.

그녀와 텔레파시라도 통한 것인지 때마침 수창에게서 전화가 왔다.

–바빠요?

"조금요."

–정말 지독한 여자네. 어떻게 전화 한 번을 먼저 안 해요? 계

약 성사되면 이렇게 변하는 여자였던가요?

"지금 프론메디에 물량 맞춰 주려고 그러는 거거든요? 사장님은 요즘 한가하신가 봐요?"

전화기 건너로 그의 낮은 웃음소리가 전해져 왔다.

–뭘 모르시네. 나 방금까지 빡세게 회의하다 전화하면서 잠시 쉬는 겁니다. 나한테 후배님은 충전기 같은 존잰데 후배님은 그렇지 않은 것 같아 자존심 상하네요.

"자존심은 그럴 때 세우라고 있는 거 아닌데."

–그래서 이렇게 바보처럼 또 전화 걸고 있잖습니까?

난하가 작게 웃음을 터뜨렸다. 뻣뻣했던 안면 근육이 그제야 스트레칭을 하는 듯 당겨 왔다. 그만큼 이 남자 아니면 웃을 일이 없었다.

–지금 달려가서 잠깐 얼굴이라도 보고 싶은데, 그게 안 되니 죽을 맛이네요.

난하는 그의 말이 간지러워 대꾸도 하지 못하고 쥐고 있던 볼펜만 자꾸 매만졌다.

–거리도 멀지, 둘 다 일에 치여 죽을 판이지. 어떻게 개선의 방향을 모색해 봅시다. 장거리 연애는 실패한다는 말이 쏙 들어가게끔 뜨겁게.

"연말까지만 참아요. 올해 지나면 숨 좀 돌릴 수 있을 것 같아요."

–그때까지 어떻게 견디라고! 모레가 성탄절인 건 알아요?

그게 며칠이나 된다고. 그의 우는 소리에 난하는 자꾸 웃음이 터졌다. 이렇게 그와 대화를 나누는 순간만큼은 회사나 집안 일,

그리고 최영은이란 그 여자도 모두 잊어버리고 오로지 그에게만 빠져든다. 바보처럼.

"애 같아요, 선배님."

–애같이 유치하게 구는 게 어떤 건지 보여 줘요?

한다면 할지도 모르는 남자라 난하는 됐다고 말하려던 참이었다.

–일단 전화 끊어요.

뚝. 전화가 끊겼다. 뭐지? 대체 무슨 짓을 벌이려고 저럴까? 다시 전화를 걸어 보려다가 자신을 찾는 직원의 목소리에 난하는 재빨리 사무실로 걸음을 옮겼다.

–언니야, 나 굉장히 중요한 고민 있어서 언니랑 상담 좀 하고 싶은데 시간 돼?

"왜? 무슨 일인데?"

성탄절을 하루 앞둔 날, 동생 인하에게서 전화가 걸려 왔다.

–전화로 할 얘긴 아니고, 이따 저녁에 시간 낼 수 있어?

목소리가 평소와는 사뭇 다르게 가라앉아 있었기에 난하는 걱정하지 않을 수가 없었다. 대체 무슨 일이기에 집도 아니고 밖에서 만나자고 하는 걸까? 난하는 머뭇거리는 인하를 배려해서 더 이상 묻지 않고 약속을 잡은 후 전화를 끊었다.

"대체 무슨 일이야! 신경 쓰여서 아무것도 손에 잡히지를 않네."

재하의 결혼식 준비도 척척 진행되고 있었다. 신혼집은 따로 마련하지 않고 재하의 방을 고쳐서 사용하기로 하였으며 결혼식도 가족끼리 간소하게 하기로 했기 때문에 많은 준비가 필요하지 않았다.

겨우 골치 아픈 문제를 하나씩 해결해 가는데 또 무슨 문제가 생긴 것은 아닌지 난하는 불안했다. 그래서 재빨리 업무를 마감하고 인하가 기다린다는 카페로 향했다.

난하는 숨을 고르며 스르륵 문이 자동으로 열리는 카페 안으로 발을 들였다. 눈이 내려 기온이 영하인 실외와는 달리 카페 안은 매우 훈훈했다. 감미롭게 흐르는 재즈 선율의 캐럴에 여기 저기 마주 앉은 커플들의 대화 소리가 섞였으나 난하는 인하 걱정에 그마저도 들리지 않았다. 오로지 어딘가에 앉아 있을 동생 인하만을 찾느라 분주했다.

그러다 난하는 자신을 뚫어지게 바라보는 시선에 저도 모르게 눈이 고정되었다. 주황빛의 작은 전구들이 'LOVE' 라는 글자를 감싸며 하트 모양을 형성한 창문가에 그가 앉아 있었다.

난하는 예상치 못한 상황에 굳어져 버리고 말았다. 난하가 그대로 서 있자 수창이 자리에서 일어섰다. 다크 그레이 색상의 캐시미어 코트가 그의 큰 체격을 더욱 슬림하고 길어 보이게 만들었다. 며칠 만에 본 그는 두말할 것도 없이 더 멋져 보였다. 갈수록 더 빠져드나 보다.

난하는 이 모든 게 인하와 수창의 계략임을 깨닫자 억울해지면서도 한편으로는 마음이 놓였다. 이게 바로 당신이 말한 '유치하게 구는 거' 로군요.

강인하 이걸 그냥! 내가 하루 종일 제 걱정에 마음 졸인 걸 생각하면……!

"빨리 와서 앉지 않고 뭐 해요?"

어느새 다가온 수창이 그녀 앞에 버티고 섰다. 인하에게 일이 없는 것은 다행인데 이 남자를 마주하고 있으니 심장이 무겁게, 그러나 숨 가쁘게 뛴다. 얼마 만에 보는 멋진 모습이란 말인가! 절로 무거웠던 머리가 맑아지고 엔도르핀이 마구 샘솟게 하는 남자.

수창이 난하의 허리를 가볍게 감싸 자리로 안내했다.

"앉아요."

"이 시간에 어떻게 왔어요? 오신다는 말도 없었잖아요?"

"이렇게라도 하지 않으면 못 볼 것 같아서요. 쉬어야죠, 오늘 같은 날은."

수창이 추위에 빨갛게 얼은 난하의 볼을 부드럽게 쓸어 주며 말했다. 그의 가벼운 터치에도 닿는 곳마다 톡톡 불티가 튀는 듯하다.

"이거, 고마워해야 하는 건가요?"

"고마워해야죠, 당신 회사 직원들. 오늘 같은 날 악덕 상사가 퇴근도 안 하는데 어떻게 먼저 퇴근한다고 할 수 있겠어요?"

"후훗, 듣고 보니 그러네요. 잘 하셨어요."

"처제 안 혼낼 거죠? 언니한테 죽지 않게 잘 말해 달라고 어찌나 신신당부를 하던지."

그의 말에 난하가 밉지 않게 그를 흘겨보았다.

"어떻게 애를 시켜서 그래요? 내가 종일 얼마나 걱정했는데요."

"미안해요. 안 그럼 못 볼 것 같아서요. 난하 씨는 아직 나보단 처제가 먼저니까. 그래도 처제가 회사 일보다는 먼저라 다행이네요."

수창이 장난스럽게 말했지만 난하는 그의 말에 무척이나 미안한 감정이 생겨났다. 그렇게 내가 믿음을 주지 못했구나. 하긴, 그들 사이에 그런 믿음이 존재할 만한 시간과 사건은 충분하지 않았으니까. 그녀 스스로도 그랬으면서.

그러나 그를 보니 그간 바쁜 회사 일정 때문에 잊고 있었던 최영은이란 여자도 함께 떠올랐다. 난하는 무거워지려는 기분을 무시하며 그를 향해 생긋 미소를 지었다.

"저도 죄송해요."

"알면 다행이고."

그가 능청맞게 말했다.

"우리 데이트하는 거 알았으면 좀 더 신경 써서 입고 나오는 건데 말이에요. 저 정신없이 일하다가 뛰어나온 거라 지금 엉망이에요."

"그러네요. 그래도 예뻐 보이는 거면 나 중증이죠?"

그의 대답이 그녀를 당황하게 만들었기에 잠시 벌린 입을 다물지 못하고 그를 쳐다보다가 픽 웃음을 터뜨렸다. 정말 말로는 감당이 안 되는 남자다.

"아직 저녁 전이죠?"

"네. 선배님은요?"

"배고파 죽는 줄 알았어요. 밥부터 먹으러 갑시다."

이젠 조금 알 것 같다. 이 남자가 이처럼 밥에 집착하는 이유를 말이다. 그만큼 열심히 일해서이지 않을까?

스테이크가 맛있다고 소문난 분위기 좋은 레스토랑의 프라이빗 룸. 이런 날 어떻게 예약에 성공했는지는 모르겠지만, 난하는 지금 나오는 음식을 족족 싹쓸이하듯 먹어치우는 남자의 왕성한 식욕에 혀를 내두르며 제 접시에 담긴 고기를 썰어서 슬며시 내밀었다.

"제 것도 좀 드세요. 많이 시장하셨나 봐요?"

"난하 씨 것까지 뺏어 먹을 만큼 파렴치하지 않습니다."

"기세로 봐선 접시도 씹어 드실 것 같아서요."

"하하, 난하 씨와 둘이 밥을 먹으면 이상하게 식욕이 마구 생겨요."

또 무슨 궤변을 늘어놓으려고 그러는 걸까?

"제가 잘 먹게 생겼나 보죠? 뭐, 너무 복스러워서 식욕을 자극하는 캐릭터 정도 되어요?"

약간은 볼멘소리로 대꾸하자 수창이 웃음을 터뜨렸다.

"글쎄요. 그보단 내가 다른 쪽으로 좀 허기져서."

"네?"

그녀의 반문에 수창은 어깨를 으쓱해 보이더니 다시 음식으로 관심을 돌렸다.

다른 쪽으로 허기지다고? 다른 쪽, 다른…… 쪽이라면……. 헉!

난하는 눈을 커다랗게 뜨고 그를 쳐다보았다. 입안 가득 고기를 썰어 넣은 그가 고기를 씹을 때마다 불거지는 턱 근육과 삼킴과 동시에 꿈틀거리는 남성적인 목울대가 묘하게 확대되어 보였다.

꿀꺽. 마른침이 절로 넘어간다.

나 언제부터 이랬더라?

저 남자 볼 때마다 침을 삼키는 아주 민망한 버릇이 생겼다. 그러고 보니 난하도 왜인지 허기지다는 느낌이 들었다. 조금 전까지 그를 따라 열심히 음식을 먹었는데…….

어머, 나 왜 이러니?

"이상형이 뭐예요?"

느닷없는 질문에 난하는 정신을 가다듬었다.

"네?"

"남자 이상형요."

"갑자기 왜 그런 질문을……?"

"그냥 궁금해서요."

"굳이 이상형을 꼽으라고 한다면, 웃게 해 주는 남자? 그리고……."

"그리고?"

"춤 잘 추는 남자."

마지막은 수창이 이상형을 묻는 의도가 궁금하기도 했기 때문에 장난 삼아 던진 말이었다.

"음."

"선배님은요?"

"나요?"

난하가 짓궂은 표정으로 질문하자 수창은 뭔가 골똘히 생각하는 듯하더니 이내 입을 열었다.

"예쁘고, 여성스럽고, 몸매도 좋고, 건드리면 툭 눈물을 떨어뜨릴 것같이 청초하고 보호 본능을 일으키는……."

탁!

수창은 말을 다 마치지도 못하고 난데없이 포크와 나이프를 테이블에 거칠게 내려놓는 난하를 어리둥절한 표정으로 바라보았다.

"사장님, 저 궁금한 게 하나 있는데요!"

"뭔데요?"

"혹시 최영은이란 여자분 아세요?"

그의 눈이 함지박만 하게 커졌다.

"난하 씨가 영은이를 어떻게 알아요?"

난하는 입술을 사리물었다가 다시 입을 열었다.

"그럼 임신하신 것도 아시겠네요?"

그녀의 말에 수창의 모든 행동이 마치 멈춤 스위치를 누른 듯 얼어붙었다.

"방금…… 뭐라고 했어요?"

"들으신 대로예요."

그는 믿기 어렵다는 듯 별안간 자리에서 벌떡 일어섰다.

"영은이가 뭘 해요?"

수창의 반응을 보는 난하는 그간 눌러 왔던 두려움이 현실이 되는 것만 같아 가슴이 무너져 내리는 기분이었다. 난하는 눈을 질끈 감았다가 심호흡을 한 뒤 마음을 가라앉히며 천천히 다시 눈을 떴다. 거기에 충격이 역력한 얼굴로 그녀를 뚫어지게 바라보는 그가 있었다.

"본인한테 직접 물어보세요. 저도 아는 건 거기까지예요."

그녀의 말이 떨어지기 무섭게 그는 휴대전화를 꺼내들었다. 난하는 참담해졌다. 전화하려면 자리나 피하지, 나는 안중에도 없다는 건가? 난하는 가슴 아픈 장면을 마주하기가 싫어 자리에서 일어섰다.

상대방이 전화 받기를 기다리던 그는 막 룸을 나서려는 난하의 팔을 붙잡았다. 어디 가느냐 묻는 눈빛이었으나 상대방이 전화를 받는지 그는 난하의 손을 잡은 채로 통화를 시작했다.

"영은이 아이 가졌어?"

다짜고짜 묻는다.

"……허! 언제 알았어? 방금? 근데 형, 울어?"

분명 영은이라는 여자에게 전화해서 물어볼 것이라고 여겼는데 통화를 다른 사람과 하는 것 같았다. 형이라면, 고세창 선생님?

"나 참, 어이가 없어서."

그는 전화를 끊고 헛웃음을 터뜨리더니 이내 난하를 끌어와 품에 꼭 안았다.

"왜…… 그래요?"

"난하 씨."

"……네?"

"아까워서 어떡해요?"

"뭐……가요?"

"고세창 선생 아빠 된다는데?"

"예?"

"아빠 된다고 좋아서 대성통곡하고 있어요, 지금."

이건 또 무슨 자다가 봉창 두들기는 소리란 말인가? 엊그제까지만 하더라도 애인에게 거하게 차여서 실연의 아픔을 삼키고 있던 사람이 느닷없이 아빠라니. 잠깐! 그럼?

"그럼, 최영은 씨가 고세창 선생님과 사귀던 분이에요?"

난하의 질문에 수창은 의아한 얼굴로 몸을 떼어 내 그녀를 바라보았다.

"아는 거 아니었어요? 그럼 영은이를 어떻게 알아요?"

"어…… 그냥 우연히……. 저번에 회사에 찾아갔을 때 선배님과 통화하는 소리 우연찮게 들었거든요."

"언제요?"

"출장 다녀오셨던 날."

그날을 가늠해 보던 그의 눈이 휘둥그레졌다.

"회사에 왔었단 말이에요? 그런데 왜 그냥 갔어요? 나 그때 난하 씨 보고 싶어서 죽는 줄 알았는데. 그래서 회사 일도 제치고 막 뛰어 갔잖아요."

"가, 갑자기 회사에서 사고 연락이 오는 바람에……."

"아, 그랬구나. 난 그날 영은이가 중요한 할 얘기 있다고 만나자고 하기에 형한테 떠넘기고 막 달려갔는데. 어차피 두 사람이 풀어야 할 숙제니까요. 그런데 아이 가진 건 어떻게 알았어요?"

"우연히…… 산모 수첩을 봤어요."

난하의 말에 그가 작게 웃으며 그녀를 다시 껴안았다.

"아무래도 우리 모두, 가족 될 운명인가 봐요."

그가 한 말에 난하는 아무런 대답도 해 줄 수 없었다. 아무런 대꾸나 반응이 없자 수창이 은근슬쩍 물었다.

"설마, 영은이랑 나를 오해한 건 아니죠?"

또 반응이 없자 수창이 다시 몸을 떼 난하와 눈을 맞추었다.

"설마, 그랬어요?"

난하가 부끄러운지 얼굴을 붉히며 시선을 피했다.

"어떻게 그럴 수가 있어요? 와, 진짜! 그럼 그걸 그때부터 지금까지 이 쬐끄만 머릿속에다 담아 놓고 혼자서 끙끙댔던 겁니까? 바보 아니야, 진짜?"

난하는 괜스레 억울해지고 스스로가 한심해서 버럭 화를 내고 말았다.

"아니, 언제는 머리가 장식 아니냐더니 이제는 바보래요? 진짜 웃기고 있어. 그러는 선배님은 생긴 건 꼭 밥처럼 생겼으면서 어쩜 그렇게 달라요?"

"밥? 밥이라고 했어요, 지금? 지금 옛 남자와 비교한 겁니까?"

"예, 했어요. 하면 안 돼요? 나는 밥이랑 매일같이 잠도 잤어요. 선배님보다도 훨씬 오랜 시간 함께해서 잠꼬대에서도 나올 만큼 편하다고요. 걔는 내 투정 다 받아 주고 항상 내 편인데 선배님은 툭하면 인신공격에……."

말을 마구 쏟아 내던 난하는 그의 눈을 보는 순간 멈추었다. 상처와 질투로 뒤엉킨 눈빛이 심장을 욱신 쥐었다 놓는다. 이러려고 한 게 아닌데. 오랜만에 만나서 처음으로 싸우고 말았다. 잊고 있었다. 이 남자가 얼마나 자신에게 다정한 남자인지를.

"저기, 선배님……."

그러나 화를 낼 거라 여겼던 그가 도리어 잔잔하게 미소를 지었다. 그리고 난하의 머리 위로 커다란 손을 얹고는 이렇게 말하는 것이었다.

"잘했어요."

뭘 잘했다는 걸까? 그가 옛 남자로 알고 있는 밥과 비교한 것? 그걸 잘했다고 하는 남자는 미친 거겠지. 그럼 반어법인가? 그럼 나 지금 이 남자와 헤어지는 건가?

수창은 두 손으로 그녀의 볼을 감싼 채 몸을 굽혀 시선을 마주하고 다시 말했다.

"담아 놓으면 병 돼요. 그렇게 해야 할 말, 하고 싶은 말, 서로에게 숨기지 말고 아끼지도 말고 하면서 삽시다."

난하는 그의 깊은 눈을 보며 할 말을 잃었다. 그가 곧 작게 속삭였다.

"사랑해요."

머릿속이 새하얗게 변해 갔다. 가까이 다가온 그의 입술이 난하의 입술에 가볍게 닿았다가 멀어졌다. 곧 그의 휴대폰이 울리는 소리가 들렸고 그는 걸려 온 전화를 받느라 난하에게서 몸을 돌렸다.

방금 사랑 고백을 받은 것 같은데……. 어떻게 전개가 이렇게 기상천외할 수가 있는 거지? 대체 이 남자의 머릿속 정보 전달체계와 사고회로는 어떻게 구성되어 있는 것일까?

난하는 그가 전화 통화를 하는 누군가에게 '애인이랑 있어요.'라고 하는 말소리에 멍해져 있던 정신을 퍼뜩 차렸다.

–사랑한다, 아들아. 메리크리스마스.

"저도요, 어머니. 메리크리스마스."

어머니의 인사에 그대로 답을 돌린 것뿐인데 수화기 너머는 한동안 잠잠했다. 영화의 말문이 막힐 법도 했다. 사랑한다는 말을 직접 쓰진 않았지만, 늘 대답을 피해 왔던 영화의 사랑한다는 말에 제가 대답을 했기 때문이다. 역시 사랑의 힘은 위대한 것 같다는 생각을 하며 수창은 영화와의 통화를 끝마쳤다.

다시 난하에게로 몸을 돌리던 수창의 얼굴은 와락 굳어지고 말았다.

"왜 그래요, 난하 씨?"

"……네?"

"울잖아요."

수창은 다리가 풀려 도로 제자리에 앉아 있는 난하에게로 다가갔다. 난하는 당황했는지 얼른 테이블 위의 냅킨을 들어 눈물을 찍어 냈다. 수창이 난하의 곁에 다가가 한쪽 무릎을 꿇은 채 시선을 낮추었다.

"죄송해요, 흑……. 선배님. 저기, 밥은요. 곰돌이에요. 내 방에 있는. 저희 아빠가 열 살 때 사 주신 건데 항상 안고 자거든요. 크기가 정말 어마어마해서 제 침대를 거의 다 차지할 정도예요. 다 터지고 숨도 죽고 빛도 바래서……. 엉엉……. 버리라고 하는데 못 버렸거든요. 도저히 못 버리겠더라고요. 죄송해요, 나 정말 왜 이러니?"

난하는 고장 난 수도꼭지처럼 계속해서 흘러내리는 눈물을 멈추어 보려고 애를 쓰며 손부채질까지 해 보았지만 소용이 없었다. 수창은 그런 난하의 말을 가만히 경청하더니 곧 일어나 난하를 꼭 안아 주었다. 12살 마지막으로 꼭 안아 주던 아빠의 품처럼, 수창은 꺼이꺼이 목 놓아 우는 난하를 빈틈없이 안아 주었다. 그간 쌓아 놓았던 울음을 몽땅 다 터뜨리라는 듯이.

이젠 그의 집이 된 할머니 집 마당으로 들어서자 거실 새시 너머로 오색 불빛이 깜박이는 것이 눈에 들어왔다.

"어머, 불이 켜져 있어요. 누가 안에 있어요?"

그는 대답 대신 씩 웃으며 말없이 난하의 손을 붙잡고 집 안으로 안내했다. 집에 들어서자 조그마한 꼬마 크리스마스트리가 어두운 거실 한편을 밝히고 있었다. 집 안은 훈훈했다. 고작 트리 하나 장식해 둔 것뿐인데 전에 왔었던 때와 분위기가 사뭇 달랐다. 난하는 그를 돌아보며 미소 지었다.

"예쁜데요."

그가 마주 웃었다. 수창은 다가가 난하의 외투를 받아 들며 말했다.

"우리 파티 합시다. 성탄절인데 우리도 축하해야죠. 잠시만 기다려요."

그는 짙은 보라색의 러그가 깔린 거실에 그녀를 앉게 한 뒤 주방 쪽에서 찻상 하나와 와인 잔 두 개를 들고 와서 러그 중앙에 놓아두었다. 그리고 언제 갖다 놓은 것인지 와인과 치즈, 타르트, 파이 등의 간식거리 등도 하나씩 접시에 놓여졌다. 난하가 곁에서 파티 준비를 도우며 말했다.

"와, 준비 많이 했네요?"

"후배님 단 거 좋아하잖아요."

"오, 그런 것도 아세요?"

"내가 난하 씨에 대해 모르는 게 있는 줄 알아요?"

"이거 괜히 무서워지는데요? 혹시 스토커는 아니시죠?"

"그쪽으로는 소질 없는데, 난하 씨에 대해서는 저절로 알게 되더라고요."

"하하, 가끔 보면 낯간지러운 소리 참 뻔뻔하게 잘 하세요."

"그게 과거의 나와 달라진 점이죠."

그는 코르크 마개를 뽑아서 와인 잔에 투명한 빛의 와인을 따르며 말했다. 트리의 불빛에 그의 눈꼬리가 접힌 눈과 끝이 말려 올라간 도톰한 입술이 매력적으로 빛났다. 오로지 자신만을 담은 그의 부드러운 눈동자가 일렁이는 것만 같아 난하도 가슴이 울렁거렸다.

꿀꺽, 저도 모르게 마른침이 목으로 넘어갔다. 편안하게 대하는 듯했지만 이 어색하기도 하고 긴장되는 상황이 전혀 아무렇지 않을 리는 없었다.

수창이 와인 잔 하나를 그녀에게 내밀자 난하가 받아 들었다. 그는 곧 자기 몫의 잔을 든 후 앞으로 내밀었다. 챙. 가볍게 부딪힌 유리잔 안의 액체가 잔물결을 일으키며 출렁거렸다.

"아, 맞아!"

막 입술에 잔을 대려던 난하는 뭔가 생각났는지 가방에서 휴대폰을 꺼내 왔다. 수창은 그녀가 뭘 하려는 것인지 궁금해 가만히 지켜보았다.

"뭐가 좀 허전하다 했어요. 파티엔 당연히 음악이 있어야죠."

곧 그녀의 휴대폰에서 잔잔한 캐럴이 흘러 나왔다.

"완벽해요."

수창이 낮고도 편안한 음성으로 칭찬했다.

"그런 건 안 해요? 인증샷 같은 거?"

"네?"

"여자들은 그런 거 좋아하잖아요."

"만나 왔던 여자분들은 대체로 그러셨나 봐요?"

난하가 짓궂게 물었으나 수창은 수를 다 안다는 듯 픽 웃었다.

"그게 아니라, 여동생이 워낙 그런 걸 좋아해요."

"아아, 그러세요?"

난하가 믿지 못하겠다는 반응을 보였지만 그럼에도 수창은 이렇다 할 대꾸 없이 느긋하게 미소 지으며 와인을 들이켰다.

거실의 커다란 유리 미닫이문 밖으로는 어둠 속에서도 유난히 선명한 눈송이가 느리게 흩어지고 있었다. 그 움직임이 마치 재즈 가수가 부르는 'White christmas'에 맞추어 춤을 추는 것 같아 난하는 와인 병이 비워져 가는 줄도 모르고 그 풍경에 빠져들었다.

이런 여유가 얼마만이던가? 난하는 아무런 걱정 근심이 없는 이 시간, 이 장소가 마치 다른 세상인 것만 같은 착각이 들었다. 마치 그의 품에 안겼던 때처럼.

"운치 있어요, 여기."

"여기도 매휘당과 비슷하죠?"

"그러네요……."

대답을 하던 난하는 놀란 듯 눈을 크게 떴다.

"저희 집에 와 보신 적 있으세요?"

"아…… 아주 예전에……. 매휘당 안채까지는 들어가 보지 못했고 고택만요."

"아아."

수창이 약간 당황한 듯 얼버무렸으나 문화재로 지정된 고택은 일반인에게도 공개되곤 했었기에 난하는 별 의심 없이 고개를 끄덕였다. 매휘당은 고택과는 별도로 분리된 공간이었으므로 아무래도 아무 상관없는 외부인의 출입은 어려웠다.

"그럼 여기서 8살 때부터 사신 거예요?"

그녀의 질문에 이번에는 수창이 놀란 표정을 지었다.

"어떻게 알았어요?"

"고세창 선생님요. 잠깐 대화 나누다가 알게 되었어요."

"좀 질투 나려고 그러네. 그러고 보면 둘이 참 잘 맞아요?"

"괜히 또 그러신다."

"하하, 맞아요. 8살 때부터 중학교 3학년 때까지 할머니랑 여기서 살았어요. 그때 참 좋았는데. 할머니 음식 솜씨가 얼마나 좋은지 난 집 밥이 너무 좋았어요. 내가 이만큼 큰 건 다 할머니 덕분이에요."

그때를 떠올리며 허허 웃는 그를 보니 감회가 새로웠다. 얼마 전까지만 해도 자신의 낮아진 자존감 되돌려 놓으라며 으름장을 놓던 그였는데.

"아무렇지 않으세요?"

난하가 조심스레 물었다.

"뭐가요?"

"음, 그러니까…… 과거요. 저한테 받으신 상처."

"아, 맞다. 나 난하 씨한테 상처받았었지?"

그가 장난스럽게 말했다.

"보면 몰라요?"

"네?"

"나 난하 씨랑 연애하잖아요."

맞다! 상처가 치유된 증거. 난하의 얼굴에 웃음꽃이 피었다.

"이제 정말 괜찮으신 거죠? 저는 선배님이 정말 안 서는 줄 알고…… 합!"

난하는 얼른 제 손으로 입을 틀어막았다. 술이 들어가니까 입이 방정을 떤다.

"뭐가 안 서요?"

"아, 아무것도 아니에요. 소, 손 마사지는 열심히 하고 계시는 거죠?"

"아아, 그럼요. 특히 혈액순환에 도움 된다는 손목 마사지는 수시로 하고 있어요. 이렇게."

그가 두 손목을 부딪치며 직접 시범을 해 보이자 난하는 민망해 얼굴이 화끈 달아올랐다. 어머, 손 마사지가 저렇게 야하게 보이면 어쩔 건데! 그가 두드리던 행동을 멈추고 한 손을 난하에게로 내밀었다.

"손 이리 줘 봐요."

"왜요?"

"나도 해 줄게요, 손 마사지. 아직도 오일 가지고 있어요?"

"그렇긴 한데……."

저 남자에게 손을 잡히고도 멀쩡할지 장담을 못하겠다. 지금도 이렇게 떨리고 긴장되는데.

자꾸 손을 까닥이는 그의 요구에 어쩔 수 없이 오일과 함께 손을 내밀었다. 그는 전에 난하가 하던 대로 오일을 몇 방울 떨어뜨리더니 그녀의 작은 손을 매만지기 시작했다.

서툴지만 조심스럽고 부드러운 움직임. 마치 부드러운 애무를 받는 것과 같은……. 그런 생각을 하자 얼굴이 화끈 달아올랐다. 바로 곁에 당사자를 두고 그런 생각을 하다니……. 죄책감이 들었으나 그런 감정은 수그러들지 않고 오히려 이상한 열감으로 그녀를 들뜨게 했다. 난하가 열이 오른 뺨을 한 손으로 가만가만 눌렀다.

"왜 그래요?"

"아…… 취기가 오르나 봐요. 화이트 와인은 잘 안 마셔서 몰랐는데, 아무래도 약한가?"

그녀의 대답에 그는 잠시 손 마사지를 멈춘 채 말이 없더니 나직한 목소리로 그녀를 불렀다.

"난하 씨."

"네?"

그의 부름에 난하가 고개를 들어 그를 보았다. 가까운 거리, 그의 깊어진 눈이 그녀를 지그시 담고 있자 난하의 심장이 덜컹 가벼운 브레이크를 밟았다.

"그런 말 하면 남자들은 두근거려요."

그의 말에 난하의 심장이 두 번째 브레이크를 밟는다. 아무래도 오늘은 심장이 안전 운행 하기는 틀렸나 보다. 어차피 이 집에 오면서부터 각오는 하고 온 것이지만 그래도 적응하기는 어려웠다.

“모르고 그러는 거예요? 아니면 일부러 유혹하려고 그러는 건가?”

그가 난하의 손을 지그시 힘주어 잡으며 혈액순환에 도움이 된다는 손목을 엄지로 느리게 쓸었다. 이 남자, 알고 있나 보다. 손목 마사지가 어디에 좋은지. 마주한 그의 눈빛이 거부할 수 없을 만큼 농염하고 빨아들일 것같이 깊어 난하는 숨 쉬는 것조차 잊었다.

그가 난하의 옆으로 바싹 다가와 앉았다. 안경까지 찻상에 벗어 놓는 것을 보고 이번에는 심장이 액셀러레이터를 밟은 듯 빠르게 뛰기 시작했다. 난하는 안경에 가려져 있지 않은 그의 눈을 보며 깨달았다. 이 남자도 조금 전의 자신과 다르지 않구나.

수창이 난하의 허리에 팔을 둘러 옆구리를 바짝 당겨왔다. 귓불에 그의 숨이 닿을 만큼 그의 얼굴이 가까이 있었지만 난하는 차마 수창의 얼굴을 마주 보지 못하였다. 그가 손을 움직여 옆구리를 부드럽게 쓰다듬더니 어깨를 매만졌다.

“싫으면 안 할게요.”

그렇게 말하면서도 느리게 쓰다듬는 손은 멈추지 않았고 그의 숨결은 더 가까이에서 느껴졌다.

“난하 씨, 정말 예뻐요. 예뻐서 눈을 뗄 수가 없어.”

여자를 유혹하기 위한 남자의 사탕발림은 너무 진부하다고만 여겼는데 이런 흔하디흔한 말을 그에게서 들으니 가슴이 터질 것처럼 뛰어 댔다. 마치 귓가에서 심장이 쿵쿵쿵 울리는 것만 같았다.

어둑어둑한 거실이 암막처럼 그들을 감쌌다. 오로지 이 공간에 둘뿐이었다. 누구도 방해할 수 없는 둘만의 공간. 그들의 더워진 체온을 타고 은은한 아로마 향기가 페로몬처럼 피어올랐다.

그가 달아오른 난하의 볼에 입을 맞추었다. 난하가 용기를 내어 그에게로 고개를 돌리자 그가 반쯤 내려뜬 나른한 눈으로 그녀의 입술과 눈을 더듬었다.

더할 나위 없이 매력적인 입술이 그녀의 입술로 다가왔다. 알싸한 백포도주 향에 섞인 그의 체취가 그녀를 더욱 취하게 만드는 것만 같았다. 어깨를 매만지던 손이 목덜미로 올라왔다. 그리고 반대편 손이 놓았던 어깨를 도로 쥐었다. 난하는 어쩔 수 없는 긴장감에 그의 셔츠 자락을 가만 움켰다.

블랙홀처럼 빨아들이는 입술, 파고드는 혀. 그의 모든 것이 그녀의 감각을 지배하기 시작했다. 난하는 거부하고 싶지 않았다. 온전히 그에게 맡기고만 싶었다. 아니, 그녀의 승부사적 기질은 오히려 그를 몽땅 지배하고 싶은 욕망마저 불러일으켰다.

난하가 셔츠를 쥐고 있던 손으로 그의 몸통을 감싸자 수창이 입술을 떼지 않은 채로 난하를 폭신한 러그 위로 천천히 눕혔다.

감미로우면서도 끈적한 욕망이 담긴 입맞춤이 계속되었다. 수창은 팔로 난하의 목을 받친 채로 옆에 누워 그녀의 몸을 부드럽게 쓰다듬었다. 분위기는 더할 나위 없이 무르익었다. 수창의 손이 난하의 티셔츠 안을 서서히 파고들었다. 뜨거워진 피부에 손이 닿자 난하가 몸을 파르르 떨었다.

수창이 행동을 멈추고 입술을 떼 그녀의 눈을 바라보았다. 난하가 긴장한 듯 숨을 헐떡거렸으나 핑크빛으로 달뜬 얼굴과 붉게 부푼 입술, 그리고 반쯤 감긴 눈동자가 참을 수 없을 만큼 유혹적이라 수창은 걷잡을 수 없는 욕망이 끓어오르는 것을 느꼈다.

그가 난하의 눈에 시선을 고정한 채 멈추었던 손을 원을 그리듯 서서히 움직이며 반경을 넓혀 나갔다. 손끝에 닿는 부드러운 피부의 감촉이 자꾸 인내심을 시험했다.

그가 다시 키스하기 위해 입술을 겹치려던 그때였다.

띠링, 난하의 휴대폰이 메시지가 왔음을 알렸다. 무시하려 했으나 연속해서 알림음이 울려 왔다. 결국 난하가 그를 살짝 밀어내며 행동을 저지했다.

"미안해요."

"누군지 타이밍 한 번 기가 막히네요."

수창은 바람이 빠지듯 웃으며 몸을 일으켜 난하가 메시지를 확인하도록 배려해 주었다. 난하가 휴대폰 잠금을 해제하자마자 동생 인하에게서 온 메시지 창이 떴다. 아직 대답이 없자 걱정이 되었는지 또다시 메시지가 올라왔다.

[언니, 남자는 항상 조심해야 돼! 알지?]

"풋!"

난하는 결정적인 순간을 이렇듯 절묘하게 끊어 준 인하에게 박수라도 보내고 싶었다. 더불어 얼마나 미덥지 않았으면 열 살이나 어린 동생이 남자에 대한 코치까지 할까 싶어 웃음이 터졌다.

"왜요?

"아무것도 아니에요."

"같이 웃어요."

"싫어요."

"어? 이거 수상한데? 얼른 내놔 봐요."

수창이 휴대폰을 뺏으려고 하자 뺏기지 않으려는 작은 승강이가 벌어졌고 난하는 얼른 잠금 설정을 해 버렸다. 덕분에 조금 전의 폭발할 듯 가열되던 열기는 식었지만 긴장하고 어색했던 두 사람의 분위기가 조금은 부드러워졌다. 그에게 꼼짝없이 붙잡혀 그의 두 팔과 두 다리 사이에 갇혀 있던 난하가 웃음을 갈무리하며 입을 열었다.

"저…… 좀 씻고 싶어요."

그와의 첫날밤을 얼결에 치르고 싶지는 않았다. 그는 아쉬운 한숨을 속으로 삼키며 몸을 비켜 주었다.

"너무 오래 기다리게 하지 말아요."

욕실로 들어간 난하는 제멋대로 뛰는 심장을 차분히 가라앉히며 거울을 보았다. 거울 안에는 머리는 엉키고 얼굴은 보기 싫게 빨개진 낯선 여자가 보였다. 그 여자의 눈은 평소에는 볼 수 없었던 야릇한 흥분과 기대로 반짝이고 있었다.

"아, 적응 안 돼. 나 이제 어쩌지?"

거울 옆 칫솔 꽂이에 꽂힌 두 개의 칫솔에 기분이 이상해졌다. 지난번 이 집에 왔을 때 사용했던 노란색 칫솔. 그리고 그 옆에 그의 몫으로 샀던 파란색 칫솔. 나란히 꽂힌 두 개의 칫솔이 두 사람의 미래라도 되는 것만 같아 난하는 가슴이 떨렸다.

모르겠다. 이 남자와의 미래를 떠올리는 것은 나쁜 일인 것만 같아 자꾸 고개를 흔들지만 눈앞에 나란히 꽂힌 두 개의 칫솔처럼 그들의 단란한 미래를 자꾸 상상해 버리게 된다.

강난하 인생에서 이렇게 무모하게 군 적은 결단코 처음이었다. 결혼을 약속한 것도 아닌 남자와 지금 사랑을 나누려고 한다. 그것이 난하에게 얼마나 큰 의미인지 그는 알까? 하지만 난하는 나중에 그와 헤어지게 된다고 하더라도 오늘의 일은 결코 후회하지 않을 것이라 마음먹었다.

그때였다. 똑똑, 노크 소리가 들렸다.

"네?"

"갈아입을 옷 문 앞에 뒀어요. 내 건데 그냥 편하게 입으라고."

"고마워요."

난하는 샤워를 꼼꼼하게 마치고 그가 꺼내 준 티셔츠와 바지를 몸에 대 봤다. 딴에는 가장 작은 걸로 준 것 같은데 터무니없이 컸다. 갈아입을 속옷도 없는데 기억에 남을 첫날밤을 이런 차림으로……. 난하는 고민 끝에 그의 티셔츠 하나만을 입기로 결정했다. 어차피 그가 다 벗길걸, 뭐. 깜짝 선물한다고 생각하자고 속으로 되뇌며 떨어지지 않는 발걸음을 떼었다.

달칵. 조용한 집 안에 욕실 문 여닫는 소리가 어찌나 크게 들리던지 난하는 잔뜩 긴장하고 말았다. 거실에는 여전히 크리스마스트리 불빛만이 반짝였고 수창은 보이지 않았다. 난하가 살금살금 걸으며 수창의 위치를 탐색하는데 침대가 있던 그의 방에서 불쑥, 그가 나타났다.

"다 씻었어요?"

그의 시선이 그녀를 속속들이 훑어보는 것만 같아 난하는 온몸이 불에 덴 듯 화끈거렸다.

"씨, 씻고 오세요."

"난하 씨."

"네?"

그가 욕실로 향하는 대신, 한 발 가까이 다가오자 난하가 화들짝 놀라며 대답했다.

"옷이…… 그게 뭐예요?"

"제, 제 옷이요?"

역시 너무 천박해 보였을까? 아유, 너무 갔어, 너무! 난하가 속으로 죽어라 무덤을 파고 있는데 수창이 한 발 더 앞으로 다가왔다. 난하는 저도 모르게 뒤로 한 발 물러났다. 울어야 할지, 웃어야 할지, 갈피를 잡지 못하는 표정은 참으로 볼만했다. 하지만 난하는 그의 시선을 피하지 않으며 의연하려고 애썼다.

"서프……라이즈?"

난하가 겨우 있는 용기, 없는 용기를 다 짜 내어 대답하자 수창의 눈빛이 순식간에 돌변했다. 수창은 한달음에 다가가 다짜고짜 난하를 답삭 안아 들었다.

"꺅, 선배님!"

"기꺼이 받아들이지!"

그는 난하를 침대에 눕힌 후 매우 손쉽게 알몸으로 만들었다. 자상했던 고수창 선배님은 어디로 가고, 웬 들짐승 한 마리가 난하를 덮쳤다. 그러나 그녀를 다루는 손길만큼은 더할 나위 없이 조심스럽고 다정하며 세심했기에 난하는 속절없이 먹이가 되어 주었다.

뜨거운 사랑을 나누고, 나른한 몸이 땅으로 푹 꺼져 들어가는 기분이었다. 그와 떨어지기 정말 싫었지만 이제는 그만 일어나야 할 때인 것 같아 난하는 몸을 꿈틀거렸다.

"어디 가려고?"

"너무 늦었어요."

"사고 가."

수창이 그녀의 허리를 단단하게 끌어안으며 투정을 부리듯, 낮게 잠긴 목소리로 속삭였다. 그의 품에서 벗어나려던 난하는 망설여졌다. 말만 한 처녀가 말도 없이 외박이라니! 그녀의 집에선 상상도 할 수 없는 일. 수창의 입술이 잠투정처럼 그녀의 목덜미를 파고들던 그때였다. 그녀의 휴대폰에서 메시지 수신음이 울렸다.

"자, 잠깐만요."

난하가 몸을 돌려 휴대폰을 주워 들려고 하자 수창이 먼저 집어 들었다. 그리고 화면을 보던 수창은 의미심장한 미소를 지으며 그녀에게 화면을 보여 주었다.

[언니, 할아버지랑 엄마께는 오늘 회사에서 밤 샌다고 말해 뒀어.]

그걸 본 난하의 눈동자가 떨렸다. 입술을 깨물고 지척에 있는 그의 눈과 마주하자마자 수창이 난하의 입술을 덥석 물고 그녀를 꼭 끌어안았다. 그녀의 입에서 픽 웃음이 새어 나왔다.

이 남자 허기졌다더니 정말인가 봐. 그는 마치 굶주린 짐승처럼 그녀를 다시금 야금야금 먹어 치우기 시작했다. 성탄 이브가 그렇게 소복소복 내리는 눈과 함께 깊어져 갔다.

9

우리 부모님, 한번 만나 볼래요?

뭔가 평소와는 다른 따스함과 보드라운 감촉에 나른한 눈을 떴다. 반쯤 적나라한 알몸인 그녀는 대담하게도 그의 티셔츠 하나만을 입은 채로 한쪽 다리와 팔을 그의 몸통과 다리에 휘감고 있었다. 물론 그는 실오라기 하나 걸치지 않은 맨몸이었다.

입 벌리고 자는 게 버릇인가?

우스워서 소리 없이 웃으며 손가락으로 살짝 벌어진 입술을 꾹 눌렀더니 난하가 큰 숨을 쉬며 몸을 뒤챘다. 말려 올라간 티셔츠 아래로 드러난 새하얀 엉덩이와 늘씬한 허벅지가 간밤의 뜨거웠던 정사를 고스란히 떠올리게 했다. 그는 팽팽하게 부푸는 분신을 느끼며 그녀의 허벅지와 엉덩이를 느릿하게 손으로 쓰다듬었다.

곧 허리와 등을 부드럽게 쓸어내리자 난하가 기분이 좋은 듯

잠결에 미소를 지으며 그의 품으로 파고들었다. 갈비뼈에 맞닿은 그녀의 물컹한 가슴이 그의 욕심을 부추겼으나 그는 간밤에 제가 저질렀던 만행을 아는지라 쳐다보는 것만으로 만족하기로 하였다.

처음일 줄은 예상치 못했다. 그녀와의 첫 잠자리였기 때문에 최대한 부드럽게 대하려고 노력은 했으나 자지러지듯 비명을 내지르는 난하의 반응에 뭐가 잘못된 것인가 깜짝 놀랐었다.

'왜 그래요? 내가 뭐 실수했어요?'

'아…… 아니에요. 괜찮아요.'

'정말 괜찮은 거예요?'

'네에…….'

그녀의 대답에 정말 괜찮은 줄 알았다. 뻣뻣한 몸이 그저 긴장으로 그러는 것이라고만 여겼다. 그래서 더 열심히 애무하고 달래며 긴장을 풀게끔 노력했다. 하지만 집에 가겠다는 그녀를 붙잡고 두 번째로 파정을 맞고 난 후에야 알게 되었다. 그녀가 전혀 경험이 없다는 사실을 말이다.

머리를 장식으로 달고 다니는 건 정작 그였다. 그렇게 아프고 고통스러웠음에도 한마디 말도 없이 그를 받아들인 그녀가 사랑스럽고도 미안했다. 사랑은 함께 나누는 것이라는데 나누지 못하고 혼자만 즐긴 것 같아 죄책감도 들었다.

난하의 짧은 머리카락 몇 가닥이 얼굴로 흩어지자 그가 조심스레 귀 뒤로 넘겨 주었다. 핑크빛 코끝과 뺨, 불그스레한 입술, 앙증맞은 눈두덩과 귓불…… 그리고 둥그스름한 턱과 아담한 어깨. 어느 것 하나 사랑스럽지 않은 곳이 없었다. 깨물어 주고 핥고 싶은 충동을 억누르느라 고통스러웠지만 어젯밤 그녀의 고통에 비할까.

대체 언제부터 이 여자가 이만큼이나 좋아졌을까?

처음 봤을 때부터라고는 솔직히 말 못 하겠다. 호기심을 끌 만큼 그녀가 충분히 독특했고, 과거에 부모에게 버려졌다는 동질감이 아주 조금씩 싹을 틔웠던 점도 작용했을 것이다.

하지만 그 무엇보다 알면 알수록 빠져들지 않고는 못 배길 만큼 매력적이고 사랑스러운 여자라는 사실은 분명하다. 그런 환경에서도 꿋꿋하고 아름답게 잘 자라서 내게 와 준 당신.

수창은 고개를 움직여 커튼을 투과한 얇은 햇살을 머금은 그녀의 투명한 볼에 살그머니 입을 맞추었다.

"고맙습니다."

그가 그녀의 귓가에 작게 속삭였다. 그것이 그녀에게 한 말이었는지 그들의 삶을 인도해 준 어떤 존재에게 한 말이었는지는 그도 알 수 없었다. 그냥 이 꿈결 같은 상황이 황홀하고 감사할 뿐이었다.

그는 난하의 입술에 짧게 입맞춤을 한 뒤 이불을 그녀의 턱까지 끌어올려 단단히 여며 주며 조용히 침대를 빠져나왔다.

하암. 아주 푹 잘 잔 것 같다. 그간 못 잤던 잠을 다 몰아서 잔 것 같은 기분. 그런데 왜 이리 몸이 말을 안 듣지?

난하는 서서히 눈을 뜨다가 귓가에서 들리는 목소리에 점점 정신이 또렷해지는 것을 느꼈다.

"일어나요, 난하 씨."

게다가 이렇게 나긋하고 다정한 남자의 목소리라니. 난하는 제 얼굴 위에 있는 남자의 얼굴에 잠이 확 달아났다가 이내 볼을 붉히며 배시시 수줍게 미소 지었다.

"잘 잤어요?"

"네, 아주 잘 잤어요."

그에게서 산뜻한 비누 냄새가 났다. 그는 멋들어진 상체의 굴곡이 고스란히 드러나는 얇은 면 티 한 장을 입은 채 그녀의 양옆으로 두 팔을 짚고 있었다. 그가 그녀의 입술에 가볍게 키스를 남겼다. 말끔한 향기와 깨끗한 얼굴. 난하는 자신의 모습이 그와는 반대로 부스스하고 지저분할 것만 같아 이불을 눈 아래까지 끌어올렸다.

"좋은 아침이에요."

그녀가 이불 속에서 웅얼거리듯 인사했다. 그러자 그가 훗 웃음을 터뜨렸다.

"아침 아니에요. 난하 씨가 얼마나 잔 줄 알아요? 아무리 기다려도 안 일어나기에 깨우러 온 거예요."

"미안해요. 잠자리가 너무 편해서 그만."

이불 위로 빠끔 드러난 난하의 눈이 싱긋 가늘어진다.

"내가 어젯밤에 너무 힘들게 했나 걱정했지, 난."

그가 말하며 그녀의 입술이 있을 자리의 이불 위에 또다시 입을 맞추었다. 아침부터 잘생긴 남자가 이렇게 스스럼없이 친근감을 표시하니 녹아내릴 것 같으면서도 부끄러웠다.

"나 아무렇지도 않아요. 자고 났더니 거뜬해졌어요."

"정말요?"

그는 말할 때마다 이불 위에 입맞춤을 했다. 그에 난하가 킥킥 웃자 그도 따라서 웃었다.

"그만해요. 나 세수하고 올래요. 엉망일 거 뻔해요."

"데려다줘요?"

"응."

어디서 이런 용기가 생겨나는 걸까? 수창이라면 이런 응석까지 받아 줄 것만 같은 믿음이 생겼다. 그는 싱긋 웃더니 벌떡 몸을 일으켜서 난하를 이불 째로 꽁꽁 싸매 번쩍 들어 올렸다. 난하는 끄아, 즐거운 비명을 지르며 그의 품에 매달렸다.

"힘 정말 좋네요."

난하가 싱글싱글 웃으며 하는 말에 수창이 '씻겨 줄 수도 있는데.' 하고 대답했다. 이 대목에서는 고민이 좀 됐다. 아무리 밤을 함께 보낸 사이라지만 벌건 대낮에 남자 앞에서 알몸을 고스란히 보여 준다는 것은 꽤나 큰 용기를 필요로 했다.

"어…… 저 부끄러운데……."

"그럼 같이 벗고 할까요? 그럼 덜 부끄럽지 않을까?"

화륵. 볼이 불타올랐다. 간질간질하기만 했던 가슴이 요란하게 뛰어 댄다.

"가…… 같이요?"

수창이 욕실 앞에 서서 고개를 끄덕였다. 잠시 고민에 빠졌던 난하도 그를 따라 슬그머니 고개를 끄덕였다.

난하가 수줍게 한 허락이 수창의 가슴을 얼마나 미친 듯 뛰게 만드는지 난하는 알지 못했다.

그는 난하를 그 자리에 내려놓고 얼굴을 잡아 입술을 격하게 겹쳤다. 흐으윽, 욕실 문에 난하가 눌려서 신음했다. 스르르, 제대로 붙잡지 못한 이불이 발밑으로 떨어졌다. 그러자 그는 난하가 걸치고 있던 티셔츠를 단번에 벗기고 드러난 가슴을 곧장 입안으로 삼켰다.

해가 중천인 시간. 적나라한 광경이 눈앞에 펼쳐지자 난하는 어찌할 줄 모른 채 속수무책으로 그에게 점령당하고 있었다. 그의 손이 거침없이 아래로 내려와 그녀의 소중한 곳을 매만지며 밀고 들어왔다. 다리에 힘이 풀려 주저앉으려는 난하의 허리를 수창이 꽉 붙들었다.

점점 몸을 굽혀 그녀의 몸에 키스하던 그가 무릎을 꿇고 그녀의 둥그스름한 검은 숲에 입을 맞추었다. 척추를 꿰뚫는 충격과 쾌감. 난하는 숨을 가쁘게 내쉬며 그의 머리를 붙잡았다.

"하지 마요."

쥐어짜는 듯 목소리가 잘 나오지 않았다. 하지만 그는 기어이 혀를 내밀어 더 깊은 곳을 맛보았다.

"으흑, 하지…… 마……."

이걸 어떻게 설명해야 할까. 너무 강렬하고 부끄러워 멈추길 바라지만 더욱더 탐해 주길 원하는 원초적인 갈등. 그 사이에서 난하는 힘겨운 투쟁을 하며 수창의 어깨를 밀어냈다. 하지만 수창은 그녀의 엉덩이를 두 손으로 붙잡은 채 더 깊이 얼굴을 묻었다.

"하아, 하아, 서, 선배……."

그가 겨우 얼굴을 떼 내고 그녀의 입술을 찾았다.

"하지 말까? 진짜로 하지 마?"

마치 달콤하게 유혹하는 악마처럼, 그가 그렇게 더운 숨을 내쉬며 속삭였다. 난하는 그의 색정적인 눈을 보며 홀린 듯 고개를 저었다. 수창은 조금 전 떨어진 이불 위로 난하를 조심스럽게 눕힌 후, 그녀의 다리를 벌리고 그 사이에 얼굴을 묻었다. 그의 부드러운 혀 놀림에 난하는 숨이 넘어갈 듯 헐떡거렸다. 난하의 허벅지가 바들바들 떨렸다.

"선배, 선배, 아흥, 어떡해……! 나 좀……!"

그녀의 부르짖는 목소리에 수창은 단숨에 바지를 내리고 그녀의 안으로 들어갔다. 정신을 놓아 버릴 것 같은 아찔함이 그를 벼랑으로 몰고 갔다.

그는 그녀의 애액으로 번들거리는 입술로 그녀의 입술을 거칠게 빨아들였다. 어젯밤의 죄책감 따위는 머릿속에서 이미 사라지고 없었다. 오로지 혼을 빼놓을 정도로 요염하고 사랑스러운 이 여자를 가지겠다는 짐승 같은 본능만이 그를 지배했다.

조금 전 벌건 대낮의 낯부끄러운 정사를 벌였던 장본인들은 할 건 다해 보겠다는 심산인지 욕조에 물까지 받아서 함께 들어가 있었다. 난하는 수창의 가슴에 등을 기대고 그의 다리 사이에 앉았다. 추운 날씨가 무색하게, 뜨거운 물로 채워진 욕조에서는 모락모락 하얀 수증기가 피어올라 욕실을 후끈하게 데우고 있었다.

"저 있죠, 궁금한 게 생겨서 그러는데요. 선배님이 우리 회사에 일 준 거, 설마 나 좋아해서 그랬던 거예요?"

"내가 그렇게 무모해 보여요?"

"아니면 다행이구요. 전 혹시나 그래서 그런 건가 하고요. 만약 그렇다고 하더라도 최고의 제품을 제 기일에 꼬박꼬박 납품할 자신은 있거든요!"

"항상 패기 넘쳐서 좋네, 강난하 양은."

"고수창 씨도 따뜻해서 매우 좋아요."

그 말에 수창이 웃었다. 그녀의 등으로 그의 가슴통이 울리는 것이 고스란히 느껴졌다. 그게 또 설레고 기분이 좋았다.

"선배님 어렸을 때 되게 개구쟁이였을 거 같아."

"정반댄데. 나 아주 모범생이었어요."

세창에게 그렇게 들어서 알고는 있었다. 중학교 3학년 때도 그렇게 보였고. 하지만 지금의 그를 보면 뭔가 달라 보인다.

"속으로 숨기고 있었던 거 아니에요? 어리광도 부리고 싶고 장난도 치고 싶고 그랬을 텐데, 다 큰 어른인 양 점잔 떨고 있었던 거 아녜요?"

"하하하, 그러는 강난하 양은 어땠는데요?"

"전 정말 말괄량이였어요. 꿈도 되게 웃겼는데."

"뭐였는데요?"

"공주요. 온통 핑크빛 세상에 사는 공주. 왕자랑 결혼도 하고 모든 사람들이 날 떠받들어 주고."

"다른 건 몰라도 왕자 만난 거 하난 이뤘네."

그의 말에 난하가 씁쓸히 웃었다.

글쎄요. 왕자를 만나는 것과 '결혼해서 행복하게 살았습니다.'로 끝나는 건 꽤 간극이 크니까요.

"할머니랑 여기서 사실 때 어떠셨어요?"

난하가 화제를 돌리며 물었다.

"내 인생에서 가장 행복했던 시절이었어요. 물론 지금 당신이랑 있는 거 빼고."

그가 어깨에 입을 맞추며 하는 말에 난하는 온몸에 전율이 이는 것 같은 기분이 들었다. 난하도 그랬다. 아빠가 살아 계실 때가 가장 행복했던 시절이었다. 지금 당신이랑 있는 이 시간을 제외하고.

잠시 그런 상상을 해 본다. 이 남자를 닮은 사랑스러운 아이를 사이에 두고 나란히 셋이서 손잡고 다정한 눈웃음을 주고받는 상상. 과연 자신은 그렇게 좋은 가정을 이룰 자격이나 희망이 있는 것일까? 아니, 그럴 기회가 찾아오기는 하는 걸까?

난하는 가슴이 메여 뒤를 돌아 그의 품으로 더욱 깊숙이 파고들었다. 그런 난하를 수창이 꼭 안아 주었다. 언제까지고 이 품에서 떨어지고 싶지 않다는 욕심이 자꾸 생기려고 했다. 처음으로 자신을 있는 그대로 받아들여 주고 사랑해 준 남자.

"할머님은 어떤 분이셨어요?"

"내게는 세상에서 가장 든든하고 자상하신 분이셨어요."

"할머니 많이 좋아하셨구나."

"우리 할머니가 항상 내 머리를 쓰다듬어 주시면서 그러셨어요. '이렇게 만져 주면 세포가 살아난단다. 넌 똑똑한 아이가 될 거야.' 라고요."

"어머!"

난하는 전에 그 말을 한 사람이 돌팔이일지 모른다고 했던 자신의 말이 떠올랐다.

"봐요, 내가 후회할 거라고 했죠?"

"죄송해요."

"괜찮아요. 나도 그랬어요, 난하 씨처럼. 할머니 돌팔이 의사라고."

그의 말에 왠지 모를 아픔과 그리움이 묻어났다. 힘들었을 시절, 할머니와 함께 살며 외로운 마음을 위로받았을 거라 생각하니 가슴이 아팠다. 왜인지 그 기분을 이해할 수 있을 것만 같아서.

"울어요?"

수창은 자신의 품에서 훌쩍거리는 소리가 들리자 놀라서 물었다.

"죄송해요. 저 어제부터 왜 이러나 몰라요. 눈물샘이 고장 났나 봐."

수창은 그녀의 말에 다 안다는 듯이 부드럽게 등을 쓰다듬어 주었다.

"괜찮아요. 내 앞에서만 울어요."

정말 할머니의 말씀이 맞나 보다. 쓰다듬어 주는 그의 따스한 손을 통해 마음이 치유되고 감정이 다스려지는 것만 같은 기분이 들었다. 난하도 팔을 들어 그의 가슴을 꼭 끌어안았다. 그렇게 서로의 상처를 보듬으며 치유하고, 또 치유받고 있었다.

수창은 허리에 수건 하나만 두른 채로 아까 먹으려고 만들어 놓았지만 이미 식어 빠진 계란 토스트를 다시 프라이팬에 데워서 접시에 옮겨 담았다. 난하는 머리에 수건을 말고 이불을 뒤집어 쓴 채로 그의 기가 막힌 뒤태를 감상하는 재미에 폭 빠져 있었다.

바짝 올라붙은 섹시한 엉덩이 위에 손을 올려놓고 있으면 저도 모르게 군침이 돌았다.

이건 배가 고파서 그런 거야. 난 그렇게 타락하지 않았어.

하지만 자꾸 머릿속은 그의 허리에 둘린 수건을 벗겨 내는 상상을 하고 있었다.

그가 접시를 들고 몸을 돌리자 재빨리 눈을 허공으로 옮겨 가며 딴청을 피웠다. 왜 이러니 자연스럽지 못하게.

수창이 식탁에 접시를 내려놓고 따뜻하게 데워진 우유도 그녀의 앞에 놓아 주었다.

"감사합니다."

난하가 인사를 건네며 뜨거운 계란 토스트를 집어 들고 후후 불어 크게 한 입 베어 물었다. 사실 배가 너무 고프기도 했었기에 허겁지겁 입에 집어넣은 것이었다.

"앗, 뜨뜨!"

난하가 도로 뱉어 내며 옆의 우유를 들이켜는데 느닷없이 음악 소리가 들려왔다. 난하가 어리둥절해서 앞을 바라보자 의자에 앉아 있을 줄 알았던 수창이 빙긋이 웃으며 섹시한 눈빛을 날리는 것이었다. 그러고 보니 이 음악, 낯설지 않다.

빰 빰빰빰빠 빰!

헉! 느닷없이 수창이 음악에 맞추어 맘보춤을 추기 시작했다. 난하는 머금고 있던 우유를 도로 컵에 뿜어 냈다. 콜록콜록. 그럼에도 수창은 춤추기를 멈추지 않았다. 어깨와 골반을 이리저리 잘도 흔들며 수창은 춤에 심취해 그녀를 향해 야릇한 미소를 날렸다. 영화에서 주인공이 추던 것보다 백만 배는 더 섹시하고 귀여웠다. 아, 이를 어째!

잠시 얼이 빠진 채로 그를 지켜보던 난하는 곧 웃음보가 터졌다. 크크큭. 하하하하! 그녀가 웃자 그는 광채가 날 정도로 환하게 미소 지으며 여전한 춤사위로 식탁 주위를 맴돌았다. 하하하하. 이렇게 매일 웃고 살 수 있다면 얼마나 좋을까? 하하하.

겨우 웃음을 그친 것은 그가 식탁 의자에 앉고 난 뒤였다.

"그런데 춤은 왜 갑자기 추신 거예요?"

"이상형이라면서요? 나 춤 잘 추죠?"

난하는 어제 레스토랑에서 장난스럽게 했던 말을 기억해 냈다.

"정말 그 말 때문에 춤을 춘 거란 말씀이세요?"

"난하 씨 웃게 했으니까 두 개 다 통과한 겁니다."

"하하하, 그러네요. 그런데 어쩌죠? 전 선배님의 이상형에 부합하지 못해서."

그녀가 웃으면서 건넨 말에 그가 정색을 했다.

"그게 무슨 소리예요?"

"어제 그러셨잖아요. 선배님 이상형은 예쁘고, 여성스럽고, 몸매도 좋고, 건드리면 톡 눈물을 떨어뜨릴 것같이 청초하고 보호본능을 일으키는 여자라고."

어떻게 토씨 하나 안 틀리고 외울 수가 있는 걸까? 그 말이 얼마나 가슴에 박혔으면.

그러나 수창은 그녀의 말에 표정 하나 변하지 않고 대답했다.

"맞아요. 딱 강난하 같은 여자."

그의 말에 심장이 턱, 바닥으로 떨어진다.

"강난하가 딱 그런 여자잖아. 그래서 내 취향이라고 당신."

"어, 어, 언제, 언제는 몸매도 별로고 모, 못생겼다고 해 놓고서."

난하는 그의 갑작스러운 고백에 당황하여 말을 더듬었다.

"그런 줄 알았는데 벗겨 놓고 보니 전혀 아니던데요?"

그의 장난스러운 말에 얼굴이 벌겋게 달아오른 난하가 수창을 밉지 않게 흘겨보았다.

말이나 못하면……!

"내 몸에 딱 맞고, 케미스트리도 기가 막히고."

그의 농도 짙은 농담에 난하가 벌게진 채로 벌떡 자리에서 일어섰다.

"자꾸 그런 말하면 갈 거예요!"

투정부리듯 하는 말에 수창이 은근한 목소리로 말을 이었다.

"사랑스럽고."

그의 말에 난하가 멈칫했다. 그의 말려 올라간 입이 보였다. 그 입이 천천히 다시 열렸다.

"사랑한다, 강난하."

어머니에게 그간 귀에 딱지가 앉도록 들었던 말이 어느덧 그에게 아무렇지 않게 녹아들었나 보다. 그렇게 낯간지럽던 그 말이 이처럼 술술 잘 나오는 걸 보면.

난하는 입술을 꼭 깨물었다.

"화내지 말고 앉아서 얼른 먹어요. 배고프잖아."

그가 짓궂은 사장님에서 다시 다정한 선배로 되돌아왔다. 어쩜 이리 다채로울까, 이 남자는? 고루해 보이기만 하던 남자는 이처럼 야한 말도 술술 잘하는 그런 남자였다. 난하는 그가 팔을 잡아끄는 대로 앉아서 남은 음식을 군말 없이 먹어 치웠다. 뭐가 좋은지 이 남자, 자꾸 그녀를 흘끔거리며 실실 웃는다. 바보같이.

❀

'우리 내일 해맞이 같이할래요?'

그의 제의로 난하는 지금 한 해의 마지막을 그와 함께 보내고 있는 중이었다. 가슴이 설레었다. 가족 외의 사람과 새해를 함께 맞이했던 적은 없었다. 얼마 전까지만 해도 상관없던 두 사람이 한 해의 마지막을 함께 보내고 새로운 한 해를 함께 맞이한다는 사실이 믿기지 않았다.

"해돋이, 어디서 보고 싶어요?"

"글쎄요? 근처 좋은 곳 있으면 추천해 줘요."

"내가 자주 가는 곳 있는데 거기로 갈래요, 그럼?"

"그래요."

"해맞이 누구랑 함께하는 건 꽤나 오랜만인데요? 항상 형이랑 왔었는데 애인 생기고 나서부터는 나랑 안 가더라고요. 그때는 배신자라고 속으로 욕했는데 지금은 왜 그랬는지 이해가 가네요."

그의 말에 난하가 '피.' 하는 소리를 냈다.

"왜 그래요?"

"본심은 따로 있으면서."

"본심?"

"고수창 씨도 해맞이 핑계 대고 나랑 있고 싶어서 그런 거잖아요, 지금?"

난하의 말에 수창이 큭큭 웃음을 터뜨렸다.

"티 났어요?"

"예."

"새해의 첫 아침을 사랑하는 사람과 맞고 싶은 건 당연한 거 아닌가?"

"아침이 되기 전이 문제죠."

새침한 그녀의 목소리에 수창이 나직하게 물었다.

"그래서, 내 애인은 지금 어디로 가고 싶으신 건가?"

"당신과 함께라면 어디든?"

난하의 대답이 마음에 들었는지 수창이 '콜!' 을 외치며 자동차를 출발시켰다. 함께 저녁을 먹고 간단한 쇼핑을 하고 난 뒤, 내일 새벽에 일어나기 위해 일찍 수창의 아파트로 돌아왔다. 몇 번이나 왔던 곳이지만 전혀 새로운 곳에 온 듯 낯설고 어색했다.

"따뜻한 물로 몸 좀 녹여요. 갈아입을 옷은 챙겨 왔어요?"

"네."

그녀가 씻고 편한 옷으로 갈아입고 나오는 사이 그는 난하가 준 도라지 꿀차를 준비하였다.

"마시고 있어요."

그의 집은 전과는 다르게 매우 깔끔했다. 왠지 이 집에 오니 청소와 빨래를 해야 될 것 같아 몸이 근질거렸다.

"빨래거리 쌓아 놓은 거 아냐?"

슬그머니 다용도실로 가 보았더니 아니나 다를까, 세탁할 옷이 한가득이다.

"내 이럴 줄 알았어. 혼자 살면서 무슨 빨래가 이리도 많아?"

와이셔츠와 속옷을 제외하면 대부분이 운동할 때 입었던 옷들이었다. 빨래 통에 담긴 옷들을 세탁기에 넣다가 그의 돌돌 말린 양말을 꺼내 들고 툴툴거렸다.

"이거 봐, 이거 봐. 만날 이러지. 으이그."

세탁기를 돌려 놓고 건조대에 널린 옷들을 보곤 또 잔소리를 늘어놓았다.

"옷이 다 쭈글쭈글하네. 탈탈 털어서 널어야지. 세상에! 양말은 돌돌 말린 채로 널었잖아! 제대로 마르긴 마른 거야? 이 남자 마누라 고생시킬……."

혼잣말을 해 대던 난하는 그의 아내라도 된 것처럼 실컷 떠들고 있는 자신을 발견하곤 망연해져 곁에 있던 간이 의자에 주저앉았다. 이러면 안 되지. 마누라처럼 구는 스스로가 못마땅한 것이 아니라 그의 아내가 되지 않겠다는 다짐을 하면 미어지는 가슴이 못마땅했다.

오버 하지 마, 강난하. 누구나 만났다가 헤어지기도 하는 거잖아.

하지만 그 끝이 정해져 있는 만남을 한다는 것은 참 잔인한 일이라는 것을 깨달아 가고 있었다. 그 마음 한편에는 혹여나 자신과 같은 처지의 여자라도 오로지 사랑의 힘으로 받아들여 줄 수도 있지 않을까 하는 희망이 돋아나려 했다. 만약 그런 일이 있더라도 집안의 반대는 피할 수 없겠지. 싫었다. 겨우 하나 된 그의 가족이 만약의 그런 일로 금이 가는 것이.

철이 없을 때는 그런 염려 따위는 생각하지 못했다. 그러나 서 팀장과의 일을 겪고 나서부터는 이러한 걱정이 그림자처럼 늘 그녀의 머릿속을 따라다녔다.

"여기서 뭐 하는 거예요?"

벌써 샤워를 마친 것인지 수창이 젖은 머리를 털며 모습을 드러냈다. 난하는 아무렇지 않은 듯 벌떡 일어서서 걷던 빨래를 마저 걷었다.

"보면 몰라요? 빨래를 이렇게 대충 걸쳐 놓으면 어떡해요? 다 쭈글쭈글해졌잖아요. 다음부터는 탈탈 털어서 널어요. 힘 뒀다 뭐에 쓸……!"

투덜거리는 난하의 뒤로 수창이 다가와 허리를 껴안았다.

"뭐 하는 거예요?"

"좋아서요. 내 마누라 같아서 좋아요."

그의 말에 심장이 툭 나가떨어진다.

"그냥 우리 이러고 같이 살까요?"

숨이 멎을 듯이 가슴이 아프게 벅차올랐다. 하지만 난하는 부러 못되게 대꾸했다.

"빨래도 다 해 줘, 청소도 다 해 줘. 뭐, 선배님 입장에서는 대환영이겠네요."

그녀의 말에 그의 몸이 약간 경직되는 것이 느껴졌다.

"왜 그렇게 말해요? 난 정말로 난하 씨가 좋아서 그러는 건데."

"감사하게 생각하고 있어요."

난하는 억지로 생긋 웃으며 그를 돌아보았다. 그녀와 눈이 마주친 수창의 눈동자가 흔들렸다. 이내 수창은 그녀를 도와 빨래를 걷었고 두 사람은 무슨 일이 있었느냐는 듯 마주 보며 빨래를 갰다. 수창이 의외로 반듯하게 옷을 잘 개자 난하가 놀라 감탄사를 터뜨렸고 수창은 우쭐해져서 어깨가 하늘만큼 치솟았다.

빨래가 다 정리되고 두 사람이 마주 앉아 차를 마시는데 수창이 먼저 입을 열었다.

"우리 새해도 되고 했으니까 서로의 소원 한 가지씩 들어주기 하면 어때요?"

느닷없이 소원 들어주기라니. 그의 의도가 의심스러웠으나 난하는 재미있겠다 싶어 동의했다.

"난하 씨 먼저 말해요."

"음……. 전 캠핑요. 아버지랑 한 번도 못 해 봐서 많이 아쉬웠거든요."

"에이, 그게 무슨 소원이에요? 너무 쉽네."

"지금 당장 하고 싶다는 건데요?"

난하가 으름장을 놓듯 말하자 그가 씩 한쪽 입꼬리를 올렸다.

잠시 후, 거실에는 텐트가 펼쳐졌고, 오로지 텐트에 매달린 랜턴 하나만이 거실의 어둠을 밝히고 있었다. 넓지 않은 텐트 안에 두 사람이 마주 보고 앉았다.

"어때요? 그럴싸하죠?"

"분위기 괜찮네요."

난하가 키득키득 웃자 수창이 거보라는 듯 거드름을 피우며 안경을 추켜올렸다.

"자, 난하 씨 소원 이뤄 줬으니까 이번엔 내 차례."

"잠깐, 잠깐만요! 이게 무슨 캠핑이에요? 무효, 무효예요!"

"어허! 그런 게 어딨어요? 내 소원은!"

이게 뭐라고. 불안에 떠는 그녀의 눈빛을 보고 있자니 우스우면서도 한편으로는 망설여졌다. 이런 말을 하게 될 것이라고 얼마 전까지만 해도 전혀 예상치 못했는데.

나이가 들다 보니 심리적인 부담이 작용했을지도 모른다고 여기기도 했지만, 아무리 다시 생각해 봐도 이런 여자는 찾기 힘들다 싶었다. 누군가가 그랬다. 결혼할 나이에 마침 곁에 있는 사람은 인연인 거라고. 그래서 내린 결정이었다. 그가 막 무슨 말을 하려고 하는 데 난데없이 난하가 그의 얼굴을 붙잡고 입술에 키스를 했다.

"뭐하는 겁니까?"

그가 그녀를 떼어 내며 말하자 난하가 다시 입술에 키스했다.

"그냥 이걸로 때워요, 네?"

애교스러운 목소리와 눈빛에 해야 할 말도 잊고 저절로 흐물흐물 녹아 버린다. 수창은 순식간에 육식동물로 변신했다.

결국 좁아터진 텐트에서는 움직임이 요원하지 못하다는 것을 깨달은 수창이 난하를 번쩍 안아 들어서 거실의 러그 위로 내려놓았다. 부드러운 불빛이 난하의 매끈한 피부를 은은하게 물들였다.

수창은 그녀의 옆에 모로 누워 이미 드러나 있는 탄력 있고 풍만한 가슴을 손으로 부드럽게 쓸어 보다가 천천히 입맞춤을 해 나갔다. 가볍게 닿을 때마다 난하가 몸을 움찔거리며 작은 신음을 흘렸다.

거실에서도, 침대에서도, 두 사람은 계속해서 사랑을 나누었다. 시간이 얼마나 흐르는지도 몰랐다. 그렇게 그들만의 공간과 시간 속에서 두 사람은 오로지 서로에게만 집중했다.

파정 직전에 그가 쉰 듯한 음성으로 말했다.

"내 소원은…… 당신이랑…… 같이 사는 거예요. 우리 아이도 낳고……."

이게 무슨 소린가?

바라고 바랐지만 이루어질 가능성이 희박했던 말이 환청처럼 들렸다. 느닷없는 고백에 난하는 격정으로 몸을 떨었다. 머릿속이 텅 빈 듯 온통 새하얗게 변함과 동시에, 두 사람은 함께 절정을 맞았다. 그가 말할 수 없는 감격으로 그녀의 위에서 거친 숨을 몰아쉬며 말을 이었다.

"그렇게 살면…… 안 됩니까?"

세상에! 이게 무슨! 한동안 말을 잇지 못하던 난하가 그의 시선을 피하지 않으며 답했다.

"그 소원은 못 들어 드리겠는데요."

작지만 단호한 음성. 수창의 눈동자가 떨리고 있었다.

"왜요?"

"저는…… 아직 할 일도 많고, 회사도 신경 써야 하고, 어린 동생들도 있고……."

"또요?"

"……."

"그거 다 해결되면 되는 겁니까? 그럼 내 소원 들어줄 수 있어요?"

"선배님."

"좋습니다. 아주 간단하네요."

이 남자는 뭐가 그리 간단한 걸까? 그녀에게는 매우 어렵기만 한 일들을 너무나도 쉽게 넘겨 버린다.

"저기, 그런 문제만이 아니에요."

난하가 몸을 일으키자 그도 따라서 일어나 앉았다. 난하는 침대 아래로 떨어진 이불을 끌어와 몸을 가렸다.

"선배님. 아시는지 모르겠지만…… 저 구암 고택 집안 핏줄이 아니에요. 6살 때 입양되었어요."

내가 할머니에게 맡겨지던 해에 그녀도 새로운 가족을 만났구나. 우리가 그렇게 새로운 가족을 만나지 않았다면 이렇게 만날 수가 있었을까? 그의 입에 미소가 걸렸다.

"저 그 집 친딸 아니라고요. 태강과는 사실 아무런 상관도 없는 사람이란 말입니다."

그녀가 아픈 눈으로 내뱉는 말에 그의 심장도 무딘 칼에 베인 듯 아렸다.

"그래서요?"

"아시면서도 그런 말이 나오세요?"

"난하 씨는 왜 자신의 행복을 스스로 빼앗습니까? 그거 자기 자신에게 죄짓는 겁니다. 난하 씨는 충분히 행복할 권리가 있는 사람이에요."

"말씀은 고맙지만, 전 지금으로도 충분히 만족합니다."

"아니요! 울잖아요. 겉으론 멀쩡한 척하면서 가슴으로는 항상 울잖습니까. 아니에요? 몽땅 다 혼자 끌어안고 씩씩한 척, 밝은 척은 혼자 다 하고. 아닙니까?"

그의 말에 틀린 것은 하나도 없었다. 하지만 아직도 아버지를 돌아가시게 했다는 죄책감은 지워지지 않았다. 그 큰 죄를 어떻게 다 갚을까?

수창이 말을 잇지 못하고 꾸역꾸역 울음을 참는 난하를 당겨와 꼭 안아 주었다. 난하는 몇 번 마른침을 삼켜 가며 울음을 잠재우더니 떨리는 목소리로 고백하듯 입을 열기 시작했다.

"그날은 새벽부터 눈이 많이 내렸어요. 눈 오는 소리가 들리기에 창문을 열어 보았거든요. 때 이른 눈이라 신기해서 외투를 걸쳐 입고 몰래 몰래 마당으로 나갔어요. 정말, 눈이 펑펑 쏟아지더라고요."

난하는 아련한 눈빛으로 숨을 들이켰다 내쉬었다.

"좋아서 이리저리 발자국 내느라 여념이 없는데 모두 잠들어 있어야 할 시간에 어디선가 말소리가 들렸어요. 소리를 좇아가니 거기에는 고모가 어떤 남자와 함께 서 있었어요. 저보다 여덟 살 많은 고모가 있었거든요. 자세히 들어 보니 고모가 그 남자랑 떠난다는 것 같았어요. 고모는 자유분방하신 편이라 엄하신 할아버지의 통제를 싫어했거든요. 순식간에 고모는 남자와 함께 사라졌고, 어떻게 해야 하나 망설이던 저는…… 아버지를 깨웠어요."

한마디 한마디를 고통스럽게 끄집어내는 난하의 목소리는 무척 힘겹게 들렸다. 수창은 잘게 떠는 난하의 등을 더욱 꼭 안아 주었다. 난하는 용기를 내어 말을 이어 갔다.

"아버지가 부랴부랴 차를 출발시키려 하자 저도 따라가겠다고 고집을 부렸어요. 그 남자의 얼굴을 아는 사람은 저밖에 없었거든요. 그리고 얼마 후, 속력을 내던 차는 눈길에 미끄러져 사고

가 났고, 신기하게도 저는 털끝만큼도 다치지 않았어요. 아무도 고모가 그렇게 집을 나간 것을 몰랐어요. 고모는 어떻게 알았는지 그날 저녁 집으로 돌아왔고, 아버지는 세상을 떠나셨어요."

덤덤히 말을 끝마친 난하의 볼이 어느새 온통 젖어 있었다. 누군가에게 털어놓고 나니 오히려 후련해졌다. 난하는 손바닥으로 눈물을 닦아 내며 웃었다. 그 모습이 더욱 처연해 보였다.

"내가 그날 아버지를 깨우지 않았다면 아버지는 아직도 살아 계실 텐데. 가끔씩은요, 그게 왜 내 잘못이냐 털어 버리고도 싶더라고요. 나 정말 나쁜 여자죠?"

"하아……. 그렇지 않아요. 난하 씨 잘못이 아니에요. 난하 씨는 옳은 일을 한 거예요. 하늘에서 정한 아버지의 인생이 거기까지셨던 거예요. 그러니까 난하 씨는 아무 잘못 없는 거예요."

수창이 난하를 다독였다. 무조건 내 편을 들어 주는 사람. 어쩌면 하늘에 계신 아버지가 그녀를 위해 보내 주신 사람은 아닐까 하는 생각을 해 본다.

언제나 그렇듯 새해 첫날은 매우 추웠다. 꽁꽁 동여맨 몸이 삐거덕 소리를 내는 것 같았지만 수창과 함께 신선한 새벽 공기를 마시는 기분은 이루 말로 표현할 수가 없었다.

"많이 춥죠?"

"발가락이 시려요."

"조금만 참아요. 오늘 날씨 좋댔으니까, 금방 해가 뜰 거예요."

어스름하던 동쪽 하늘이 서서히 밝아 오는 여명으로 붉게 물들고 있었다. 해가 뜨기 직전에도 이렇게 장엄하고 멋지다. 한 시간

가량 산을 걸어 올라온 보람이 있는 듯했다.

수창이 장갑 낀 손으로 그녀의 손을 꼭 잡아 왔다. 결국 그와 이렇게 새해의 떠오르는 해님을 맞이하게 되었다. 그는 밤새 그녀를 꼭 끌어안고 사랑한다고 속삭여 주며 토닥여 주었다. 그녀도 잠을 이룰 수 없는 밤이었다. 그의 소원을 이루어 주겠다는 약속은 해 주지 못했지만 함께 있는 것만으로도 행복하고 마냥 좋았다.

이런 남자와 어찌 헤어질 수가 있을까?

해가 떠오른다. 수많은 인파가 너도 나도 탄성을 질렀다. 사진을 찍는 사람, 함께 온 사람들과 축하 인사를 나누는 사람, 소원을 비는 사람 등 각양각색이었다. 난하는 슬쩍 그의 얼굴을 돌아보았다. 그의 얼굴에는 여느 때와는 다른 진지함이 어려 있었다. 난하도 속으로 조용히 소원을 빌어 보았다. 수창의 얼굴이 어느새 난하에게 가까워져 있었다.

"Happy new year!"

"Happy new year."

떠오르는 해처럼 밝은 얼굴로 그에게 인사를 되돌리자 그가 깊어진 눈으로 그녀를 바라보며 빙긋이 미소 지었다. 난하는 문득 깨달았다. 자신을 보는 그 눈 안에는 언제나 따스함이 어려 있었다는 것을.

*

"어, 난하야, 여기!"

"문숙아!"

"왜 이렇게 늦었어? 애들 다 기다리잖아."

"눈 때문에 차가 좀 밀려서. 양파 걔는 왜 하필 이 한겨울에 결혼식을 해 가지고. 참, 연규 씨는?"

"잠깐 화장실 갔어. 어, 저기 온다."

문숙이 환하게 웃으며 난하의 뒤편을 향해 손을 흔들었다. 난하가 고개를 돌리자 여전히 풋풋하고 훈훈한 문숙의 꽃돌이 신랑 연규가 미소를 지으며 다가왔다.

"오랜만이에요, 연규 씨."

"그러게요, 회사가 많이 바쁜가 봐요. 통 얼굴 뵙기 힘드네요."

"네, 좀 그렇게 됐네요. 문숙이랑 여전히 잘 지내시죠?

난하가 밝게 웃으며 질문하자 연규가 대답도 하지 않은 채 고개를 갸우뚱하며 난하를 유심히 훑어보았다.

"왜 그래요? 내 얼굴에 뭐 묻었어요?"

"아니요, 난하 씨 뭔가 분위기가 달라 보여서요. 예뻐졌다는 말로는 설명하기 어려운, 음…… 뭐랄까, 매력적이랄까? 안 그래, 자기?"

연규가 문숙에게 동의를 구하듯 묻자 문숙도 고개를 끄덕였다.

"맞아, 나도 보자마자 뭔가 달라졌다는 느낌이 들었거든. 너 혹시 누구 만나는 사람 있냐?"

"마, 만나는 사람은 무슨……."

난하는 너무나도 쉽게 들켜 버려서 당황했다. 얼굴 어디에 그렇게 표가 나나?

"암튼, 너 뭐 있지? 오늘은 저번처럼 빨리 가지 말고 수다 좀 떨다 가. 알았지?"

"알았네요! 애들은 누구누구 왔니?"

"그때 동창회에 모였던 애들은 거의 다 왔어. 아, 맞다 육혜정 고 계집애도 신랑이랑 같이 왔더라. 돈 잘 번다고 그렇게 으스대더니 신랑이 반쯤은 훤한 대머리에 배 나온 아저씨인 거 있지. 내가 그랬지? 남자는 능력이 우선이라고. 돈 많고 능력 있으면 여자가 옆에 붙는 다니까. 아 참, 너 그 선배랑은 어떻게 됐니?"

문숙이 난하 옆에 붙어 조용히 속닥거리더니 대뜸 물었다.

"아, 뭐. 그냥 그렇지 뭐."

"그 남자 너한테 관심 있는 거 아니었어? 확 잡으라니까, 이 맹추야! 남자 얼굴 뜯어먹고 사는 거 절대 아니라니까."

"왠지 경험에서 우러난 말 같다? 네 남편 벌써 질려?"

"그게 아니라……."

문숙이 뒤따라오는 남편 연규의 눈치를 슬쩍 보더니 목소리를 더욱 낮추었다.

"남자 얼굴이 잘나니 웬 똥파리들이 그리 꼬이니? 아휴, 정말 내가 절로 늙는다."

문숙의 말에 난하가 키득키득 웃었다.

"너, 내 말 허투루 듣지 마. 남자는 다 얼굴값 한다? 어, 애들 저기 있다. 애들아!"

푸념을 늘어놓던 문숙이 친구들을 발견했는지 목소리를 높이며 손을 흔들었다. 문숙이 손을 흔드는 쪽으로 고개를 돌리던 난하는 심장이 쿵 떨어져 내리며 그 자리에 굳어졌다. 친구들에게 싸여 있는 저 뒷모습, 무척 낯이 익다.

"왜 그러고 있어? 어서 가자."

"어? 어……."

문숙이 이끌자 난하가 어안이 벙벙한 얼굴로 친구들이 있는 곳으로 끌려갔다. 점점 다가갈수록 누군가와 대화를 나누는 남자의 모습이 명확해졌다.

"어서와, 난하야."

"왜 이렇게 늦었어. 곧 결혼식 시작한대. 양파 보고 와야지?"

친구들의 수다 소리도 그저 귓가에 맴돌 뿐이었다. 천천히 고개를 돌려 그녀와 눈을 맞추는 남자는 분명 수창이었다. 그는 난하를 보고도 아무런 표정의 변화가 없었다.

선배! 어떻게 여기에?

난하가 의아한 눈빛으로 그를 쳐다보자 그가 아무도 모르게 한쪽 눈을 찡긋했다. 쿵, 다시 심장이 떨어졌다가 우당탕 요란하게 날뛰기 시작했다. 당최 예측 불가능한 남자다. 어떻게 예상치 못한 장소에 이리도 불쑥불쑥 나타나는 걸까? 순간이동이라도 하는 걸까?

문숙이 옆에서 입을 열자 그제야 난하가 정신을 차렸다.

"혜정이 너도 여기 있었니? 난하야, 여기 이분이 혜정이 남편이시래. 우린 아까 인사 다 했어."

"아, 안녕하세요? 처음 뵙겠습니다."

혜정의 남편이라는 사람은 수창과 대화를 나누던 남자였다. 문숙의 설명만큼은 아니었지만 그는 작달막한 키에 약간 통통했고, 탈모가 시작되는지 머리를 바짝 짧게 깎아서 깐깐한 인상이었다.

"반갑습니다."

그가 인사를 되돌렸다.

"그런데 이분은 누구……?"

문숙은 수창을 처음 보는지 그를 보며 물었다. 그러자 곁에 있던 고구마가 발그레한 얼굴로 입을 열었다.

"아, 우리 중학교 때 선배님이시래. 왜 있잖아, 저번에 뉴스에 혈관 촬영기계 기사 났다고. 바로 그……."

"고수창입니다."

그가 고구마의 말을 끊으며 난하 앞으로 한 발 다가왔다. 곁에서 문숙이 '고수창, 고수창, 어디서 들어 봤더라?' 하고 중얼거리고 있는데 수창이 불쑥 난하의 옆으로 와서 어깨를 감쌌다. 난하는 쩍 굳어 얼음이 되고 말았다. 경악하는 친구들의 반응은 당연한 것이었다.

"왜 이렇게 늦게 왔어요? 많이 기다렸잖아요."

난하는 벙어리가 된 듯 입만 벙긋거렸다. 너무 당황해서 머릿속 생각이 얼른 말이 되어 튀어나오지 못했다. 그가 난하를 보며 다정하게 미소 짓자 고구마의 입이 딱하고 벌어지는 게 보였다. 그때였다. 문숙이 마치 비명을 지르듯 소리쳤다.

"그 회사 사장? 고뚱?"

문숙과 눈이 마주친 수창은 빙긋 웃어 보이기만 할 뿐이었다.

"마, 맙소사!"

난하의 귀로 혜정이의 남편 목소리가 겹쳐 들려왔다.

"아, 사장님 사모님 되시나 봅니다?"

"하하, 아직은 아니지만 곧 좋은 소식 있을 겁니다."

"그때 꼭 초대해 주십시오, 사장님. 더불어 저희 회사와도 좋은 소식 있길 기대하겠습니다."

"한번 찾아오십시오."

"그러지 말고 언제 식사나 같이하시지요. 제가 좋은 곳으로 모시겠습니다."

"제가 요새 좀 바빠서요. 연락 주시면 스케줄 조정해 보겠습니다."

혜정의 남편이 그에게 굽실거리자 혜정의 얼굴이 붉으락푸르락해지는 것이 역력했다. 이러면 나쁜 거지만, 왠지 통쾌해지는 기분이었다.

결혼식이 거행되고, 뒷줄에 자리한 난하의 손을 곁에 앉은 수창이 지그시 움켜쥐었다. 난하는 화사한 웨딩드레스를 입고 다소곳이 고개를 숙인 양파에게로 시선을 고정한 채 픽 웃었다.

"어떻게 알고 왔어요?"

"내가 난하 씨에 대해 모르는 게 있을 것 같아요?"

"밀고자가 누구예요? 혹시, 인하?"

"이렇게 창의력이 부족해서야. 난 한 번 쓴 패는 안 씁니다."

"그럼 뭐야? 정말 스토커 짓이라도 하는 거예요? 게다가 누구 마음대로 곧 좋은 소식이 있을 거래요?"

"내 마음대로요."

"웃기시네요."

"난하 씨, 웃겨 주는 남자 좋아하잖아요."

참 할 말이 없게 만든다. 그가 슬그머니 손가락 사이로 깍지를 껴 왔다.

"오늘 꽤 예쁜데요? 나 오는 거 알았어요?"

"뭔 소리래?"
"그럼 다른 남자 꼬시려고 이렇게 예쁘게 하고 온 겁니까?"
그가 버럭 인성을 높이는 바람에 주변 사람들의 눈총이 쏟아졌다.
"조용히 해요, 주례사 하시잖아요!"
"난하 씨, 끝나고 나 좀 봅시다."
"하나도 안 무섭네요."
결혼식이 끝나고 식사를 하기 위해 친구들이 삼삼오오 모여들었다. 수창은 남자들에게 붙들려 있는 중이었다.
"저 사람이 정말 과거의 그 고뚱 선배야? 난하 너에게 고백했다가 차였던?"
"고백한 적 없거든! 대체 너희는 왜 내 말은 귓등으로도 안 듣는 거니?"
"너 전교생 보는 앞에서 저 선배 찼잖아. 그런데도 네가 좋다던? 저렇게 환골탈태해서 복수하려는 거 아니야? 와, 진짜 대박이다! 어떻게 그렇게 만나니?"
듣고 있던 문숙이 답답했는지 거들었다.
"너희가 모르는 사실이 하나 있는데 그때 난하 쫌 안 좋은 일 있었거든. 기분이 정말 별로였는데 그 선배가 옷에 아이스크림 묻었다고 손수건 건네주니까, 난하 열 받아서 폭발한 거지."
"무슨 일이 있었는데?"
"뭐 별것도 아닌데 그게 무슨 비밀이라고. 3학년 선배 중에 불량한 선배가 몇 있었거든. 왜 소각장에 쓰레기 비우러 가면 만날 담배 피고 있던 선배들, 기억 안 나?"

"기억난다. 우리 막 입학해서 들어갔을 때 엄청 무서워했잖아. 그 선배들이 왜?"

문숙이 말을 이었다.

"그때 난하는 예쁜 신입생이라고 소문이 좀 자자했었잖아. 그래선지 그 선배들이 난하를 몇 번 귀찮게 하더라고. 그런데 소풍 갔었던 그날, 얘 볼에다 냅다 뽀뽀를 하고 튀었댄다, 미친 자식들이! 그 나이에 그런 일 당하면 눈에 뵈는 게 있었겠냐? 엄청 당황하고 열 받았는데 그때 하필 저 선배가 나타난 거지. 저도 모르게 튀어나온 말이 와전되어서 일이 그렇게 커진 거고. 따지고 보면 난하도 피해자야. 그때 얼마나 힘들어했다고."

듣는 난하도 씁쓸한 표정이 되었다. 그때 고구마가 끼어들었다.

"그럼 그 소문이 사실이었나?"

"무슨 소문?"

"왜, 저 선배 전학가고 나서 그 소각장 선배들도 다 전학 갔잖아. 우리 언니한테 들었는데 그 선배들이 갑자기 한꺼번에 전학 간 게 다 고뚱 선배 때문이라고 하더라고."

"그게 무슨 소리야?"

난하가 놀란 듯 물었다.

"나도 잘은 기억나지 않는데, 그 나쁜 선배들이 그랬대. 자기들 전학 가는 것은 다 고뚱 때문이라고."

"더 아는 거 없어?"

"나도 잘 기억이 안 나서."

"혹시 저 선배가 너 대신 복수해 준 거 아니야? 그게 사실이라면 저 선배 진짜 멋진 남잔데!"

가슴이 뛰었다. 그게 사실이라면……. 그녀의 눈에 따분한 듯 표정이 없는 그의 옆얼굴이 들어왔다. 난하의 시선이 느껴졌는지 고개를 돌린 그가 싱긋 미소를 지어 보였다. 그렇다고 친구들 틈에 끼어 질문과 시선 세례를 받고 싶은 마음은 없는지 그는 남자들끼리 뭉친 자리에 그대로 머물러 있었다. 그가 입술 모양으로만 말했다.

'갈까?'

난하는 넋 나간 얼굴로 그를 빤히 쳐다보았다. 대체 저 남자는 어떤 남자인 걸까?

"그 치마 내가 벗겨 보고 싶어요. 내가 벗기게 해 줘요."

결국 그의 아파트에 끌려온 난하가 씻고 오겠다고 하자 그가 한 말이었다.

"오늘은 손도 대지 마요. 내가 다 벗길 테니까."

그렇게 말하더니 수창은 차근차근히 그녀의 옷을 하나씩 벗기기 시작했다. 다 벗기고 나서는.

"내 옷은 난하 씨가 벗겨 줘요."

라고 한다. 난하는 부끄러웠지만 군말 없이 그의 뜻대로 해 주었다. 벗은 두 몸이 살근살근 스치자 순식간에 체온이 달아오르고 공기가 뜨거워졌다. 수창은 난하를 안아 들고 함께 욕실로 들어가 한참을 나오지 못했다.

꽤 긴 시간 만에 욕실에서 나온 두 사람은 한동안 침대에 너부러져 움직이지 못하다가 느지막이 일어나서 함께 식사준비를 했다.

참 이상한 일이 있었다. 어제는 당숙인 영진이 그녀를 부르더니 그동안 미안했다고 사과를 했다. 그리고 회사를 전문 경영인에게 맡겨 보는 것은 어떻겠느냐고 조심스레 의견을 물어 왔다. 그것이 싫으면 직접 회사를 맡아 보는 것도 좋을 것이라는 말도 매우 조심스럽게 꺼냈다.

전부터 해 온 말이었지만 뭔가 분위기가 달랐다. 난하는 어리둥절했지만 영진이 무언가 심경의 변화가 생긴 것이라고만 여겼다. 그런데 오늘 이 남자를 보니 생각이 달라졌다.

그와 마주 앉아 저녁을 먹으며 난하가 지나가는 투로 말했다.

"중학교 때 말이에요. 나쁜 선배들 혼내 줘서 고마워요."

"그걸…… 어떻게 알았어요?"

대답을 들으니 정말 기가 막히려고 했다. 정말 이 남자가 그런 거야? 난하는 의연한 척 다시 질문했다.

"어떻게 혼내 줬기에 전학까지 보내요?"

"뭐, 그냥 그런 게 있어요."

"소풍 때 내 볼에 뽀뽀한 거 알고 있었어요?"

그가 눈썹을 들었다 내리며 어깨를 으쓱해 보였다. 뭐 이런 남자가 다 있어? 그러면서도 모르는 척……!

"서양기 팀장은 어떻게 한 거예요?"

내친김에 던져 보았다. 걸리면 걸리는 거고. 다 알고 있다는 듯 무덤덤한 질문에 약간 움찔하던 수창은 별거 아니라는 듯 대답했다.

"약간 혼만 내 주려던 건데 그런 게 걸려 나올 줄은 몰랐어요. 그놈 되게 나쁜 놈이더라고?"

그가 음식을 입속에 밀어 넣으며 말했다. 이 정도면 약간 소름이 끼칠 것 같았다.

"저희 당숙이 사과하더라고요. 정말 고마워요."

결국 그는 숟가락을 놓고 팔짱을 낀 그녀를 똑바로 쳐다보았다.

"지금 아무거나 막 던지는 거죠?"

"그러게요. 아무거나 막 던져도 던지는 족족 막 걸려 나와서 나도 놀랐어요. 얼마나 더 걸려 나오려나?"

"월요일에 회사로 변호사 한 명 찾아갈 거예요. 도움 받아요."

"저기, 고수창 사장님. 사장님이 유능하신 건 알겠는데요. 이렇게까지 하실 필요 없으세요."

"왜요, 내 여자 일인데. 난 가급적이면 일 관두고 나한테 시집왔으면 좋겠는데 강난하 씨 성격에 그건 무리인 것 같고. 전문경영인을 쓰면 좋을 것 같아요. 물론 직접 운영하시겠다면 도와드리죠."

"선배님!"

"왜요, 후배님! 이번엔 내 말 좀 들어요. 강난하 씨가 나에게 오지 못하도록 방해하는 걸림돌, 내가 하나씩 다 치워 줄 거예요."

"말씀은 감사하지만 제가 싫어요. 왜 제 의견은 무시하세요? 저 독신주의라고 했던 거 잊으셨어요?"

"아, 깜박했네요. 그런 말도 했었죠? 여자 아니라고. 그런데 어쩌죠? 이미 나한테 여자 짓 다 해서 여자로 밖에 안 보이는데.

내가 지켜야 할 내 여자. 그렇게 살고 싶은 생각은 없어요? 제대로 된 가정을 갖고 좀 마음 편히 살아 보겠다는 생각."

"제 가정 충분히 행복했고 만족스럽습니다. 우리 가족이 저를 얼마나 끔찍이 여기는지 아신다면 아마 깜짝 놀라실 걸요!"

"압니다. 할아버님과 어머님이 얼마나 난하 씨를 극진히 아끼며 키웠는지, 동생들이 얼마나 난하 씨를 끔찍이 생각하는지."

"이제 제 뒷조사 좀 그만하시죠."

"난하 씨에 대해 다 알고 싶어요. 그런 게 사랑 아닙니까? 난하 씨는 아니에요?"

그가 한 말에 대꾸할 말을 잃었다. 이 모든 게 그녀를 사랑해서란다. 바보처럼 사랑도 제대로 믿지 못하고 밀어내기만 하는 나쁜 여자가 되다니. 난하는 깊은 한숨을 내쉬었다.

"저도 선배님이 좋아요. 선배님과의 행복한 미래, 왜 상상해 보지 않았겠어요? 그런데 현실은 그렇지 않잖아요. 다들 색안경 끼고 본다구요. 당장 선배님 부모님들만 해도 그래요. 제가 받아들여질 거라 여기세요?"

잔뜩 날을 세우던 수창은 그녀의 질문에 피식 웃고 말았다. 고작 그런 고민이었던 건가?

"우리 부모님은 걱정하지 말아요."

"어떻게 걱정을 안 해요. 선배님은 참 긍정적이시네요!"

빙긋이 웃던 그가 천천히 입을 열었다.

"우리 부모님, 한번 만나 볼래요?"

10

당신은 오늘 여왕입니다

참 이상했다. 양파의 결혼식이 있고 난 뒤부터 며칠째, 수창과 연락이 잘 안 된다. 수시로 오던 전화나 메시지도 없고, 난하가 겨우 시간을 내 전화하면 그마저도 꺼져 있거나 메시지로 답을 주는 것이 전부였다.

수창의 회사로 전화를 걸어 보니 개인적인 사정으로 출근도 하지 않았다고 했다. 이쯤 되니 걱정이 되지 않을 수가 없었다. 그의 제안에 대답도 하지 못했다. 그의 부모를 만난다는 상상만 해도 숨이 막힐 듯 긴장이 된다. 혹시 그것 때문에 마음이 상했나? 휴우…….

"어째 너는 젊은 애가 만날 한숨이냐?"

"죄송해요."

"그래 가지고 난을 칠 수나 있겠어?"

난하는 들었던 붓을 벼루 위에 내려놓고 난 잎을 정성스레 닦고 있는 현노를 불렀다.

"할아버지."

"왜?"

"회사, 다른 사람한테 맡길까요?"

"왜? 사장 놈이 드디어 못 하겠다고 두 손 두 발 다 들던?"

"당숙도 힘들다고 하시고. 또 회사도 좀 새로운 변화가 필요한 것도 같고 해서요."

"넌 어떡하려고?"

"모르겠어요."

"그냥 시집이나 가. 일전에 내가 실한 놈 하나 있다고 했잖니? 그놈 여적 아무도 안 채어 갔댄다."

"할아버지는! 여적 아무도 안 채 간 놈이면 보나마나 뭐 하나 부족한 반편이네."

"그놈이 좀 반편이 기질이 있기는 허지. 흠흠."

"이제 더는 나 찾는 사람이 없나 보죠? 반편이를 들이대시게?"

"그러는 너는 어디가 부족해서 그러고 있어?"

"저는 너무 넘쳐서 그래요. 반쪽이 필요가 없어서."

"이 녀석이 말이나 못 하면!"

"헤헤, 다 달변가 할아버지 닮아서 그래요."

"떼끼! 그러지 말고 잘 한번 생각해 봐. 사내고 혼인이고 별것 없다. 서로 아껴 주고 위해 주고 제 일 맡아 성실히 하면서 자석들 잘 키워 내면 그게 최고지."

"그렇게 결혼이 쉬운 거면 왜 다들 이혼을 하고 그러실까요?

미자 고모도 혼자가 편하다던데요?"

"미자 고거 얘기는 꺼내지도 말어! 고얀 것. 지 애비가 떡하니 살아 있는데 한 번 들여다보지도 않어! 걔 생각하면 속이 시끄럽다."

"에이, 할아버지 고모 보고 싶으시구나? 바쁘신가 보죠. 재하 결혼식 때 오신댔어요."

"그나저나 재하 결혼식 준비는 잘 되고 있다니?"

"준비할 거나 있나요? 재하 방은 도배 끝났고 가구도 낼모레 들어올 거예요."

"새 식구 들어오는데 집 안 단장도 좀 새로 해야겠구나."

"그래야죠. 날이 추우니 쉬이 안 되네요."

"난하야."

현노는 난 화분을 저만치 밀어 놓으며 주름진 눈으로 난하를 바라보았다. 그 안에 그득한 애정과 회한이 훤히 읽혔기에 난하는 미소로 답하였다.

"네. 할아버지."

"고맙고 미안하다."

"에이, 갑자기 왜 그러세요?"

"난초처럼 귀하고 곱게 크라고 이름까지 그렇게 지어 줬건만 고생만 하는 것 같아 내가 너 볼 면목이 없다."

"우리 할아버지 재하 장가보내려니까 서운하시나 보네. 좋은 일 앞두시고 어깨춤이라도 추셔야죠!"

"그래, 그러자. 우리 잔치라도 벌여야겠구나."

현노가 돋보기 아래로 물기 맺힌 눈을 가늘게 접으며 얼굴 가득 주름을 지어 웃어 보였다.

현노의 방에서 나온 난하는 수창이 걱정되어 잠을 이룰 수 없었기에 점퍼를 두툼히 챙겨 입고 마당으로 나왔다. 기척을 느낀 것인지 청삽사리 복순이가 다가와 꼬리를 힘차게 흔들어 댔다.

난하는 쪼그리고 앉아 복순이의 털을 쓰다듬어 주며 주머니에서 휴대폰을 꺼내 들었다. 잠시 고민하다가 마당 한편에 마련된 기다란 나무 의자에 앉아 새까만 하늘을 쳐다보았다. 유난히 별이 많은 겨울 밤하늘은 구름 한 점 없이 청명하기만 했다.

어렸을 적, 아빠와 함께 밤하늘을 가만히 쳐다보고 있노라면 별무리 속으로 쏘옥 빠져들 것 같은 기분에 휩싸이곤 했었다. 그렇게 발돋움을 하면 나란히 빛나는 오리온을 잡을 수 있을 것만 같았다. 세월은 많이 흘렀지만 그날처럼 오리온은 여전히 빛을 발하고 있었다. 별들의 시간에 비하면 인간의 시간은 한 개의 점처럼 짧고 덧없음이 새삼 깨달아진다.

"아빠, 이 짧디짧은 인생이 왜 이리 어려울까요?"

허공을 향해 물었지만 번쩍 고개를 든 복순이가 낑낑거리는 소리를 낼 뿐, 답은 없었다. 까만 밤 위로 하얀 입김이 퍼져 갔다. 발치에 웅크리고 앉은 복순이가 발등을 데워 주고 있었다. 그렇게 가만히 앉아 있자니 얼마 전 프론메디 근처의 작은 공원에서 그와 나란히 앉아 있던 기억이 떠올랐다.

그때만 해도 아직 가을이었는데 어느덧 한겨울이 되어 나무도 옷을 벗고 옷차림도 두툼해졌다. 그와 함께한 시간. 서로에 대해 알기에 짧다면 짧은 시간이었지만 두 사람은 서로의 마음을 나누고 사랑을 쌓았다. 그리고 그보다 더 오래된 인연이 둘을 이어 주고 있었다.

인연이라…….

마당에 심겨진 감나무와 매화나무 가지를 뒤치는 바람이 그녀의 가슴을 선득하게 하였다. 연락이 없는 휴대전화가 얼음 바람 같은 그의 마음인 것만 같아서 가슴이 졸아든다.

"보고 싶다……."

단지 며칠이 지났을 뿐인데 그의 빈자리가 너무나도 커다랗게 다가온다.

그가 다른 여자를 만나고, 가정을 꾸리고 아이를 낳는다…….
생각만으로도 눈물이 왈칵 솟는다. 이런데도 헤어질 수 있다고? 사랑을 너무 쉽게 생각했다. 그렇게 쉽게 놓아줄 수 있을 거라 여긴 바보였다, 그녀는.

문득, 부딪혀 보기도 전에 지레 겁먹고 포기하는 것은 어리석다는 생각이 들었다. 그것은 강난하의 방식이 아니었다! 난하는 망설임 없이 휴대폰에 저장된 그의 번호로 전화를 걸었다. 한참 만에 그가 전화를 받았다.

"선배, 지금 통화 괜찮아요?"

혹시 벌써 잠이 들었던 건 아닌가 하는 생각에 조심히 물었는데 전화를 받은 사람은 뜻밖에도 다른 사람이었다.

–난하 씨. 저 고세창입니다.

"어머, 선생님! 사장님 전화를 왜 선생님이……?"

–수창이가 휴대폰을 두고 갔네요. 내내 병원에 있다가 조금 전에 갔어요.

"병원요? 선배 어디 아파요?"

–아…… 수창이가 말 안 했나 봐요? 그건 아니고, 어머니가 좀 편찮으셔요.

"어머님이오? 그런 말씀은 없으셔서 몰랐어요."

–위험한 상황은 지나서 괜찮아요. 한번씩 이렇게 사람 애간장을 태워 놓으세요.

그가 웃으며 말했지만 기운이 다 빠진 듯 목소리에 힘이 없었다.

"그럼 계속 병원에 입원해 계셔야 하는 거예요?"

–한동안은요. 안정되실 때까지 퇴원 불가 명령 내리셨어요, 아버지가. 수창이는 내내 병원에 있다가 어머니 상태 호전되는 거 확인하고 조금 전에 갔고요.

"네에."

–저기, 난하 씨.

"네."

–실례되지 않으시다면…… 한번 와 주실래요?

"예?"

–어머니가 보고 싶어 하세요. 부담 드리는 건 아니고요, 그냥 가볍게 문병 온다 여기시고……. 에이, 아니다. 신경 쓰지 마세요. 제가 괜한 말씀드렸네요.

세창이 허둥지둥 하던 말을 무마하려 하자 난하가 얼른 대답했다.

"아니에요. 갈게요."

–진심이세요?

"네. 그렇지 않아도 사장님이 한번 뵈러 가자고 하시더라고요.

겸사겸사 들르죠, 뭐."

-그래요, 그럼. 그렇게 알고 있을게요. 수창이랑 상의해서 오세요.

"저기, 괜히 기다리실까 봐 그러는데 미리 말씀드리지 않으셨으면 해요."

-알겠어요. 그럼 그때 봐요. 고마워요.

전화를 끊고 나서 멍하니 앉아 있었다. 그런 일이 있는데도 한마디 말도 해 주지 않아 서운하기도 했고, 한편으로는 그만큼 제가 믿음을 주기 않은 것 같아서 속상하기도 했다.

"마음 변한 건 아니죠?"

"네."

"괜찮아요?"

"아니요. 긴장돼서 죽을 것 같아요. 나 지금 입은 옷 괜찮아 보여요?"

"예뻐요. 난하 씨랑 잘 어울려."

"그게 아니라 어머님이 좋아하실 만한 스타일이냐고 묻는 거잖아요."

난하가 쇼윈도 앞에서 이리저리 몸을 돌려 보며 묻자 수창이 빙긋 미소 지었다.

"지금 입고 있는 옷, 구두, 들고 있는 가방, 모두 다 어머님이 좋아하실 만한 스타일이에요. 그러니까 걱정 말아요."

"아유, 남자들은 왜 다들 대충대충이야."

난하의 핀잔에 그가 쿡쿡 소리 내며 웃었다. 무슨 소리를 들어도 좋았다. 이 여자가 부모님을 뵙겠다는 것의 의미가 무엇인지 알기 때문이었다.

"저기, 선배님."

"왜요?"

"저 입양된 거 부모님께 말씀드리셨어요?"

"했어요."

난하의 눈이 중심을 잃은 듯 흔들렸다.

"그래도…… 만나 보고 싶으시다던가요?"

수창은 난하의 두 어깨를 지그시 붙잡고 몸을 굽혀 눈을 마주했다. 그리고 자신을 믿으라는 듯, 진지한 표정으로 말했다.

"그런 거 따지시는 분들 아니세요. 날 믿어요."

정말 믿어도 되는 건가?

"어서 가요. 어머님 기다리시겠어요."

"네."

두 사람은 수창의 회사가 있는 메디타운 건물의 7층 입원실로 향했다. 어머니가 좋아하신다는 풍성한 꽃다발과 난하가 직접 만든 약과 한 상자가 수창의 손에 들려 있었다. 특실이라고 적힌 문 앞에서 심호흡을 하며 수창을 바라보자 수창이 난하의 손을 꼭 잡아 주었다.

똑똑—

"들어오세요."

들려온 목소리가 남자의 것이라서 놀랐다. 고세창 선생님이신가?

수창은 미닫이 나무문을 소리 나지 않게 천천히 열었다. 안락

한 내부가 보였으나 침대는 바로 보이지 않았다. 수창이 먼저 들어서서 침대가 있는 위치로 향했다.

"저희 왔습니다."

"어서 오너라."

"오빠, 나도 왔어."

진상 여동생까지? 난하가 바짝 긴장하여 문 앞에 서 있자 수창이 들어오라는 손짓을 하였다. 그녀를 보는 그의 눈빛이 전에 없이 다정하고 따뜻하여 난하는 용기를 얻었다.

수창의 옆에 서서 그의 어머니가 있을 침대를 바라보니 수창과 꼭 닮은 중년의 남자분이 흰 가운을 입고 서 계셨다. 그리고 그 옆으로 참으로 '단아' 하고 '곱다' 는 말로밖에 표현할 수 없는 여자분이 단정하게 앉아 계셨다.

기운이 없어 보이긴 했지만 생각보다 건강한 얼굴이었다. 그리고 그 옆에 두 눈을 동그랗게 뜬 채로 그녀를 호기심 어린 눈으로 쳐다보고 있는 그의 여동생. 난하는 예상과는 다른 상황에 조금 의아해했다.

"어서 와요!"

영화가 활짝 웃으며 난하를 맞았다.

"아, 안녕하세요? 처음 뵙겠습니다. 강난하라고 합니다."

그녀가 허리를 꾸벅 굽히며 인사를 하자 영화의 곁에 있던 남자가 인사를 받았다.

"반가워요. 난 수창이 아빠 고형섭이라고 해요. 청주에서 예까지 오느라 힘들었죠?"

"아닙니다. 별로 멀지 않아요."

"얘기 많이 들었어요. 어쩜, 하늘에서 내려온 선녀 같다더니 정말이구나, 얘."

영화가 수창을 보며 하는 말에 난하가 볼을 붉혔다.

'이 남자가 그런 말을 했다고?'

"그나저나 언제까지 그러고 있을 모양이니? 난하 양 다리 아프겠어. 어서 이리 와서 앉아요."

"아, 그래요. 우리 여기 앉아요."

수창이 그녀를 부드럽게 에스코트했다. 그 모습을 보는 두 부부는 서로 눈을 빛내며 눈빛을 주고받았다. 그리고 이내 곁에 선 수영에게 눈짓으로 신호를 보냈다.

"아, 저기…… 언니?"

"네?"

"지, 지난번엔 죄송했어요. 제가 그날 스트레스를 너무 많이 받아서요. 어쩐지, 가사도우미가 너무 젊고 예쁘시다 여겼어요."

"아닙니다. 저도 잘한 건 없는데요."

저렇게 사과를 하니 일단 받고는 보지만, 저런 순한 모습이 부모님과 수창 때문일지도 모르는 일이니 긴장을 늦추지 않았다.

"어머, 말씀 낮추세요. 저 언니보다 한참 어려요."

"우리 수영이 낼모레 애 엄마 될 앤데, 여간 철이 없어요. 제 오빠한테 벌벌 떨면서 무슨 배짱으로 그런 건지."

벌벌 떤다고? 오빠가 껌벅 죽는 게 아니고?

"수창이가 세창이 같은 줄 아나 봐요. 세창이가 얘한테 워낙 잘 하니까 한번씩 버릇없게 굴어요. 넌 오빠가 애 가져서 봐준 줄 알아!"

영화가 다그치자 수영이 수창의 눈치를 살피며 몸을 움츠렸다.

"네, 반성하고 있어요."

"전 정말 괜찮아요. 너무 그러시지 마세요."

난하가 그렇게 말하자 얼굴이 활짝 펴진 수영이 냉큼 난하의 곁으로 다가와 팔짱을 꼈다.

"정말 용서해 주시는 거죠? 감사해요, 언니."

조금 부담스러워 겸연쩍게 웃어 보이자 수창이 낮게 깔린 음성으로 말했다.

"됐으니까 그쯤 해."

그의 말 한마디에 움찔한 수영이 후다닥 영화의 옆으로 돌아갔다. 겉으론 무뚝뚝한 오빠지만 여동생이 쓰는 위생용품의 종류까지 다 꿸 만큼 속은 그렇지 않다는 걸 이미 겪어 봐서 알고 있었다. 난하는 살포시 터져 나오려는 웃음을 삼켰다.

수창이 들고 있던 꽃다발과 보자기에 싸인 상자를 내밀었다.

"이거, 난하 씨가 준비한 거예요."

"어머, 뭘 이런 걸……. 어머나! 꽃이 정말 예쁘네요. 이건 뭐예요?"

영화가 수창이 내민 보자기를 받아 들며 물었다.

"저희 집에서 전통 기법으로 만든 약과인데요, 솜씨가 부족하지만 한번 만들어 봤습니다. 입에 맞으실지 모르겠어요."

"어머나 세상에! 이걸 직접……?"

보자기를 풀어 보던 영화는 화등잔만 하게 커진 눈으로 윤기가 흐르는 약과를 내려다보았다. 그렇게 바라보는 사람은 영화만이 아니었다. 곁에 있던 형섭 또한 놀란 눈으로 난하와 약과를 번갈아 보았다.

"이걸 정말 난하 양이 직접 만들었다는 겁니까?"

"아…… 저희 할머니, 어머니에 비하면 솜씨가 턱없이 부족해요."

"여보, 하나 먹어 보게 줘 봐요."

형섭은 영화가 내미는 약과를 받아 들고는 조심스레 한입 베어 물었다. 몇 번 우물우물 하더니 감탄하듯 커지는 동공에 수창은 그럴 줄 알았다는 듯 입가에 미소가 번졌다.

"아…… 어머니 생각이 나네. 여보, 이거 예전에 어머니가 만들어 주셨던 거 기억나?"

"그럼요. 기가 막히게 맛있었죠. 난하 양에게 내가 한 수 배워야겠는데?"

생각지도 못한 칭찬 세례에 난하가 몸 둘 바를 몰라 했다. 갑자기 형섭이 수창의 어깨를 주먹으로 한 대 툭 치며 말했다.

"야, 이 자식아. 넌 어디서 이런 귀한 보물을 발견했냐? 넌 좋겠다, 자식아!"

"여보, 그거 나 들으라고 하는 소리 같은데요?"

"아, 나에겐 당신이 세상에서 가장 최고의 여인이지!"

영화와 형섭이 투덕대는 소리조차도 매우 사랑스럽게 들렸다. 어안이 벙벙한 난하의 귀로 수창이 작게 소곤거렸다.

"원래 두 분 저렇게 유치하니까 이해해요."

수창의 말에 난하의 웃음이 터졌다. 웃으면 안 되는 걸 알지만 한번 웃음이 터져 버리니까 쉽게 수습이 되지 않았다. 웃음을 참느라 얼굴이 빨개진 난하를 영화와 형섭이 흐뭇하게 바라보았다.

"여보, 애들 마실 것 좀요."

"아, 그렇지 참! 내 정신 좀 봐."

형섭이 부랴부랴 커피포트에 전원을 넣었다.

"그러고 봤더니 몸에 좋은 차 얻어먹고 인사도 못 했네요. 유기농 도라지 꿀차 잘 먹었어요. 우리 수창이가 난하 씨가 담가 준 유기농 수제 차라며 어찌나 자랑을 하던지요. 그거 먹고 정말 더 건강해진 것 같아요."

대체 무슨 말을 어떻게 한 걸까? 난하는 두근두근 뛰는 가슴을 누르며 공손히 대답했다.

"과찬이세요. 그리고 말씀 편하게 하십시오."

"여보, 어쩜 저렇게 말도 예쁘게 할까요?"

"그러게요. 부모님께서 잘 가르쳤나 보네."

난하는 부모님에 대한 이야기가 나오자 가정환경에 대해 이야기해야 한다는 강박감이 생겨 묻지도 않은 말에 대답을 하기 시작했다.

"아버지는 12살 때 돌아가셨어요. 할아버지와 어머니, 그리고 남동생, 여동생과 함께 삽니다."

"저런. 어머님 혼자서 세 아이 키우느라 고생하셨겠네."

"네, 종부시라 고생 많이 하셨어요. 저도 항상 감사하게 생각하고 있습니다."

수창의 시선이 느껴졌다. 고개를 돌려 그를 바라보니 그가 잘하고 있다는 듯 부드럽게 미소를 지어 보였다. 그러나 한편으로는 걱정이 슬그머니 고개를 들었다.

정말 이 남자가 자신의 출생에 대해 말을 하긴 한 걸까? 나중이라도 책잡힐 여지 따윈 남겨 두고 싶지 않았다. 고통의 무게로 따지자면 서로 어느 정도 정이 쌓인 후에 밝혀져 돌변하는 것보다 처음부터 매몰찬 것이 더 가볍기 때문이다.

"부모님이 결혼하시고 한동안 아이가 없었습니다. 그래서 절 입양하셨고, 그 뒤로 동생들이 태어났습니다."

수창에게 이미 들어 알고 있는 사실일 테지만 본인의 입으로 직접 듣는 것은 차원이 달랐다. 난하는 마치 재판장 앞에서 선고를 기다리는 죄인처럼 두렵고 떨리는 마음으로 그들의 반응을 기다렸다.

잠시 동안 1초가 1분 같은 정적이 흐르고, 영화의 나긋한 목소리가 들려왔다.

"말해 줘서 고마워요. 쉬운 결정 아니었을 텐데."

"우리는 수창이의 의견을 존중해요. 우리의 생각이 어떻든 간에 수창이가 한 선택을 믿거든요."

그렇게 말하는 두 부부의 주변에서 환한 빛이 솟아나는 것만 같았다. 두 부부는 여전히 잔잔한 미소를 머금은 채로 난하를 바라보았다.

"우리에게 와 주어서 정말 고마워요."

나직한 목소리에 난하는 먹먹해지고 말았다. 그렇게 넋을 잃은 난하에게 아무렇지 않은 듯 형섭이 대화를 이어나갔다.

"회사를 경영한다고 들었어요."

"경영하는 것은 아니고요, 작은 회사인데 아버지가 돌아가신 이후로 당숙께서 맡고 계세요. 저는 거기서 일을 돕고 있습니다."

"열심히 사는 모습 보기 좋아요."

영화가 따뜻한 웃음을 보이며 말했다. 그 얼굴 속에 수창의 모습이 담겨 있었다. 그는 태생적으로 다정할 수밖에 없는 남자였던 것이다.

"어머니, 오늘은 좀 어떠세요?"

"어, 많이 좋아졌어."

"감기 좀 걸렸다고 그 야단이니 원. 당최 가슴 졸여서 살 수가 있나!"

형섭이 다 끓은 물에 티백을 넣어 내밀며 말했다.

"애플허브티예요. 약과랑 함께 먹읍시다."

"향이 참 좋네요."

"우리 집사람이 이런 향을 좋아해. 난하 양도 마음에 든다니 다행이군."

그 이후의 시간 또한 매우 편안하고 유쾌했다. 시간이 길어진다 싶은 수창이 일이 있다며 데리고 나오지 않았다면 시간이 얼마나 지났는지도 모를 뻔했다.

"어땠어요?"

"참 좋은 분들이시네요. 그래서 내 남자가 이렇게 다정한가?"

구석진 주차장. 난하가 수창의 엉덩이를 톡톡 두들기며 말했다.

"어허, 이 여자 좀 보시게. 어디 남자 엉덩이에 손을 함부로……!"

그가 말을 채 끝마치기도 전에 난하가 손으로 그의 엉덩이를 은근히 쓰다듬었다.

"왜요? 내가 내 남자 엉덩이도 마음대로 못 만져요?"

"난하 씨. 잊은 모양인데 내 집 여기서 굉장히 가깝거든요?"

"그래서요?"

난하가 순진한 척 두 눈을 깜박거리자 수창이 차에 난하를 냅다 밀어 넣고는 입술을 삼켰다. 이곳이 공공장소임을 잊은 손은 제멋대로 난하의 옷 속을 헤집고 다녔다.

조금 전 성공적으로 부모님과의 미팅을 마친 것이 기쁘기 그지없어 그의 이성이 잠시 끈을 놓았다. 그가 별안간 의자를 뒤로 누이고 바지벨트를 풀며 그녀의 위로 올라왔다.

"서, 선배!"

이렇게까지 할 거라고 예상치 못했던 난하가 당황해서 밀어내려 하자 수창이 거칠어진 목소리로 말했다.

"집에 갈 때까지 못 참겠어."

그가 하는 말은 절대자의 명령처럼 상대를 굴복시키는 어떤 힘이 있었다. 난하는 그대로 몸을 열어 주며 그를 받아들였다. 엉덩이 아래 깔린 보들보들한 양털 카시트가 적나라한 감촉을 전했다. 아, 이렇게 부드러웠구나. 그의 움직임에 따라 의자가 삐거덕거렸다. 이 차, 쿠션감이 꽤 괜찮구나, 새삼 깨닫는다.

"저기요."

"왜……."

"이 카시트…… 누가, 으흣, 깐 거예요?"

"하아, 하아, 동생……."

"……시, 십자수 쿠션 으흥…… 요?

"어머니! 죽여주네, 당신! 아아…… 미치겠다!"

그의 움직임이 빨라졌다. 그는 비상시에 사용할 안전용품을 미처 준비 못한 것을 한탄하며 그녀의 허벅지 위에 뜨거운 열정을 쏟았다. 그는 즉시 글러브 박스를 열어 휴지와 물티슈를 꺼내 그녀의 허벅지와 그들이 결합했던 소중한 곳을 닦아 주었다.

"사랑해요."

수창이 벗겨 냈던 그녀의 옷을 도로 입혀 주면서 입술에 입맞춤과 함께 속삭였다. 다정한 눈빛, 말투, 손짓까지, 어느 것 하나 빠져들지 않을 수가 없는 남자였다. 이렇게 속절없이 빠져들어 어느 날 눈 떠 보니 얼렁뚱땅 이 남자의 여자가 되어 있는 것은 아닐까?

*

"다시 생각해 봐요. 너무 성급한 거 아니에요?"

"다시 생각해 볼 것도 없어요."

그가 단호하게 잘라 말했다.

"그…… 재하 결혼할 때까지만이라도."

"못 기다려요."

"아니, 원래 그렇게 성격이 급한 사람이었어요? 번갯불에 콩 구워 먹듯 이게 그렇게 후다닥 해치울 일이냐고요?"

"내 여자 하루라도 빨리 데려오고 싶어서 집에 인사드리러 가겠다는데, 무슨 문제 있습니까?"

"문제 있죠. 심하게 있죠!"

"자꾸 인내심 시험하지 말아요. 나 사고 치는 거 보고 싶지 않으면."

이 사람 보게. 이제 막 나간다?

"쳐 봐요, 사고! 어디 좀 봅시다. 고수창 씨가 치는 사고는 과연 어떤 대형 사고일지!"

그녀의 말에 그가 한쪽 입꼬리를 올려 살긋하게 웃었다.

"그 말, 후회 안 하는 겁니다."

팔짱 낀 난하가 하나도 무섭지 않다는 듯이 턱을 치켜들었다. 그는 다짜고짜 자리에서 일어나 새털처럼 가볍게 난하를 번쩍 들어 안았다. 이 사람 많은 카페에서!

"내, 내려 줘요! 뭐 하는 거예요?"

그녀의 얼굴이 온통 홍당무로 변한 채 작은 소리로 다그쳤으나 수창은 들은 체도 하지 않으며 카페 밖을 나와 주변을 두리번거렸다. 무척 창피하고 당황스러웠으나 이 남자의 무모한 이런 점까지도 남자다워서 무척이나 좋았다.

어떡해! 눈에 콩깍지가 제대로 씌었나 봐!

그는 목표물을 발견한 것인지 그녀를 안은 채로 어디론가 향했다.

모, 모텔?

여기에 이런 모텔이 있었던가? 평소 이용할 일이 없었던 그녀였기에 눈여겨보지 않았었다. 그러고 보면 시내 곳곳에 모텔이란 이름을 단 건물이 꽤나 많은데 말이다.

"여긴 왜 왔어요?"

"사고 치러요."

"시, 싫단 말이에요!"

이 남자, 막무가내다. 하는 수 없이 난하가 백기를 들었다.

"가요! 인사, 가자구요!"

결국 주말, 항상 헤어지던 매화 벽화 앞에서 수창과 난하가 마주 보고 섰다.

"긴장은 내가 해야 하는데 왜 난하 씨가 떨고 그래요?"

"모르겠어요. 가슴이 진정이 안 돼요."

"자, 긴장 풀어요."

그가 그녀의 두 팔을 쓸어 주며 말했다.

"아, 그리고. 이거면 된댔죠?"

수창이 명인에게 직접 공수해 온, 전통 청주(淸酒) 중에서도 최고급 약주로 분류된 청주가 든 보자기를 들어 보이며 묻자 난하가 겨우 미소를 지으며 고개를 끄덕였다.

매휘당은 전혀 예상치 못한 손님맞이 준비로 분주하였다. 어제부터 귀한 손님 대접을 위해 한바탕 장을 봐다 놓은 터였다. 마당을 쓰는 재하의 손길이 바빠졌다. 제 귀한 누이를 데려가겠다는 파렴치한을 이를 갈며 기다리면서도 낼모레 새신랑 될 그는 집 안을 단장하는 일에 착실히 앞장섰다.

온통 대문간에 촉각을 세우고 있던 이들은 삐거덕 하는 나무문 소리에 일제히 하던 일을 멈추고 고개를 빼 들었다. 문간을 넘어서는 기다란 다리에 벌써 기척을 느낀 것인지 저만치서 복순이가 달려들었다.

난하는 낯선 사람을 경계하는 복순이가 혹여나 수창에게 해코지나 하지 않을까 걱정되어 그의 앞을 막아섰으나 복순이는 어디서 그런 힘이 생겨난 것인지 그 커다란 덩치로 순식간에 수창에게로 뛰어들었다. 눈앞이 아찔해져서 소리치려는데 예상치 못한 웃음소리가 터져 나왔다.

"잘 지냈니?"

"왈왈!"

"하하, 개도 날 반기네요."

수창의 말대로 복순이는 그를 공격한 것이 아니라 좋아서 달려든 것처럼 보였다. 그의 앞에서 빼문 혀를 실룩이며 세차게 꼬리를 흔들어 대는 것이 여간 반가운 것이 아닌 듯했다.

참 이상한 일이 아닐 수 없었다. 복순이가 난생처음 보는 사람을 이렇게 반기는 것은 처음이었다. 가족이 될지도 모르는 사람이라는 걸 아는 건가? 그러기엔 너무…….

"왔나?"

현노였다. 수창은 복순이를 떼어 놓고 소리가 들리는 곳으로 몸을 돌렸다. 난하는 그를 매휘당 안채로 이끌었다.

"할아버지. 저희 왔어요."

"왔으면 들어오지 뭘 하고 섰어?"

손님이 당도했다는 소식에 버선발로 뛰어나오고 싶은 현노였지만 어험, 헛기침을 하며 느릿하게 대청마루에 서서 뒷짐을 지었다.

"어서 오시게."

"어르신, 강녕하셨습니까? 인사 여쭙습니다."

수창이 공손하게 고개를 숙였다. 그러자 현노는 가만가만 고개를 끄덕이며 또다시 헛기침을 했다.

"오르시게. 난하 너도 들어오너라."

난하는 수창을 대청에 오르도록 안내하였고 댓돌 위에 신발을 가지런히 벗고 올라선 그는 주방에서 뛰쳐나온 정임에게 다시 공손히 인사를 드렸다.

"어서 와요. 오느라 고생 많았죠."

"아닙니다. 오히려 갑자기 오겠다고 해서 불편을 끼쳐 드린 것은 아닌지 염려됩니다."

"그런 말 말아요. 난하 손님이면 언제나 대환영이지. 어서 할아버지께 가 봐요."

"네."

정임의 뒤에 서 있던 인하가 주먹을 불끈 쥐어 보이며 '형부 치얼 업!' 을 외쳤다.

그는 난하를 따라 현노가 들어간 방으로 들어섰다. 병풍 앞 간이보료에 앉은 현노가 방석을 가리키며 덤덤히 말했다.

"앉으시게."

"우선 절부터 받으시지요!"

넙죽 무릎을 꿇고 커다란 몸을 낮추는 그를 보며 현노의 입꼬리가 살금 끌려 올라갔다.

고집이 서린 미간에 짙은 눈썹과 맑은 눈빛, 반듯한 얼굴, 떡 벌어진 몸집과 어깨가 볼수록 '헌헌장부(軒軒丈夫)' 로세. 나란히 무릎 꿇은 두 사람의 모습이 '봉린지란(鳳麟芝蘭)' 이 따로 없구나! 이렇듯 잘 어울릴걸…….

"오느라 수고가 많았네."

"방문을 허락해 주셔서 감사드립니다."

수창이 옆에 놓아두었던 보자기를 조심스레 내밀었다.

"약소하지만 좋아하신다기에 준비해 보았습니다."

"무언가?"

"청주입니다."

"음, 고맙게 받겠네. 난하야, 이따 반주로 하게 준비해 오너라."

"네."

그렇게 대답해 놓고도 수창만 놓고 가는 것이 염려되어 그를 걱정스러운 눈길로 바라보자 눈이 마주친 그가 걱정 말라는 듯 살짝 웃어 보였다.

난하가 주방에 들어서자 분주하던 인하와 정임의 기대에 찬 눈빛이 쏟아졌다.

"왜 나와?"

"언니, 분위기 어때?"

"이거 반주로 드시게 준비해 오라고 하셔서요. 할아버지가 너무 딱딱하셔서 좀 걱정되네요."

"그럼 처음부터 얼씨구 좋다며 환영할 줄 알았니? 얼마나 귀한 딸을 데려가려는 건데 사람이 어떤지는 봐야지."

"좋은 사람이에요, 엄마. 부모님도 다 좋으시고."

그녀의 옹호에 이미 수창과 그의 가정에 대해 다 알고 있는데도 정임의 눈이 세모꼴이 된다.

"계집애, 갑자기 인사 온대서 엄마 얼마나 놀랜 줄 아니? 회사가 그렇게 바쁘다더니 언제 사람을 만났어, 글쎄?"

"글쎄, 회사 일 때문에 바쁜 거였는지 데이트하느라 바쁜 거였는지는 아무도 모르지."

"뭐?"

인하의 말에 난하가 조용하라는 눈치를 주었다.

"일하다가 만난 거예요. 알고 보니 예전에 같은 중학교를 다녔더라고요. 그래서 더 친해지게 된 거고."

"그랬구나. 그러면서 그동안 한 마디도 없었어?"

"사귀기로 한 지는 얼마 안 되었어요."

"그런데 벌써 인사를 와?"

정임이 놀라 묻자 옆에서 인하가 거들었다.

"엄마, 형부 추진력 장난 아니죠? 잘나가는 회사 사장은 역시 뭔가 달라도 달라."

"앤 언제 봤다고 자꾸 형부래?"

"난 처음 본 순간 딱 알겠더라고. 아, 이 사람은 딱, 우리 형부감이구나!"

"시끄럽고, 넌 빨리 상이나 차려. 난하야, 넌 이거 들고 다시 들어가 봐."

정임이 들려 주는 찻상을 들고 난하가 주방을 나섰다.

"난 자네를 이렇게 다시 보게 될 줄은 미처 몰랐네."

"저도 얼마 전까지는 그랬습니다, 어르신. 손녀 따님을 이리 곱게 키우신 줄 알았다면 그때 미리 절이라도 올릴걸 그랬습니다."

현노는 올 초, 서예에 관련한 특별 강연을 하러 반호 중학교에 들렀다가 매우 반가운 사람을 만났다. 큰아들 재삼의 중학교 후배였던 고형섭. 그는 어린 나이에 어울리지 않게 의젓하고 똘똘

하더니만 의사가 되었다고 했다. 그래서 후배들에게 강의 제의를 받았고 그 문제로 잠시 내려왔단다.

하나 그런 형섭보다도 현노의 눈을 끄는 이가 있었으니, 바로 형섭을 수행차 따라온 그의 훤칠한 아들이었다. 듣자 하니 혼기 꽉 찬 아들이 둘 다 장가를 가지 않고 있었고, 큰아들은 의사, 곁에 있는 아들은 작은 회사를 경영한단다. 체구로 보나 눈빛으로 보나, 성실하고 반듯한 성정의 형섭을 빼다 박은 듯하여 현노의 마음을 단박에 사로잡았다.

형섭과 난하의 부친 재삼은, 재삼이 사망하기 전까지 간혹 연락을 주고받으며 지내던 사이였던지라 그가 불의의 사고로 세상을 떴을 때 찾아오기까지 했었다. 그것을 마지막으로 약 20년 만의 재회였다.

과거의 형섭도 현노를 아버지처럼 여겼기에 그간의 회포라도 풀자며 자리까지 옮겨 이야기꽃을 피웠고, 거나하게 취한 두 사람이 곁에 당사자를 앉혀 두고 사돈을 맺자며 주정을 부렸더랬다. 말이 씨라도 되었던 걸까? 그 씨앗이 움을 틔우고 싹을 내어 이렇게 흡족한 결과물을 만들어서 되돌아오다니! 참으로 인생은 예측 불가능한, 무척이나 재미있는 것임에 틀림이 없다.

"넉살 한번 좋군 그래."

현노가 짐짓 무뚝뚝하게 대꾸했으나 빙긋이 웃는 수창은 밀리는 기색 없이 단정하기만 했다.

"그래, 우리 난하가 자네 뜻에 따르겠다고 하던가?"

"예."

"자네 어머니는?"

"안 좋아하고는 못 배기시죠, 그렇게 예쁜데."

당당하고 확신에 찬 대답. 현노는 슬그머니 기분이 좋아졌다. 하지만 난하를 쉽게 답삭 안겨 주고 싶지 않았다. 너무 쉽게 얻으면 제 귀한 손녀를 쉬이 생각할까 하는 노파심. 이미 형섭과는 말을 맞춘 상태였기에 현노는 흐뭇한 기분을 내색하지 않으며 퉁명스레 물었다.

"자네가 우리 난하를 알면 얼마나 안다고?"

"다는 알지 못합니다. 하지만 짧은 인생을 살다 보니 사람을 보는 눈은 약간씩 생기더군요. 제 짧은 식견에도 난하 씨는 만나면 만날수록 빠져들 수밖에 없는, 내면이 곱고 진실한 여자였습니다. 이런 여자는 흔치 않았기에 놓치고 싶지 않았습니다. 제가 많이 부족하게 여겨지시겠지만, 난하 씨를 제게 주신다면 평생 아끼고 도우며 잘 살겠습니다."

"그 말 믿어도 되겠나?"

호락호락하지 않은 현노의 태도에 수창은 등으로 식은땀이 흐르는 것을 느꼈으나 의연하려고 노력하였다. 수창은 납작 엎드리는 심정으로 스스로를 낮추었다. 이대로 물러설 수는 없었다.

"귀한 손녀 주시려니 아까우신 심정은 당연합니다. 하지만 저를 한번 믿어 보시면 분명 후회하지 않으시리라 장담합니다."

"좋네. 내 한번 지켜보지."

"감사합니다, 어르신! 난하 씨가 모든 사람의 축복 속에서 그 누구보다 행복하게 결혼할 수 있도록 하겠습니다."

그가 하는 말의 의미를 현노는 짐작했다. 이미 난하가 이 집안에서 어떤 대접을 받고 있는지 다 알고서 하는 말임에 틀림이 없었다. 역시 제가 사람을 잘못 보진 않았구나 하는 안도감이 생겼다.

"기대하겠네. 우리 난하 잘 데리고 살아야 하네. 만약에 우리 난하 눈에서 눈물이 한 방울이라도 떨어질 시에는 내 당장 가서 데리고 올 참이야! 알겠나?"

여부가 있겠습니까! 수창이 넙죽 절을 하자마자 문 밖에서 난하의 목소리가 들렸다.

"할아버지, 차 들여요."

그 말에 수창이 벌떡 일어나 문을 열어 주었다.

"고마워요."

"조심해요."

작게 속삭이며 다정하게 눈을 마주치는 두 사람을 보니 현노는 절로 흐뭇해지고 말았다.

"두 분이서 무슨 얘기를 그렇게 주고받으셨어요?"

그녀의 질문에 수창은 웃을 뿐이었고 현노는 담담한 음성으로 '차 들게.' 라는 말만 할 뿐이었다. 난하는 고개를 갸웃거렸다.

잠시 후 식사 드시라는 인하의 목소리에 모두 거실에 차려진 상 앞에 둘러앉았다. 며칠 전부터 집에 들어와 살고 있는 재하의 여자 친구 별은 음식 냄새를 맡지 못해 방에 갇혀 있다가 그제야 겨우 얼굴을 드러냈다.

난하의 소개에 창백한 별과 수창이 가벼운 눈인사를 나누었다. 그렇게 약간은 어색한 식사가 시작되었다. 이날만큼은 수다쟁이 인하도 입을 꾹 다물고 분위기를 살폈다.

"어르신, 제가 한 잔 따라 드리겠습니다. 받으십시오."

"좋지."

수창은 자신이 가져왔던 백자 주전자에 들어 있는 청주를 백자 잔에 두 손으로 공손히 따랐다. 잔을 받은 현노는 청주를 입안에 조금 머금고 향을 음미하며 천천히 넘기고는 고개를 끄덕였다.

"향이 깊고 맛이 단 게 깔끔하구먼. 어디서 이렇게 좋은 술을 구했나?"

"명인이 주조하는 곳에 직접 찾아가 받아왔습니다. '약주' 라고 하더군요. 마음에 드시면 다음에 또 구해다 드리겠습니다."

그의 말에 흐뭇한 현노가 고개를 끄덕이며 주전자를 들었다.

"한 잔 받게나."

"감사합니다."

그가 얼른 잔을 들어 현노가 따르는 술을 받았다.

"자, 재하 너도."

"예?"

"너도 이제 어른 아니냐. 어른 대접 받아야지."

"아…… 네."

재하가 몸을 일으켜 세워 팔을 쭈욱 내밀었다. 그러자 현노가 잔에 술을 따랐다. 두 남자는 고개를 돌린 채로 술을 들이켰다.

"난하 씨가 어머님 음식 솜씨를 그렇게 자랑하더니 빈말이 아니었나 봅니다. 정말 맛있습니다."

수창이 음식을 먹으며 칭찬하자 정임이 많이 들라며 그릇을 밀어 주었다. 우걱우걱 먹어치우는 기세에 정임은 어제부터 설쳐대며 음식을 만든 보람을 느꼈다.

잘 먹는 사람이 신체도 건강하고 성격도 좋다더니.

이쯤 되면 절반은 합격이었다.

"천천히 드세요."

"고마워요. 좀 먹어요."

"먹고 있어요."

서로 눈웃음을 주고받으며 살뜰히 챙기는 둘을 보니 그렇게 마음이 놓이지 않을 수가 없다.

아껴 주고 예뻐하면 제일이지.

정임은 만족스러운 미소를 지었다. 인하도 말은 하지 않았지만 아까부터 그런 둘을 보며 피식피식 웃음을 터뜨렸다가 부럽기도 하고 소름이 돋아 어깨를 움츠리며 오들오들 떨기도 했다.

아우, 낯 간지러. 아우, 닭살.

그러나 그런 와중에도 저쪽 편에서 날아드는 뜨끔뜨끔한 시선이 있었으니. 수창은 무심코 고개를 돌렸다가 도끼눈을 한 채로 입안에 음식을 꾸역꾸역 집어넣고 있는 재하를 발견하고는 깜박 잊고 있던 것을 생각해 냈다.

"아, 처남, 결혼 축하해."

"아직 처남 아닙니다."

용수철처럼 튕겨 나온 대답에 수창은 픽 웃음이 나왔다. 낼모레 장가가고 애 아빠가 될 사람의 반응치고는 무척이나 아이 같았기 때문이다. 하지만 수창은 웃음을 삼키고는 다시 말을 걸었다.

"내가 결혼 선물 해 주고 싶은데, 필요한 것 있으면 말해 줘."

"괜찮습니다."

"아참, 별 씨라고 했나요? 제가 뭘 샀는데 차에 두고 안 가져

왔어요. 이따 드리고 가겠습니다."

"뭔데요?"

다소곳한 별에 앞서 인하가 물었다.

"유모차랑 아기 띠, 그리고…… 뭐였죠, 난하 씨?"

"배냇저고리랑 뭐 이것저것. 아직 하나도 장만 안 했지? 이 사람이 아기에게 필요한 거 사 주고 싶다고 해서 나랑 같이 샀어. 나도 미처 생각하지 못했는데. 알다시피, 나도 아기를 키워 보지 않아서 대충 주워듣고 산 거라, 맘에 안 들면 바꿔도 되고."

난하가 하는 말을 가만히 듣고 있던 별의 얼굴이 환해졌다.

"감사합니다."

"필요한 게 있으면 더 말해. 우리 하나씩 사서 채워 넣자, 올케."

올케라는 호칭까지 듣고 난 별은 왈칵 터져 나오는 눈물을 어쩌지도 못하고 두 손으로 얼굴을 감쌌다.

"고맙습니다. 정말…… 고맙습니다."

"왜 그래, 별아."

곁에서 재하가 별을 감싸며 달랬다. 아무도 없이 혼자 힘으로 살다가 갑자기 생긴 가족들. 난하의 가족들은 별의 마음을 이해할 수 있을 것 같아 아무 말도 하지 않았다.

"자, 어서 먹자."

현노는 이렇게 마음을 써 주는 수창이 마음속 깊이 고마웠다. 그리고 재하 역시 수창이 사다 준 육아용품들을 쓰다듬으며 좋아서 어쩔 줄을 모르는 별을 보며 수창에 대한 편견이 조금씩 허물어지고 있었다.

매휘당 뜰을 서성이는 수창의 곁으로 작은 발소리가 들렸다.

"뭐 해요?"

"술 깨는 중."

"정말 그냥 갈 거예요?"

"폐 끼치고 싶지 않아서요."

"피, 사실은 긴장돼서 그런 거죠?"

난하의 말을 들은 수창은 픽 웃으며 돌아보았다.

"나도 난하 씨랑 같이 있고 싶은 마음은 굴뚝같은데, 난하 씨 시집 잘 간다는 소리 듣게 하고 싶어서 그래요."

"그게 뭐예요."

"당신은 결혼 전까지 깨끗하고 순결한 여자인 거예요. 고수창이 지켜 준."

"이미 할 거 다 한 사람이 하는 말치고는 양심에 찔리지 않나요?"

"자꾸 그러지 말아요. 나 난하 씨 데리고 도망치고 싶은 거 참고 있는 거니까."

그의 말에 난하가 그를 달래듯 말했다.

"우리 할아버지 말은 저러셔도 속은 아니셔요. 마음에 안 들면 겸상은커녕 문전박대 당한다니까요? 술까지 따라 주셨으니 이미 반 이상은 승낙한 것이라고 봐도 무방하다고요."

수창이 조용히 웃으며 이미 허락이 떨어진 걸 모르는 난하의 손을 슬며시 잡았다.

"왜 이래요? 누가 보면 어쩌려구?"

"가만있어 봐요. 어두워서 안 보여요."

약간의 앙탈을 부리던 난하도 픽 웃으며 그대로 손을 잡혀 주었다. 엊그제만 해도 이 자리에 서서 홀로 별을 보며 이 사람을 그리워했는데, 얼마나 지났다고 그와 함께 이 자리에서 손을 맞붙잡고 같은 하늘을 올려다본다. 그날의 오리온이 유난히 더 깜빡거리는 듯했다.

"좀 걸을래요?"

수창의 제의로 두 사람은 손을 잡고 매휘당을 거쳐 인적이 없는 고택으로 향했다. 달빛도 없어 처마 끝으로 어스름이 기어드는 고택이 스산할 법도 한데 연인은 아무런 거리낌 없이 발을 들였다.

어느덧 매화나무는 얇은 가지 여기저기에 불긋불긋 작은 움을 틔우기 시작했고 봄의 내음을 머금은 밤공기가 한층 부드럽게 고택을 휘감았다. 그렇게 아무런 말도 없이 길게 이어진 처마와 토방, 마당, 뒤안길로 이어진 디딤돌을 밟으며 오로지 손의 감촉과 체온만으로 전해지는 감정을 나누었다. 그저 이렇게 함께 있는 것만으로도 좋았다.

수창은 사랑채의 토방에 올라 마루에 걸터앉았다. 난하도 그를 따라 곁에 앉아 조용히 겨울밤의 청량함을 느꼈다.

"춥지 않아요?"

수창이 물었다.

"별로요. 선배님은요?"

"나도요."

둘은 마주 보며 픽 웃음을 터뜨렸다. 언제부터인가 두 사람이 함께 있는 동안은 웃는 일이 많아졌다. 별거 아닌 일에도 우스웠고 서로의 모습을 쳐다보기만 해도 미소가 지어졌다.

"우리 회사에서 처음 만났을 때 기억나요?"

얼마나 되었다고 벌써 먼 이야기처럼 느껴졌다.

"도망갈 때 얼마나 웃겼는데."

"우리 지나간 흑역사는 들추지 맙시다."

"왜요? 난 무척 귀여웠는데. 신선하기도 하고."

그가 놀리듯 하는 말에 난하가 밉지 않게 노려보았다.

"그러는 고수창 씨는 일부러 집 안 난장판 만들어 놨던 거 아니에요? 툭하면 인신공격에 비아냥. 전 그쪽 인성이 심히 의심스러웠는데?"

"하하, 미안해요, 잊어 줘요."

"그런 거 보면 좀 유치한 것 같단 말이야. 나 고수창 씨랑 결혼 다시 생각해 볼래요."

"어허, 그런 말은 함부로 하는 거 아니에요. 이미 나한테 가져갈 거 다 가져가 놓고 이러면 벌 받아요."

"치, 받은 것도 없는데 가져갔대. 대체 내가 뭘 가져갔는데요?"

"내 순정. 난 내 순정을 다 바쳐 난하 씨를 사랑하고 있는데 자꾸 이러면 사나이 가슴에 구멍 나요. 총 맞은 것처럼."

"아우, 정말 말로는 못 당하겠어. 유들유들 잘도 빠져나가지."

그가 잡은 손을 끌어당겨 어깨를 안고 정수리에 입을 맞추었다. 그렇게 있자니 둘 다 더없이 편안한 기분이었다. 수많은 별들이 무리를 지어 그들을 비추고 있었다.

"이대로만 내 옆에 있어 줘요."

그가 낮게 속삭였다.

"제대로 된 캠핑도 하고 손 붙잡고 밤새워 이야기도 해요. 같이 마주 보며 빨래도 개고."

난하가 작게 웃음을 터뜨렸다.

"한 번씩 내가 만든 맛없는 밥도 먹어야 될 거예요. 화장실에서 휴지 떨어졌다고 소리치면 가져다주어야 할지도 몰라요. 바빠서 며칠씩 집을 비울지도 모르지만 주말이면 꼭 데이트도 해요. 새해 첫날 같이 해맞이 하는 사람은 항상 당신이 될 거예요. 누구처럼 화려하게 살게 해 주겠다는 약속은 하지 못해요."

난하가 고개를 들어 그를 바라보았다. 아직도 그들은 해야 할 얘기, 하고 싶은 얘기가 무궁무진했다. 하지만 이 순간엔 그 모든 것을 응축한 단 한 마디로 충분했다.

"그냥 이대로 영원히 내 옆에 있어 주기만 해요. 변함없이 당신만 사랑할게요."

가슴을 울리는 한마디. 난하는 입술을 깨물었다. 그리고 곧 그에게 잡힌 손에 반지가 끼워졌다. 반지가 어둠 속에서도 반짝이며 제 존재를 드러내자 난하는 숨이 멎을 것만 같았다. 말문이 막혀 한동안 멍하게 있다가 이내 환한 웃음을 지어 보였다.

"고마워요."

그도 마주 웃었다.

20년 전, 이곳 고택 처마 아래에서 슬픔을 가득 담았던 눈이 행복과 감격에 겨워 빛나고 있었다. 수창은 그것만으로도 충분하다고 여겼다. 유독 환하게 쏟아지는 별빛이 그들의 가슴을 촉촉하게 적시고 있었다.

매휘당으로 되돌아온 그녀의 손에는 갈 때까지만 해도 없었던 반지가 반짝이고 있었다. 그걸 발견한 인하와 정임은 화등잔만 해진 눈으로 요란을 떨었고, 난하의 얼굴은 그 누구보다도 밝고 행복하게 빛나고 있었다.

*

매휘당 안뜰은 아침부터 혼례식 준비로 무척 분주하였다. 가족끼리 단출하게 전통혼례를 올리기로 했다지만 무려 집안의 장손이 하는 혼례라서인지 몰려든 친인척들이 꽤 되었다. 신부가 임신 초기인 데다 아직은 날씨가 추운 관계로 혼례식은 간소하게 축소하여 치르기로 하였다. 다행히도 날씨가 무척이나 맑고 바람도 없어 혼례를 치르기에는 최적의 날씨였다.

너른 대청마루 위에 혼례상이 차려지고 그것을 사이에 둔 채로 사모관대를 한 신랑과 연지곤지를 찍은 신부가 마주하여 섰다. 신랑이 어리긴 하였으나 풍채가 있고 건장하여 누구도 무시할 수 없을 만큼 당당해 보였다. 난하는 두 사람을 흐뭇하게 바라보았다.

"재하 쟤, 애기로만 봤는데 저렇게 보니 완전 어른이다, 얘."

옆에서 문숙이 소곤거렸다.

"어른 맞거든. 결혼하고 애 낳고 그럼 어른이지."

"에휴, 좀 부럽다. 나도 빨리 아기 가지고 싶다. 누군 실수로도 생기는데 누군 애를 써도 안 되고."

"마음을 편히 가져. 너도 요참에 연규 씨랑 클리닉 다녀 보는 건 어때?"

"그래야 할까 봐."

"다 잘 될 거야."

"그래. 참, 고수창 씨는 안 왔어?"

"어, 좀 늦는대."

"그래?"

난하는 혹여나 그가 왔을까 주위를 두리번거렸다.

모든 예식을 마치고 가족들이 모였다. 집안 어른들은 물론 어린아이까지 한 자리에 모이니 너른 대청마루를 가지고 있는 매휘당마저도 좁았다. 난하는 정임을 도와 일을 하느라 분주했다.

"아! 미자 고모!"

"어…… 난하야."

모퉁이를 돌던 난하가 미자와 부딪혔다. 꽤나 오랜만에 보는 얼굴이었다.

"언제 오셨어요? 내내 안 보이시더니."

"아까 혼례식 할 때……."

"할아버지께 인사는 드리셨어요?"

"어. 이제 가려고."

"벌써요? 할아버지 서운하시겠어요. 할아버지랑 다른 분들도 고모 되게 보고 싶어 했는데."

그때 저만치서 복례가 미자를 발견한 것인지 큰 소리로 불러댔다.

"너, 왔으면 인사를 할 것이지 또 어디로 가는 것이야?"

"거봐요, 고모할머니도 고모 많이 보고 싶어 하셨어요. 어서

가요.”

난하가 미자의 팔짱을 끼고 복례에게로 이끌었다. 유리문을 밀고 대청으로 올라서자 아직 집에 돌아가지 않은 집안의 어른들이 미자를 맞아 주었다.

“어이구, 막내 조카. 얼굴 보기 힘들다?”

현조가 현노의 곁에서 한마디 하자 너도나도 오래간만에 서로의 안부를 물었다.

“넌 시집은 아예 생각이 없는 거냐?”

“쟤는 지 일하면서 평생 산다고 못 박았잖아요. 돈을 못 버는 것도 아니고. 그보다, 난하 쟤가 걱정이지.”

“그러게. 막냇동생은 벌써 애 아빠가 된다는데 어쩌누.”

이런저런 걱정이 들리기 시작했으나 난하는 어정쩡한 웃음으로 상황을 벗어나려 했다. 그러자 별안간 조용히 자리를 지키고 있던 현노가 버럭 큰 소리로 외쳤다.

“걱정들 말어! 우리 난하 낼모레면 시집가! 신랑 될 놈이 어찌나 튼실하고 예의 바른지, 말도 못 한다니까! 엊그제 뉴스서 나온 의료기기 회사 사장이야!”

“참말요?”

여기저기서 믿지 못하겠다는 듯 수군거리자 복례가 나섰다.

“그런 잘난 놈이 뭐가 부족혀서. 어디가 하나 부족한 모양이지? 혹, 애 딸린 홀아비 아니냐?”

그때였다. 유리문이 열리고 여태까지 오지 않던 수창이 모습을 드러냈다.

“어르신, 늦어서 죄송합니다.”

씩씩한 목소리에 좌중의 시선이 집중되었다. 실내가 꽉 찰 만큼 커다랗고 단단한 몸집에 깊은 눈은 분위기를 압도하고도 남았다. 그의 등장에 모두 아무 소리도 내지 못하였다.

"뉘, 뉘신가?"

현조가 의아하여 묻자 수창이 난하에게로 다가가 곁에 서며 말했다.

"강난하 씨 약혼자입니다."

'야, 약혼자!'

모두 헉, 소리를 내며 입을 벌렸다.

"자네가 그, 의료기기 회사 사장인가 뭔가 하는 사람이라 그 말이야?"

"네, 맞습니다. 딸린 식구 없는 총각이고요."

복례의 말을 들은 것인지 그가 덧붙였다. 복례는 흠흠 헛기침을 하더니 혼잣말처럼 중얼거렸다.

"아직 저것이 지 애비 잡아먹은 년인 걸 모르는 모양이야. 집안도 말아먹고 지 서방도 잡아먹을 년. 쯧쯧."

"누이!"

현노가 격분하여 낮게 소리쳤다. 다행히 소리가 크지 않아 멀리 있는 사람들에게까지는 들리지 않았지만 수창과 난하의 귀에는 분명히 들렸음 직했다.

"노망났소? 어찌 그러오!"

"혼잣말한 것 가지고 그러시나?"

구부정한 노구가 딴청을 피우듯 난하와 수창을 등지고 돌아앉는 그때였다.

"외람되지만 한 말씀 드리겠습니다."

수창이 느닷없이 나서자 모두의 이목이 집중되었다.

"제가 알기론 난하 씨는 잘못한 것이 하나도 없습니다."

"선배님!"

난하가 경악스러운 표정으로 그의 팔을 붙들었으나 수창은 물러설 생각이 없어 보였다.

"뭐라고 했는가?"

복례가 주름이 져 처진 눈으로 그를 올려다보았다.

"난하 씨는 아무런 잘못이 없다고 말씀드렸습니다. 그러니 방금 하신 말씀 취소해 주십시오!"

태도는 흠잡을 것 없이 정중했으나 아흔이 다 된 노인에게는 충분히 건방지게 들렸다.

"허!"

복례는 기가 막힌다는 듯 한복치마에 감싸인 무릎을 쳤다.

"저놈이 뭐라는 거여?"

"아버님이 돌아가신 것은 애석하지만 그건 난하 씨 탓이 아니라……."

그가 무슨 말을 더 하려고 하자 곁에 있던 미자가 불쑥 끼어들었다.

"저, 드릴 말씀 있어요."

내내 말이 없던 미자가 현노와 복례를 향해 시선을 주었다. 하지만 이미 결심이 선 듯했다.

"오빠 돌아가신 거, 난하 탓 아닙니다."

"그게 뭔 소리야?"

잠시 후, 다른 이들을 제외한 현노와 현조, 복례, 그리고 정임과 미자가 방에 들어갔고 몇몇 친족들과 가족들, 그리고 난하와 수창은 거실에 머물러 눈치만 살피고 있었다. 다행히 재하와 별이 신혼여행을 떠난 후라 난하는 안도하고 있었다.

미자가 나서지 않았다면 수창은 사실을 다 말하고 난하를 끌고 나올 참이었다. 어떻게 그런 수모를 참고 살았던 걸까? 이제 내 여자다! 그 누구도 내 여자에게 상처 입히는 걸 참지 않을 것이다.

"뭐라고!"

방 안에서 고함 소리가 들려오자 모두 움찔거렸다. 수창은 난하의 손을 지그시 붙잡아 주었다. 난하의 손이 가늘게 떨리고 있었다.

얼마 후 난하가 불려 들어갔고 야단치는 소리와 흐느끼는 소리가 간간이 들려왔다. 혹시나 난하가 몰리는 상황이라면 참지 않았겠지만 돌아가는 상황을 보아하니 현노가 다른 이들을 다그치며 난하에게 사과하라고 하는 것 같았다.

한참 만에 눈이 퉁퉁 부은 채로 모습을 나타낸 이들은 아무 일도 없었다는 듯이 저녁 준비를 했다. 조금 전의 그 일 때문인지 복례는 안방에 들어가 누웠고, 현조는 자녀들과 함께 집으로 돌아갔다.

"많이 불편했죠?"

정임이 수창에게 다가와 음식을 챙겨 주며 조심스레 물었다.

"아닙니다. 괜찮습니다."

"원래 이렇지 않은데 오늘따라 그랬어요."

"네."

"저기……."

"말씀 편하게 하십시오. 그게 저도 편합니다."

"그래, 그럼. 나 고 사장한테 고맙게 생각하고 있네. 오늘도 고 사장 아니었으면 미자 고모 말도 꺼내지 않았을 걸세. 우리 난하가 어떻게 그 세월을 견뎌 왔는데. 생각만 하면……."

정임은 목이 메는지 말을 잇지 못하고 소맷부리로 눈물을 훔쳤다.

"고모할머니가 아까 사과하셨네. 미안하다고. 자네 볼 면목이 없으셔서 저리 계신 거니 이해하게나."

그는 말이 없었다. 사과 한마디 했다고 그간 난하가 받은 상처가 모두 지워지는 것은 아닐 테니 앞으로가 중요하다. 살면서 그녀가 누렸어야 할 행복, 소소한 것 하나까지 그가 몽땅 다 돌려줄 것이다.

"우리 난하 그 착한 것이 이제야 복을 받으려나 보네. 우리 난하한테 잘 해 주게나."

"네, 그러겠습니다!"

정임이 그의 딱 부러지는 대답에 흐뭇한 미소를 지었다.

"저 그런데…… 부탁이 하나 있습니다."

"뭔데 그러나?"

"오늘 난하 씨 제가 좀 데려가면 안 되겠습니까?"

"아니 대체 이 밤에 어디를 가자고 그러는 거예요? 안에 어른들 다 계시는데."

"글쎄, 허락 받았다니까요! 걱정 말고 타요."

"결혼 전까지 지켜 준다면서요? 엊그제 한 말도 못 지켜요?"

"지켜 주려고 그러는 거잖아요. 난하 씨 거기에 못 놔두겠어요. 일단 타요."

결국 수창의 고집을 이기지 못하고 그의 차를 타고 할머니 집에 왔다. 그는 재빨리 집 안의 온도를 올리고 환기를 시켰다. 요즘은 수창이 청주에 자주 내려오기 때문에 집에 제법 사람 사는 냄새가 났다.

"카펫 바꿨네요?"

난하가 거실에 앉으며 말하자 수창이 이어 물었다.

"또 필요한 거 있으면 말해요. 소파도 들일까요? 봄 되면 도배도 새로 하고 싱크대도 갈까 하는데. 원하는 스타일 있으면 말해요. 거실 커튼도 좀 바꿔야 할 것 같고. 창도 다 새로 갈까? 너무 오래되어서."

"왜 그래요, 갑자기?"

"아, 주택이 싫으면 아파트로 갈까요?"

난하는 잠시 그를 바라보다 물었다.

"나한테 묻는 거예요?"

"그럼 여기 누가 더 있나?"

"……?"

"결혼하면 같이 살 집이 필요하지 않겠어요? 내 맘 같아서는 그전에라도 데려오고 싶지만."

"아……!"

결혼은 아득하게만 여겼지 막상 집에 대한 현실적인 이야기를 꺼내니 실감이 나질 않았다. 그제야 나 이 사람과 결혼하는구나, 새삼 깨달아진다.

"어쨌든, 난하 씨가 청주에 있는 한은 이곳에도 집이 있어야 할 것 같아서 그래요. 그래야 내가 내 여자 마음껏 안아 보죠. 회사 어떻게 할지는 정했어요?"

한꺼번에 많은 질문들이 쏟아지니 난하는 무엇부터 대답해야 할지 갈피가 서지 않았다.

나는 막연하게만 여겼는데 이 사람은 구체적으로 준비하고 있었구나.

"아니요, 아직."

"쉽게 결정하기 힘들겠죠. 조금 더 생각해 보고 말해 줘요. 그래야 우리 결혼에 대한 계획을 세울 수 있으니까. 난하 씨가 여기서 일을 계속하겠다면 주말 부부는 불가피한 상황이 되겠죠. 휴, 생각만 해도 아찔하네요."

아, 주말부부…….

"난하 씨. ……난하 씨?"

"네, 네?"

"무슨 생각을 그렇게 골똘히 해요?"

수창이 따뜻한 차를 내밀며 그녀의 앞에 앉았다.

"미안해요. 갑자기 결혼이 현실로 다가오니 생각할 게 많네요."

"부담 가지지 말고 우리 서로 대화하면서 차근차근히 풀어 가요."

"네."

“오늘 결혼식 치르느라 힘들었죠? 욕조에 뜨거운 물 받고 있으니까 들어가서 좀 담그고 나와요. 특별 마사지까지 서비스로 준비했으니까 기대해도 좋아요.”

“하하하, 여왕이 부럽지 않은 걸요?”

“난하 씨는 오늘 여왕 해요. 내가 시중 다 들어 줄게요.”

“밤 시중도 물론이고?”

난하가 은근하게 물어 왔다. 이 여자 갈수록 대범해진다. 수창은 만족스러운 미소를 지으며 당연하다는 듯 답했다.

“물론이죠.”

에필로그

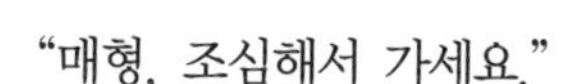

"매형, 조심해서 가세요."

재하가 포동포동 살이 오른 아이를 안은 채 인사를 하였다. 울어서 눈이 토끼처럼 충혈된 별이 함께 고개를 숙였다.

"그래, 처남. 몸 건강히 잘 다녀와. 시간 내서 면회 갈게."

"바쁘신데 뭘요. 누님도 몸조심하십시오."

"그래. 군대 제대 금방이라더라. 힘들어도 조금만 꾹 참어."

난하는 애틋한 얼굴로 재하의 손을 두 손으로 꼭 움켜쥐었다. 수창은 재하에게 안긴 아기의 자그마한 손을 살며시 잡고 흔들었다.

"우리 승훈이 아빠 보고 싶어 어쩌니? 고모부가 자주 놀러 올게. 빠빠이."

그러자 아이가 햇살보다 맑은 얼굴로 방긋 웃으며 화답한다.

"꼬부, 빠빠-"

아이의 미소로 주변이 순식간에 환하게 변하는 것만 같았다.

"아이구, 우리 손주, 빵긋빵긋 잘도 웃는구나."

정임이 손뼉을 치며 아이를 받아 안았다. 그리고 걱정이 서린 얼굴로 난하를 한 번 바라보고는 이내 수창을 재촉했다.

"어서 가게. 사돈께 선물 감사하다고 전하고."

"예. 어머님, 할아버님도 건강 잘 챙기십시오. 자주 내려오겠습니다."

"뭣하러 자주 내려와! 괜히 우리 난하 고생시키지 말고 잘 챙겨."

괜한 투정에 수창이 허리를 꾸벅 숙이며 빙긋 웃음을 짓는다.

"예, 그러겠습니다. 염려 붙들어 놓으세요."

대문을 나서는 수창의 양손은 정임이 싸 준 음식들로 한가득이었다. 보따리를 고쳐 들며 '감기 들라, 옷 잘 여며요.' 라고 난하를 챙기는 모습이 현노와 정임을 흐뭇하게 하였다. 영원한 수창의 팬 인하는 그가 뭘 해도 멋지게만 보였다.

매담 마을은 어느덧 붉은빛의 홍매화가 거리거리마다 만발하였다. 매섭던 겨울이 지나고 봄의 향기가 구석구석 배어난다.

수창은 들고 온 보따리를 차에 싣고 길가에 서 있는 난하에게로 다가갔다. 어느 사이 어깨를 훌쩍 넘긴 머리카락이 난하의 등을 간질이듯 차랑거렸다. 그녀의 머리카락을 쓰다듬듯 등을 쓸며 그가 물었다.

"뭐 해요?"

"꽃구경요. 이렇게 좋은 거, 예쁜 거 많이 보는 것도 태교래요."

난하가 코트 위로 살짝 솟아오른 배를 쓰다듬으며 말하자 수창이 흐뭇한 표정을 짓는다.

"우리 부인 열심이네요."

"우리에게 온 귀한 선물이잖아요."

그녀의 말에 수창도 덩달아 그녀의 배에 손을 올리며 입술을 휘어 올린다. 아이만 생각하면 저절로 그려지는 미소.

"좀 걷다가 갈래요?"

"안 춥겠어요?"

"오히려 상쾌하고 좋은데요? 날씨 많이 따뜻해졌어요."

"환절기에 감기라도 걸리면 곤란해요. 약도 못 쓰고."

"조금만요."

난하가 그의 팔에 매달려 곰살맞은 눈짓을 하자 안경 속 수창의 눈이 부드럽게 접히며 휘어졌다. 그는 차에서 숄을 꺼내와 그녀의 어깨에 둘러 주었다.

"고마워요."

다정하게 팔짱을 끼고 홍매화 길을 걷는 두 사람의 모습은 한 폭의 그림처럼 매우 사랑스러웠다.

"수창 씨."

"왜요?"

"우리 아기 누구 닮았을까요?"

"누구 닮았으면 좋겠는데요?"

난하는 검지를 살짝 물고 잠시 고민하는 듯하더니 입을 열었다.

"전 수창 씨 닮은 아들이나 인하 닮은 딸이었음 좋겠어요."

"닮으려면 여보를 닮아야지, 왜 처제를 닮아요?"

"우리 인하 딱 부러지고 예쁘잖아요."

"난 우리 여보가 세상에서 제일 예뻐요."

그의 말에 난하가 입을 벌려 웃었다.

"수창 씨는요?"

"난 건강하게만 태어나면 상관없어요. 요 녀석, 어떤 인물이 나오려고 벌써부터 이렇게 까탈을 부리는지."

결혼하고 1년 만에 생긴 귀한 아기였다.

그런데 임신 초기부터 위험하다는 진단을 받은 난하는 회사고 뭐고 다 전문 경영인에게 일임하고 집에 들어앉아 태교에 온 힘을 쏟던 차였다.

"수창 씨 닮아서 그런가 보죠."

"나 닮아서?"

수창의 눈썹이 삐뚜름해졌다. 그러자 난하가 변명하듯 덧붙였다.

"그러니까 분명 건강하고 똑똑하고 이렇게 수창 씨처럼 잘생긴 아기가 태어날 거라는 그런 얘기죠."

"잠깐만. 방금 나 까탈 부린다고 험담 들었던 것 같은데?"

"어머, 감히 누가요?"

난하가 짐짓 놀란 듯 두 눈을 동그랗게 떴다.

"우리 여보 점점 여우가 되고 있는 것 같아요."

"그건 오해예요, 여보."

그가 토라진 투로 말하자 난하가 달래듯 그를 다독였다. 그래도 비뚤어진 눈썹은 좀처럼 제자리로 돌아오지 않았다.

"오빠라고 불러 주면 용서해 주죠."

수창이 인심을 쓰듯 하는 말에 난하가 픽 웃음을 터뜨렸다.

"애걔, 고작 그거 가지고 토라지고 그러신다, 우리 고 사장님!"

"빨랑 해 봐요. 안 그럼 나 더 비뚤어질 거예요. 진짜 까탈이 어떤 건지 몸소 보여 줄 테니까."

"아우, 새삼스레 왜 자꾸 그래요?"

"어허, 안 하죠? 나 요새 양말도 돌돌 말리지 않게 잘 벗고, 집안일도 잘 돕고, 꼬박꼬박 정시 퇴근에 우리 여보님 전신 마사지까지 해 주는데 이러면 억울하죠. 결정적으로 얼마나 참는지 사리 나올 지경이라고요."

난하는 그의 볼멘소리에 결국 웃음이 터져 깔깔 소리 내어 웃고 말았다. 그러고는 부루퉁해 있는 그의 허리를 꼭 껴안으며 말했다.

"오빠라고 불러 주면 마음 풀 거예요?"

"하는 거 봐서."

"오빠."

그는 일부러 참는 듯해 보였지만 입꼬리가 실룩거리는 것이 다 보였다. 난하는 한껏 콧소리를 높였다.

"오빠아~"

난하가 애교를 부리듯 그의 허리를 붙잡고 흔들어 대자, 그가 별안간 바짝 끌어당겨 볼에 입을 맞추었다. 먼저 교태를 부린 것은 그녀였으면서 누가 봤을까 주위를 두리번거리는 얼굴이 금세 매화 꽃잎처럼 발개졌다.

난하는 벤치 프레스에 누워 꽤 무거워 보이는 바벨을 들었다 내렸다 하는 그에게로 살그머니 다가갔다.

"뭐 해요?"

"끄으읏차, 운동."

"재미있어요?"

"으읏차, 재미있어서 하나?"

"그럼요?"

"끄응, 운동하려고 하는 거지."

"무슨 대답이 그래?"

"당신도 한번 해 볼래?"

"에이, 우리 아가 놀라요. 그보다……."

별안간 난하가 누워 있는 그의 하반신 위로 올라앉았다. 갑작스러운 행동에 깜짝 놀란 수창이 힘을 쓰지 못하고 바벨을 가슴 위로 떨어뜨렸다.

"헉! 무, 뭐 하는 거예요?"

"글쎄요? 유……혹?"

"뭐?"

난하가 그를 보며 생긋 웃음 지었다. 아기가 위험하다고 하는 바람에 수창은 본의 아닌 금욕 생활에 돌입했고, 그는 쓰지 못한 정력을 저렇게 운동으로 소모시키고 있었다.

덕분에 그의 몸은 결혼 전보다 더 돌덩이 같아졌고, 난하는 어느 정도 입덧이 가라앉고 나니 희한하게도 전에 없던 욕정이 불타오르기 시작했다. 자신을 슬슬 피하기만 하는 그 때문에 도리어 욕구불만이 생길 지경이었다.

이미 발기를 시작한 그의 몸이 난하의 엉덩이 아래에서 꿈틀거렸다. 그의 눈빛이 순식간에 변하는 것이 느껴져 난하는 즐거워졌다.

"허!"

그는 장난하지 말라는 듯 어이없는 웃음을 흘렸지만 눈빛은 이미 정욕에 불타오르고 있었다.

"죽을 각오는 하고 덤비는 거예요?"

"어머, 그런 각오까지 필요해요?"

난하가 짐짓 놀랍다는 표정으로 벌려진 입을 가리자, 어디서 그런 힘이 솟아나온 것인지 바벨을 순식간에 제 위치에 올려놓은 그가 도망가려는 그녀의 골반을 두 손으로 꽉 붙들었다. 어느새 바벨을 피해 몸을 일으키고는 그녀의 엉덩이를 바짝 붙잡아 제 중심에 붙였다. 느슨한 운동복 아래로 여실히 느껴지는 그의 압도감에 난하는 슬며시 기대감이 차올라 숨을 들이켰다.

"필요하지, 그럼."

씩 미소 지은 그는 그녀의 잠옷을 밀어 올리고 자유분방하게 노출된 그녀의 풍만한 가슴을 입에 물었다. 수창에게 단단히 붙잡힌 난하의 허리가 단번에 뒤로 꺾였다.

"흐음…… 강난하, 이러지 말자. 나 겨우 참고 있거든?"

그가 그녀의 유두를 입에 문 채 신음하듯 말했다.

"의사 선생님이…… 괜찮다고…… 아흑."

"정말이야?"

난하가 어서 더 해 달라는 듯 그의 머리를 끌어당기며 고개를 끄덕였다.

"조심히만 하면 괜찮다고…… 어머나!"

난하의 말이 채 끝나기도 전에 수창이 잠옷을 벗겨서 바닥에 패대기치고는 가슴을 아프게 빨아들이기 시작했다. 그녀의 가슴은 임신으로 유선이 발달하고 팽창해서 전과는 비교할 수 없을 정도로 풍만하고 아름다웠다.

그는 곧 그 자세 그대로 그녀의 엉덩이를 받쳐 들고 일어서서 침실로 향했다. 그리고 침대에 조심히 난하를 눕히고는 그녀의 온몸에 제 흔적을 남기기 시작했다. 너무 오랜만이라 당장에라도 들어가서 욕심껏 가지고 싶었지만 그 어느 때보다 소중하게 매만지고 신중하게 키스했다. 자신의 아이를 잉태한 소중하고 귀중한 몸. 그리고 그를 매료시키는 사랑스러운 여자.

수창은 볼록 솟은 난하의 아랫배를 쓰다듬으며 그곳에 키스했다. 여자의 몸이 이렇게나 신비롭고 아름다웠던가! 눈물이 핑그르르 돌 정도로 아찔하고 감동적이라 몇 번이고 그곳에 입 맞추기를 반복했다.

"들어가도 돼요?"

붉게 상기된 얼굴의 난하가 숨을 몰아쉬며 고개를 끄덕였다. 그는 난하를 엎드리게 한 뒤 팬티를 끌어내렸다. 하얗고 둥그런 엉덩이가 그의 앞에 적나라하게 드러났다. 그가 침을 꿀꺽 삼키며 불룩 솟은 바지 속에서 단단해진 물건을 꺼내어 그녀의 음부에 맞추어 왔다. 어느 때보다 부드럽고 조심스러운 움직임. 그가 자신의 몸을 잡고 문지르며 천천히 들어갔다.

"아학!"

미끄덩한 느낌과 함께 뜨거운 것이 꿰고 들어왔다. 그렇지 않아도 묵직한 아랫배가 꽉 차는 느낌이었다. 빽빽한 조임이 그를 당장에라도 폭발하게 만들 것만 같았다. 쾌감이 척추를 꿰뚫고 발끝을 저릿하게 했다.

"수창 씨……."

"괜찮아요?"

"여보……."

"힘들면 말해요."

그가 그녀의 등을 껴안고 그녀의 어깨와 귀에 입 맞추며 말했다. 손은 가슴을 부드럽게 애무하였다.

"아뇨. 너무 좋아요, 오빠."

"아, 어쩌면 좋냐."

"왜요?"

난하가 숨을 몰아쉬며 그를 돌아보자 수창이 턱을 붙잡고 입술을 담뿍 물었다.

"당신 너무 예뻐서 죽을 것 같아."

그가 입술을 붙인 채로 속삭였다. 그녀의 입술이 잔뜩 휘어졌다. 그가 서서히 몸을 움직이자 난하의 몸이 교태를 부리듯 비틀린다.

한바탕 열정적인 사랑을 나눈 후, 두 사람은 서로를 안고 오랜만에 달콤한 휴식을 즐겼다.

"여보."

"왜요?"

“날 사랑해 줘서 고마워요.”

난하가 그의 품에 안겨 조용히 속삭였다. 그의 웃음소리와 함께 그녀의 아랫배에 머물던 그의 손의 그녀의 은밀한 곳으로 내려갔다.

“흐응…… 그리고.”

“그리고?”

“나도 당신 사랑해요.”

그가 웃으며 그녀의 입술에 키스했다.

우리 평생 이렇게 사랑하며 살아요. 그 말은 막힌 입술 덕에 마저 하지 못했지만 하지 않아도 알 수 있었다.

“잠깐. 잠깐만요!”

“왜요?”

갑자기 수창을 밀어낸 난하가 동그래진 눈으로 자신의 벗은 배를 내려다보았다.

“방금 뭐 느껴지는 거 없었어요? 우리 아기가 움직인 것 같았단 말이에요.”

“정말?”

그가 손을 배에 갖다 대더니 대번에 귀를 가져다 댔다. 태동이 다시 느껴지지는 않았지만 그는 말할 수 없이 감격에 찬 눈빛으로 배에 대고 속삭였다.

“꼬맹아, 아빠와 엄마에게 와 주어서 정말 고마워. 우리가 최선을 다해 널 지켜 주고 사랑해 줄게. 건강하게만 태어나거라.”

그녀와 마주친 그의 눈빛에는 흐뭇한 따스함이 어렸다.

살면서 이렇게 행복한 때가 또 있을까? 그녀는 이 순간 이 장면을 머릿속에 사진처럼 담아 두었다.

살면서 힘들고 지칠 때도 많겠지만 그럴 때마다 꺼내 보면 새로운 힘을 얻을 수 있지 않을까? 그게 바로 그녀가 살아가는데 버팀목이 될 가족의 힘이고, 사랑의 힘일 테니까.

—The end

작가 후기

작품에 등장한 매담마을은 제가 사는 곳에 실제로 존재하는 마을을 모델로 만들었습니다. 봄이면 거리마다 홍매화가 흐드러지고 담벼락에는 자연의 아름다움을 담은 갖가지 그림들이 즐비한 마을이지요. 난하와 수창이 만나고 헤어지던 타일로 구성된 매화 벽화는 그중 제가 가장 좋아하는 작품이기도 하답니다.

태어나서 딱 한 번 가 보았던 도시 청주는 참 인상 깊었던 곳이었습니다. 기다랗게 이어진 플라타너스 가로수와 넓고 풍요로운 자연환경이 참 여유롭고 푸근한 느낌이었습니다. 실제 매담마을의 모델이 된 곳과 청주와의 거리는 멀지만, 강난하와 고수창이 공유했을 어린 시절 환경이 좀 더 예뻤으면 하는 마음으로 그려 보았습니다.

우리는 서로에게 희망을 주는 존재가 되어야 하며, 나에게 주어진 것으로 타인을 섬기는 사람이 되어야 한다고 생각합니다. 그러기 위해서는 먼저 나를 사랑하고 내면을 건강하게 가꿀 줄 아는 아름다운 사람이 되어야 합니다.

불우한 성장기를 겪었던 수창과 난하가 건강한 자아상으로 성장할 수 있었던 것은 두 사람을 믿어 주고 사랑해 준 가족이 있었기 때문입니다. 엇갈림으로 시작했지만, 서로의 아픔과 상처를 감싸고 치유하며 성장하는 아름다운 사랑을 그려 보고 싶었습니다.

개인주의가 만연한 세상에서 마음이 건강한 이들이 서로를 보듬는 행복한 세상이 되었으면 하는 바람으로 이 글을 마칩니다.

이 글이 완성되기까지 엄마의 무심한 등만 쳐다보고 지냈을 착한 두 아들과 묵묵히 배려해 준 사랑하는 반쪽과 엄마, 그리고 부족한 글을 훌륭하게 다듬고 기획해 주신 뿔미디어와 안리라 팀장님께 감사의 인사를 전해 드립니다. 아울러 저의 인생을 인도하시는 그분께 무한한 영광을 돌려 드립니다.

초판 1쇄 찍음 2015년 10월 19일
초판 1쇄 펴냄 2015년 10월 23일

지은이 | 김가엘
펴낸이 | 정 필
펴낸곳 | **(주)뿔미디어**

기획 · 편집 | 안리라

출판등록 | 2002년 9월 11일 (제1081-1-132호)
주소 | 경기도 부천시 원미구 소향로 17, 303(두성프라자)
전화 | 032)651-6513 / 팩스 | 032)651-6094
E-mail | dahyangs@naver.com
블로그 | http://blog.naver.com/dahyangs
홈페이지 | http://bbulmedia.com

값 9,000원

ISBN 979-11-315-6841-5 03810

www.bbulmedia.com

www.bbulmedia.com